JAN MÅRTENSON

MORD I BLÅTT

En Homandeckare

Wahlström & Widstrand

Varje eventuell likhet med nu levande eller döda personer
(utom Johan Kristian och Cléo) liksom med inträffade
händelser är oavsiktliga tillfälligheter.

Tryck: ScandBook AB, Falun 2013
Fjärde tryckningen
ISBN 978-91-46-22147-0
www.wwd.se

Prolog

Han satt med det stora kartbladet uppslaget på bordet. Riksdagshuset i centrum, till vänster fanns slottet och till höger låg UD. Framför riksdagsbyggnaden såg han den halvmåneformade parterren vid Strömmen. Hette den inte Strömparterren förresten?

Ett perfekt läge. En väl avvägd laddning skulle vara stark nog att blåsa ut rutorna på Riksdagshuset liksom på slottet. På UD också, men utan att skada människor i onödan. Inte något nytt elfte september. Visserligen fanns det en del kontorsutrymmen som vette ut mot detonationsplatsen vars fönster skulle splittras, men tidpunkten skulle vara vid lunch när de flesta lokalerna skulle stå tomma. Och framför slottet skulle just inga människor röra sig, bara biltrafik. Visserligen fanns det folk i bilarna, men de passerade snabbt och det höga stenräcket längs vattnet skulle skydda.

Likadant med Riksdagshuset. Där fanns inte några större folkmängder. En och annan sneddade över den stora öppna planen, men de flesta kom ju på Riksbron, från andra sidan. Dessutom kunde trafiken på bron framför huset snabbt stängas av med några improviserade spärrar.

Lite spill får man räkna med, tänkte han cyniskt, men blodspillan var inte huvudändamålet, inte den här gången. Om många dog skulle det ta bort fokus från budskapet. Deras mål skulle drunkna i aversion och hat. Det fick inte bli någon Breivikeffekt.

Och flyktvägen var perfekt. Skåpbilen skulle stanna mittför Riks-

dagshuset. Han skulle springa nedför trapporna till Strömparterren, sätta sig i den snabba motorbåten som väntade bland norsfiskarnas gröna båtar, utlösa laddningen och försvinna. Dessutom låg parterren på en mycket lägre nivå än bron ovanför så han skulle inte skadas av detonationen och tryckvågen.

Det skulle krävas mycket planering och samordning, tänkte han. Tanken var ju att samma operation skulle äga rum, på minuten samtidigt, på ett antal platser ute i Europa. Och han måste vara oerhört vaksam. Man fick inte underskatt Säpo, och utländska underrättelseorganisationer låg i högsta beredskap mot terroristaktioner. Ett onödigt ord, förresten. Terrorist. Det gällde ju befrielsekamp. Slå till mot förtryck och orättvisor.

Han hade läst någonstans att den enes terrorist var den andres befrielsekämpe. Så rätt! De regeringar som aktivt stödde det sionistiska Israel och mördade oskyldiga i Afghanistan, nykolonialismens entreprenörer som med USA:s hjälp skulle lägga under sig Mellanösterns olja, behövde varnas. En varning som skulle följas av fler och kraftfullare, tills man nådde resultat. Och han var stolt över att tillhöra kretsen som hade uppdraget att genomföra planerna. Att vara en av de utvalda.

Kapitel I

Edvard Wrannberg visste att han skulle dö. Det ska vi ju alla, tänkte han där han satt. Vetskapen om att döden var oundviklig. Det var en insikt han delade med alla människor och inte en särskilt originell reflexion. Skillnaden mellan honom och dem omkring honom var att han visste exakt när det skulle ske. För det var han som bestämde över tid och rum. När och var. Han skulle ta sitt eget liv.

Utanför fönstret bredde den stora parken ut sig. Höga silvergrå ekar stod stadigt under mörkgröna kronor. Som betande elefanttjurar på savannen. Lönnar fanns också, med stora flikiga blad, och blodbokar med rödbruna blanka löv. Och längst bak, ur hans perspektiv, reste sig en tät mur av mörka idegranar. Förekom inte de redan i den nordiska mytologin, eller mindes han fel?

Gräsmattan på planen framför det vita huset och under träden var välklippt, tjock och frodig efter sommarregnen. Om våren bredde en matta av liljekonvaljer ut sig i fonden uppe vid dammen där han planterat in bredryggiga karpar som skulle hålla undan vegetationen i vattnet. Ett problem var att minken tog sin del av beståndet.

Kräftor hade han också satt ut där. Frihetslängtande kräftor som drevs av sin instinkt. Flera gånger hade han fått plocka upp några som förirrat sig ut på gräsmattan på väg ner mot sjön hundra meter bort, den sjö där de fiskats upp.

Han hade verkligen gjort en klassresa. Men inte medvetet, inte strävat uppåt av sociala eller andra skäl. Det hade bara blivit så i takt med framgångarna, om man nu tog lantegendom, förmögenhet och andra yttre attribut till intäkt för definitionen av "klass". Men det hade inte förändrat hans liv och hans inriktning, där företagets tillväxt och konsolidering varit drivkrafterna.

Tanken på döden hade funnits länge hos honom, först flyktigt och abstrakt, på samma sätt som hos alla människor, föreställde han sig, men sen mer och mer konkret i takt med hans åldrande. Skarpa konturer och slutgiltighet skulle tankarna få när han fick beskedet. Hans prostatacancer, som förefallit godartad inledningsvis – vi opererar inte, du hinner dö av nånting annat innan cancern tar dig, som hans läkare hade sagt – hade metastaserats, spridit sig okontrollerat till lever och skelett. En utdragen och plågsam död väntade. Visserligen mildrad av smärtstillande preparat, morfin och annat, men ett långsamt och ovärdigt avtynande.

Nej, han vägrade. Han skulle gå med flaggan i topp, som han levat. Och hans företag skulle bestå, växa sig starkare, det företag han skapat från ingenting till att bli ett av de ledande i sin bransch. Och hemligheten bakom hans framgångar var att han långt före konkurrenterna förutsett utvecklingen. Han hade etablerat ett nätverk av leverantörer och underleverantörer i låglöneländerna, först i Europa, sedan i Asien, medan de andra fick slåss mot vikande konjunkturer, högre kostnader, stigande löner och satsningar på fel hästar innan de i många fall försvann.

Men han hade överlevt, vuxit och diversifierat. Satsat på kvalitet, definierat olika marknadssegment, byggt upp en omfattande marknadsorganisation som var en av de ledande i Europa och inte minst satsat på unga designers "i tiden". Börsintroduktionen hade varit kronan på verket, den slutliga bekräftelsen på

Till Ingrid,
med stort tack

hans framgångar. Målet för den resa som börjat i två rum och kök i en förort till Malmö där han och hans dåvarande hustru målmedvetet byggt upp försäljning och distribution, producerat egna kataloger och försäljningsmaterial, levt dag och natt med företaget. Filmjölk och falukorv hade hållit maskineriet igång. Han log för sig själv när han tänkte på de där slitsamma åren när han också låg ute på vägarna i den gamla Volvon för att nästan handgripligt sälja in deras produkter ute bland detaljhandlarna.

Så fort det hade gått. Vart tog åren vägen? Och nu satt han här, hade lyckats, minst sagt. Och han hade planerat för framtiden, på andra sidan sin död. Elsa, hans första fru, hade inte orkat med det uppdrivna tempot, de hade glidit isär, skilsmässa. Och han gav sig själv skulden. Arbetet, företaget, hade konsumerat honom. Och sen hade Margareta kommit in i hans liv. Ja, det var väl inte en alldeles korrekt beskrivning. Hon hade funnits där i flera år innan han "upptäckte" henne. Hon hade varit hans sekreterare. Tjugo år yngre. Lång, rank, blond och med ett befriande skratt. Arbetade som en slav och delade hans hängivenhet för företaget, blev till sist hans högra hand. Och så gick det som det brukar gå.

Men det var mer än den gamla klichén om chefen och sekreteraren. En äldre man och en ung kvinna. Det fanns mycket mer som förenade dem än yttre attraktion. De hade alltid långa diskussioner om företaget, framtiden, om strategin. Etableringen i nya länder och på nya marknader. Och hon hade en perfekt fingertoppskänsla för vad som var "rätt" i de olika kollektionerna och inköpsprogrammen. "Min vice VD", brukade han skämtsamt kalla henne. Liksom säga att "du tänker som en hel karl".

När de gifte sig hade hans döttrar Helena och Britta gjort uppror. De hade sett Margareta som häxan som drivit bort deras mamma och tagit hennes plats. Det dröjde flera år innan de till nöds accepterade henne och det skulle nog inte bli bättre nu när han skulle lägga över ansvaret för företaget på Margareta. Ja, inte alldeles. Döttrarna fick sina andelar enligt lag och arvsordning, men Margareta skulle få en majoritetspost av aktierna och han hade också förordnat i sitt testamente att hon skulle driva företaget i tio år efter hans död. Sedan skulle döttrarna kunna ta vid. Allt var vattentätt, med hjälp av skickliga advokater.

Han insåg att ingen av döttrarna var mogen att ta över än, även om Helena var civilekonom och Britta jur.kand. Han hade stött deras studieinriktning. En ekonom och en jurist var bra tillskott i företagsledningen. Dessutom hade de gift sig, men han var inte odelat förtjust i sina svärsöner. Bertil var kanske den bästa av dem. Jurist på en ansedd advokatbyrå innan han kom till firman, medan Kenneth inte verkade vara mycket att hålla i handen. Han var försäljare på ett av avdelningskontoren på företaget och när han hade gift sig med Helena hade hon krävt att han skulle befordras till chef. Men det han sett av Kenneth gjorde honom inte entusiastisk. En streber och besserwisser, en karriärist som trodde att han satt inne med lösningen på företagets utmaningar, och han var övertygad om att mer av beräkning än kärlek låg bakom deras äktenskap. Dessutom hade Kenneth *visioner*, som han brukade säga. Ville utvidga och expandera, ta upp kampen med Hennes & Mauritz och Lindex. Och det var ju dömt att misslyckas. Nej, man fick rätta munnen efter matsäcken och inte gapa efter för mycket. Konsolidera sakta men säkert, växa på solid grund. Stå på egna ben och inte vara beroende av banker och andra utomstående finansiärer. Han hade sett alldeles för många exempel genom åren på vad storvulna planer och ekonomiska luftslott ledde till. Det var en hård värld därute, en som inte gick att bemästra med ekonomiska teorier och strategier från Handels och Harvard Business School. På marknaden regerade verkligheten och den var ett svårskött pastorat. Kunde reagera mot alla teorier.

Själv hade han ingen teoretisk skolning mer än grundskola. Hårt arbete och erfarenhet hade lärt honom hur marknaden fungerade och vad konsumenterna ville ha. Hans tjänstefordon hade till en början varit en cykel och varuprover fanns i en resväska på pakethållaren. Kunderna hade han mött öga mot öga över nästan hela Sverige, byggt upp ett förtroendekapital ute i butikerna, skapat ett kontaktnät som sedan blev infrastrukturen i hans framväxande imperium.

Nej, det kändes säkrare och tryggare om Margaretas fasta hand och hennes medfödda känsla för handelsmannaskap kunde lotsa skutan vidare över oroliga vatten, åtminstone till en början då man konsoliderat sig i en värld efter finanskriser och internationella problem. Hennes enda svaga punkt, om man nu kunde säga det, var att hon var passionerat förtjust i Yves Saint Laurent, den franske modeikonen, han som ”nästan skulpterade kläder och inte sydde dem”, som Margareta brukade säga. Han log vid tanken. Men han var inte rädd för att fransk haute couture skulle komma att dominera företagets profil i framtiden. Margareta var alldeles för klok och rationell för det.

Kapitel II

Den svarta kobran reste huvudet mot mig, spärrade upp nackskölden och väste hotfullt. Den kluvna tungan spelade. Så gjorde den ett blixtsnabbt utfall.

Jag tog hastigt ett steg tillbaka, även om jag utgick från att gifttänderna var utdragna, åtminstone borde de vara det, men man kunde ju aldrig veta.

– Akta dig, Johan, sa Francine. Jag vill inte bli änka innan vi hunnit gifta oss.

– Ska jag ta det som ett frieri?

– Kanske. Hon log.

Francine är alltså min, ja, vad ska jag säga? Flickvän är väl det närmaste man kan komma även om det låter lite fel i min ålder. Jag associerar det mera åt tonårshållet. Vi är heller inte särbo, sambo, delsbo, kulbo eller någon annan töntig beteckning. Francine Silfverstierna är en av cheferna på Säpo, personskyddsavdelningen, och är mycket bättre än jag förtjänar. Svart bälte i karate, ser ut som Julia Roberts, väger lika mycket nu som när hon tog studenten och hennes Martinis är lika bra som mina, nästan i alla fall. Fast själv föredrar hon Margaritas.

En tysk turist i vit solhatt filmade mig. Hade han hoppats på att kobran skulle hugga? Det hade varit gefundenes Fressen i gillestugan hemma i Düsseldorf när semesterbilderna skulle visas. Och som dödsorsak hade det ju varit ganska häftigt. Jag skulle inte ha omkommit under en Volkswagen på Hornsgatan eller fått infarkt i min antikaffär i Gamla stan.

Kobran var inte ensam på den solkiga mattan. En fläckig pytonorm fanns där också. Den skäggige mannen i något slags burnus höll upp den, log ett tandlöst leende och ville hänga den om halsen på mig så att Francine kunde fotografera. Jag avböjde vänligt men bestämt.

En bit bort bet en vesslesnabb mungo ihjäl en mindre orm med ett fast grepp om nacken och bredvid kalasade en igelkott förnöjt på resterna av ett av hans övriga offer.

Den skäggiges ormtjusande kollega satt på huk framför en stor korg och spelade på en gäll flöjt, rörde den fram och tillbaka. Från korgen stack en annan kobras huvud upp, följde flöjtens rörelser. Runt om trängdes en brokig skara turister.

Vi stod mitt på det stora torget i medinan, marknadsplatsen Djemaa el-Fna i Marrakech, en av Marockos stora turistattraktioner som finns med på Unescos världsarvslista, liksom Drottningholms slott. Tala om kontraster, tänkte jag.

Den stora öppna platsen, kringbyggd av låga rosabruna hus, var full av människor. Vibrerade av liv, av ljus och dofter. Turister, lokalbefolkning, unga och gamla. Kvinnor i svarta fotsida burkor med en springa för ögonen, kvinnor i slöjor eller huvudduk, men inte så många som jag hade väntat mig. Stora stånd fanns med ett svällande utbud av kryddor, grönsaker, frukter, mandlar, gröna oliver, fikon och mycket annat. Fat med pyramider av bakverk. Små åsnor drog vagnar med stora gummihjul.

Man kunde bli spådd och tatuerad, eller få tänder utdragna. Här och där uppträdde små dansgrupper. Historieberättare. Män med egendomliga instrument musicerade. Gäll, entonig, hög musik, tiggare med framsträckta händer. Akrobater, eldslukare. Trängsel, dofter och en ljudridå långt över normala decibelnivåer.

Mitt på torget stod rader av långa bord med höga bänkar där all sorts mat tillagades vid bordsändan, allt från sniglar till lammkött. Minirestauranger som skulle gett en kommunal hälsovårdsinspektör från Sverige blodstörtning.

Feg som jag är nöjde jag mig med en flaska mineralvatten. Ville inte utmana Montezuma eller vad nu hans lokala variant kallades i Marocko. Effekten av hans hämnd var säkert i alla fall densamma om man hade otur.

I ena änden av torget rullades en lång matta ut framför en moské. Män satte sig och tog av sig skorna inför fredagsbönen. Böneutroparnas genomträngande maningar kom från höga torn. Röken steg från kolgrillarna, blandade sig med torgets övriga dofter.

På de trånga gatorna som ledde in till souken körde bilar och smattrande mopeder hänsynslöst rakt fram. Det gällde att hoppa undan i tid. Och inte bara på torget. På gatorna som ledde dit fanns knappast några trafikljus. I den täta, larmande trafiken var det ett vågstycke att ta sig över. Man väntade tills tillräckligt många hade samlats vid trottoarkanten för att sedan i gemensam tropp ge sig ut i trafikströmmen och hålla tummarna. En modern form av tjurfäktning där man fick väja för anstormande bilar.

Från den öppna platsen ledde smala gångar in i en labyrint av små affärer där bokstavligen talat allt såldes. Billigt krimskrams blandades med falska smycken. Rolexkopior. Louis Vuitton-väskor från Hongkong. Färgstarka klänningar i sladdrigt tyg, tofflor och långa saris i olika starka färger. Mattor i alla storlekar. Skrällande arabisk musik från stora bergsprängare. Men utbudet var mycket likformigt. Överallt såldes samma objekt. Det verkade som om det i närheten fanns en grossist som vräkte ut dem över hela marknaden.

Vid varje affär fanns aktiva försäljare som med enstaka

engelska och tyska ord handgripligt tog tag i tilltänkta kunder för att dra in dem i små kyffen där varorna exponerades.

Francine frestades av ett par vackra röda lädertofflor, prutade och stoppade nöjd ner dem i sin shoppingväska. Och jag passade på att köpa ett par till Ellen. Ellen Andersson på Köpmangatan 11, hon som ser efter Cléo när jag är borta. Min crèmefärgade siameskatt alltså, Cléo de Merode. Hon som alldeles uppenbarligen lever i tron att det är hon som har en människa, inte jag som har en katt.

Vi fortsatte in i en smal gränd mellan låga ruckel. På långa diskar låg kokta kalvhuvuden. Blåsvarta flugor surrade över kranier med döda ögon som blint stirrade mot oss. Myllrande folkliv där det var svårt att ta sig fram.

Genom en port kunde man se möbelsnickare i full verksamhet. De sågade, hyvlade. Hamrade. Gjorde bordsben till pallar. Satte ihop stolar. Primitiva verktyg och drivor av hyvelspån. Francine köpte ett knippe vackra snidade träskedar. "Salladsbestick", sa hon och vägrade att pruta. "Men det hör till", sa jag. "Han blir besviken annars." "Jag vet, men jag har inte hjärta till det. Han bor ju i ett hål i väggen här och jag kanske är hans enda kund i dag."

Innanför en annan öppning i husfasaderna fabricerades blänkande mässingsföremål på en skräpig och förfallen gård. Och jag köpte en vacker skål. Men där prutade jag. Inte mycket, mera för sportens skull. Jag hade inte dåligt samvete. Jag har nästan aldrig varit med om att någon av mina kunder inte har försökt prata ner priset när de kommer in i min affär.

Vi hade gått till medinan, den urgamla stadskärnan, längs den milslånga stadsmuren med fyrkantiga vakttorn runt lejongula låga hus. Bougainvillea hängde i färgskimrande kaskader över fasaderna, palmer, mörkgrön växtlighet med inslag av vita jasminer och längs gatorna apelsinträd med solgula frukter. Cederträ och kryddoft. Ett kungligt palats låg också därinne bakom muren. Marrakech hade ju under fem dynastier varit huvudstad i landet som grundades i början av tusentalet.

Vi bodde i ett palats. Det såg inte ut så från den trånga gränden där entrén fanns. En bred port i en låg ockrafärgad byggnad som verkade ankommen av väder och vind. Vit och röd bougainvillea klängde över väggarna. Det verkade mycket anspråkslöst och jag undrade först om vi kommit till fel adress i medinans vindlande nät av smala gränder som bredde ut sig likt spindelväv i den gamla delen av Marrakech.

Men när porten i snidat trä öppnats och vi kom in förstod jag att vi hamnat alldeles rätt. En kringbyggd gård med en avlång pool i mitten. En springbrunn sorlade diskret i bakgrunden, gröna palmer bröt dekorativt av mot väggarnas vita inramning. Rundade portaler ledde in mot huset och på varje avsats fanns ett vackert utformat svart staket mot gården.

Vi var alltså inbokade på en riad, en kombination av hotell och privatpalats som rika köpmän och andra uppfört som sina residens och som sedan transformerats till lyxiga små hotell för ett begränsat antal gäster.

En vänlig man bar upp bagaget till vår lilla svit på andra våningen. Där fanns ett förrum, elegant inrett med en orientalisk touch, ett smakfullt möte mellan öst och väst. En oval öppning ledde in till sovrummet med en bred säng och marockansk konst på väggarna. Från fönstret såg man ner på poolen. Väggarnas milda färger i kombination med mattor och textilier bidrog till en behaglig, avspänd atmosfär.

Mannen visade oss runt i etablissemanget som rymde tio gästrum. En matsal i traditionell marockansk stil, en västerländsk, diskret bar med dämpad belysning, och det bästa av allt: högst upp på andra våningen fanns en altan med solstolar och stora vita parasoll. Därifrån hade man en magnifik utsikt över Djemaa el-Fna och souken vi skulle besöka.

– Bättre kan det inte bli, sa jag när vi packat upp. Bussigt av Britta att boka in oss här. Alternativet hade varit hotellet där resten av gästerna bor, men det är ju bara stort och stereotypt. Internationella hotellkedjor ser likadana ut över hela världen. Nej, det här var ett klipp. Det måste firas!

Jag öppnade barskåpet och tog fram en flaska champagne. Med en våldsam knall flög korken av. Vitt skum sprutade över den antika mattan. Och vi skålade för SwedeFashions jubileum, för Marrakech, för Yves Saint Laurent och för oss själva.

Francine och jag hade alltså rest till Marrakech på en minisemester. Och det var helt och hållet Francines förtjänst. Jag hade inte haft en tanke på det när hon berättade att hon hade träffat en gammal studiekamrat från Uppsala, från Södermanlands-Nerikes nation. De hade båda läst juridik och hängt ihop under hela studietiden och träffades fortfarande då och då. Britta Wrannberg hette hon. Jättesnygg, hade Francine förklarat. Alla killar sprang efter henne, men hon var alldeles för seriös för att hoppa runt. Hon tog en jur.kand. med toppbetyg och var också verksam inom studentlivet där hon bland annat var vice ordförande i studentkåren. Nu var hon någon sorts direktör i det stora modeföretag som hennes pappa hade byggt upp, SwedeFashion.

Jag kände till det, hade läst om grundaren som börjat med två tomma händer, nya affärsidéer och strategier och skapat ett av Sveriges största modeimperier. Man fanns etablerad över en stor del av Europa och aktien var en favorit på börsen. Fast grundaren och huvudägaren, Edvard Gunnar Wrannberg, hade gått bort för några år sedan. ”Kraftkarl och patriark” hade det stått i Dagens Industri. Jag mindes honom eftersom jag hade fått en del aktier i hans företag av en snäll faster när hon gick bort.

Francine och Britta hade ätit lunch på Östermalmshallen för ett par veckor sedan och då hade hon berättat att företaget skulle fylla femtio. Och det skulle firas i Marrakech, av alla ställen. När Francine frågat varför hade Britta förklarat att hennes styvmor Margareta, som nu var VD, älskade Yves Saint Laurent. Yves och hans partner Pierre Bergé hade ofta varit i Marrakech, bott där periodvis och han hade hämtat inspiration från färger och tyger under den starka solen och i ljuset inte långt från Sahara. De hade också köpt ett hus, Villa Majorelle, och skapat en fantastisk trädgård som var ett turistmål i sig med växter och träd från alla jordens hörn. Ett genomgående tema i park och byggnader var majorelleblått, en intensiv färg som uppkallats efter husets förste ägare, en fransk konstnär, Jacques Majorelle. Den lysande blå färgen hade varit hans favorit.

Där skulle alltså jubileet äga rum. ”Varför inte Malmö?” hade Francine frågat. Det vore mera logiskt, för det var ju där det började. ”Precis”, hade svaret blivit. ”Men tråkigare. Det är en viss skillnad mellan Marrakech och Malmö, trots allt.” Hursomhelst så var det bestämt. Det skulle också ses som en uppmuntran för personalen. De som varit med ombord längst var inbjudna.

Och för en vecka sedan hade Britta ringt Francine och berättat att det plan som företaget chartrat för personal, press och viktigare kunder inte var fullbelagt. Avhopp i sista minuten. Det fanns ett par platser kvar. Hade Francine lust att följa med över en lång weekend? Och hon kunde ta med mig om hon ville. Fast hotellet fick vi stå för själva.

Det visade sig att det skulle funka med våra almanackor. Jag hade visserligen skrivit in en auktion i Uppsala den helgen, men min antikaffär på Köpmangatan skulle säkert överleva om jag försvann på ett par dagar. Och vem visste vad jag kunde hitta i basarerna? Sen ville Ellen gärna ta hand om Cléo. ”Alltid lika kärt.”

Likadant för Francine. Inga statsbesök, inga utlandsresor fanns inplanerade. När jag skämtsamt varnade för korruption och mutor tog hon det med ro. ”Vi köper inga polisuniformer från SwedeFashion.” ”Det kanske inte skulle skada. Ni skulle behöva fräscha upp er, göra era konstaplar lite coolare.”

Och jag hade sett fram mot resan. Marrakech hade ju varit ett slags Woodstock, fast utan musik. En samlingsplats under sextiotalet för konstnärer, författare, skådespelare. Rika överåriga hippies och jetsetfigurer från alla världsdelar: ”the rich and famous”, som drogs till värmen, färgerna, kulturen och inte minst den hedonistiska friheten som för många var obegränsad. Hasch, sex och en exotisk miljö långt bortom inskränkt social kontroll, i en värld där paparazzifotografer inte fanns på samma sätt som senare. Några decennier av frihet och skuldlös glädje.

Seriösare inslag fanns också, som Churchill som kom för att måla, de Gaulle och andra.

Så hade strålglansen avtagit. Nya vattenhål uppstod och ”the rich trash” lämnade till förmån för en mer småborgerlig turism, som nu hade börjat blomstra: det fanns till och med direktflyg från Arlanda.

Av programmet framgick att man skulle fira SwedeFashions femtioårsjubileum. Ett besök i Majorelleträdgården ingick. Där skulle Margareta Wrannberg, företagets VD, lägga ner en krans vid mästaren Yves Saint Laurents grav, tio år efter att han lämnat modescenen. Annat ingick också i programmet, som besök på Djemaa el-Fna.

”Britta säger att Margareta, pappans nya fru alltså, är besatt av Yves Saint Laurent. Hon har träffat honom och praktiserade i hans ateljéer när hon utbildade sig i Paris som ung”, hade Francine berättat. ”Han är hennes stora idol i livet. Och det är väl okej, men det blir lite onödigt att hänga upp vårt jubileum på honom”, hade Britta sagt. ”Att dra iväg till Marocko. Vi är ju trots allt ett svenskt företag och firar vi här hemma kan vi bjuda många fler. Dessutom är det oroligt i arabvärlden. Men vi får gilla läget.”

Francine hade lånat mig en bok om Yves Saint Laurent. Jag hade ju hört talas om honom, men mode är inte riktigt min grej, så det skulle inte skada om jag bildade mig lite före avresan, det var bäst att inte verka alldeles borta.

Och det blev intressant läsning. Det visade sig att modeikonen var en ”svartfot”, en ”pied noir”, beteckningen på fransmän som var födda i den tidigare kolonin Algeriet. Han växte upp i en överklassmiljö i staden Oran, i en villa vid havet. Yves var ett känsligt barn, avgudad av sin mamma och av sina systrar, konstnärligt begåvad och tecknade tidigt kläder. Han fick första pris i en tävling arrangerad av Internationella Ullsekretariatet i Paris när han var sjutton år, en tävling där Karl Lagerfeld kom tvåa, och han presenterades för Christian Dior ett par år senare. Det kom att bli avgörande för hans karriär. Efter några år hos Dior, som tagit honom under sina vingars skugga, efterträdde Yves honom som chef för modehuset efter Diors död 1957. Så öppnade han sitt eget hus 1962 och skapade världsrykte genom sina kreationer med klienter som Catherine Deneuve, Paloma Picasso och Marella Agnelli, en av ägarna till Fiatfabrikerna... dåtidens celebriteter.

Han förde också ut sitt skapande i vidare cirklar genom sin prêt-à-porter, billigare konfektionsvarianter tillgängliga för en större allmänhet. 2002 drog han sig tillbaka, utbränd och sjuklig, för att dö 2008, men hans namn skulle leva vidare som en av modekonstens stora vid sidan av Balenciaga, Chanel och Givenchy.

Ibland kunde plagg från deras kollektioner dyka upp på Auktionsverkets vintage-auktion. Liksom Bukowskis hade man öppnat en ny linje med begagnade kreationer av de ”stora” namnen, som hämtats fram ur olika garderober, förmodligen på övre Östermalm.

Jag hade berättat om vår planerade utflykt till Marrakech för min vän och kollega mitt emot min antikaffär på Köpmangatan, Eric Gustafson. ”Vem är det?” som jag brukar kalla honom. Liksom det biografiska uppslagsverket över framstående personer vet han allt om alla. Den enda skillnaden är att Eric också känner till mycket som inte går att slå upp.

Eric är mycket begåvad och snabbtungad och han missar aldrig ett tillfälle att tråka mig, i all vänskaplighet förstås, och jag ger igen efter bästa förmåga. Och jag måste medge att hans sortiment är ett snäpp bättre än mitt. Ärvda pengar och ett brett kontaktnät av förmögna ”klienter”, som han kallar sina kunder, har bidragit. Han är specialiserad på äldre damer från Östermalm och från slott och herresäten runt Mälaren, inte minst Båven.

När man diskret vill avyttra något ur övermöblerade salonger gör man det med förtroende hos Eric. Diskretion hederssak är hans motto. En liten silverkanna av Zethelius, som plockas fram ur en shoppingväska vid någon av Erics ”tekonseljer”, blir ett glädjande tillskott till handkassan. Tekonseljerna är alltså hans seanser i det eleganta rummet innanför affären där han tar emot med Earl Grey och nybakade scones. De äts med hallonsylt eller honung. Där konverserar man, som Eric brukar säga. Skvallrar, säger jag. ”Du anar inte hur mycket man får höra. Jag får veta allt om alla, nästan åtminstone.” Och så ler han förnöjt. ”Du borde pröva. Det skulle vara bra för dina affärer. Och det behövs ju.”

Jag hade gått in till hans affär en kväll efter stängningsdags. Eric var fortfarande kvar och öppnade när jag ringde på. Han bjöd inte på te och scones, men slog upp ett glas sherry när vi satt oss i de båda rokokofåtöljerna i hans inre rum, ”konseljsalen”, som jag brukar kalla det.

– Marrakech, säger du. Det låter intressant.

– Eller hur? Francine har blivit inbjuden av Britta Gren, en gammal studiekompis och dotter till gamle Edvard Wrannberg, om du kommer ihåg honom. Han grundade SwedeFashion och nu ska dom ha femtioårsjubileum där och det fanns några överblivna platser i deras charterplan.

– Marrakech av alla platser? Det verkar lite opraktiskt.

– Man kan tycka det, men deras VD, Wrannbergs änka alltså, älskar tydligen Yves Saint Laurent och han hade en villa därnere och i programmet står att hon ska lägga en krans på hans grav.

– Det verkar överkurs. Vad hade Yves för anknytning till SwedeFashions massproducerade grejer?

– Fråga inte mig, men vi har tackat ja.

– Jag har faktiskt hört talas om det, sa Eric och serverade mer sherry. Margareta Wrannberg är en av mina bättre kunder. Men hon är sparsmakad. Bara det bästa är gott nog. Och pengar fattas inte. För ett tag sen köpte hon ett underbart fajansbord från Marieberg med motiv från Drottningholms slott.

– Jag har förstått av Francine att hon är Wrannbergs andra fru. Han var tydligen skild och gifte om sig med henne. Det gillade inte barnen.

– Jag känner Kenneth Löfgren, han som är gift med Helena alltså, den andra dottern. Margareta blev ju VD för företaget genom Wrannbergs testamente.

– Det var inte populärt förstås.

– Absolut inte. Jag har förstått att Kenneth ansåg att den posten var vikt för honom. Margareta är en stoppkloss, påstår han. Mot allt nytänkande. Hindrar expansion och utvidgning. Företaget kommer att stagnera om hon får hålla på. En häxa. Flickorna vill etablera sig i fler länder, men Margareta håller emot. Dom menar att hon låg sig till makt och inflytande i firman långt innan hon var gift med Wrannberg. Stora bröst och gubbsjuka är ett gammalt säkert kort, säger Kenneth.

– Häxa? Det är starka ord. Är hon det?

Eric log.

– Det beror på hur man definierar det. Hon är smart, snygg, påminner om Meryl Streep i ”Djävulen bär Prada”.

– Det passar väl i så fall. Hon och Meryl är ju i samma bransch.

– Det kan man säga. Nej, jag tror att det är lugnast om Margareta håller emot. Kenneth verkar lite äventyrlig, lite slirig.

– Hur känner du honom?

– Vi är med i samma Rotaryklubb och ses ibland på andra håll. Han går alltid på visningarna, Bukowskis och Auktionsverket. Vill synas i vimlet. Och han tittar in hos mig ibland.

– Är han intresserad av antikviteter?

– Ja, men mera som statusmarkörer. Han tycker väl att han måste bättra på sin bakgrund som ju inte är mycket att hänga i Östermalmsgranen till jul. Och det är ju en ambition jag uppmuntrar hos mina köpare. Eric log sitt maliciösa leende.

– Det är naturligtvis inte någon lätt sits Margareta har hamnat i med sin ”nya” familj, konstaterade jag. Den elaka styvmodern som snuvar barnen på pengar och inflytande och tar pappan från dem.

– En gammal klassiker. Men hennes ”förordnande” som hon kallar det, löper ut efter tio år. Sen tar dom över. Fast hon brukar skoja om det. Säger att Wrannbergs barn säkert gärna vill hjälpa henne på traven.

– Hurdå?

– Om nånting händer henne innan dess får ju dom ta över. Kan styra och ställa med SwedeFashion precis som dom vill.

– Du menar …?

– Jag menar ingenting. Men jag har en känsla av att Margareta inte bara skämtade.

Eric log igen, lika maliciöst.

Kapitel III

Några dagar före avresan till Marrakech hade Francine bjudit hem Britta Gren, Edvard Wrannbergs dotter alltså, och hennes man Bertil. Vardagsmiddag på Lützengatan. ”Fuskmiddag”, hade Francine sagt. ”Hurdå?” hade jag replikerat. ”Gravlax med färskpotatis. Ost och rödvin. Konventionellt kanske, men somrigt och lätt och jag behöver inte stå i köket.”

Det blev en trevlig kväll. Britta var en intressant bekantskap. Hon hade läst juridik tillsammans med Francine men gått över till mode, till design. Nu var hon chef för en inköpsavdelning och reste världen runt för inspiration och inköp. Mellan trettio och fyrtio någonstans. Knallblå långbyxor, limegrön T-shirt. En effektiv kombination.

Inte påfallande vacker, men stilig, hade klass. På ena kinden hade hon ett hjärtformat födelsemärke som gav henne ett pikant drag, såg ut som en mouche som franska kvinnor använde på 1700-talet, ibland för att dölja ett ärr efter kopporna. Men hon såg inte ut som om hon haft smittkoppor, tvärtom. Robust. Gav ett friskt och levnadsglatt intryck. Stora mörka ögon och blont hår.

– Så roligt att ni kunde komma, sa Francine.

Brittas man Bertil var också jurist men sysslade inte med mode. Arbetade på företagets juridiska avdelning, specialist på internationell rätt. Han berättade intressant om SwedeFashions omfattande kontaktnät, om fastighetsköp utomlands. Om leasingkontrakt på de bästa affärslägena i olika storstäder, om komplicerade förhandlingar med leverantörer och stora kunder.

– Jag ansvarar också för vår CSR-enhet.

– CSR? Vad är det? frågade Francine intresserat.

– Sorry, man bollar med så många förkortningar att man inte tänker på det. Corporate Social Responsibility. Kort innebär det att vi tar hänsyn till miljöfrågorna och ser till att arbetsförhållandena blir bättre hos våra leverantörer. Vi har till exempel stora problem med mänskliga rättigheter på en del håll, särskilt i Asien. Vi kräver anständiga arbetsvillkor och löner för arbetarna i fabrikerna. Respekt för deras mänskliga rättigheter. Vi skriver in det i kontrakten och vi får försäkringar om att villkoren uppfylls. Problemet är bara att vi har svårt att kontrollera verksamheten. Det finns ju ett nätverk av leverantörer och underleverantörer med många led bakåt.

– Hur kollar ni det? undrade jag.

– Det är jättesvårt, särskilt för dom största företagen som har många underleverantörer. Ofta har dom ingen kontroll och uppföljning. Bara häromdagen såg jag en uppgift om ett stort, svenskt företag som hade sin produktion i Bangladesh. Timlönen var två kronor och levnadsförhållandena var usla. På SwedeFashion gör vi vad vi kan och i många fall skickar vi ut inspektörer på oanmälda besök, tar kontakt med dom anställda. Och vi satsar på utbildning, skapar medvetande om att vi har ett socialt ansvar. Men vi lever i en komplicerad och korrupt värld och ibland får vi på tafsen i media när man upptäcker fel någonstans. Men vi jobbar på det.

Bertil Gren var något äldre än sin fru. Liten och rund, snaggat hår som mildrade konsekvenserna av att han tappat det mesta. Glad och energisk. Pigga ögon och snabb i repliken. En typisk pykniker.

Båda såg fram mot resan. Britta hade aktivt deltagit i planeringen av jubileet och hade just varit nere i Marrakech för en slutkoll av programmet. För det var tydligen en stor apparat. Många gäster, festmiddag på ett av de största hotellen, inkvartering, luncher och program. Mediekontakter. Lite senare under året skulle man också fira femtioårsdagen i Stockholm för ett större antal inbjudna. ”Annars skulle vi få hyra en Airbus till Marrakech.”

– Jag har förstått att Yves Saint Laurent kommer att figurera i programmet, sa jag.

De såg på varandra, ett snabbt ögonkast i samförstånd.

– Det är inte vårt fel. Bertil log. Margareta har insisterat på det. Hon är helfrälst på Yves, han är hennes idol, ikon. Och hon är ju bevars VD, så vi får ställa upp. Om jag fått bestämma så hade vi lagt upp jubileet på ett helt annat sätt.

– Men det får du inte, sköt Britta in. Vi måste gilla läget och det är väl inte alldeles ologiskt att ett stort modeföretag hyllar en föregångsman. Regnar det på prästen så droppar det på klockaren, eller hur?

– Bondepraktikan? sa jag. Där finns mycket folklig visdom att hämta.

– Precis. Och Saint Laurent kommer inte att dominera programmet. Pappa får naturligtvis allt ljus på sig. Och det är han värd. Inga tjusiga skolor, inga pengar, inga kontakter, men han skapade nånting som har vuxit och är bestående.

– Vi får hoppas det, sa Bertil syrligt. Att inte nån okunnig amatör drar proppen ur badkaret.

– Jag hoppas bara att allt kommer att funka, sa Britta avledande. Det märktes att hon inte gillade Bertils insinuationer inför utomstående. De måste ha gällt hennes styvmor, tänkte jag. Den dominerande Margareta som tydligen blockerade vägen för hennes båda svärsöners expansiva planer, om jag fick tro Eric Gustafson. Och han brukar ju vara välinformerad.

– Programmet ser verkligen intressant ut, sa Francine. Vi ser fram emot att få vara med och vi uppskattar verkligen att vi fick plats i planet.

– Det fanns två tomma platser så det var ingen större uppoffring. Britta log.

– Kommer Yves Saint Laurent att sätta några avtryck i er nästa kollektion? undrade jag.

– Om Margareta får hållas blir det säkert så, sa Bertil ironiskt. Och ingenting verkar kunna stoppa henne. Jag har avrått. Vi får inte skrämma bort kunderna. Dom är alldeles för konservativa. Vill ha snygga, moderiktiga och billiga kläder med kvalitet. Sånt som dom kan hänga undan eller slänga när dom tröttnar på det. Det är ju omsättning och volym som är vår styrka. Och logistiken. Att vi får fram grejerna på nolltid. Fast mig är det ju ingen som lyssnar på.

Bertil skrattade och slog upp mer av den svala chablin som stod på bordet. Vi hade just avslutat vår gravlax med Francines specialsås och väntade på ostarna och rödvinet.

– Det är jättesynd om dig. Britta log och klappade honom ömt på kinden. Men om du håller dig till ditt och ser till att vi inte har leverantörer med underbetalda barnarbetare som jobbar tolv timmar om dan i Bangladesh och Thailand så är alla nöjda. Kollektionerna får du lämna åt oss. Och det är faktiskt inte nån dålig idé, det här med marockanska inslag i designen. Kraftiga färger, spännande linjer. Och vi lyfter fram en hel kultur, skapar förståelse och intresse. Det är inte bara New York, Milano och Paris som inspirerar, det känns faktiskt lite trött i bland. Kör på i gamla hjulspår.

– Nytt vin i gamla läglar, konstaterade Francine och hämtade ostbrickan, satte ner den på bordet. Kraftfull getost från Normandie, smältande italiensk gorgonzola och hederlig svensk vällagrad Västerbotten, min favorit bland ostar. Till det tunna skivor av mörkt fullkornsbröd.

– Det kan man säga. Vi planerar nästa år nu, vår och höst, och vi har ett designteam nere i Marrakech som ska fånga upp färger, skärningar, linjer. Få inspiration. Saint Laurent var mycket inspirerad av atmosfären där nere och bodde ju i sin Villa Majorelle långa perioder. Och det går igen i hans kollektioner.

– Kan man verkligen överföra hans fantastiska kreationer till svensk vardag? Bertil såg frågande på henne. Blir det inte alldeles för sofistikerat, överkurs? Kommer tjejer och tanter här att våga sätta på sig så avancerade grejer?

Britta log överseende.

– Skomakare, bliv vid din läst. Om du gör vad du är bra på så kör jag mitt race och alla blir glada.

Då ringde en mobiltelefon.

– Ursäkta mig, sa Bertil, reste sig från bordet. Jag glömde stänga av, men jag tar det därute.

Så gick han med telefonen mot örat. Efter en stund följde jag efter. Skulle hämta en flaska rödvin till osten, ett hyggligt vin från Chile som ju kommer stort i konkurrens med de etablerade producentländerna. En Cabernet Sauvignon Carmenere. Det är framställt på organiska druvor och har en etikett av återanvänt papper. Och den är originell, med en bild av en cykel. På flaskans baksida får man veta att vingårdsarbetarna cyklar omkring i odlingarna. Klart prisvärt och med ett ekologiskt tänkande.

Jag stannade upp innan jag kom ut i köket. Jag hörde Bertils röst på andra sidan den halvöppna dörren.

– Jag vet, sa han. Jag har snackat med kärringdjäveln igen, men det är som att tala till en vägg. Du vet ju själv hur det är. Och nu den här djävla franska modebögen. Det är ju bisarrt! Vi måste få stopp på henne innan det blir katastrof. Det kan inte fortsätta så här. Hon måste bort!

Jag gick tillbaka, ville inte tjuvlyssna. ”Kärringdjäveln.” Var det sin svärmor han talade om?

– Hittade du inte vinet? Frågande såg Francine på mig. Jag ställde det på diskbänken. Två stycken, för att vara på den säkra sidan.

– Jag ville inte störa Bertil. Han stod ute i köket och talade i sin mobil.

– Bertil är hopplös, suckade Britta. Glömmer alltid att stänga av den där apparaten. Den är ett otyg.

– Men den är praktisk, sa jag. Kan rädda liv.

Då kom Bertil tillbaka.

– Ursäkta, ursäkta, sa han glatt, verkade inte ett dugg besvärad. Men det var Kenneth som ringde. Min svåger alltså. Gift med Brittas syster Helena. Och det var viktigt.

Han såg på mig.

– Var det nåt särskilt? Britta såg på honom.

– Vi tar det sen, på kammaren.

När de gått berättade jag vad jag hört av Bertils telefonsamtal ute i köket. Och jag talade om vad Eric Gustafson sagt om Margareta Wrannberg, om hennes kontrollbehov. Att döttrarna och deras män tyckte att hon var en stoppkloss som hindrade expansion och utveckling.

– Det måste ha varit Margareta dom talade om, konstaterade jag. ”Kärringdjäveln.” Och det passar ju in på vad Eric Gustafson sa om henne. Att hon påminner om Meryl Streep i den där filmen. Fast här skulle det bli ”Kärringdjäveln bär Prada”.

Francine skrattade.

– Ett vackert epitet, fast inte nån bra filmtitel. Men det stämmer säkert. Och jag förstod på Britta när vi sågs sist att dom har besvär med henne. Problemet är väl att hon sitter säkert i sadeln. Är VD och har en kontrollpost av aktierna. Hennes man ville tydligen se om sitt hus, en försiktig general som inte ville rusa iväg.

– Han lyckades i alla fall bygga in en klassisk motsättning och konflikt, det hade han väl kunnat räkna ut, att det kunde bli problem. Men jag vet för lite för att kunna bedöma det. Han kanske gjorde rätt. Vi får väl nöja oss med att konstatera att det inte är vårt problem och bara tacka och ta emot. Jag ser verkligen fram emot resan. Det ska bli trevligt att komma ifrån ett tag och Marrakech lär vara fantastiskt.

Kapitel IV

Det var högt i tak i det stora rummet. Två höga fönster vette ut mot Humlegården. Trädkronornas grönska låg under fönsternivån, man såg ut över ett grönskande hav där lövverket böljade för vinden. Trafikbruset anades, men störde inte.

Rummet gick i vitt; vita väggar, vitt tak. På väggarna hängde färgsprakande Miró-litografier i breda guldramar. En stor kaukasisk matta i geografiska mönster låg på golvet som en vital kontrast till allt det vita. En sofistikerad dator och en stereoanläggning från Bang & Olufsen kompletterade inredningen där en soffgrupp i vitt bakom ett svart glasbord stod vid ena väggen under en stor litografi. Andy Warhols version av Yves Saint Laurent.

Margareta Wrannberg var stolt över inredningen, hade skapat den själv. Det gamla, tunga skrivbordet och de nedsuttna skinnfåtöljerna hade burits ut och de murriga tapeterna målats över. Fräscht. En ny tid. Ljus och luft. På det stora skrivbordet framför henne låg ett pappersark fyllt med runda ringar med stora mellanrum. Bredvid fanns en namnförteckning i alfabetisk ordning. Gästlistan.

Placering är alltid viktigt, tänkte hon. Och svårt. I slutänden blev väl ingen riktigt nöjd, man skulle ha suttit ”finare” eller med trevligare människor. Men det fanns ju vissa tumregler att gå efter. Budord nedlagda i ”vett och etikett”, men inte formulerade av Moses utan av Magdalena Ribbing. Ålder, exempelvis. Ju äldre man var, desto närmare värdinnan kom man, släktskap, gamla vänner. Sen ställning och position. En generalmajor satt högre än en fänrik. Och hon hade många att välja bland. På hennes lista fanns representanter för banker och leverantörer. Kunder och designers. Media. Och naturligtvis järngänget, de gamla medarbetarna och kollegerna som varit med från början, lojala och plikttrogna hade de bidragit till att bygga upp företaget. Insatser som inte fick glömmas bort.

Nu gällde det att lägga pusslet så smidigt och konstruktivt som möjligt. ”Största möjliga lycka åt största möjliga antal”, som den engelske filosofen Bentham formulerat det. Varför hade inte något politiskt parti tagit upp det som sin valplattform? tänkte hon och log. Ett oslagbart program och lite mer sofistikerat än den minsta gemensamma politiska nämnaren som gällde i dag: ”Allt åt alla, fast mera.”

Men grundbulten i placeringen var naturligtvis att det skulle bli trevligt, en värdig tillställning, ett jubileum man skulle minnas. Hon var skyldig Edvard det, och SwedeFashion.

Att sitta traditionellt vid långbord var inte något bra alternativ, tänkte hon. Centrum blev mitten där värd och värdinna satt. Sedan glesnade det ut i fallande ordning och att hamna vid bordsändan var inte någon höjdare. En fördel med runda bord var också att man kunde sätta ihop rätt blandning av personer. Formatet gjorde att man kunde prata åt olika håll, inte var begränsad till bordsgrannarna till vänster och höger. Rörlighet och action.

Placeringen vid högtidsmiddagen nere i Marrakech var viktig och hon hade inte delegerat den till någon annan. Edvards döttrar skulle inte klara det. De var för unga, kunde inte branschen och de olika aktörerna än. Det tog tid att bygga nätverk. För att inte tala om deras män. Bertil och Kenneth. Hon log ett ironiskt leende där hon satt.

De saknade fingertoppskänsla, personkännedom inom branschen och omdöme. Det skulle bli katastrof om hon släppte loss dem på en så viktig uppgift som att sätta rätt person på rätt plats. Det var trots allt ett femtioårsjubileum. Hon var medveten om att det pratades, att man var kritisk mot idén att flyga ner till Marrakech. Men hon brydde sig inte. Alternativen var alldeles för vanliga och trista. Grands vinterträdgård eller Operaterrassen var inte några höjdare. Smakade trött slentrian, och inte särskilt prisvänligt heller. Och ett museum kände hon inte för. Det kunde lätt bli lite stelt.

Nej, hon ville ha någonting mer. Fest, flärd, elegans. Det skulle också bli en belöning för många medarbetare, ett avbrott i vardagslunken, och publicitetsfaktorn skulle bli större i en exotisk miljö. Dessutom kunde hon koppla jubileet till Yves Saint Laurent. Hon log och såg på Warhols litografi. Och hon skulle lägga ner en krans vid hans grav i trädgården vid den vackra villan nere i Marrakech. För henne skulle det bli en av höjdpunkterna på resan.

Margareta visste att man bakom hennes rygg var kritisk också till kopplingen till Yves Saint Laurent. Ett jippo. Tyckte det var överdrivet och ologiskt att hänga upp deras jubileum på honom. ”Vi lever ju för fan på tjugohundratalet”, hade någon sagt. ”Galaklänningar för hundratusen är för sydamerikanska miljonärskor och kungabröllop, inte för vårt marknadssegment.”

De behövde inte vara rädda. Edvard Wrannberg och hans skapelse skulle ha huvudrollen, men det kändes rätt att hylla också Yves, som en av de största i branschen, en representant för det mode de alla arbetade med.

Fast de kände inte till bakgrunden. Yves Saint Laurent var faktiskt anledningen till att hon satt här, tänkte hon. Hon hade fascinerats av hans kläder, bilderna av dem hon sett redan som flicka. Hon hade hittat ett gammalt nummer av den avsomnade

Månadsjournalen ute i föräldrarnas sommarstuga. Ett stort reportage från Yves tjugoårsjubileum på Lido i Paris. ”Alla” hade varit där. Paloma Picasso, Catherine Deneuve, Bettina, mannekängen som varit Aly Khans älskarinna. Baronessan de Rothschild, en Kennedysyster och Jean Mitterrand, bror till den senare presidenten.

Listan var lång och toppades av Vogues chefredaktör som lämnade över en Mode-Oscar från amerikanska designers. Färgskimrande kreationer från Saint Laurents modehus, hans älsklingsblommor vita orkidéer, och champagne förstås. Hon kom till och med ihåg menyn som hon inte hade tyckt levde upp till vad man hade kunnat vänta. Rökt lax, lammkotletter och tårta. Verkade mera svenskt femtioårskalas än galamiddag på en av Paris lyxkrogar. Och när hon studerade mode i Paris hade hon fått praktisera ett halvår i hans ateljé, fått träffa honom. Sval, elegant, opersonlig. Men vad kunde hon ha väntat sig? En ung praktikant, längst ner i den interna hierarkin.

Ett helt nytt universum hade öppnats för henne, fascinerat. Det hade lett henne vidare in i modevärlden. Till Beckmans, design, jobb inom olika modeföretag, och till sist hamnade hon på SwedeFashion där hon gradvis övergick till att bli Edvard Wrannbergs högra hand. Avancerat från inköpare till chef för marknadsavdelningen, för att så småningom få ett övergripande ansvar för verksamheten, i takt med att Edvard åldrades. Alla rykten, allt skvaller hade hon satt sig över. Avundsjuka och småsinthet hade hon kallat det, väl medveten om att situationen uppfyllde alla kriterier på klichéer i sammanhanget. Men deras samarbete hade varit strikt professionellt under de första åren. Hon hade fått mer och mer ansvar, Edvard hade litat på henne och efter hans skilsmässa hade deras arbetsmässiga relation gått över i någonting annat och djupare.

Man hade naturligtvis också pratat om åldersskillnaden. Sjutton år yngre var hon. Men hon hade svar på tal om det skulle behövas. Clint Eastwood och Dostojevskij var tjugofem år äldre än sina fruar och Helmut Kohl trettiofem. Hursomhelst hade hon fokuserat på att visa att hon dög, kunde leda företaget efter Edvards död.

Fast värre än skvaller och rykten var döttrarnas inställning. Redan från början hade hon märkt att både Helena och Britta tog avstånd från henne, de hade ingen som helst förståelse för att deras pappa lagt ansvaret för firman i hennes händer. För att inte tala om deras män. Bertil och Kenneth hade mer eller mindre öppet visat att det var ett fatalt misstag, att hon inte var kompetent och inte förstod att en ny tid krävde en ny policy. Inte minst gällde det Kenneth. Hon insåg att han tänkt sig att ta över efter Edvard och han gjorde ingenting för att dölja sin besvikelse.

Men de behövde inte vara oroliga. Hon hade inte tänkt sitta kvar längre än nödvändigt. Hon skulle avgå när allt var på rätt köl och hon skulle se till att man inte gav sig ut på alltför djupa vatten. Det hade hon lovat Edvard.

Dörren öppnades utan förvarning. Hon hade låtit sätta upp en liten konsol vid ena sidan där man kunde trycka på en knapp som skulle svara med ”Välkommen” eller ”Vänta”. Och det var praktiskt. Men den här gången hade någon inte brytt sig. Hon gissade vem.

Kenneth Löfgren kom in i rummet. Gick fram till stolen på andra sidan skrivbordet, satte sig, lade det ena knäet över det andra och log mot henne. Men det var inte något vänligt leende.

Margareta såg på honom. Hon hade aldrig gillat Kenneth. En streber. Han hade arbetat på firman i flera år och hon hade sett hur han försökte armbåga sig fram, kunde gå över lik. Intrigerade och trasslade med enbart sina egna intressen som målsättning. Sen hade han gjort det stora klippet, gift sig med Helena, chefens dotter. En klassisk manöver. Margareta hade inga illusioner. Inte om Bertil heller, Brittas trivselviktiga och alldagliga man.

Kenneth var en helt annan sort. Mörkt, bakåtkammat hår. Smalt ansikte och beräknande, bruna ögon. Solbrun året om. Vita tänder. Fasader? Lite för välklädd, lite för mycket after shave, men charmig och vältalig. Påminde om fotomodellerna på herrsidan i deras annonskampanjer. Margareta förstod mycket väl att Helena hade fallit för honom.

Men hon var inte den enda som genomskådat Kenneth. Det hade Edvard också gjort och hon visste att hans testamente, där hon gjorts till VD, också bottnade i att han ville förhindra att Kenneth tog makten. Kenneth var den typen. Hänsynslös och smart och hon hade inga illusioner om vad som skulle kunna hända om han fick fria tyglar. Han var alltid full av idéer och förslag, hade alltid nya projekt på gång, nästan alla lika dåligt underbyggda. Hon hade lyckats stoppa de flesta, men inte alla. Den misslyckade satsningen i Baltikum hade kostat mycket. För husfridens skull hade Edvard gjort honom till en av cheferna på försäljningssidan. Helena hade väl legat på.

– Vad kan jag göra för dig? Hon såg på honom och log. Försökte alltid vara vänlig, åtminstone på ytan.

– Du kommer ihåg vad vi talade om härom dan? Och jag har tagit upp det flera gånger tidigare. Du skulle tänka, sa du. Har du gjort det?

– Du menar parfymen?

Han nickade.

– Jag har faktiskt analyserat det sen en tid tillbaka, sa hon, men jag har kommit fram till att det inte kommer att funka. Och det har jag ju redan talat om för dig.

– Vad menar du? Funka? Tänk på din älskling Yves Saint Laurent. Hans hus har tjänat miljarder på sin parfymlinje. Ta bara Opium eller Rive Gauche, YSL, och tänk på Coco Chanels N° 5. Lagerfeld och andra har insett det. Framtiden för oss ligger i parfym. Uppfordrande såg han på henne.

– Jag uppskattar att du månar om vår framtid. Men det är faktiskt ganska orealistiskt om du tänker efter. Till att börja med har vi inte något bra namn. ”Passion by SwedeFashion” är ingen höjdare. Vi är inte tillräckligt etablerade internationellt. Och jag vill inte ens tänka på kostnaderna för lansering och marknadsföring. Sen måste du också hitta en parfymör, typ Jacques Cavallier, han som skapade Saint Laurents parfymer. Eller Jean-Claude Ellena, Hermès ”husnäsa”. För att inte tala om designen.

– Vadå design?

– Du måste ta fram ett emballage, en flaska, en förpackning. Parfymer säljer på det. Designen är fantastiskt viktig. Tänk på Rive Gauche. En oerhört elegant cylinder i silver, svart och blått. Och formgivning får du inte gratis.

Kenneth Löfgren satt tyst, såg på henne.

– Vet du vad skillnaden mellan oss är?

– Jag kan tänka mig flera alternativ.

– Jag tänker framåt och du bakåt. Du har fastnat och stelnat. En general som utkämpar det förra kriget. Vi måste förnya oss, gå ut i världen med nya idéer. Vi måste ha mera lyx, mera bling-bling. Titta bara på Versace.

– Det var en intressant tanke. Du vet väl att skaparen, Gianni Versace, mördades och att Donatella, som sköter företaget nu, höll på att gå under av kokain. Jag hoppas att du inte vill se mig mördad. Hon log ett ironiskt leende. Men jag uppskattar din inställning, fortsatte hon. Varför gör vi inte så här? Du arbetar fram en analys och kostnadsberäkning över ditt parfymprojekt. Kommer med ett konkret förslag. Sen får styrelsen ta ställning till det.

Kenneth reste sig och gick ut med snabba aggressiva steg. Slog igen dörren med en smäll.

Margareta log där hon satt. Nu var han desarmerad, hon hade fått andrum utan att vara helt avvisande. Bollen låg hos honom. Men hon visste att Kenneth inte hade kreativitet och uthållighet nog för att komma tillbaka med ett detaljerat projekt. Storslagna visioner var hans grej. Inte mödosamt arbete.

"Blingbling" hade han talat om. Och det passade in på hans personlighetstyp. Hon ryste när hon tänkte på guldlänken han bar om halsen, på Rolexklockan i guld. Hela han var typiskt blingbling. Nej, Edvard hade haft rätt. Det gällde att hålla Kenneth borta från syltburkarna ett tag till. De andra också. Annars visste man aldrig hur det skulle sluta. Fast hon fick se upp. Gianni Versace var ett varnande exempel. Mordet. Men det skulle de inte ha kraft eller mod till. Hon satt säkert i sadeln och kunde effektivt förhindra alla äventyrligheter.

Så tog hon fram gästlistan och fortsatte.

Kapitel V

Kan man älska en byrå?

Jag förverkligade en gammal dröm härom dagen. Jag ropade in en rokokobyrå av Christian Linning, en av 1700-talets stora möbelkonstnärer i Sverige. Hans mästarstycke var ett kabinettskåp och hans gärning kom att prägla senbarockens och rokokons utformning i Sverige.

Jag har alltid beundrat Linnings verk. Han var oerhört skicklig och jag jämställer honom med Haupt och Ditzinger liksom med Iwersen. De hade visserligen sin glanstid under den gustavianska epoken, men konstnärligt var de på samma nivå, kanske med ett försteg för Haupt, giganten.

Av många skäl är Linnings verk en dröm för mig. Priserna ligger utom räckhåll för mina resurser, men nu hade ödet i kombination med mitt dåliga omdöme eller snarare min impulsivitet gripit in. Allt i förening med vad de gamla romarna kallade ”scelerata habendis”, brottsligt habegär.

På en auktionsvisning hade jag sett rokokobyrån i valnötsfaner och med brännförgyllda bronsbeslag. Faneret hade en sidenmjuk, mörkt honungsfärgad lyster. Beslagen perfekt avvägda och proportionerna utsökta, harmoniskt balanserade. Inte sällan är rokokobyråer lite klumpiga, kan vara svulstiga och bredbukiga, men här stämde allt. Och jag blev faktiskt förälskad. Sen ville det sig så att jag just hade gjort ett klipp, sålt en stor silverterrin av Pehr Zethelius, ett annat stort namn i konsthistorien.

Jag kunde alltså inte motstå utan ropade in den. Priset, det sexsiffriga, var kanske lite i överkant, men det kunde inte hjälpas. Jag tröstade mitt dåliga samvetes pekfingrar med att när jag väl sålde byrån skulle priset ha stigit. Unika föremål har ju en inbyggd värdestegring om de är av högklassig kvalitet. Och proveniensen var intressant.

Den förste ägaren, Franz von Aken, hade varit livmedikus hos Adolf Fredrik och byrån skänktes till hans dotter Fredrika när hon var fjorton. Det kunde man läsa på byråns baksida där Fredrika skrivit ner uppgifterna. Att det sen skulle glädja mig att visa upp mitt byte för Eric Gustafson gjorde inte tillfredsställelsen mindre när auktionsklubban dunkade i bordet och Linnings byrå var min.

Nu står den alltså i skyltfönstret i min affär på Köpmangatan för alla att se och beundra. Men snart skall jag flytta upp den i min våning, högst upp på Köpmantorget 10. Som en del av mitt pensionssparande. Det är vad jag säger till min revisor när han klagar på att mina bästa objekt inte alltid omsätts nere i affären. En av mina brister som antikhandlare är ju att jag inte kan skiljas från mina vackraste saker. Då kontrar jag med att jag inte litar på myndigheter och orangea kuvert, för att inte tala om banker, utan bygger upp min egen pensionsfond. ”Är det inte bättre att investera i Linning än att låta giriga fondmäklare ta pengarna i feta arvoden?” Han blir aldrig övertygad, men vad ska han göra?

Det händer ibland att jag går ut på gatan för att beundra min trofé genom skyltfönstret. Det är kanske lite opraktiskt, men jag vill dela med mig till andra och göra reklam, locka in köpare för att botanisera i mitt utbud.

Ett par dagar efter middagen hos Francine kom en storväxt man in i affären. Ett kraftfullt, tungt ansikte, som på en marmorbyst av en romersk kejsare. Skallig, guldbågade glasögon. Han gav intryck av att vara van att bestämma, att föra befäl. Men han var inte klädd i toga som en kejsare från Rom. T-shirt och jeans. Sandaler utan strumpor.

– Jag såg just byrån i fönstret. Underbar. Han log.

Jag höll med.

– Nyinkommen. Christian Linning. Signerad. Ett mästerverk.

– Går det att få titta närmare på den?

– Självklart.

Vi gick fram till skyltfönstret, jag vände på byrån så att framsidan vette mot oss. Han stod länge och tittade, begrundande. Strök med fingertopparna över det glänsande valnötsfaneret, kände på beslagen. Och jag vred på byrån igen för att visa signaturen på baksidan.

– Linning, sa han eftertänksamt. Jag har hört talas om honom. Jag är ingen expert på antikviteter, men en del kan man ju. Hur mycket vill du ha för den?

– Den är inte till salu.

– Inte? Men den står ju i fönstret och du är antikhandlare?

– Jag har just fått in den och vill dela med mig, men den ska upp i min våning. Jag är faktiskt förälskad i den.

Han såg på mig och log.

– Jag förstår. Det är väl som det ska vara. Fast ytterst är det väl en prisfråga. Om jag ger dig ”an offer you can't refuse”? Som gamle don Corleone.

– Du ser inte ut som en gangster, men kanske, sa jag, fast jag menade det inte. Men det kunde ju vara intressant att höra vad han ville bjuda.

– Jag är styrelseordförande i ett bolag och vi har en VD som ska fylla sextio. Hon är mycket skicklig och har betytt mycket för oss. Och vi har beslutat att visa vår uppskattning. Inte med bonusar och annat krafs som dom håller på med i en del bolag bakom ryggen på aktieägarna, utan med en rejäl present. Hon är road av antikviteter, särskilt 1700-tal.

– Jag förstår.

– Hon har haft det tufft. Personkemin har inte stämt med en del och att vara kvinna och företagsledare är inte det lättaste, trots allt snack om jämställdhet, kvinnors lika rätt och hela det köret. Hon behöver uppmuntras. Ja, jag vill inte vara indiskret, men jag skulle kunna tänka mig gamle Linning som belöning och lite plåster på såret.

– Som sagt är den inte till salu, sa jag. Men jag kanske kan skaffa nånting likvärdigt. Inte Linning tyvärr, men det finns andra schatullmakare och ebenister som gör fina arbeten och i ett annat prisläge.

– Det är namnet som gör skillnaden, eller hur? Han skrattade. Nåja, jag får väl se mig om på annat håll, men här har du mitt kort om du skulle ändra dig. Han tog fram ett visitkort ur sin plånbok.

– Jag lovar. Och jag stoppade kortet i innerfickan. Man ska vårda sina kunder, både gamla och nya. Jag skulle fråga Eric Gustafson om han hade några tips på hyggliga rokokobyråer. Han fiskar ju med större nät än jag.

Jag tittade på kortet när han gått. ”Sture Nilsson. Direktör.” Plus adress, telefonnummer och e-post.

Han klädde sig verkligen inte som en direktör. Men det var nya tider. Slips och kostym hade gjort sitt. Dessutom var det sommar och då släpper alla hämningar. Shorts, barfota, svettiga och håriga ölkaggar i snabbköpen. Svenska folket låter täckelsen falla och blottar sommarkropparna. Det är väl ett hälsotecken, fast kanske inte alltid en estetisk upplevelse.

Lustigt egentligen med byrån, tänkte jag. Jag hade sålt en annan byrå, en gustaviansk, till en annan direktör för några år sedan. Den kontakten hade både lett till Tanzania och till ond, bråd död.* Jag fick kanske se upp med Sture Nilsson. Ingen visste vad som kunde hända. Och jag log för mig själv.

Så gick jag in på mitt kontor innanför affären. ”Kontor” är kanske en uppblåst beteckning för det lilla utrymmet med skrivbord, länstol, liten diskbänk med elplatta, minikylskåp och mikrougn. Men det är praktiskt och lagom stort för mina behov, särskilt sen det stora holländska barockskåpet efter många års fångenskap blev befriat och sålt. Cléo, min blåmaskade siamesiska sambo alltså, är väl den enda som beklagar det. Uppe på skåpet hade hon en trygg tillflykt, en viktig del av hennes revir.

Nu får hon nöja sig med att sitta på den breda fönsterbrädan och se ut mot den stora kastanjen på gården, hålla full koll på sparvar och andra småfåglar som har riksdag i det skyddande lövverket, skymda för mordiska sparvhökar. Fast vintern är hennes årstid. Då sätter jag ett litet fågelbord utanför fönstret, laddar med solrosfrön och runda talgbollar. Då är det party och mingel hela dagarna och Cléo kan sitta där i timmar.

Jag undrar ibland vad hon tänker på. Skulle hon vilja hoppa ut och ta för sig? Men jag tvivlar på att hon skulle veta vad hon skulle göra med sitt byte, kommen som hon är ur en lång linje av bortklemade raskatter i Siam där hennes sort bara fick ägas av kungar.

Jag satte på kaffekokaren, mätte upp ett par matskedar kaffe i melittatratten, tog fram min blåvita mugg och några pepparkakor. Väntade tills brygden var klar och satte mig i den gamla fåtöljen där Cléos klor lämnat tydliga spår. Francine är på mig ibland, vill att jag ska köpa en ny. Men jag vägrar. Den har anpassat sig till min kroppsform genom åren, är bekvämt nedsutten

* (Mårtenson: ”Safari med döden”.)

och jag brukar fråga om hon inte har hört talas om ”shabby chick”? Det som är så inne. Möbler som bär spår av tidens tand, behagliga, charmigt avspända. Vittnar om kultur och tradition.

Så placerade jag kaffemugg och kakor på bordsskivan. Tog fram Svenska Dagbladet som jag inte hunnit läsa på morgonen. Sjönk ner i fåtöljen och lade upp fötterna på skrivbordet. Cléo hade intagit sin position vid det öppna fönstret. Jag slog upp tidningen. Dagen kunde börja.

Inga större nyheter, inga sensationer. Och det var väl tur det. Jag vände de prasslande sidorna, schasade bort en klumpig humla som förirrat sig in. Men intressanta nyheter fanns det trots allt. En notis berättade att Nepals regering bestämt sig för att mäta höjden på Mount Everest. Man skulle placera ett instrument på toppen, hur man nu skulle få dit det, och sätta ut tre mätstationer på olika platser. Då kunde man få fram den exakta höjden och projektet beräknades ta två år. Nepal ansåg att höjden var 8 848 meter medan Kina hävdade att den bara var 8 844 meter.

Vetenskapen firade triumfer och jag tog en pepparkaka. Vem brydde sig? Det kunde väl bara intressera bergsbestigarna. Varje månad bidrar jag via Unicef till en flickskola i Nepal. Kunde inte deras regering satsa på den sortens projekt i stället för att mäta bergshöjder, som säkert inte var ett gratis nöje?

Mina funderingar avbröts av kamelklockan över dörren ute i affären. Jag lade undan tidningen och reste mig ovigt upp ur fåtöljen. Den är så djup att man måste ta hjälp av armstöden för att ta sig upp.

”Äntligen”, hörde jag en hög röst därute.

Eric Gustafson. Jag drog undan draperiet som hänger för öppningen i stället för dörr och gick ut i affären.

Han log med hela ansiktet.

– Äntligen, sa han igen. Välkommen in bland dom stora grabbarna. Till slut har du blivit en av oss. Jag har varit lite orolig, men nu ser jag att det var onödigt.

– Jag förstår inte riktigt vad du pratar om. Jag har inte kommit ut ur nåt skåp om det är det du tror.

– Om det vore så väl ändå. Nej, jag tänker på din nya byrå. Linning, om jag inte tar helt fel. Han hade ju gesäller och elever också.

Eric gick fram till byrån, synade den noga, läste texten på baksidan och såg på signaturen.

– C.N.L. Linning. Jo, jag tackar. Det var som jag trodde. Och jag tar sällan fel. Äppelkaka med vaniljsås!

– Nu förstår jag ännu mindre. Vad har min byrå med äppelkaka att göra?

– Har jag inte berättat om dom båda gamla tanterna som var så fattiga att dom bara hade ett par löständer. Dom hade tänderna varannan vecka. Så var en bjuden till prästen på kyrkkaffe fast det inte var hennes tur att ha löständerna. Då fick hon låna dom och lämnade dom sen tillbaka. Den andra satte in tänderna, smackade och konstaterade förnöjt: ”Äppelkaka med vaniljsås.”

– Din förvirring tilltar. Jag fattar ingenting. Vad har Linning med vaniljsås att göra? Och löständer? Du borde inte vara ute när det är så här varmt. Jag har läst att det inte är nyttigt för äldre människor.

– Metaforer. Vet du vad det är? suckade han tillgjort och satte sig i en av mina baljfåtöljer med lejontassar. Jag menar alltså att min stilkänsla är lika stark som den gamla damens smaklökar. Omedelbart noterade hon aromen från äppelkakan och lika omedelbart känner jag igen en Linning. Andra också, för den delen. Han log förnöjt.

– Kaffe? frågade jag för att få in honom i normala banor. Man vet aldrig vart det tar vägen när han börjar.

– Eftersom Earl Grey inte är att tänka på i det här huset får jag väl nöja mig med det. Och gärna ett glas vatten. Du vet väl förresten att Linning konserverade Fürlohs änka. Han hade faktiskt sin verkstad på Köpmangatan 3. Lustigt nog använde han ofta just valnöt som faner.

– Räcker det inte med äppelkaka? Måste du ta till kannibalism också?

– Roligt att jag får tillfälle att bilda dig. Han gifte sig alltså med änkan till en annan av möbelmästarna och övertog hans verkstad. Det var vanligt på den tiden. En av dom äldsta gesällerna tog över både änka och verkstad. Ditzinger till exempel, en av dom riktigt stora, han gifte sig med Haupts änka Sara. Och det var väl inte något större problem. Hon var bara tjugoåtta.

– Om du var gift och dog så skulle jag alltså kunna ta hand om både din änka och din affär? Inventarierna också?

– Du skulle må då. Där ser man vad som rör sig i ditt huvud. Gå och hämta mitt kaffe i stället. Och pepparkaka. Nånting annat lär du väl inte bjuda på. Schas!

Man får ta honom som han är, tänkte jag, men han är ju snäll. Innerst inne. Och jag gick ut på kontoret och gjorde i ordning en bricka med blåvita Meissenkoppar och -fat. Lättmjölk i en liten silverkanna, pepparkakor. Eric hade rätt. Men även om jag inte bakade scones som han så skulle jag visa att det inte var något fel på elegansen när jag bjöd på kaffe. Och det var ju alldeles nybryggt.

Jag satte ner den runda silverbrickan på ett litet alrotsbord mellan oss, hämtade termoskannan och slog mig ner i den andra baljfåtöljen.

– Du får förklara dig, sa jag. Det där med "äntligen".

– Du känner mig. Eric log där han satt. Som vanligt en udda fågel i en gråsvensk vardag. Knallröda shorts, illgrön skjorta, uppknäppt i halsen och gula strumpor till de plommonblå mockaskorna.

– Jag missar aldrig en chans att skämta med dig. Jag ville bara gratulera till ditt klipp. Det tar dig upp till dom högre divisionerna. Det är inte alla i branschen som har en Linning i skyltfönstret. Jag är faktiskt lite avundsjuk.

– Det gläder mig. Men du har ju ingenting att vara blygsam över, tvärtom. Ska nån vara avundsjuk så är det väl jag.

– Jag ska inte vara indiskret, men vad tänker du ta för byrån?

– Jag tror inte att jag ska sälja den. Den gör bra PR i fönstret och jag tycker alldeles för mycket om den.

– Det kan jag förstå, en av riskerna i vår bransch, men det är ju lite lyxigt förstås.

– Jag har faktiskt en spekulant. Och jag tog fram visitkortet jag fått och gav det till Eric.

– Sture Nilsson. Jag känner honom. Känner till åtminstone.

– Berätta.

– Han är affärsman och uppfinnare. Tog patent på nån elgrej som gjorde honom till mångmiljonär. Kontroversiell, med hårda nypor och många har farit illa. Sen har han investerat i olika branscher och sitter i en massa styrelser.

– Jag förstår det, för han ville köpa byrån till en VD i nåt bolag där han är styrelseordförande. En väldigt duktig tjej som ska fylla sextio och haft problem internt, men tydligen klarat sig jättefint. Styrelsen var mycket nöjd med henne och ville visa sin uppskattning.

– Sextio, sa du? Frågande såg Eric på mig. Jag känner faktiskt till en kvinnlig VD som ska fylla sextio ganska snart. Jag läste en intervju med henne i Dagens Industri. Vi pratade ju faktiskt om henne nyligen. Margareta Wrannberg i SwedeFashion.

Kapitel VI

När vi flög ner till Marrakech hade det strulat till sig med platsreservationerna. Francine och jag hade hamnat några stolsrader från varandra, men det var inte någon lång flight, fem timmar kanske. Det skulle vi väl klara att vara ifrån varandra, tänkte jag när jag stuvade in dragväskan i facket ovanför mitt säte vid fönstret. Och man bör inte skåda given häst i munnen, en annan folklig visdomsregel jag bär med mig. Vi reste ju gratis tack vare Britta Gren.

I stolen bredvid mig satt en dam i femtioårsåldern. "Katja Berg, modejournalist, freelance", hade hon sagt när hon trängt sig ner i det trånga sätet. Smalt ansikte och blåklintsblå ögon. Grått, kortklippt hår. Tunn vit T-shirt och jeans. Och så loafers som man lätt kunde ta av sig. Praktiskt. Hon hade rest förr.

– Ska du täcka jubileet? frågade jag.

Hon nickade till svar.

– Jag har skrivit mode i trettio år faktiskt och jag var god vän med Edvard Wrannberg. En fantastisk person.

– Jag har förstått det. Och det är ju fortfarande ett familjeföretag.

– Ja och nej. Börsnoterat, men familjen har en kontrollpost och kör sitt eget race. Och likviditeten är hög så dom sitter ohotade. Och du själv? Ska du också ner för jubileet?

– Ja, men jag har ingenting med mode att göra. Min sambo och jag är gäster till en av delägarna. Britta, Wrannbergs ena dotter.

– Jag vet, jag känner Helena, hennes syster. Duktig tjej. Ekonom från Handels i botten och utbildad designer. Jag har för mig att hon gick på Beckmans. Och du själv?

– Jag är inte designer. Jag log mot henne. Antikhandlare faktiskt. Så jag lever på andras design. Döda designers, från 1700-talet dom flesta.

– Det måste vara ett oerhört intressant och stimulerande jobb. Att hela dagarna vara omgiven av vackra och kulturhistoriska föremål.

– Jag skulle kanske inte vilja kalla det jobb. Det är mera en livsstil och passar bättre för filosofer än börsklippare.

– Hurdå, menar du?

– Du sitter i affären på dagarna och ibland är det glest mellan kunderna. Många kommer dessutom in bara för att titta. Och det får man ju förstå. Ingen behöver antikviteter. Det är inte som ägg och mjölk. Det ska mera till. Ett föremål ska tala till dig, du ska känna att du måste ha det. Att du nästan blir lite förälskad.

– Du menar att du ska känna för ett rokokoskåp som du känner för en vacker kvinna? Hon log.

– Nja, inte riktigt, men det måste finnas känslor med. Inte bara tankar på en bra placering eller att tavlan passar i färg med soffan du ska hänga den över.

– Jag förstår. Men var kommer filosofen in?

– Som jag sa blir det ibland mycket spilltid i affären. Man får tid att tänka. Och där inspireras du av alla gamla vackra saker runt dig. Var kommer dom ifrån? Vem har ägt dom? Djupare frågor också. Själv är jag intresserad av religion. Inte så att jag är religiös, men vad religionerna exempelvis har betytt för utvecklingen i världen.

– Jag förstår. Så vem som helst blir inte antikhandlare? Hon skrattade.

– Antagligen inte. Egentligen är vi väl ett gäng udda typer.

Många levnadskonstnärer finns bland oss. Man måste vara lite av bohem i min bransch, ta dan som den kommer. Ibland upp och ibland ner. Fast du måste brinna för gamla föremål, ha ett äkta intresse, om det ska funka på sikt. Det är inte ett nio-till-fem-jobb och vill du bli rik ska du syssla med nåt annat.

– Men räcker det med att sitta i affären och tänka på livet efter detta och på om Gud finns?

– Ta vad jag säger med en nypa salt, och jag kan bara tala för mig själv. Jag log mot henne. Det är naturligtvis mycket annat att jobba med också. Blanketter och administration, momsredovisning, auktioner både ute i landet och Stockholm. Sen gäller det att följa marknaden, ha koll på trender och prisnivåer. Precis som med mode finns det trender i min bransch också. Ibland är barocken stendöd och det gustavianska haussas. Ibland står silver högt och sen faller det. Tycke och smak fluktuerar. Ett av problemen är att hitta bra grejer med kvalitet och som är prisvärda. En annan svårighet är att du kan få in ett bra objekt som går nästa dag, men det kan lika gärna bli stående i ett år eller mera och binda upp kapital.

– Intressant. Jag har faktiskt gjort en del jobb på antikviteter och design. Nu är ju art déco och 30-tal dom nya antikviteterna.

– Precis.

Vi avbröts av flygvärdinnan som delade ut små frukostbrickor. Jag tog kaffe till den inplastade smörgåsen med ost och skinka. Min granne valde te och en Bloody Mary.

– Jag har läst att tomatjuice är nyttigt, sa hon med en blinkning mot mig. Och vodkan framhäver smaken. Dessutom piggar det upp. Drar igång maskineriet.

– Och hur är det i din bransch då? frågade jag efter en stund. Nu vet du allt om antikviteter. Hur är det på modesidan?

– Bra fråga, sa hon och tog det som var kvar av drinken i plastglaset. Mode har ju till ganska nyligen setts lite över axeln, inte minst inom journalistiken. Flärd och yta. Förlöjligats ibland. Men nu börjar man inse vad det är frågan om. Mode är kultur och kläder är faktiskt ett uttryck för en persons identitet, vem du är och vilken grupp du tillhör. Hur du klär dig visar din status, hur du vill uppfattas. Nån har sagt att kläder är ett språk utan ord, men inte desto mindre avslöjande. "Som man är klädd blir man hädd", hette det förr och det ligger mycket sanning i det. Du bedöms efter dina kläder. Och faktum är ju att människan har klätt sig sen tidernas början. Fast förr skaffade man kläder när dom gamla var utslitna, nu "konsumerar" man kläder, nu finns "mode". Vi bekräftar vår identitet genom att shoppa. Frågan är bara hur länge det beteendet håller rent miljömässigt. Resursmässigt, alltså. Bomull exempelvis håller på att bli en bristvara.

– Jag har läst att svenskt mode går bra utomlands också. Som svensk musik.

– Vi exporterade för över tio miljarder förra året. Faktum är att mode är en av dom större exportgrenarna.

– Hur kommer det sig att det går så bra utomlands?

– Jag tror att det har att göra med att vårt mode är ganska rent och funktionellt. Man gör användbara kläder, inte så mycket fantasiutstyrslar. Det är enkelt och i viss mån minimalistiskt. Kläder som funkar, som man kan slänga i tvättmaskinen. Sammanfattningsvis kan man väl säga att det svenska modet har en känsla av nutid och på samma gång är bärbart. Och nu har mode till och med accepterats i akademiska sammanhang, är en humanistisk vetenskap. Vid Stockholms universitet finns ett centrum för modekunskap, det första i sitt slag i världen. Också mängder av utländska studenter kommer dit för att studera mode ur ett teoretiskt perspektiv. Och det är bra. Det kommer också att medföra en seriösare journalistik. Man tar det mera på allvar. Förstår sammanhangen.

– På tal om sammanhang så hörde jag ett intressant radioprogram häromdan, sa jag. Man talade om vilken stor betydelse mammorna har haft för alla stora modeskapare. Balenciaga, Dior, Lagerfeld och inte minst Saint Laurent. Och hans mamma berättade i en intervju att lille Yves redan när han var fyra hade mycket bestämda åsikter om hennes kläder och kom med begåvade förslag på hennes garderob.

– Du ser. Kvinnan bakom allt!

– Hur går det här bak?

Francine hade kommit fram till vår stolsrad, lutade sig över kanten mot mig.

– Det går jättebra. Vi sitter här och diskuterar mode och antikviteter. Katja Berg är modejournalist och ska på samma jubileum som vi.

– Hej, sa Francine. Jag läser ibland vad du skriver och jag tycker det är intressant. Inte bara klyschor som många av dina kolleger kör med.

– Tack. Katja log mot henne. Sånt värmer en gammal murvel. Är du också i modebranschen?

– Bara som konsument. Hon log. Nej, jag ska inte störa. Jag sitter med Helena och Britta där framme om det är nåt. Hej så länge.

– Francine är polis, sa jag förklarande. Min sambo alltså. Eller särbo snarare. Vi bor inte ihop men vi ses så ofta vi kan.

– Polis? Det kan man verkligen inte tro.

– Förutfattade meningar, sa jag. Hon stämmer inte in på hur du tror att en polis ska se ut.

– Det kan du ha rätt i. Man får passa sig. Katja Berg log.

Jag hade inte velat berätta att Francine tjänstgjorde på Säpo. Att hon var chef för personskyddsroteln med ansvar för kungahus, regering och andra höjdare. I hennes jobb talar man inte gärna om vad man sysslar med eller ställer upp på fotografering. Låg profil är riktmärket.

– Hur står sig SwedeFashion i konkurrensen? frågade jag. Dom fyller ju femtio nu så dom har hängt med ett tag.

– Dom klarar sig bra. Ett välskött företag som har specialiserat sig på en lite mer mogen stil. Gör inte så mycket ungt mode. Vänder sig till ett äldre marknadssegment. Och Margareta Wrannberg är skicklig. Hon var ju Edvards högra hand i många år och har en gedigen utbildning inom mode. Beckmans, och så har hon praktiserat i Paris hos Yves Saint Laurent.

– Jag har förstått att han är hennes idol. Att deras jubileum ska gå i hans tecken. Delvis åtminstone.

– Precis. Jag har sett i programmet att vi ska ha en minnesstund i hans trädgård Jardin Majorelle. Pierre Bergé, hans partner, har skapat ett minnesmärke över Saint Laurent där. Och han var ju fixstjärnan på modehimlen, nyskaparen och visionären. Enligt många har ingen betytt mer för kvinnans garderob under senare delen av 1900-talet än han, tillsammans med Chanel. Jag håller med. Det var ju han som introducerade smoking på kvinnor, som skapade modet med långbyxor. Man kan säga att han var den moderna kvinnans modeskapare, den eleganta och privilegierade kvinnan som tog till sig enkelheten och samtidigt behöll respekten för elitens förfining.

– Den klarast lysande stjärnan på modehimlen, alltså?

– En av dom. Själv är jag väldigt svag för Karl Lagerfeld. Sen finns ju många senare stora namn.

– Lagerfeld? Han med det vita håret och hästsvans?

– Precis. Han och Yves var samtida, båda var gay, och när Yves Saint Laurent som sjuttonåring vann en designtävling i Paris, det som öppnade dörren för hans karriär hos Dior, kom Lagerfeld tvåa i samma tävling. Dom skulle sen ständigt tävla mot varandra, hade till och med samma älskare som Yves ”stal” från Lagerfeld.

– Det låter dramatiskt.

– Verkligen. Men medan Lagerfelds liv fylldes av hårt arbete gled Yves längre och längre in i depression och olika missbruk för att kunna stå ut med sitt hektiska liv. Det var också en omänsklig press att hela tiden prestera på topp. Pierre Bergé berättar att Yves var född med depression och själv såg haute couturen som en bur, ett ensamt fängelse. Han var fångad i sitt eget varumärke, som nån skrev. Till slut orkade han inte längre, sålde sitt modehus och drog sig utbränd tillbaka.

– Han brände sitt ljus i båda ändar?

– Just det. Bergé har publicerat en samling av sina kärleksbrev till Yves. Postuma brev, alltså. Dom är romantiska, självutlämnande och gripande, fyllda av djup sorg och smärta.

– Då är tydligen Karl Lagerfeld mer robust och jordnära?

– Det kan man säga. Tysk, hårt arbetande, noggrann och samtidigt genial. Fast han verkar ju lite udda med sitt hår och ringar på nästan alla fingrar. Alltid i svart med hög, vit krage och solglasögon.

– Hans varumärke?

– Exakt. Och han vårdar det! Jag har faktiskt intervjuat honom. ”Jag skapar kläder, andra tillverkar dom”, sa han. Det kräver kunskap, skicklighet och tålamod. ”Jag är en improvisation”, minns jag att han sa. Och han berättade att han började sin karriär i egentlig mening hos Chanel. Skulle återuppväcka en stendöd Törnrosa. Mode är ett jobb, menade han. Inte det goda livet. Mode är farligt, flyktigt och orättvist.

– Han hade säkert rätt, sköt jag in.

– Och han var ju en underbar regissör av sina visningar. Jag minns särskilt en i ett jättestort helvitt rum med en stor rund catwalk under en lika stor och rund vit lampa. Det började med en lång rad mannekänger i svarta långa kappor som gick runt, runt på catwalken. Dom ställde sen upp sig i cirkel mot publiken, tog av sig kapporna samtidigt och visade upp olika färgstarka kreationer. Oerhört effektfullt i kontrast till det svarta.

– Intressant. Mode är tydligen show också. Fast Margareta föredrar ju som sagt Yves Saint Laurent. Ni får väl försöka hålla sams. Men det kan väl inte ha varit så lätt för henne att ta över efter sin man? Han hade ju två vuxna döttrar i firman. Dessutom med ingifta män som också arbetar där.

Jag lade ut en oskyldig krok för att se om hon skulle nappa. Och det gjorde hon.

– Man hör och ser ju en del, sa hon förtroligt och lutade sig fram mot mig, talade lågt som om hon var rädd för att någon skulle höra henne.

– Det var flera som kände sig kallade när Edvard dog, men ingen av dem blev vald. Margareta skulle ta rodret. Och det gjorde hon med besked. Satte ner foten från dag ett. Helena och Britta fann sig väl i det under visst knotande. Men dom visste ju att det var temporärt. Och jag tror att dom var lika glada ändå, innerst inne. SwedeFashion är ett svårskött pastorat, konjunkturerna är skakiga och Margareta är erfaren och kunnig. I praktiken var det ju hon som skött företaget dom sista åren innan Edvard dog. Men deras män är inte lika tålmodiga, tvärtom.

– Du menar Bertil och Kenneth.

– Just det. Särskilt Kenneth. Jag har aldrig gillat honom. En maktfullkomlig streber som såg sig som självskriven efterträdare och har motarbetat Margareta från dag ett. Det började redan när hon var Edvards assistent. Kenneth påstår att hon har legat sig till jobbet, att hon är inkompetent och bromsar upp utvecklingen inom företaget. Han är alltid full av idéer, den ena mer orealistisk än den andra. Nu driver han visst att dom ska ta upp en parfymlinje. Det visar ju vilken tur det är att Margareta är chef, och inte han. Men han lär sitta löst.

– Ska Margareta ge honom sparken?

– Nej, men kanske Helena …

– Hans fru? Men Kenneth jobbar väl inte för henne? Han är ju på företaget.

– Det är han. Inga ord efter mig men han lär ha ihop det med en av fotomodellerna dom använde för sin senaste reklamkampanj. Omdömeslös och arrogant som han är ska han ha fått in henne bland gästerna på jubileet. Det sägs att Helena fått veta det och att han ligger risigt till. Mycket.

Katja Berg log belåtet, vinkade på flygvärdinnan som just gick förbi i gången och beställde en Bloody Mary till.

Det verkar som om resan till Marrakech kan bli intressantare än jag trodde, tänkte jag och lutade mig tillbaka i sätet. Fällde det några centimeter och tog fram en kvarglömd tidning ur stolsfickan framför mig. Svenska Dagbladets kultursida. Där fick jag lära mig någonting nytt. Det beskrevs detaljerat hur man gick tillväga med ett fenomen som kallades ”fistfucking”.

Jag stoppade tidningen under min stol. Ville undvika att Katja Berg bad att få låna den. Det var inte hennes cup of tea. Hoppades jag. Men man kunde ju aldrig veta. Fast jag undrade om inte tanterna på Östermalm skulle sätta sitt morgonkaffe i halsen inför Svenskans nya friska grepp?

Kapitel VII

På kvällen samma dag vi kommit åt vi middag på The Red House, en restaurang som personalen i vår riad hade rekommenderat. Förmodligen hette det någonting annat på arabiska. Programmet för femtioårsjubileet skulle inte börja förrän nästa dag, så kvällen var fri.

Vi hade inlett kvällen med en drink på La Mamounia, det gamla palatset som gjorts om till hotell och där Churchill och andra storheter brukade bo. Gick genom den ståtliga portalen som bars upp av två vita marmorkolonner. Fast det blev lite av en besvikelse. Jag hade väntat mig en orientalisk, marockansk miljö, men den avlånga baren var inredd i konventionell art déco. Röda sammetsfåtöljer, runda bord med svart skiva. Höga speglar inramade i svart längs väggarna. Diskret pianomusik. Bossa nova och min favorit, ”The girl from Ipanema”.

The Red House var en äldre villa i rött en bit från La Mamounia. Den låg inbäddad i tät, mörkgrön vegetation. Utanför växte apelsinträd, tyngda av solgula frukter och den ljumma kvällen var fylld av dofter. Här var interiören helt marockansk, utan några västerländska inslag.

Vi satt i ett stort rum med högt i tak som avslutades med en rektangulär kupol högst upp. Runda bord med röda dukar, diskret belysning. Taket bars upp av åtta pelare och väggarna var klädda med monokrom och mönstrad mosaik. Golvet var lagt i rutig mosaik. Två äldre skäggiga män i vita kaftaner och röda fezer spelade lågmäld strängmusik ackompanjerad av en liten handtrumma.

Vi var de enda gästerna och Francine konstaterade att vi hade kommit alldeles för tidigt. Här nere var middagarna sena. Oss gjorde det ingenting. Det hade varit en lång dag med flyg och flera timmar i trängseln på Djemaa el-Fna.

Vi valde bland rätterna på menyn, men bestämde oss för någonting vi kände till. Det var säkrast att vara försiktig första kvällen. Och det blev côte d'agneau med ett lokalt och förvånansvärt gott vin som påminde om beaujolais.

– Jag satt med en trevlig journalist på planet, sa jag sen kyparen tagit upp vår beställning. Katja Berg. Ja, du träffade henne.

– Jag känner till henne, som jag sa. Hon skriver bra. Jag berättade för Helena att jag sett henne. Hon är jätteglad att Katja är med. Hon är verkligen seriös och saklig, så Helena hoppas att hon täcker jubileet och skriver positivt.

– Det gör hon säkert. Hon verkade inte vara den missunnsamma sorten. En del journalister skriver ju hellre om det negativa än om det positiva. Letar fel. Tänk på vad Lidner, den gamle 1700-talsskalden skrev, han med ”Grevinnan Spastaras död”: ”Man ska bedöma ett verk efter dess förtjänster, inte efter dess fel.” Och blir man bjuden på resa till Marrakech måste man väl vara snäll.

– Katja var bjuden, men hon betalar själv. Det har med yrkesetik att göra, sa hon till Helena. Integritet.

– Här sitter ni alldeles ensamma!

Jag vände mig om. Ett par stod bakom oss. Jag kände igen dem. Vi hade setts både på Arlanda och sen i bussen från flygfältet. Båda i fyrtioårsåldern. Han lång och smal med kutig rygg och rakat huvud. Glest skägg. Jeans och tjockbottnade träningsskor. Glasögon med kraftiga svarta runda bågar som fick honom att likna en uggla. Hon lite kortare, rundnätt och med långt hår som föll över axlarna. Blond, och hon fick passa på vikten. Röd kaftanliknande klänning som verkade vara inköpt från stånden i souken.

– Vi kanske stör?

– Inte alls, ljög jag. Vill ni slå er ner?

– Gärna. Den blonda tjejen log mot oss.

– Lena Sernblad, sa hon. Och min sambo heter Daniel Palm. Vi jobbar båda på SwedeFashion. Daniel är på reklamsidan och jag är en av dom produktansvariga på försäljning. Ni behöver inte presentera er. Jag har kollat upp er i deltagarlistan. Hon log igen. Ja, Britta hjälpte mig. Jag tyckte ni såg så intressanta ut.

– Tack, sa jag. Det är inte varje dag nån säger det till mig. Slå er ner. Det är ju fånigt om vi ska sitta i varsitt hörn i den här stora matsalen och titta på varann.

Francine gav mig ett snabbt ögonkast, jag förstod vad hon tänkte. Men jag hade vissa baktankar. Efter allt jag fått veta om SwedeFashion och motsättningarna inom familjen kunde det vara intressant att höra lite med de närmast berörda. Inte för att jag hade någon anledning att lägga mig i intriger och konspirationer, men jag var nyfiken. Ett av mina mindre lyckade karaktärsdrag egentligen, men jag har haft nytta av det ibland. Och dessutom skulle vi snart gå. Väntade bara på desserten.

– Ni har varit på souken förstås? Frågande såg Lena på oss. En fantastisk plats. Vilket folkliv.

– Underbart, sa Daniel Palm. Jag plåtade hela tiden till min inspirationsbank. Jag är ju reklamare och behöver bakgrund och inspiration. Jag har en känsla av att vi snart kommer att lansera nånting med arabiskt stuk.

– Jag har alltid undrat hur det går till, sa Francine. Att skapa mode, alltså. Hur gör ni i praktiken?

– Vi jobbar. Lena Sernblad skrattade. Skämt åsido så är det en lång process. Förr var det lättare. Då fanns det diktat. Paris,

London, Milano bestämde. Främst Paris. Ni kommer väl ihåg Dior? Kort kjol eller lång, exempelvis. "The New Look" 1947. Ingen diskussion. Alla tjejer följde efter. Från Arvidsjaur till Wellington.

– I dag gäller helt andra regler, nämligen att det inte finns några regler, sa Daniel. Allt är mode. Det är klart att influenserna från dom stora modecentren och dom stora kreatörerna fortfarande är viktiga, men det där slaviska beroendet är borta och nu finns det mycket större utrymme för uppstickare.

– Intressant, sa jag. Hur går det till i praktiken när ni skapar nya kollektioner?

– För många i branschen i Sverige är modeveckorna i Stockholm en viktig hållpunkt. Då presenteras nya trender.

– Man kan säga att det är en pågående research, sköt Lena in. Inspirationsresor. Örat mot rälsen. Vi försöker hitta trender, färger, linjer. Så ni ska inte tro att den här resan till Marrakech är bara fest. Jag har fått en massa tips på souken i dag. Sen är tygmässorna naturligtvis viktiga, inte minst Première Vision i Paris, fortsatte hon. På våren skissar vi kommande års kollektion för vår och sommar. I nästa steg kommer mönsterkonstruktörerna in, designerna gör sitt jobb och man skapar en provkollektion inför modeveckan som vi visar upp på catwalken. Samtidigt syr vi upp höstens kollektion.

– Gör ni det utomlands? frågade Francine.

– Ja, det är ju för dyrt i Sverige. Vi har fabrikation i Asien och i Baltikum. En månad före modeveckan så jobbar vi klart med plaggen som ska visas då. När veckan är över sätter försäljningen igång och nästa års kollektion börjar produceras ute i fabrikerna. Och så där håller det på. Väldigt översiktligt alltså, men det ger dig förhoppningsvis en bild av hur det går till i vår bransch. Sammanfattningsvis måste vi vara innovativa och framsynta och kunna läsa av vad marknaden vill ha.

– Intressant, sa jag. Det påminner lite om fiske.

– Fiske? Undrande såg Daniel på mig.

– Du lägger alltså ut ett nät, men du har ingen aning om vad som kommer upp. Om du får nån fisk alls. En kollektion kan väl slå fel?

– Precis, bekräftade Daniel. Det gäller att hålla tungan rätt i mun och skaffa sig dom bästa medarbetarna. Livsviktigt. Upp som en sol och ner som en pannkaka. Det har vi sett många exempel på i vår bransch.

– Gudskelov har vi klarat oss, sa Lena. Men det är bäst att hålla tummarna.

– Mycket beror väl på ledningen, sköt Francine in.

– Det gör det, konstaterade Lena. Vi kommer naturligtvis fram med idéerna, trenderna, färgvalen och hela köret, men nån måste fatta dom övergripande besluten. Är det här vad vi ska satsa på? Kommer det att hålla? Funkar det på marknaden?

– Och det är ytterst er VD? frågade jag. Margareta Wrannberg?

De såg på varandra.

– Ja och nej, sa Lena. Hon har ju det yttersta ansvaret, men dom stora besluten tas i en ledningsgrupp där dom olika cheferna sitter.

– Döttrarna också?

– Just det. Dom jobbar ju i företaget och är stora aktieägare. Deras män är också med, men dom är avdelningschefer så dom sitter där på egna mandat.

– Och det funkar?

– För det mesta. Ibland blir det naturligtvis diskussion och Margareta sätter ner foten.

– Fötterna! Daniel skrattade. Det kan bli rätt stökigt ibland. Det är många starka viljor, men Margareta tar över i slutomgången. Hon är SwedeFashions svar på Margaret Thatcher.

– Nu var du inte snäll, sa Lena. Vi ska vara glada att vi har henne. Kunnig, begåvad och med fingertoppskänsla för vad som går hem i branschen. Och det behövs verkligen när man tänker på vilka som sitter i den där ledningsgruppen. ”Stollarnas vaktparad” brukar jag tänka ibland. Skulle en del av deras idéer gå igenom är det dags att byta jobb och lämna skutan innan hon sjunker. Hon skrattade.

– Du tänker på killarna? Daniel såg på henne.

– Inga ord efter mig, men du vet vad jag menar.

”Killarna”, tänkte jag. Kunde det vara några andra än Bertil Gren och Kenneth Löfgren, de båda ingifta karriäristerna som såg Margareta som en bromskloss? De som hatade henne, enligt Eric Gustafson. Men honom fick man ju ta med en nypa salt.

– På tal om ledning och jubileum så var faktiskt Daniels pappa med och startade SwedeFashion tillsammans med Edvard Wrannberg, sa Lena. Han brukade tala om hur tufft det var i början.

– Det var det verkligen, höll Daniel med. Pappa berättade hur dom satt hemma i Edvards tvårummare i Malmö och gjorde reklamblad på en kopieringsapparat som dom sen skickade ut. Ibland hade dom knappt pengar till frimärken. Han skrattade.

– Är han med på resan? Din pappa? frågade jag.

– Han är död, sa Daniel allvarligt. Han tog livet av sig, och det var tack vare SwedeFashion, ledningen alltså, med Edvard i spetsen. Sture Nilsson fick hålla i yxan. Han är ju styrelseordförande.

– Yxan? Frågande såg Francine på honom.

– Jag vill inte gå in på några detaljer. Pappa och Edvard var ju kompanjoner, men det fanns inte nånting skriftligt mellan dom och pappa hade litat på Edvard. Han manipulerades bort från sin position och var för svag för att kämpa emot, han hade ju sin cancer också. Och pengarna som han hade i företaget kom bort på nåt egendomligt sätt. Fast det var tydligen juridiskt okej. Sture Nilsson hade varit med förr, konstaterade Daniel bittert.

– Gräv inte ner dig i det nu, sa Lena och strök honom ömt över kinden. Det är i alla fall ingenting vi kan göra nånting åt.

– Inte? Daniel såg på henne. Den som lever får se.

– Säg mig en sak bara, på tal om visningar och catwalks, sa jag för att leda in konversationen på mindre minerad mark. Varför ser modeller ofta så vansinnigt arga och utleda ut? Avmagrade stapplar dom fram på för höga klackar och verkar vara på väg till sina egna begravningar.

Lena skrattade.

– Det kan du ha rätt i. Men det går mode i sånt också. Fast det finns en reaktion. Ett sundare ideal håller på att växa fram.

– Det låter bra, sa jag. Mulliga, mysiga, maffiga modeller. Allitteration, faktiskt. Det röstar jag för. Mer Rubens än Audrey Hepburn.

– Johan. Francine höjde rösten och jag förstod vinken.

Vår dessert kom in. En läckert gräddad crème brûlée med perfekt konsistens. Underbart, men farligt. Men det var en fara som jag tog med jämnmod. Hemma på Köpmantorget var det lättfil och surdeg som gällde. Här var det bäst att passa på. Jag hade ju trots allt semester.

– Jo, jag kom att tänka på en sak, sa Lena. Det där jag sa om ”stollarnas vaktparad”. Det var ju ett skämt förstås. Jag menar om ni talar med Helena eller Britta så kanske dom inte skulle förstå att jag bara skojade.

Francine log mot henne.

– Oroa dig inte. Vi ska inte berätta att du kallar dom stollar. Och alla skrattade. Lena såg lättad ut.

Jag kom att tänka på vad jag hörde vid köksdörren hos Francine, något som definitivt inte var ett skämt. När hon hade haft Britta och Bertil på middag. ”Kärringdjävel” hade Bertil sagt i telefonen på andra sidan dörren från där jag stod. "Vi måste få stopp på henne innan det blir katastrof. Det kan inte fortsätta så här. Hon måste bort!"

Det kunde inte varit någon annan än Margareta han menat.

– Vackert, sa Daniel Palm. Nu börjar partyt!

Jag såg upp och förstod vad han menade. Ut på mosaikgolvet gled en ung flicka i svepande glittrig grön kjol och med bar mage. Med armarna sträckta över huvudet rörde hon sig rytmiskt till den entoniga musiken, det mjuka hullet på magen dallrade. Jag tänkte på motsättningarna i den arabiska kulturen som å ena sidan i många fall krävde en nästan heltäckande klädsel på kvinnorna, men där barmagad, sensuell dans var fullt acceptabel och ett led i deras tradition.

Vi beställde svart sött kaffe i små koppar. Jag tog en liten calvados för att stabilisera magen, en av mina behändiga ursäkter, men jag hade hört att alkohol var nyttigt när man konfronteras med nya bakteriekulturer.

Edvard Wrannberg hade tydligen inte varit något helgon, tänkte jag och såg på Daniel Palm, inte enligt vad han just berättat. Inte Sture Nilsson heller. Men det kanske behövdes hårda grepp och ett flexibelt samvete om man skulle lyckas i affärer. Och Stures hårda nypor hade ju Eric Gustafson också berättat om.

Nästa dag tog vi en taxi till Hotel Sofitel Palace. Femstjärnigt och där bodde tydligen de flesta i jubileumsgruppen. Jag var glad att vi slapp. Hotellet var säkert glassigt, stöpt i samma form som alla andra i den världsomspännande kedjan. Då föredrog jag interiören och atmosfären i vår riad mitt i den medeltida stadskärnan.

Enligt programmet skulle det bli ett informationsmöte i kombination med lunch där tider och platser och andra detaljer som gällde för vår weekend i Marrakech skulle gås igenom, och det lät ju praktiskt.

Det tog tid att hitta en taxi och det tog tid att göra upp om priset. Vi hade fått lära oss i receptionen att taxametrar aldrig användes och att priset för resan skulle slås fast innan den inleddes efter en förhandling med taxichauffören. Att föraren vi stoppat ute på gatan varken kunde engelska eller franska gjorde det inte lättare.

I den stora lobbyn på det lyxiga hotellet stod en grupp människor vid dörrarna till trädgården. Britta Gren och hennes man Bertil och Katja Berg var där, liksom Lena Sernblad och Daniel Palm från kvällen innan på The Red House. Sture Nilsson, spekulanten på min Linningbyrå, stod med ett glas i handen och pratade med någon jag vagt kände igen. En tjej från någon tv-kanal. Bredvid henne en smal man i trettioårsåldern, assistent till Bertil Gren visade det sig. Han verkade tillbakadragen, nästan lite blyg, deltog inte i samtalet.

– Tony Larnell, sa han när vi hälsade.

På min fråga berättade han att han jobbade med människorättsfrågor. Var ansvarig för SwedeFashions kontroll över arbetsförhållanden ute hos leverantörer och fabrikanter.

– På en del håll är missförhållandena stora, särskilt i u-länderna. Vi försöker hålla koll och övervaka, men det är svårt. Fast nödvändigt.

En yvig Kenneth Löfgren höll hov bland några yngre tjejer som jag sett på planet ner, de jobbade tydligen på försäljningsavdelningen. Lite utanför gemenskapen stod hans fru Helena, den andra av Edvard Wrannbergs döttrar. Hon deltog inte i samtalet, såg begrundande på sin man. Definitivt vackrare än sin syster Britta. Lång med blont kortklippt hår. Grå ögon och ett varmt leende när vi hälsade. Jag förstod Kenneth, men inte hans dragning till andra kvinnor.

Francine och jag gick runt och hälsade. På svenskt maner tog vi i hand och mumlade fram våra namn. En knubbig och jovialisk man i utanpåskjorta med Hawaiistuk och trendig skäggstubb visade sig vara journalist på Dagens Industri, Svante Törnblad, där för att täcka jubileet.

Monika Svenngren, som när vi hälsade berättade att hon var fotomodell, jobbade mycket för företaget. Var aktiv i deras nya reklamkampanj. Som stöpt i den konventionella formen för hur en modell ska se ut. Långt smalt ansikte med stora ögon och rak näsa. Höga kindknotor, långt mörkt hår. Anorektiskt smal. Vita jeans och något crêpemjukt upptill. Var det henne Kenneth hade ett gott öga till?

Där fanns också en jesuit, en pater, åtminstone som jag föreställde mig att en präst i Ignatius Loyolas stränga orden kunde se ut. Smal, med ett asketiskt blekt ansikte. Mörkt hår, nästan svart. Mörka ögon och tunna läppar. Obågade glasögon.

Men det var inte någon katolsk präst, skenet bedrog.

– Peter Hagman, hälsade han och log ett förvånansvärt varmt leende som inte gick ihop med hans stränga utseende.

– Jag är finanschef på SwedeFashion, sa han förklarande. Det är jag som håller i kulorna. Trettio år i firman, ett av inventarierna. Och leendet var tillbaka.

Miljarderna menar du, och min gissning var visst inte alldeles fel, tänkte jag. Överstepräst i Mammons tempel på Sturegatan. Ett stort ansvar som krävde sin man.

Det var väl ett tjugotal personer som samlats. En dam i femtioårsåldern kom fram till oss och log vänligt.

– Så roligt att ni kunde komma. Jag förstår att ni är Brittas vänner. Jag heter alltså Margareta Wrannberg och är nån sorts värdinna för det här spektaklet.

Hon log igen och jag tänkte på hur vacker hon var. Ja, vacker kanske inte var en korrekt beteckning, snarare stilig. Hade klass.

Lång och smal, rank, med kort blont slingat hår. Stora, mycket blå ögon. Som en modell ur Vogue. Så långt från bilden av den elaka styvmodern man kunde komma. Jag hade svårt att se henne som häxan och bromsklossen, hon som satte sig på tvären och stoppade all utveckling inom SwedeFashion. Men det kanske var en för snabb slutsats. Jag hade ju just träffat henne. Men instinktivt kände jag att det var en varm, spontan och generös person som stod framför mig.

Kapitel VIII

Falafel med couscous serverades i trädgården utanför hotellet när vi samlades för lunch efter ”uppropet”. Och det passade ju bra. Couscous är Marockos nationalrätt och de små gula kornen av durumvete används i grytor och andra rätter i stället för ris eller pasta. Den variant vi fick från det gamla berberköket bland bergen i norra Marocko bestod av små köttbullar med morötter, tomater, röd paprika, broccoli och kikärter. Jag kunde också urskilja äggplanta, lök och linser i den kryddstarka anrättningen med chili och oregano som serverades på en bädd av guldgul couscous.

Samma koncept som i de flesta kök världen över, tänkte jag. Man tog vad man hade i skafferier och kylskåp, lät ingenting förfaras. Vår egen pyttipanna är en variant, den italienska pizzan en annan, liksom bouillabaissen, där man skar ner den fisk man fångat till en mustig soppa. Ingenting fick slängas inom naturahushållningen och det hade ju skapat många klassiska rätter, sprungna ur nödtvång snarare än kökslaboratorier. Jag drack öl till. Vin hade definitivt varit fel.

Vi satt vid runda bord under skuggiga, höga palmer. Bakom oss höjde sig hotellet och framför blänkte turkosblått vatten i en stor swimmingpool. I solstolar dåsade hotellgäster. Snabba servitörer rörde sig med brickor tyngda av glimmande glas. En touch av sololja blandade sig med dofter från en stor utomhusgrill en bit längre bort.

Det var fri placering, inga formaliteter, hade Margareta sagt. Mitt emot mig satt Francine med Sture Nilsson, styrelseordföranden i SwedeFashion. Först hade jag inte känt igen honom. Men han hade påmint mig om min Linningbyrå. Att han varit inne i affären och frågat på priset, presenten till Margareta på hennes sextioårsdag. ”Du har väl inte sålt den?” hade han frågat när vi hälsat ute i foajén. ”Inte än”, hade jag svarat. ”Då har jag första tjing.” ”Självklart!”

Med avsikt hade jag satt mig mellan Kenneth Löfgren och en ung tjej som var någonting på marknadsföringssidan. Gunilla Holgersson hette hon och hade just gått ut Handelshögskolan. SwedeFashion var hennes första jobb, hade hon berättat, och det var vansinnigt spännande. Hon var söt, liten och mörk, pigg och glad. Och hon tyckte att det var coolt att jag var antikhandlare. Men det var inte henne jag var intresserad av, det var Kenneth. Jag hade ju hört mycket om honom. Karriärist, streber. Slirig. Var det elakt förtal eller motsvarade han sitt rykte?

Han var lång. Mörk. Vit pikétröja med Ralf Laurens polospelare. Mörkblå shorts och seglarskor. Ett lite slappt handslag och ett oengagerat leende när vi hälsade. Men han hade ju inte någon anledning att var speciellt vänlig mot mig. Solbrun och kraftigt byggd. Verkade vältränad. Och jag förstod att Helena Wrannberg hade fastnat för honom. Men han hade ett otillfredsställt drag över det smala ansiktet. En ogin mun, verkade bära på ett gnagande missnöje.

Det var säkert inte lätt för Margareta Wrannberg att handskas med honom och alla hans luftiga förslag, om det jag hört om honom stämde. Sympatisk verkade han inte. Men jag kanske hade förutfattade meningar om honom.

– Lystring i svenska chartergruppen! Margareta skrattade där hon ställt sig mellan borden med glaset i handen.

– Efter lunchen åker vi på en guidad tur med buss genom

Marrakech och ser på dom historiska sevärdheterna. Sen blir det siesta. Och i kväll smäller det. Då ses vi i Yves Saint Laurents Villa Majorelle, som är en fantastisk plats. Vi ska se hans museum också där många av hans berömda kreationer finns utställda. Därifrån tar vi buss till jubileumsmiddagen. Välkomna. Skål och välkomna skulle jag väl säga. Så roligt att ni alla har kommit. Skål igen!

– Och hur går affärerna? Jag vände mig mot Kenneth Löfgren. Ville få igång en konversation, känna honom på pulsen.

– Hurså? Han såg ovänligt på mig.

– Jag bara undrade rent allmänt och jag har lite aktier i SwedeFashion. Konjunkturerna är ju aningen skakiga.

– Det går väl sådär, sa han, lite vänligare nu. Kände väl att han hade ett visst ansvar gentemot aktieägarna.

– Vi ligger ganska rätt. Rätt sortiment, rätt prisläge. Och människor måste klä sig, oavsett konjunkturerna. Vår målgrupp är dessutom inte så priskänslig. Vi riktar ju in oss på lite äldre grupper. "Mogna" kvinnor. Han log, verkade öppnare nu.

– Det låter bra. Och hur ser du på framtiden i er bransch?

– Som jag sa måste folk ha kläder på sig och kvinnor är ju mer modemedvetna än män. Vi kan ha våra gamla kavajer och kostymer tills dom säckar ihop. Men det krävs ett nytänkande om det ska funka på sikt.

– Hur då?

– I modebranschen får man inte sitta stilla. Nya idéer måste till, nya grepp inte minst när det gäller marknadsföring. Konkurrensen är stenhård, också från låglöneländerna.

– Syr ni inte era egna kollektioner där?

– Jo, det gör vi. Även i Marocko. Vi importerar en hel del textilier härifrån också så det är inte första gången jag är i Marrakech. Jag är ju chef för marknadsavdelningen. Men nu nöjer dom sig inte med att vara underleverantörer. Många skapar företag som konkurrerar med färdiga produkter också. Och dom knyter till sig mycket duktiga designers från Europa. Då gäller det att vara beredd.

– Och det är du?

– Det kan du ge dig fan på. Leendet var tillbaka. Men tyvärr får jag inte tillräckligt utrymme.

Så vände han sig mot sin bordsdam på andra sidan. Audiensen var slut. Han hade väl förstått att jag inte var någon större aktieägare.

Jag skålade med Francine tvärs över bordet.

– Får man vara med? Sture Nilsson på hennes ena sida höjde sitt glas och log. Glöm mig inte bara. Jag väntar på att höra från dig.

Frågande såg Francine på mig. Hon undrade väl, men jag skulle berätta senare.

– Det är verkligen kul att jobba med Kenneth, sa Lena Holgersson på min andra sida och sträckte sig mot brödkorgen framför oss, tog en bit baguette. Han är så kreativ och inspirerande.

– Det låter trevligt.

– Nu håller vi på med ett nytt projekt. Han tycker att vi ska ha kampanjmodeller. Som H&M och Lindex.

– Vad är det för någonting?

– Du har väl sett dom där stora affischerna med fotomodeller i deras kläder. H&M:s och Gina Tricot alltså. Filmstjärnor.

– Jag minns den där kampanjen med en välpumpad tjej i bh och trosor som nästan fick bilisterna att köra upp på trottoarerna. Det blev ett jäkla liv på feministerna.

– Precis. Hon log.

– Är det sånt ni ska köra med?

– Inte riktigt, men vi behöver blickfång, säger Kenneth. Attention. Nånting som fångar upp konsumenterna. Vi är lite för grå och anonyma i vår marknadsföring, menar han. Och han har varit i London och pratat med en del agenter. Fast jag vet inte om det kommer att funka.

– Inte?

– Nej, chefen gillar inte konceptet. Hon är jättekonservativ och säger att vi inte får bli vulgära utan måste hålla på en strikt linje. Dom har grälat om det, hon och Kenneth. Han tänker ta upp det med styrelsen och han hoppas att dom har en lite modernare syn på vår marknadsföring. Vi lever på tjugohundratalet, brukar han säga. Då går det inte att köra på som under förra seklet. Om man ska överleva. Och det har han ju rätt i.

Intressant, tänkte jag. Det är inte bara Kenneths parfymserie som stoppats. Idén med kampanjmodeller också. Förmodligen fanns det andra initiativ som gått upp som en sol och ner som en pannkaka. Margareta Wrannberg var tydligen en tuff cookie som styrde SwedeFashion med järnhand. Och det kunde kanske behövas.

Efter lunchen väntade en stor röd buss med luftkonditionering utanför hotellet. Vi stuvade in oss och rullade ut i gatuvimlet. Guiden, en ung tjej som talade flytande engelska, berättade livfullt och levande om Marocko och om landets historia. Om Marrakech, och vi fick lära oss mycket när vi gled fram längs den höga ockrafärgade stadsmuren som omgav den gamla medinan.

Hon berättade att araberna kommit på sexhundratalet och att ett rike uppstod femhundra år senare. Så småningom kom Frankrike och Spanien att dominera landet som gjorde sig fritt 1956, och sultanen Muhammed utropade sig till kung Hassan I.

Numera regerar Hassan VII och driver en reformvänlig politik. Landets största inkomster kommer från fosfat, och jordbruk och fiske är stora näringar.

– Säkrast för honom, kom en kommentar på svenska. Att vara

reformvänlig. Annars åker han väl ut på röven som dom andra arabdiktatorerna.

Guiden log artigt, hade ingenting förstått, men tydde väl inlägget som ett tecken på intresse.

– Marrakech betyder ”den röda staden” på det dominerande berberspråket, fortsatte hon. Och det syftar på färgen på byggnaderna liksom på att Marocko var ”Guds land” på samma språk, landets tredje största stad och en gammal huvudstad.

Djemaa el-Fna, den stora marknaden, var från början en avrättningsplats fick vi lära oss när vi körde förbi, liksom att namnet logiskt nog betydde ”De dödas plats”.

I närheten höjde sig den väldiga moskén som ett fyrtorn över hustaken.

Vårt svar på Eiffeltornet, sa guiden och skrattade. Koutobiamoskén är från elvahundratalet, närmare sjuttio meter hög och förebild för moskén i Rabat och den i Sevilla som byggdes när araberna behärskade Spanien.

Vi passerade palats med lejongula fasader och hus under grönglaserade tegeltak där bougainvillean vällde i färgskimrande klasar över murarna. Frodig växtlighet i trädgårdarna, apelsinträd och blommande jasmin. Cederträ och kryddors doft.

Bussen körde in bland äldre bebyggelse med svarta smidesgaller för fönstren liksom smidesräcken på platta tak. På en del husfasader fanns stora burspråk i mörkt, snidat trä i gallermönster.

Hit har många berömda gäster kommit, sa guiden. Musiker, målare, konstnärer och författare. Churchill var ju en. Han skriver om det sina memoarer, om sitt ”beloved Marrakech”. Roosevelt var också här. Och som ni vet var det ju samlingspunkt för det internationella jetsetet på sextio- och sjuttiotalen. Här bodde nobelpristagaren i litteratur, Camus, här levde och verkade Yves Saint Laurent liksom Gaultier, en annan modeikon, för att nämna några av våra storheter. För att inte tala om Rolling Stones. Och Andy Warhol. Han var gäst hos Yves Saint Laurent, liksom Paul Getty och hans fru. Getty var ju en av världens rikaste män på sin tid och köpte ett palats här i Marrakech.

– Jojo, hörde jag en röst bakom mig. Marocko är en av världens största haschproducenter och genomgångsland för kokainsmugglingen från Sydamerika till Europa. Det var Daniel Palm. Så man förstår ju varför dom där figurerna kom hit, lade han till med en blinkning.

Vi stannade till utanför ett magnifikt palats.

– Dar Si Said-museet, förkunnade guiden. Det har en stor exposé över marockansk konst och konsthantverk, visar hantverkets historia i olika avdelningar. Allt från trä, keramik, textil, arkitektur och möbler. Smycken. Det finns också en etnografisk utställning.

Efter en timmes rundtur var bussen tillbaka vid hotellet. Francine och jag tog en taxi till vår riad, duschade och satte oss på den stora takterrassen. Vid horisonten blånade Atlasbergen med evig vitblänkande snö på topparna, trots närheten till Sahara, men de var ju över fyratusen meter höga.

– Dubbelt så höga som Kebnekaise, konstaterade jag där jag satt i den vita solstolen med en kall öl i ett högt glas. Hade du trevligt på lunchen?

– Mycket. Jag satt bredvid deras styrelseordförande, Sture Nilsson, men jag förstod inte det där med byrån. Ska han köpa en byrå av dig?

– Du har ju sett min Linning, och han är intresserad. Han har tänkt sig den som sextioårspresent till Margareta Wrannberg. Present från styrelsen alltså. Bättre än en medalj för lång och trogen tjänst.

– Ska du sälja?

– Jag tror inte det, jag gillar den alldeles för mycket. Men det är klart att om priset blir alldeles oerhört rätt så får jag väl överväga det. Jag måste ju trots allt försörja mig.

– Du offrar alltså din kärlek för snöd vinnings skull? En sann kapitalist. Francine log mot mig.

– Du låter så cynisk. Jag har inte sagt att jag ska sälja.

– Fast det hände nånting konstigt, sa hon och hällde upp mer Coca-Cola i sitt glas. Sture Nilsson fick telefon mitt i lunchen. Mobilen ringde i fickan. Han ursäktade sig och gick från bordet. När han kom tillbaka sa han att det var från Stockholm, mycket viktigt, och att han varit tvungen att ta det. Jag frågade om det hade hänt nånting. "Det kan man säga", sa han och såg tagen ut. "Katastrof, om vi inte hanterar det rätt. Jag kan inte säga mera, bara att nån ligger djävligt risigt till." Men han skulle inte göra någonting nu, sa han. Ville inte förstöra jubileet och Margaretas sextioårsdag.

Jag såg på Francine där hon satt. Vit tunn blus med ett brett bälte i turkos. Vita slacks och vita loafers. Det långa mörka håret utslaget över axlarna. Stora solglasögon mot det starka eftermiddagsljuset. Och igen jag tänkte jag på hur mycket jag älskade henne. Hur mycket hon betydde för mig.

– Älskar dig, sa jag och såg på henne.

– Och jag dig. Vilken tur vi har. Att det stämmer, menar jag. Francine log.

Då ringde mobilen i hennes handväska.

– Yes. Yes. I understand. Thank you.

– Vem var det.?

– Receptionen. Det var nånting om rummet, men inga problem. Jag går faktiskt ut en stund. Jag har suttit länge på lunchen och i bussen. Behöver röra på benen.

– Jag passar, sa jag.

– Jag vet. Sitt kvar och fetma i lugn och ro. Men jag måste röra på mig.

Fysisk träning är hennes grej, tänkte jag när Francine gått. Hon går på Sturebadet med personlig tränare två gånger i veckan. Men det kanske är ett krav på Säpo? Att man ska kunna springa i kapp med terrorister Stockholm runt. Jag brukar försvara mig med att man förlorar kalorier till och med när man sover.

Efter en stund reste jag mig, gick fram till balustraden, såg ut över den stora marknadsplatsen, den gamla avrättningsplatsen och det myllrande folklivet. Plötsligt rörde sig en gestalt i vitt där nere. Francine?

Jag lutade mig över räcket. Det måste vara hon. Men Francine var inte ensam. Hon stod och talade med två män. Så tog den ena henne under armen och de försvann i mängden.

Kapitel IX

I bussen från Hotell Palace senare under eftermiddagen berättade Margareta initierat och livfullt om Villa Majorelle och den fantastiska trädgården där femtioårsjubileet skulle inledas. Yves Saint Laurent och hans partner Pierre Bergé hade på sjuttiotalet först bott i en riad, ett litet palats inne i Marrakech, och sedan köpt el Hanch, ”ormhuset” på arabiska. Några år senare förvärvade de Villa Oasis, ett förfallet hus med en stor och lika förfallen trädgård. Den tidigare ägaren var den framstående franske konstnären Jacques Majorelle, känd inte minst för den intensiva blå färg som påminner om Yves Kleins starkblå dukar. Trädgården blev en källa till outtömlig inspiration för Yves, och Pierre Bergé konstaterade att ”trädgården och vi är en kärleksaffär”.

Villan renoverades och trädgården restaurerades och överallt återkom den intensiva blå färgen som effektfullt bröt av mot den omgivande vegetationens grönska. Trädgården hade också utvidgats och man excellerade i sällsynta och orientaliska växter. Närmare fyrahundra arter, som ingick som harmoniska element i en överväldigande, prunkade helhet. En fantastisk kaktuskollektion fanns också, från små och låga till höga som mindre träd. Skyhöga palmer och en tätvuxen skog av bambu gav skugga och stängde effektivt ute stadsbullret.

Det var smoking som gällde och jag satt i bussätet bredvid Francine. Jag hade blivit orolig när jag såg henne försvinna nere på torget mellan två män. Men hon lugnade mig när hon kom tillbaka efter en halvtimme, förklarade att hon bett dem visa henne var ett attentat ägt rum. Några månader tidigare hade man sprängt ett kafé i utkanten av torget. Flera dödsfall och stor förstörelse. Terrorister, hade myndigheterna förklarat. Den arabiska frigörelsevågen hade också nått Marrakech. Och hon hade varit nyfiken på hur det kunde ha gått till. Också professionellt intresserad, i hennes värld var terroristhot en levande realitet.

– När Yves Saint Laurent dog 2008 ströddes hans aska i trädgården, fortsatte Margareta, och Pierre Bergé lät resa ett monument över honom i ett avskilt hörn av den. En romersk kolonn. Det finns också ett museum i villan där Yves hade sin ateljé och där är ett tjugotal av hans kreationer utställda. Han bodde i ett annat hus i parken, Villa Oasis, men det är inte öppet för allmänheten. Efter Yves död skänkte Pierre Bergé hela anläggningen till en stiftelse som nu förvaltar hus och trädgård och det har blivit en stor turistattraktion med över en halv miljon besökare om året.

– Nån sa att du har praktiserat hos Yves Saint Laurent? kom en röst från bakre delen av bussen. Hur kom du in där?

– Jag hade gått en designutbildning i Sverige och ville avsluta och finslipa mina kunskaper i mode. Paris hägrade naturligtvis och jag sökte helt enkelt till den bästa skolan av alla. Den är knuten till det berömda franska haute couture-syndikatet, en mycket traditionell institution. Men flera av världens främsta modeskapare har varit elever där.

Där lär man sig en av hemligheterna bakom haute couture, det som vi kallar draperingskonst. Det handlar om hur man från en skiss överför idén till ett plagg som draperats fram i enkelt bomullstyg på en docka. ”La coupe”, kallas denna konst på franska. Den som kan det är, tillsammans med modedesignern, konstnären bakom kollektionerna.

– Tunt bomullstyg – jag trodde att det rörde sig om fantastiska plagg i lika fantastiska tyger?

– Det är just för att lyckas med det som man först gör en modell i ett enkelt bomullstyg, en så kallad ”toile”. När toilen är perfekt sprättar man sönder den och använder den som mönster på det riktiga tyget. Inga enkla pappersmönster här inte!

– Men idén med plagget, hur det ska se ut, måste väl ändå vara det viktigaste?

– Visst. Och det lärde vi oss också i skolan, eller tränades i, kanske man ska säga. För det andra huvudämnet hette ”la création”. Då handlade det om att skapa och rita egna kollektioner. Det höll vi på med hela tiden.

– Men vad fick du egentligen göra hos Yves Saint Laurent som praktikant? Springa ärenden, plocka upp knappnålar, eller vad gjorde du?

Margareta log.

– Mer än så. Som examinerad elev från skolan fick jag gå rakt in i en av syateljéerna. Jag blev ”medinette”, sömmerska. I ateljéerna syr man upp alla plagg. Man skiljer på ”ateliers flous” och ”ateliers tailleurs”, alltså ateljéer för klänningar och ateljéer för mer skräddade plagg. Det är en hårt styrd hierarki. Man börjar som biträdande sömmerska långt ner och arbetar sig sedan upp för att få mer och mer kvalificerade uppgifter.

– Och dom där ateljéerna som du kallar dom – hur många var ni där då? Det var förstås bara tjejer som jobbade där – eller? Det var Francine som frågade.

– Just det – inte en man i sikte utom chefen för skrädderiateljéerna, som alltid var en man. Traditionellt tänkande också här. Men en otrolig fackkunskap hos alla dessa människor. Att arbeta med ett haute couture-plagg på den här nivån är som att arbeta med ett museiföremål. Det utsökta hantverk och den skicklighet som fortfarande finns inom den yrkesgruppen är svår att beskriva. Och praktiskt taget allt är naturligtvis handarbete. På tjugo sömmerskor i en ateljé fanns det kanske två symaskiner – så du förstår.

– Men hade du kul också – var det hyggliga arbetsförhållanden och villkor?

– Det beror på vad du jämför med. I Frankrike var ju löner och sociala förmåner och sådant inte precis prioriterade, om man säger så. Det här hände ju också för flera decennier sen. Vi jobbade på med våra magra löner, men åtminstone jag tyckte det var fantastiskt att få uppleva allt det här. Jag lärde mig massvis.

– Hur var dina arbetskamrater? undrade jag. Fick du några kompisar?

– Vissa träffade jag också utanför jobbet. Men man satt ju och pratade och lärde känna dom andra till exempel på lunchrasterna. Det fanns en enkel restaurang, en kantin, nere i källaren där man kunde äta enkla luncher. Verkligen enkla många gånger. Fransk husmanskost som ibland är jättegod, men inte alltid. Min absoluta brist på förståelse för nationalrätten ”tripes à la mode de Caen”, ett slags fransk ”tarmstuvning”, är ett minne från den här tiden. Den rätten äter jag aldrig mer, jag tål inte ens att se den!

– Det förstår jag, sa jag. Jag har läst att tarmarna är så sega att dom måste koka i tio timmar. Den rätten har jag valt bort från min meny.

– Tack för det, viskade Francine.

– Tala inte om det! Fast det mest spännande var ju när kollektionen var färdig och skulle visas för press och inköpare. Och hur ”våra” modeller skulle uppfattas och sälja. Man hade nån sorts kärlek till det man varit med att utforma – det fanns en underbar yrkesstolthet hos sömmerskorna. Den glömmer jag aldrig.

– Vem hade råd att köpa kreationerna? Dom måste kostat skjortan, om man nu kan säga det om en klänning. Det var Kenneth Löfgren som frågade.

Margareta skrattade.

– Det gjorde dom verkligen. Flera hundratusen i dagens penningvärde. Och det var ju bara filmstjärnor, kungligheter och miljonärskor från världens alla hörn som hade råd.

Långsamt stångade sig bussen fram i den tätnande trafiken. Stannade upp ibland, fortsatte med ett ryck. Då och då använde chauffören tutan. Den lät som en sårad elefanttjur och första gången fick oljudet mig att hoppa högt.

Väl framme vid Jardin Majorelle steg vi ur bussen och fortsatte in i trädgården, gick längs smala stigar i rött glaserat tegel som slingrade sig fram genom vegetationen. Tät växte skogen av bambu på båda sidor om oss, avlöstes av grönskande vegetation med installationer i form av portaler och räcken, allt i majorelleblått. Små dammar och här och där en springbrunn. Träbänkar i samma starkblå färg.

Så stannade vi upp. Margareta såg ut över gruppen.

– Nu ska vi gå in här bland träden till vänster, in till Yves monument.

Vi fortsatte längs en smal gång, kom fram till en liten öppen plats, en glänta i trädgården. Den var omgiven av träd och gröna, höga växter som skapade ett dunkelt ljus och en förtätad stämning. Långt borta från världens larm och oro och den strålkastarbelysta internationella modescen där Yves Saint Laurent varit en fixstjärna.

En avbruten pelare i marmor höjde sig mot en ouppnåelig himmel, ett brutet livsöde. Pierre Bergés sätt att hedra sin väns minne.

På marmorfundamentet som bar upp kolonnen fanns en enkel metallplatta med en inskription:

In memoriam

YVES SAINT LAURENT
Couturier Français
ORAN 01-08-1936
PARIS 01-06-2008

Vinden gick sakta genom lövverket, ett milt duvkutter på avstånd. En svart koltrast med gul näbb försvann in i ett buskage.

En oas av frid med ett par bänkar i vit marmor för stillhet och eftertanke.

– Kära vänner, sa Margareta när vi samlats runt monumentet. I dag är en glädjens dag, i dag är en tacksamhetens dag. Och våra tankar går till vår älskade Edvard som startade SwedeFashion för femtio år sen. En man med en vision, en man med ett mål. Ett mål som han uppnådde. Hans bärande idé var att skapa kläder, konfektion som var billig men hade kvalitet och stil. En produkt som gick ut i hela samhället. Att vara välklädd skulle inte längre vara ett privilegium för överklassen.

– Skitprat, hördes en låg röst bakom mig, men Margareta märkte det inte.

Jag vände mig inte om. Var det Daniel Palm som vi ätit middag med på The Red House? Och jag tänkte på vad han berättat om sin pappa, Edvard Wrannbergs kompanjon från starten. Han som begått självmord efter att ha manövrerats bort från SwedeFashion och fått se sina pengar försvinna.

– Och vi vet alla hur det gick, fortsatte Margareta. Hur han kunde infria sin målsättning. Han brukade skämtsamt säga att Per Albin Hansson skapade folkhemmet, Ingvar Kamprad möblerade det och att han, Edvard Wrannberg, klädde det.

Det kom skratt och applåder.

– Det var naturligtvis överdrivet, många har ju bidragit, Hennes & Mauritz och andra, men en liten kärna av sanning finns det allt i det. Därför kan vi med glädje och stolthet se tillbaka på dom femtio år som gått. Men Edvard var inte ensam. Det var tack vare alla lojala och dugliga medarbetare som hans visioner kunde förverkligas och jag tackar er alla för era insatser genom åren. Jag ska återkomma till det senare i kväll vid vår jubileumsmiddag.

– Det ser vi fram emot. Vi är hungriga, sa någon.

Alla skrattade. Margareta också, och hon fortsatte:

– Var inte oroliga, jag är snart klar. Ni kanske undrar varför vi samlats här vid Yves Saint Laurents minnesmärke i den trädgård han älskade och där hans aska spreds? Det är faktiskt mitt fel. Men han var min ledstjärna när det gäller mode och det var ju när jag läste om honom och såg bilder från hans kollektioner som ung flicka som jag valde yrkesinriktning.

– Det är vi tacksamma för, sa Sture Nilsson, och igen kom skratten.

Margareta log mot honom och fortsatte:

– Och jag hade glädjen att få praktisera i hans ateljé, som jag just berättade. Och jag vet hur mycket Edvard beundrade Yves Saint Laurent. Vi brukade resa till hans visningar i Paris och lärde faktiskt känna honom. En enkel, en ”ren” människa, som skapade mode, en sann konstnär som höjde sig över alla sina samtida. Och hans filosofi går igen också i våra kollektioner, fast naturligtvis på en annan nivå. ”Alla behöver skönhet för att överleva”, har han sagt. Han ville glädja människorna. Och i Marrakech inleddes en ny epok i hans liv. ”Det blev en chock”, skriver han. ”Staden lärde mig färg.”

Margareta tystnade, svalde, påtagligt rörd.

– Det är märkligt att se hur Marrakech fortfarande inspirerar modeskapare. Jag läste häromdan om vad Acnes designer Jonny Johansson sa efter sin stora succé med deras visning. Hur han hade inspirerats av Marrakech. Staden, färgerna och attityderna. Och inte bara Acne. Ralph Lauren har ju tagit upp Marrakech i sin nya linje ”Blue Label”, Pierre Balmain inspirerades också av staden och färgerna liksom Jean Paul Gaultier.

Och ni såg kanske att delar av filmen ”Sex and The City 2” spelades in här? När Yves slutade hyllades han av en enig modevärld som den störste, och Vivienne Westwood, Englands stora modeguru, skrev att Yves förmodligen var världens störste älskare eftersom han har gjort mer för kvinnan än någon annan man. Hans kläder frigjorde deras skönhet.

– Så sant, sa Katja Berg som stod bredvid mig. Det gjorde han verkligen.

– Det är nu tio år sen han drog sig tillbaka och fyrtio år sedan som hans första egna kollektion kom, så jag tänkte att han kan få vara med på ett hörn också i vårt jubileum.

Det hördes skratt, man nickade instämmande. Men inte alla. Kenneth Löfgren såg bistert på henne, Bertil Gren verkade heller inte uppskatta Margaretas tal.

– Som sagt, jag återkommer vid vår middag, sa Margareta.

– Är det ett löfte eller ett hot? frågade Peter Hagman, den asketiske finanschefen.

– Både och. Margareta skrattade.

Hon avbröts av Sture Nilsson, ”byråmannen” som jag kallade honom i mitt stilla sinne.

– Vi har faktiskt ett jubileum till att fira, sa han. Och inte mindre viktigt. Margareta Wrannberg fyller sextio år i dagarna och som ordförande i styrelsen för SwedeFashion har jag fått i uppdrag att hylla henne i dag. En present kommer också, men den är alldeles för stor och otymplig att frakta ner till Marrakech. Det får bli en överraskning när vi kommer hem. Och det är ju alltid trevligt att ha nånting att se fram emot, inte minst i vår ålder. Han log.

Menar han min Linning? tänkte jag. Men jag hade ju inte tänkt sälja. Han kanske hade fått korn på nån annan rokokopjäs? Såna fanns det ju gott om på marknaden.

– Genom åren har jag sett hur mycket Margaretas insatser har betytt för SwedeFashion, när hon med fast hand lotsade företaget över stormiga hav, fyllda av konkurrerande hajar och förrädiska grund, fortsatte han. Både före och inte minst efter Edvards bortgång. Hennes visioner, hennes handlingskraft i en tuff bransch där det gäller att vinna eller försvinna. Egentligen skulle jag vilja utbringa ett fyrfaldigt leve både för SwedeFashion och för Margareta, men det kanske inte är riktigt passande här vid ett gravmonument. Jag får spara det till senare i kväll.

– Tack, Sture, det var alldeles för mycket. Margareta log och kysste honom på kinden.

– Nu ska vi fortsätta till museet och utställningen av Yves kreationer. Fri champagne! Det bjuder våra sponsorer på. Som ni vet importerar vi en del textilier härifrån. Man får inte vara dum.

Långsamt gick vi den smala stigen ner mot ett blått hus med vita pelare inramat av kraftfull växtlighet. Vid ingången paraderade två stora citrongula urnor. Blått, gult, grönt och vitt. En oslagbar komposition där och då.

Vid sidan av huset porlade en hög springbrunn i en fyrkantig bassäng inramad av majorelleblå keramik. Bortom paraderade fyra gula urnor med blommor i. Ett stort, mörkrött bougainvilleabuskage höjde sig bakom urnorna bland höga, smala palmer.

Francine och jag gick bakom Kenneth Löfgren och hans fru Helena, vi hade hamnat så nära att vi inte kunde undgå att höra vad de sa.

– Typiskt, sa han.

– Typiskt? sa hon.

– Att kärringen utnyttjade vårt jubileum för att dra uppmärksamhet till sig själv.

– Hur då menar du?

– Hennes sextioårsdag. Hon lägger vårt femtioårsfirande alldeles intill sin egen födelsedag. Du hörde ju hur Sture varvade upp. Tackade för hennes ovärderliga insatser! Hon har stoppat utvecklingen och håller på att köra oss i diket genom sin passivitet. Kväver alla nya förslag som kan få oss på rätt köl, få oss att växa. Och det verkar som om hon är mer intresserad av den där gamle bögen Yves Saint Laurent än av SwedeFashion. Djävla egotrippare!

– Är du inte lite orättvis nu?

Kenneth svarade inte, ökade bara på stegen.

Framme vid huset väntade en guide som berättade mer om trädgården, om Pierre Bergé och om Yves Saint Laurent. Berättade om kreationerna som fanns utställda.

Vi gick in i museet. Där fanns flera rum. Smakfullt uppställda stod ett trettiotal skyltdockor i eleganta färgskimrande kreationer, konstverk snarare än aftonklänningar. Men genomgående var inspirationen från Marocko. Snitten, designen. De svepande linjerna. Färgkombinationerna.

Francine var tagen.

– Underbart, sa hon och ögonen glänste, hon stannade då och då upp för att se närmare. Jag förstår Margareta. Fantastiskt. Vilken konstnär, vilket geni!

Vi fortsatte till presentshopen i anslutning till museet, böcker och andra memorabilier fanns på bord och i hyllor.

Jag bläddrade i ett stort praktverk, en coffee-tablepresentation av Yves Saint Laurents hem i Paris. Och jag slogs av den nästan skamlöst, överdådigt överlastade interiören. Det var mer museum än ett hem. Konst, antikviteter, porslin och keramik. Golven täckta av orientaliska mattor. Inte en yta, inte en bordsskiva hade lämnats fri. Holländska mästare trängdes med grekiska marmorstatyer. Silverpjäser blänkte sida vid sida med praktfulla guldföremål. En orgie i dyrbarheter. Så hade ju också auktionen i Paris efter Yves Saint Laurents död, ”Århundradets auktion”, inbringat över två miljarder till en stiftelse mot AIDS. Det hade varit Pierre Bergés beslut att sälja föremålen. Jag läste någonstans att han sagt att Yves aldrig skulle sålt något om han hade levt längst. Han behövde tingen mer än människorna. Pierre var mindre sentimental.

Då hördes Margaretas röst utanför dörren.

– Champagne, champagne. Hon klappade energiskt i händerna. Champagne i trädgården. Där ska vi också serveras en surprise, en överraskning.

– Gå före du, sa jag till Francine. Jag ska bara besöka ett visst ställe.

– Jag ska spara ett glas till dig.

Jag frågade en av guiderna efter närmaste facilitet för att tvätta händerna, en förskönande omskrivning av mitt egentliga ärende. Hon log vänligt och visade mot en mindre byggnad vid sidan av.

Jag gick igenom ett rum där affischer från Saint Laurents visningar hängde inramade, in i det kakelklädda utrymmet med en stiliserad mansfigur på dörren. Två tvätthandfat i vitt porslin under en spegel. En liten skylt talade om att vattnet inte fick drickas. Det var tomt därinne och luktade skarpt av rengöringsmedel. Jag öppnade den tunna trädörren till ett av båsen och låste om mig.

Då hörde jag plötsligt en dörr som öppnades. Röster utanför. Jag tyckte jag kände igen en av dem som Stures. Jag var inte ensam längre.

– Nu ska du lyssna förbannat noga. Jag vet vad du har för dig och du ligger djävligt illa till. Jag fick telefon från Stockholm. Det är bara jag som vet detaljerna och sitter på bevisen. Men jag vill inte förstöra festen här nere.

En upprörd röst protesterade. En moped som startade utanför huset dränkte orden.

– Okej då, jag ska berätta, kom Sture Nilssons röst tillbaka. Men inte här. Nån kan komma in när som helst. Vi går tillbaka till museet. Det borde vara tomt nu. Alla är utanför och dricker champagne. Vi ses där om en halvtimme.

Steg som försvann. Jag steg ut ur mitt bås, tvättade händerna och gick ut till det övriga sällskapet.

Gästerna hade samlats framme vid den avlånga bassängen med den blå springbrunnen. Vitrockade servitörer bar runt brickor med fyllda champagneglas.

Längst fram vid bassängkanten stod Francine och pratade med Kenneth Löfgren. Han lutade sig inställsamt mot henne, såg henne djupt i ögonen och höjde sitt glas i en skål.

Försöka duger, tänkte jag, men du ska inte tro att dina pigtjusartrick går hem hos henne. Fast man kunde ju aldrig veta. Kenneth såg mycket bra ut, på det där banala sättet som män i annonser för aftershave och deodoranter brukar göra. Och kvinnor är ju alltid kvinnor. Själv har jag inga illusioner om min attraktionskraft.

Kenneth log mot Francine, skålade igen och gick bort till ett långbord med snittar och nyupphällda champagneglas.

– Skål.

Jag vände mig om. Monika Svenngren stod bakom mig. Hon log.

– Skål själv. Jag höjde mitt glas. Hon var verkligen vacker, tänkte jag, med sitt långa mörka hår, det vita tandblänket, den generösa munnen och de höga kindknotorna. Sensuell. Jag förstod Kenneth Löfgren, om det nu var sant. Att hans relation med Monika inte var enbart professionell.

– Jag uppfattade inte riktigt vad du sysslar med, sa hon.

– Antikhandlare. Gamla stan. Köpmangatan.

– Det låter intressant.

– Det är det. Och jag förstod att du är modell och jobbar för SwedeFashion?

– Ja och nej. Egentligen arbetar jag med en stor agentur och dom placerar mig hos sina klienter. Men jag har mycket jobb för SwedeFashion, på Kenneth Löfgrens avdelning. Och han är jätteschysst.

Jag förstår det, tänkte jag.

– Det måste vara glamoröst, sa jag. Åtminstone om man får tro tidningarna. Resor, intressanta människor. Exotiska miljöer. Stora pengar.

Monika Svenngren skrattade.

– Tro inte allt du läser. Mycket resor och mycket arbete. Det stämmer. Och mycket människor, tyvärr höll jag på att säga. Men medaljens baksida är stress, långa dagar och ibland knöliga klienter. Särskilt i början och om du är freelance. Unga tjejer lockas in i branschen och utnyttjas av en del mindre nogräknade företag och luras på pengar av skumma agenturer. Uselt betalt, stentufft jobb och dom behandlas som nån sorts andra klassens människor. Och många går det snett för. Fel karlar, mycket droger.

– Men det gäller väl inte dig?

– Nej, jag har haft tur och dom flesta tjejer går det bra för. Men dom stora pengarna finns utomlands. Slår du igenom internationellt finns det inga tak. En del tjejer blir megastjärnor och tjänar hur mycket som helst.

– Lycka till, sa jag. Snart får jag se dig på omslaget till Vogue och Elle.

– Tack. Håll tummarna. Hon log. Och lycka till själv.

Skymningen hade börjat falla, snart skulle det bli mörkt där vi minglade. Så hördes dova smällar och bengaliska eldar lyste upp bland buskar och träd. Raketer steg mot himlen i bländande banor och exploderade i myriader av gnistrande och fräsande eldflugor i alla färger. Krutröken tätnade under träden.

Det måste vara överraskningen Margareta talade om, tänkte jag. En värdig inledning till hennes stora fest, både femtio- och sextioårsjubileet. Och så dom tio för hennes idol Yves Saint Laurent förstås. Tio år sedan han drog sig tillbaka.

Så tystnade artillerielden, fyrverkeriet var över. Först en kompakt tystnad, sedan en lång applåd.

– Margareta! ropade någon.

– Magnifikt! kom det från ett annat håll.

– Fantastiskt! skrek någon alldeles bakom mig. Bravo!

Och det hade verkligen varit ett storslaget skådespel. Exploderande ljusbollar högt däruppe. Visslande raketer som steg rakt mot den mörka himlen för att brisera i ett gnistrande stjärnfall. Färgsprakande plymer slog ut som blomklasar för att glödande falla till marken. Bengaliska eldar i blått, grönt och gult.

Om resten av jubileet höll samma klass skulle det verkligen bli ett minne för livet.

Och det blev det. Fast inte på det sätt jag hade tänkt.

Just när applåderna tystnat kom en av de kvinnliga guiderna springande från museet. Uppjagad.

– Nån har dödats! Mördats inne i museet! Så sjönk hon storgråtande ihop vid kanten till bassängen. I den absoluta tystnad som följde hördes bara det stilla sorlet från fontänen.

Margareta, tänkte jag automatiskt. Stoppklossen som hindrade SwedeFashions utveckling. Hade någon till slut gjort sig av med henne? Skulle det bli fritt fram nu för nya friska krafter i företaget?

Kapitel X

Det hade jag faktiskt ingen aning om, tänkte jag när jag bläddrade igenom tidningarna hemma i min våning högst upp på Köpmantorget 10. Jag hade just kommit tillbaka från Marrakech och de hade samlats i en hög på hallmattan under brevinkastet, väntade tillsammans med brev, räkningar och reklamutskick, trots skylten på dörren: ”Nej tack, ingen reklam.”

En stor artikel redovisade räkans färd genom livet, från ishavet till min favoriträtt på Stadsmissionens kafé i Grillska huset vid Stortorget: den stora räkmackan med skivade ägg och mildgul majonnäs. Och det var en komplicerad livsresa. Först infångades man utanför Grönland, kokades och djupfrystes för att lastas av i Köpenhamn. Sen bar det av med lastbil till Polen och Spanien eller per båt till Marocko och Asien, där man skalades. Och så gick resan samma utsläppstunga väg tillbaka innan man som nyskalad räka hamnade hos ivriga konsumenter.

Jag skulle tänka på det när jag såg mina rosa vänner igen vid Stortorget. De kunde vara mer beresta än jag. Var det en effekt av globaliseringen? Och vad skulle hända när lönerna steg i låglöneländerna? Skulle vi tvingas skala våra räkor själva? Vilket öde!

Jag log för mig själv där jag satt ute på balkongen med tidningen framför mig och Cléo i knäet. Men leendet försvann. Den andra tidningen tog mig brutalt tillbaka till verkligheten och Marrakech.

På första sidan fanns ett suddigt foto under rubriken "Svensk turist mördad i Marocko". Skjuten i ett museum under ett besök i Marrakech. Plånbok och pass var borta, polisen utgick från rånmord. Museet besöktes av många turister och man hade haft problem med ficktjuvar och annan brottslighet. Som tur var för SwedeFashion nämndes inte företaget, det stod heller inte någonting om deras jubileum. Den sortens PR var man inte betjänt av.

När den gråtande guiden kom där vi stod med champagneglas i händerna utanför museet blev det först dödstyst. Alla såg på varandra med häpnad över det ofattbara. Död? Mord? Det kunde bara inte vara möjligt!

Så bröts förstеningen. Alla talade på en gång. Några grät, chockade. Francine gick fram till flickan vid fontänen, satte sig ner, höll armen om henne och talade lågt.

Så reste hon sig, blek men fattad.

– Flickan säger att hon kontrollerade om dörren till visningsdelen var låst. Hon skulle ju sluta för dagen. Då hörde hon ett skott därinne och gick in. Det var under fyrverkeriet så därför uppfattade vi det inte härute. Någon låg på golvet och det luktade krutrök. Så sprang hon ut till oss.

– Vem är det? kom en röst. Vem är det som har skjutits? Är det nån av oss?

– Hon vet inte, sa Francine. Kroppen är övertäckt med en av klänningarna från utställningen.

Francine gick bort till museet, jag följde efter liksom flera andra. Framme vid dörren stannade hon upp, såg sig om.

– Jag är polis, sa hon. Jag kan inte agera här i Marocko, men jag får be er stanna utanför dörren och inte trampa in på brottsplatsen. Det kan försvåra utredningen.

Så öppnade hon dörren. Den dämpade takbelysningen spred ett dunkelt ljus, en svag krutlukt kom emot oss. De uppställda dockorna i färgstarka klänningar såg stelt mot oss med döda ögon, en spöklik stämning.

På golvet låg ett oformligt bylte övertäckt av en av Saint Laurents kreationer i starkt majorelleblått. Francine böjde sig ner och drog bort tyget från kroppen. Jag stod i dörröppningen och kunde se vem det var. Sture Nilsson låg där, stirrade med vidöppna ögon upp mot taket. SwedeFashions styrelseordförande, Francines bordsgranne under lunchen.

Det var ju honom jag hört ute på toaletten. Han och någon mer hade talat lågt medan det gamla rörsystemet hade susat och brusat. Den han talat med "låg djävligt illa till". De skulle fortsätta samtalet i lugn och ro inne på museet. Hade han talat med sin mördare?

Vilken historia, tänkte jag där jag satt med tidningen. Polisen hade naturligtvis kommit, och Francine redogjorde för vad som hänt inför en allvarlig äldre man med bekymrat ansikte och en stor mustasch. En kommissarie vars namn jag inte kom ihåg, påminde om Juholt. Längre bort i entréhallen talade ett par poliser med den gråtande guiden, lyssnade och antecknade.

Vi hade gått ut på planen utanför museet igen. Stod i små grupper, talade lågt.

– Vem kan ha velat mörda Sture? Det är ju ofattbart. Margareta kom fram till mig. Blek, med förgråtna ögon. Det är bara så ... så hemskt.

Jag höll med henne. Men hon kunde avskrivas som mördare, tänkte jag bisarrt nog. Damer pratar inte med herrar på herrtoaletter. Inte normalt, i vilket fall.

Francine klappade i händerna och bad om tystnad.

– Polisen här har bett mig fråga om nån av er har sett eller hört nånting som kan ha betydelse för utredningen. Mina kolleger tror att det gäller rånmord. Pass, klocka och plånbok är borta och man har haft en del oroligheter sen sprängningen av kaféet vid Djemaa el-Fna. Han har också bett att få en lista med era namn och adresser, också i Sverige. Ingen av er är naturligtvis misstänkt, men utredningen har ju bara börjat och ni kommer att bli kontaktade på era hotell i morgon förmiddag. Som jag har förstått av kommissarien är det mest en formsak.

I bussen tillbaka till hotellet tog Margareta mikrofonen och sa att hon förstod om ingen ville äta den planerade middagen efter vad som hänt. Men eftersom den var beställd och framdukad så var alla som ville välkomna ändå. Och det kanske var viktigt att man fick prata med någon efter det fruktansvärda som hänt. Så stockade sig rösten och hon började gråta.

– Begravningsmiddag i stället för jubileumsfest, teaterviskade Daniel Palm, men ingen verkade uppskatta hans inlägg.

Jag satt bredvid Francine i bussen och berättade vad jag hört på toaletten. Om vad Sture Nilsson sagt.

– Det stämmer, sa hon.

– Hurdå, menar du?

– Han fick ett telefonsamtal under lunchen. Jag berättade ju det. Han sa att det var oerhört viktigt och nånting om en katastrof. Det måste hanteras rätt. Och att nån låg ”djävligt risigt till”.

– Du måste berätta det för polisen, sa jag. Det kan ju förklara mordet, ge ett motiv. Nån var rädd för att avslöjas och mördade Sture Nilsson.

– Det verkar så.

– Fast jag tycker dom var lite nonchalanta. Polisen alltså. Dom bara släppte iväg oss utan nån närmare utfrågning.

– Trädgården var ju full av besökare och dom kommer tillbaka i morgon, men jag fick en bestämd känsla av att dom helst sopar det under mattan. Lägger locket på.

– Varför det?

– Turismen är viktig för dom. Marrakech får in stora pengar på turistströmmen. Och ett mord på en utländsk turist är inte nån höjdare. Enklare då att konstatera att det rör sig om ett vanligt rånmord av en lokal förmåga i stället för att ställa till stort rabalder med en hel grupp turister. Tänk dig publiciteten! Och i så fall måste dom hålla kvar hela gruppen, och vi reser tillbaka i morgon eftermiddag. Sen har dom ju fått alla namn och adressuppgifter i Sverige. Och polisen ville att jag skulle vara nån sorts kontaktperson om dom behövde gå vidare. Men jag tvivlar på att det kommer att gå så långt.

– Dom skriver väl av fallet, sa jag. Som svensk polis när det blir för knepigt. ”Bevisning saknas.” Jag vill i alla fall berätta vad jag hörde.

– Självklart. Men med din vanliga tur slutar det väl med att du blir misstänkt. Tänk på hur det gick i Havanna. Hon log och kysste mig på kinden.

– Om man ska vara cynisk kan man ju säga att det inte finns något ont som inte har något gott med sig.

– Nu förstår jag inte vad du menar?

– Att Stures död löste mitt problem med Linningbyrån. Nu är han inte spekulant längre.

Det var ett avslaget och dystert sällskap som åt den planerade jubileumsmiddagen, men inga tal hölls, ingen skålade. Man talade lågt, åt snabbt och var och en gick sedan till sitt.

Men fortfarande trodde jag inte på polisens teorier om rånmord. Inte efter vad jag hört inne i tvättrummet. Det var sin mördare Sture Nilsson talat med.

Kapitel XI

På morgonen dagen efter mordet satt jag och tittade på tv medan jag åt min frukost på rummet. Jag kände inte för att gå ner till matsalen utan ringde room service. Då behövde jag varken klä på mig eller raka mig. Den vita morgonrocken i badrummet fick duga.

Jag bläddrade förbi olika arabiska program i tv-rutan och stoppade upp inför ”Pippi Långstrump”, tecknad och dubbad till franska.

– Vad tittar du på? hörde jag Francine inifrån badrummet.

– Tecknad film, sa jag

– Bra, då känner du väl dig som hemma?

– Tyvärr är det inte Simpsons, men det är kärt att se Pippi Långstrump igen. Det var länge sen. Duktig tjej. Nu har hon lärt sig franska.

Då ringde telefonen vid sängen.

– Mister Homan?

– Yes.

Det var den vänlige mannen i receptionen som meddelade att en assistent från polisen ville tala med mig.

– Okej, jag kommer ner om en kvart. Be honom vänta i lobbyn.

– Vem var det? undrade Francine.

– Nån från polisen. Han ville tala med mig. Och det sa dom ju i går. Att vi skulle bli kontaktade. Så det är säkert ren rutin.

– Vi får hoppas det. Hon log. Annars får jag fixa ut dig från nån fängelsehåla. Det har jag gjort förr. Ville han inte tala med mig?

– Det sa han ingenting om. Men du pratade ju med den där kommissarien i går. Det kanske räckte?

– Förmodligen. Lycka till! Jag ska hålla tummarna för dig.

Jag stängde av tv:n, lämnade Pippi och ”monsieur Nilsson”, avslutade min frukost och klädde mig.

Nere i lobbyn väntade en lång smal man i trettioårsåldern. Kostym, vit skjorta och diskret slips. Mörka ögon och ett bestämt drag kring munnen.

Han reste sig ur en av fåtöljerna och kom emot mig.

– Mister Homan?

– Det stämmer.

– Mitt namn är Mohammed Abidi. Löjtnant Abidi. Jag tjänstgör på polisen i Marrakech. Och jag antar att ni inser varför jag är här? Hans engelska var hygglig, men med en tung accent.

– Jag gissar att det gäller det som hände i går?

– Precis. Kan vi sätta oss nånstans?

Han såg sig om i lobbyn. Borta vid dörren fanns två fåtöljer vid ett runt bord.

– Går det bra där borta?

– Visst, sa jag. Det blir utmärkt.

Vi satte oss. Abidi tog fram en penna och ett anteckningsblock, bläddrade fram en sida.

– Som kommissarie Marahroui sa i går så pratar vi med alla i den här gruppen som mister Nilsson tillhörde. Ni befann er alltså på Jardin Majorelle i går?

– Det stämmer.

– Kände ni den döde?

– Ja, men inte närmare. Vi hade träffats och ingick i samma grupp.

– Har ni nån uppfattning om varför han mördades?

– Nej. Sture Nilsson var en framträdande affärsman, allmänt respekterad och styrelseordförande i SwedeFashion. Det är alltså det modeföretag som är här för sitt femtioårsjubileum.

– Såg eller hörde ni nånting av intresse? Utöver det vanliga alltså. Nån person som fanns där som inte tillhörde er grupp, till exempel?

– Jag hörde faktiskt ett samtal, sa jag. Hur mister Nilsson hotade någon och hur dom bestämde att ses inne på museet. Och jag berättade om vad jag hört ute i tvättrummet.

– Jag tror i alla fall att det var Nilsson, lade jag till. Den han talade med hörde jag inte alls. En moped gick igång alldeles utanför fönstret. Och jag såg ingen av dom.

– Intressant. Mycket. Vi har ju utgått från att han rånmördades. Nu kanske vi får revidera vår inställning. Har ni nån uppfattning om ifall det fanns någon i gruppen som kunde tänkas ha motiv för mordet?

Jag skakade på huvudet.

– Ingen aning. Jag känner bara några av dom lite närmare och jag vet inte vilken relation dom hade till mister Nilsson. Den som vet mer är säkert Margareta Wrannberg. Hon är alltså VD för SwedeFashion och måste ha känt Sture Nilsson mycket väl.

Löjtnant Abidi antecknade i sin bok. Stoppade sedan ner den i innerfickan, reste sig.

– Tack för ert samarbete, mister Homan. Jag förstår att ni reser i eftermiddag?

– Ja.

– Jag vet inte om vi behöver tala med er igen. Det får kommissarie Mahraoui avgöra. Adjö.

Han räckte fram handen för ett avsked, nickade och log. Så gick han.

– Problems, mister Homan?

Min vän i receptionen såg bekymrat på mig. Det var väl inte varje dag polisen kom för att förhöra hans gäster.

– Inga problem, inga alls.

Jag log mot honom och gick upp till vårt rum, men jag var inte övertygad om att jag hade rätt. Skulle man se mig som nån sorts huvudvittne? Skulle jag hållas kvar för förhör i Marrakech när de andra flög hem?

Jag tänkte på vad Hedvig Elisabeth Charlotta, Karl XIII:s drottning, skrev i sin dagbok efter mordet på Axel von Fersen när han lynchades 1810 på öppen gata i Stockholm: "Huru fan skall detta sluta?" En bra fråga då och en bra fråga nu.

– Nå? Francine såg på mig när jag kom upp på rummet.

Jag berättade vad som hänt och vad jag sagt.

– Kommer dom att hålla kvar mig nu?

– Det tror jag knappast, sa hon. Du har ju berättat vad du vet och kan inte tillföra nånting nytt om dom hör dig igen. Du har lyssnat till ett samtal mellan två personer som du inte säkert kan identifiera. Det är allt. Om inte ... Hon tystnade.

– Om inte vadå?

– Teoretiskt sett kan dom ju tro att du dukar upp en historia för att skydda dig själv.

– Du menar att jag skulle vara mördaren som lägger ut rökridåer och skyller på andra?

– Precis. Men det kommer dom inte att ha någonting för. Jag kommer att vittna och berätta att du och jag stod tillsammans utanför museet hela tiden, både före, under och efter fyrverkeriet. Och det var ungefär då Sture Nilsson sköts. Det berättade ju guiden.

– Bra. Du är min räddande ängel.

– Jag vet. Var inte orolig. Det enda dom vill är att sopa det här under mattan så snabbt som möjligt. Ju förr vi kommer härifrån desto gladare blir dom. Jag är säker på att media här inte är underrättade. Och mordet har begåtts i Marrakech och faller inom marockansk jurisdiktion och ska utredas och lagföras här. Svensk polis har ingen rätt att lägga sig i, så du behöver inte vara rädd för Calle Asplund. Och jag tror inte att vi har utlämningsavtal med Marocko, men jag ska kolla när vi kommer hem.

Francine log mot mig, slog armarna om min hals. Kysste mig.

Det hon sa gjorde mig lugnare, men inte alldeles. Man fick inte underskatta marockansk polis.

Kapitel XII

– Kunde jag inte ge mig fan på det!

Jag vände mig om där jag kom gående på Köpmangatan på väg till min affär med Cléo på axeln.

– Eric Gustafson, sa jag. Vem annars?

– Alldeles rätt. Han log. Jag visste det.

– Visste vadå?

– Att du hade hamnat mitt i smeten igen. Jag läste om mordet på Sture Nilsson nere i Marrakech, han som skulle köpa din Linningbyrå. Francine och du var ju där, och då blir det naturligtvis ett mord. Du kan vara glad att polisen lät dig åka tillbaka.

– Man biter inte den hand som föder en, om man inte äter hamburgare.

– Vad menar du?

– Man mördar inte sina kunder och spekulanter. Det är inte nån bra affärsidé.

– Det har du rätt i. Det får dom lära ut på Handels. Men berätta!

– Det blir kanske lite stökigt här mitt på Köpmangatan, men häng med in i affären så får du veta allt.

– Okej. Jag är nyfiken.

Efter en stund hade jag i korta drag redovisat hela historien. Eric hade suttit tyst, lyssnat.

– Så polisen tror att det är rånmord?

– Jag fick det intrycket. Och att dom försöker tysta ner det så gott det går. Det är inte bra för affärerna om utländska turister mördas i Marrakech.

– Logiskt sett borde det i så fall vara bättre för dom om det var nån i din grupp som mördat Nilsson.

– Varför då?

– Då hade det varit en intern grej bland några utlänningar och nån hederlig och anständig lokal förmåga hade inte varit inblandad.

– Det kan du ha rätt i. Jag är bara glad att vi kom ut och inte blev fast. Jag tror att vi kan tacka Francine för det.

– Verkligen?

– Hon verkade ha tumme med sina kolleger. Dom förhörde oss förstås, men det verkade mer vara rutin. Dom gick på rånmordslinjen. Pass, klocka och pengar var ju borta.

– Finns det utlämningsavtal med Sverige? Kan dom hämta dig tillbaka till sina fängelsehålor?

– Ingen aning, men i så fall får dom hämta nån annan. Jag är totalt oskyldig, kände honom knappast. Dessutom hade jag ju ett stort intresse av att Sture Nilsson var i livet. Om jag velat sälja min byrå alltså. Och som jag förstod på honom så var pengar inte hans största problem i livet.

– Det kan du ha rätt i. Men han hade andra.

– Jaså?

– Jag berättade ju senast om honom och en del andra i Swede-Fashion. Sture Nilsson satt i olika bolagsstyrelser och var en stor aktör på finansmarknaden. Riskkapitalbolag och hela det köret. Tillhörde dom stora grabbarna. Men höga höjder, höga fall. Du har kanske läst om den där härvan i ett stort investeringsföretag?

– Hursä?

– Det har väl inte stått så mycket än, men där ligger en bomb och tickar. En av mina klienter har pengar där och är orolig.

Finansinspektionen är inne och nystar och dom riskerar att förlora sitt tillstånd. Man talar om konkurs och stora skadestånd.

– Nej, det har jag inte hört något om.

– Det är alltså en sorts investmentbank, jag kan inte detaljerna. Men dom har bluffat marknaden som det verkar. Inga ord efter mig, det är bara vad jag har hört. Problemet är alltså i stora drag att dom har riggat bokföringen och dom officiella siffrorna. Spekulerat i en börsuppgång som ju vände ner. Visat överskott när det skulle stå underskott och förlust. Svarta siffror i stället för röda. Och min källa säger att Sture Nilsson var mannen bakom. Han hade drivit upp kursen för att berika sig själv. Och det var inte populärt, inte alls. Eric log.

– Och vad har det med Marrakech att göra?

– Ingen aning, men jag ville bara lyfta fram att det kanske inte bara är marockanska rånmördare som kan ha haft ett finger med i spelet.

– Intressant, men det verkade inte som om nån i gruppen var särskilt ruinerad eller hatade Sture Nilsson.

– Det vet du bättre än jag, jag försöker bara bidra till din ständigt pågående intellektuella process. Du verkar alltid leta mördare. Och leendet var tillbaka. ”Den som söker, han finner.” Är det Bibeln eller Shakespeare?

När Eric gått gick jag ut på mitt lilla kontor, satte på vattenkokaren och mätte upp kaffe i melittafiltret.

Jag tänkte på vår jubileumsgrupp, gick igenom de olika medresenärerna men fastnade inte för någon som verkade desperat och hämndlysten, som skulle straffa den som ruinerat honom eller henne. Fast vad visste jag? Egentligen kände jag ju ingen av dem närmare, förutom Francine. Och det kunde ju finnas andra motiv till mord än pengar.

Då pinglade det till i datorn på skrivbordet. Den är ganska ny.

I det längsta har jag avstått från att skaffa en, försvarat mig med att man måste ha börjat med den sortens teknik i förskolan för att bemästra den. Till slut insåg jag att jag måste köpa en när jag såg hur Eric Gustafson plockade fram den ena auktionssajten efter den andra. Men fortfarande råder ett spänt förhållande mellan oss, mellan mig och datorn alltså. Vi betraktar varandra med ömsesidig misstro, men har uppnått vad jag brukar kalla modus vivendi, en väpnad neutralitet.

Långsamt men säkert har jag börjat sätta mig in i de olika funktionerna, kan exempelvis skicka mejl, men fortfarande visar den vem som bestämmer. Plötsligt raderas det man just skrivit, plötsligt blir små bokstäver versaler. Plötsligt ställer de sig på sned eller blir blå. Och det är bara början. Och visligen har jag avstått från att ge mig in på Facebook och Twitter. Jag bloggar inte heller. Det är överkurs och får komma senare. Mitt liv är tillräckligt komplicerat ändå. Fast jag har gått till motangrepp och tar sakta men säkert initiativet, visar vem som är chef. Men när det kniper, och det gör det inte så sällan, ringer jag Francine för support. Visserligen finns en bruksanvisning, men den är ännu mera komplicerad än själva apparaten. Vårt konsumtions-hysteriska prylsamhälle verkar bygga på att man är ung, vacker, frisk, rik, bilburen, civilingenjör och datorfrälst sen dagis för att klara vardagen.

Nu tar jag till förstås, men det känns så ibland för den som har två tummar mitt i handen och inte riktigt klarar multiplikationstabellen utan fickräknare.

Jag klickade fram mitt nya mejl. Ett glädjebudskap! Jag skulle ärva nio miljoner dollar av en kvinna som låg döende i cancer i något ospecificerat land. Hon hade utsett mig till sin arvinge. Det enda jag behövde göra var att mejla mitt namn, min adress och mitt bankkonto så skulle jag bli mångmiljonär.

– Underbart, sa jag till Cléo som satt på fönsterbrädan. Jag måste ringa till Francine! Nu har hon råd att gifta sig med mig. Kall champagne. Här måste firas!

Jag väcktes ur min eufori av en telefonsignal. Ett oväntat samtal. Det var Margareta Wrannberg.

– Hej, Johan. Stör jag?

– Inte alls. Tvärtom. Jag har just ärvt nio miljoner dollar.

Det blev tyst i luren.

– Förlåt?

– Nio miljoner dollar. Det blir väl drygt sextio miljoner i kronor räknat.

– Det var inte dåligt. Verkligen inte! Grattis!

– Problemet är bara att jag inte vet vem den ädla givaren är, har bara fått ett konstigt namn. Men om jag skickar mitt bankkonto så fixar det sig.

Margareta skrattade.

– Då har du ditt på det torra då och kanske inte är intresserad av vad jag kommer att föreslå.

– Det beror alldeles på. Försök!

– Okej. Jag ska fatta mig kort, men jag behöver din hjälp.

Aldrig i livet, tänkte jag. Hon vill koppla in mig på Sture Nilssons död, men det ska jag hålla mig lika långt ifrån som det oväntade arvet.

Fast jag hade fel.

– Kortfattat så har vi en ny affärsidé. Jag tänker etablera en exklusiv affärskedja i ett högre prissegment som vänder sig till en mera kräsen och kapitalstark publik. Och då är inramning och bakgrund viktigt, liksom läget.

– Intressant.

– Mycket. Och nu skulle jag vilja träffa dig för att diskutera ett samarbete.

– Är du intresserad av min höstkollektion? Mycket tweed och jordiga färger. Höstlöv och vinden över skotska hedar.

Margareta skrattade igen.
– Det ligger inte på det planet. Det gäller ramen kring dom nya kollektionerna. Bakgrund. Inredning. Stil och klass.
– Och där kommer jag in?
– Precis. Jag har gått förbi din affär några gånger och jag förstod nere i Marrakech att du har fingertoppskänsla när det gäller estetik och kvalitet.
– Man tackar.
– Jag skulle alltså vilja prata med dig lite närmare om det här projektet. Har du lust? Och tid?
– Gärna. Var, när, hur?
– På mitt kontor, om det är okej för dig. Då kan du få en presentation av projektet. Hur ser det ut i morgon?
– Jag ska bara kolla min agenda.
Jag tittade i min fickalmanacka, såg de tomma sidorna. Dröjde ett tag.
– Det verkar gå bra, sa jag. Nån gång på eftermiddagen i så fall. Passar klockan tre?
– Utmärkt. Sturegatan 39 A. Vi ses. Hej då.
– Hej då. Och jag lade på.

Som väntat blev Francine inte särskilt imponerad över mitt arv när jag ringde henne för att bjuda på middag.
– Nigeriabreven har bytt inriktning, sa hon. Förr var det ofta nån afrikansk politiker som dött och änkan satt på hundra miljoner som hon inte kunde få ut ur landet. Den nya regimen försökte lägga beslag på pengarna. Skurkar och korruption. Hon behövde ett bankkonto där pengarna kunde sättas in mot en fet provision. Trots allt var det en hel del som torskade och gick på det. Fast inte alla anmälde. Det är ju ganska genant, om man tänker efter. Att bli blåst så lätt. Hon skrattade. Barnum hade rätt. Cirkusdirektören och PR-snillet som sa att det föds en ”sucker” varje minut.

– Jag har redan svarat.

– Du är inte klok!

– Klokare än du tror. Jag satte Eric Gustafson som avsändare med Rosenbad som adress och ett påhittat kontonummer i Mjölby Charkuteri & Sparbank som inte finns. Fast tänk om nåt av de där breven är äkta? Att det finns en galning som vill ge dig en miljon eller du faktiskt har vunnit högsta vinsten på något nätlotteri? Man kan ju aldrig veta. Men jag ringde inte för att tala om att jag är ett gott parti utan för att fråga om du har lust att komma över på middag i kväll.

– I kväll?

– Precis.

– Det låter trevligt. Jag kan komma ifrån vid sju? Passar det?

– Det passar utmärkt.

Jag fick äta lunch uppe i våningen. Måste kolla frys och kyl. Men jag visste att jag hade kvar lammkotletter som kunde tinas. Några bra ostar i kylen fanns också. Ett hyggligt rödvin stod i skafferiet. Gin fanns, liksom en skvätt torr martini. Sallad, tomat och vitlök måste till. En del annat också. Men det kunde jag fixa under lunchen. Vad jag behövde fanns säkert i affären nere vid tunnelbanan vid Kornhamnstorg.

Prick sju ringde det på dörren. Francine log när jag öppnade. Vit, tunn T-shirt med MARRAKECH i stora, eldröda bokstäver. Vita jeans och det långa mörka håret var utslaget, föll över axlarna. Hon log och jag kände fortfarande samma överväldigande glädje som alltid när jag såg henne.

Vi höll om varandra, nära, nära. Talade inte. Bara vilade i varandra i en tyst, total trygghet. Ett intensivt ögonblick.

Hon lösgjorde sig försiktigt, kysste mig.

– Välkommen. Jag har dukat på balkongen, om det kan vara nåt.

– Det kan det. Det är en underbar kväll. Hon log.

– Sommarkväll. Gamla stan. Högt över takåsarna, utsikt mot Saltsjön och Djurgården. Kan det bli bättre?

Innan jag stekte lammkotletterna satte vi oss ute på balkongen med varsitt glas vit bourgogne, Meursault les Tillets 1988, min favorit.

– Min vän från Marrakech ringde häromdan, sa Francine.

– Din vän? Har du kompisar där nere?

– Det är väl att ta till. Jag menar min kollega, kommissarie Marahroui, han som kom till Jardin Majorelle den där kvällen och som jag talade med innan vi for hem.

– Har han hittat mördaren?

– Nej, inte än, men det verkade på honom som om dom håller fast vid sin teori. Rånmordet alltså. Men han är tydligen en noggrann person, ville inte bara ta den enkla vägen. Han ville få lite info om Sture Nilsson.

– Varför det?

– Förmodligen för att det ska se bra ut i akten. Han har uttömt alla möjligheter. Och det blev ganska intressant. För vi tittade lite närmare på herr Nilsson.

– Hittade du nånting?

– Det kan man säga! Verkligen. Hon höjde glaset och log. Skål för Sture Nilsson, en man med många talanger.

– Verkligen.

Jag tänkte på vad Eric berättat om härvan med investmentbolaget. Hade Sture fler skelett i sin garderob?

Kapitel XIII

Nere från gatan kom tonerna av Södermanlands regementes marsch studsande mot husväggen.

– Vaktparaden. Margareta log där vi satt i hennes stora rum på Sturegatan. Helt i vitt med stora Mirólitografier och en bild av Yves Saint Laurent i guldram. Jag behövde inte titta på signaturen för att inse att det var Andy Warhol. Soffgrupp i vitt skinn på en färgstark matta. Smak och pengar talade sitt diskreta språk.

– Dom rider förbi här till kasernerna på Lidingövägen, gamla K 1, efter vaktavlösningen på slottet och då brukar dom spela en trudelutt utanför våra fönster.

– Jag ska fråga om dom vill rida förbi hos mig också. Problemet är bara att Köpmangatan är alldeles för smal. Men när jag hinner brukar jag kila över till slottet och vaktavlösningen med den Beridna Högvakten. Det är ett pampigt och historiskt skådespel med rötter ner till Gustav Vasa.

– Jag gillar dom också och är med i Föreningen för den Beridna Högvakten. Det är väl du också?

– Självklart. Och det är bäst att passa på innan den blir nedlagd. Det är snart det enda militära förband som finns kvar i Sverige efter att skrivbordsgeneralerna gjort sitt. Du vet väl att det tar två år innan hela insatsförsvaret är stridsdugligt och att man har problem med att få soldater till högvakten på slottet.

– Glöm inte Frälsningsarmén! Så blev hon allvarlig.

– Jag kan inte komma över att det var mitt fel, sa hon och såg på mig med trötta ögon.

– Vilket då?

– Att Sture är död. Hade jag inte hittat på det här med Yves Saint Laurent och hans trädgård och att vi skulle jubilera nere i Marrakech hade det aldrig hänt. Flickorna hade rätt. Det var ett töntigt jippo.

– Sture Nilsson blev rånmördad, sa jag. Det kan hända var som helst, till och med i Stockholm. En tragisk händelse som du inte kan rå för.

– Hade jag inte varit så uppfylld av mig själv och så förtjust i mina idéer om jubileet och hela köret så hade Sture levt nu.

Jag såg på Margareta. Vad skulle jag säga? På sätt och vis hade hon rätt, i den meningen att om vi inte flugit till Marrakech och gått till Villa Majorelle så hade mordet inte skett. Men rent konkret var det ju inte hennes fel. Hon borde tala med nån psykolog så hon inte riskerade att dras med den här ryggsäcken för resten av livet. Sture Nilsson var borta och det var ödet eller slumpen som låg bakom. Eller hur man nu skulle uttrycka det. En rånare hade väntat bland skuggorna i trädgården och det hade råkat bli han. Om nu kommissarie Marahroui och hans kolleger i Marrakech hade rätt.

Jag tänkte på vad Francine berättat uppe i min våning på Köpmantorget. Om Sture Nilsson, ”en man med många talanger”. En hårdför riskkapitalist som inte dragit sig för brutala och hänsynslösa metoder i sina affärsuppgörelser. På rätt sida av lagen, men mycket nära olika gränser. Skickliga advokater hade hållit honom under armarna, men många offer hade han lämnat efter sig vid vägkanten. Sture hade stått under utredning av både skatteverket och finansinspektionen innan han mördades och man misstänkte olagliga valutatransaktioner liksom sofistikerad skatteplanering. Hans investmentbank riskerade också konkurs efter hans affärer. Många kunde bli ruinerade. Och inte bara ett äktenskap hade kraschat i hans väg. ”Lite samma stuk som den där fransmannen Strauss-Kahn eller vad han heter”, hade Francine sagt. Sammanfattningsvis fanns det tydligen många som inte skulle gråta på hans begravning, tvärtom.

Jag tänkte också på telefonsamtalet som Sture Nilsson fått under lunchen på Hotell Palace.

– Francine, min flickvän, berättade om ett samtal som Sture fick på sin mobil vid lunchen på hotellet samma dag han mördades. Hon satt bredvid honom. Han gick från bordet för att svara och när han kom tillbaka var han väldigt upprörd. Pratade om katastrof och att nån låg jäkligt illa till. Och jag hörde också att han talade med nån strax före mordet. Nån han skulle träffa inne på museet där det var mera avskilt. Och då lät han väldigt hotfull. Berättade han nånting för dig?

Margareta satt tyst. Såg på mig, eftertänksamt.

– Nej, sa hon sedan. Inte ett ljud. Och det tycker jag är lite konstigt i så fall. Om det hade hänt nån katastrof i Stockholm... Men det behövde kanske inte ha att göra med SwedeFashion? Sture var ju inblandad i alla möjliga affärer. Menar du att det skulle ligga bakom mordet?

– Ingen aning, men det verkar lite lättvindigt. Den marockanska polisens agerande alltså. Att bara rätt upp och ner slå fast att det vara ett rånmord.

– Det kan du ha rätt i, men det är ju inte mycket vi kan göra åt det. Hur som helst kan vi knappast börja agera som nån sorts privatdetektiver, eller hur? Nu får jag försöka samla ihop mig och gå vidare. Tack och lov är det alltid mycket att göra här, never a dull moment. Och det var snällt av dig att titta upp.

– Du talade om nya butiksinredningar?

– Precis. Som jag sa när jag ringde så planerar jag en ny affärskedja på en annan nivå än vår vanliga. Exklusivt och elegant. Högre kvalitet, ett annat prisläge, och då är det viktigt med rätt inramning, rätt inredning. När man kommer in i affären ska man inse att den är nånting utöver det vanliga. Att man är utvald. Man ska känna sig välkomnad, omsluten. Hon log. Adressen är viktig, läget. Och Biblioteksgatan ska ju bli Stockholms Bond Street för shopping. Lyxig "slow shopping". Ralph Lauren och Burberry. Andra också, som COS.

– Skrämmer du inte bort kunderna då? Att det blir för "fint" och för dyrt?

– Ja och nej, men det är delvis meningen. Huvuddelen av våra affärer har ju ett lite annat sortiment och andra priser, men jag tror det finns ett segment, en köpstark grupp av inte minst yrkeskvinnor, som vill ha nånting mer än det vanliga utbudet, lite mer sofistikerat, och som är beredda att betala. Men det är en försöksballong. Vi ska börja med två affärer, i bästa läge, det är viktigt. En på Biblioteksgatan och kanske en i Köpenhamn. Vi får se hur det går, men jag tror på idén. Man måste våga för att vinna. Eller hur?

Margareta log, reste sig, gick fram till det stora skrivbordet och kom tillbaka med en mapp.

– Här ska du få se idéskisser till dom nya affärerna. Hur det är tänkt, alltså. Vi får naturligtvis anpassa oss till dom lokaler vi får tag på, men dom visar vår filosofi när det gäller arkitektur och inredning.

Hon placerade mappen på bordet mellan oss och drog fram stora ark med ritningar som hon bredde ut över bordet.

– Det här är alltså en tänkt lokal. Och nu ska du möblera den. Komma med förslag till inredning, konst, mattor. Färgsättning av väggarna. Armatur och belysning. I samarbete med arkitekten och entreprenören givetvis. Jag har tänkt mig en sofistikerad interiör, gärna gustaviansk eller i rokoko. Du får pröva två alternativ.

– Ligger inte art déco mer i tiden, och Yves Saint Laurent älskade ju det?

– Jag har tänkt på det och det kanske kan bli aktuellt för nästa affär.

– Du utnämner mig alltså till inredningsarkitekt?

– Nej, men till inredningsdesigner. ”Creative advisor.” Eller ”konsult” om det känns bättre. Du ska skapa atmosfär, få kunderna att känna sig hemma, känna sig utvalda. Känna att det är deras ”rätta” klimat.

– Men är det rätt i tiden? Det låter väldigt elitistiskt.

– Var inte så politiskt korrekt. Jag tror på idén och funkar det inte har jag åtminstone försökt. Det gäller att vitalisera vår filosofi, se framåt. Jag vet att det finns dom här på företaget som kallar mig stoppkloss, som säger att jag hindrar utveckling och modernisering. Står i vägen för nytänkande. Men så är det faktiskt inte. Jag håller bara huvudet kallt inför alltför *mycket* nytänkande. Man måste vara långsiktig och inte rusa iväg. Det lärde Edvard mig. Peter Hagman, som håller i våra pengar, var tveksam först, men han har gett med sig. ”Bara det inte blir nån överdriven lyx.” Margareta skrattade.

– Okej, det låter intressant. Om jag får låna med mig en kopia av ritningarna så ska jag gå hem och tänka. Har du nån kostnadsram? Bättre antikviteter är ju inte billiga.

– Kom med ett förslag först så får vi se. Och det är ju inte pengar i sjön. Jag får ta hem dina byråer och speglar om det går snett. Eller också säljer vi dom på Bukowskis.

– Det låter klokt.

Så gick jag längs korridoren mot utgången med de stora arken i en papptub under armen. Diskret belysning och den långa mattan gick i djupblått. På väggarna hängde inramade bilder på storslagna kreationer av Dior, Saint Laurent, Lanvin och Balenciaga. Namnen fanns på ramarna under, namnen på de stora elefanterna i modevärlden. Senare tiders kreatörer som Chloé, Prada och Alexander McQueen fanns inte med. Francine brukar hålla mig uppdaterad. De fick väl bida sin tid innan de nått samma ikonstatus hos Margareta.

Bakom stängda dörrar hos Margareta hördes dämpade samtal, telefoner ringde. En bit längre fram i korridoren öppnades en dörr.

Jag kikade in. Där stod Britta Gren vid ett avlångt bord.

– Hej, Johan. Hon log mot mig. Vad gör du här?

– Jag har hälsat på hos Margareta, sa jag och gick in i det stora rummet. På ställningar hängde tyger i olika färger, längs fönsterväggen fanns en rad datorer och på ena kortväggen en stor tavla med uppsatta bilder och klipp ur modetidningar. I bakgrunden kom musik från en högtalare under taket.

– Verkligen? Ska du handla kläder till Francine?

– Det skulle jag aldrig våga. Nej, jag ska börja jobba hos er.

Förvånad såg hon på mig.

– Det menar du inte? Ska du bli vår nya designer? Hon skrattade. Då har du hamnat rätt, för här håller vi på med nästa kollektion. Fast nu skapar vi på datorer, förr satt vi här och ritade. Men filosofin är densamma. ”Ryck, knyck och tyck.” Hon visade med handen mot den stora tavlan med alla bilderna och klippen. Vi måste fånga det som rör sig i tiden. Det handlar naturligtvis inte om att kopiera men vi hämtar inspiration från allt som rör sig i tiden. Musik, livsstil, sociala medier, konst – allt som berör oss.

– Intressant. Jag ska vara nån sorts rådgivare när det gäller inredningen av era nya butiker. Margareta vill ha antikviteter i affärerna.

– Jag har hört talas om det. Helena Löfgren hade kommit fram till oss, rest sig från en dator i bortre änden av det stora rummet.

Fast jag tycker inte det är särskilt realistiskt. Vi säljer inte mer om du ställer in några gustavianska stolar längs väggarna.

– Säg inte det. Det bidrar åtminstone till atmosfären och känslan.

– Det kan hända, och Margareta är ju chef. Hon gör som hon vill, särskilt nu när Sture är borta.

– Hurdå, menar du?

– Han styrde och ställde bakom kulisserna med järnhand. Och det gillade hon inte alls. Fast vad kunde hon göra? Han var ju styrelseordförande och hade en ganska stor aktiepost. Så det var väl bara att bita ihop.

Margareta hade tydligen haft stora problem, tänkte jag. Å ena sidan fanns Edvards döttrar och deras män. Jag tänkte på Bertil och vad jag hört av hans telefonsamtal i Francines kök. ”Kärringdjävel” hade han kallat Margareta. ”Hon måste stoppas.” Och den slirige Kenneth hade inte varit mildare i sina omdömen när vi åt lunch i Marrakech. Och sedan, som om inte det räckte, fanns tydligen en dominerade Sture Nilsson i bakgrunden med ett fast grepp över styrelsen. Genom mordet i Marrakech hade hon åtminstone fått ena flanken fri. Hade hennes sorg över Sture Nilssons död varit krokodiltårar?

Då kom en ung kvinna in i rummet. Hon hade en stor mapp under armen. Svart skjorta till svarta jeans. Hon räckte fram handen för att hälsa, ett fast handslag. Långa, smala fingrar. Inga ringar.

– Diana Forsgren är vår chefsdesigner, sa Britta. Har du tittat på vad vi pratade om sist?

Diana nickade.

– Ja, jag har med mig några skisser. Så lade hon den stora mappen på bordet, vek upp den och Britta ställde sig bredvid henne. Vände bladen med skisser i svart tusch.

– Skitsnyggt, sa hon. Du har hittat det rätta tonfallet i skärningarna. Det här kan vi jobba på.

– Är det där vad som gäller just nu? frågade jag. Vad kommer jag att få se på Francine?

– Hemligt, hemligt. Helena log. Men om du gissar på brunt, grått och svart till hösten så hamnar du rätt.

– Flanell och tweed, sköt Diana in. Och stickat. Vi satsar på det romantiska också. Byxor och kavajer blir stort. Tror vi. Varma färger. Den som lever får se. Hon skrattade. Och vi vet inte vad Filippa K och dom andra kommer med. Zara och COS får vi heller inte räkna bort. Dom ligger nära oss. Konkurrensen är knivskarp. Men det vi jobbar med nu är nästa vårkollektion. Och då blir det ju andra färgskalor.

– Vinna eller försvinna. Britta log. Här gäller djungelns lag. ”Survival of the fittest.” Vi satsar på högre kvalitet också, för vi märker en tendens hos kunderna att välja lite dyrare och hållbarare plagg i stället för slit-och-släng. En förskjutning i konsumtionsmönstret som vi tror ligger bakom nedgången i försäljningen. Konsumtionshysterin verkar plana ut. Det finns till och med en ”buy nothing day”. Sen är ju miljötänket viktigt. Sustainability.

– Hurdå?

– Bomull blir en bristvara, kräver stora arealer och mycket konstgödsel i produktionen. Men vi har börjat gå över till ekologisk bomull. Och det syntetiska materialet är ju baserat på olja, en annan miljöbov med stigande priser.

– Var hämtar ni er inspiration? frågade jag.

– Från överallt, sa Diana. Vi kollar in gatorna, lyssnar på tjejerna i affärerna, åker på modemässor och visningar, går på disco och loppis. Secondhandaffärer är en stor inspiration – ”vintage” ligger i tiden. Ser filmer och läser modetidningar. Ja, läser, vi tittar mest på bilder. Modemänniskor påverkas mer av visuell inspiration än av text. Texterna i modereportage är ju tyvärr ofta ganska tomma och intetsägande.

Sen åker vi förstås på de stora visningarna i Paris, London, New York och Milano. Det gäller att vara mitt i smeten och även att kolla in publiken vid visningarna, som kan vara väl så trendsättande som de kollektioner som visas. Streetfashion betyder också jättemycket.

– Såna där trendgurus som det skrivs om ibland i modebranschen. Lyssnar ni på dem?

– Du menar kanske folk från något av de stora prognosföretagen, dom som sysslar med trendanalys? Ja, vi köper en del av deras material, mest för att jämföra vad de talar om med vår egen uppfattning. Vissa är ganska bra, som Li Edelkoort från Trendunion i Paris. Hon kommer regelbundet till Stockholm och håller föreläsningar om vad hon tror ska hända framåt i tiden. Jag läste nånstans att hon kallar sig framtidsarkeolog. Hon menar att hon reser runt i världen och samlar in bitar av kunskap om vad som är på gång. Sen sätter hon ihop dem till ett mönster som blir en bild av vad som kommer att påverka samhället och vår bransch framöver.

– Köper ni det rakt av? frågade jag.

– Man får naturligtvis ta allt trendsnack med en nypa salt. Vi suger alltså åt oss av allt möjligt. Och mode i dag är så globalt. Du kan klä dig på samma sätt i Mjölby som i Tokyo. Det är inte Paris som styr allt längre. Många unga hämtar i dag sin inspiration på nätet och den enorma information som finns där.

– Jag som trodde att Yves Saint Laurent var er husgud. Det verkar ju så på Margareta. Fast det måste vara en medalj med två sidor. Det var väl enklare förr gissar jag, när ni hade facit. Då kunde du kolla kjollängden med Paris och London, nu får du vaska fram själv vad som kommer.

– Huvudet på spiken, sa Britta. Du borde kanske jobba för oss på den här avdelningen också. Inte bara inreda affärer.

– Det verkar alldeles för komplicerat för mig. Varför köper

man mode över huvud taget? Livet skulle väl vara enklare utan alla hajpade trender och hysterier som skapar osäkerhet och behov?

– Det stärker självkänslan, sa Diana. Är en identitetsmarkör. Kosmetik- och modeindustrin är uppbyggd kring det faktum att man skapat och sålt en image av att ingen kropp duger. Ingen är nöjd med sig själv och då kommer vi in i bilden som räddande änglar. Nån sa att mode är ett stort monster som väller fram. Ingen kan stoppa det. Och det ligger nånting i det.

– Så ni är nån sorts änglar i en monsterindustri?

– Det kan man säga. Helena skrattade. Räddande änglar.

– Vill du ha kaffe? Bertil Gren stod i dörren med en vit porslinsmugg i handen. Hoppsan, är du här, Johan? Kaffet är till Britta, men du är också välkommen. Vad gör du här, förresten?

– Johan ska faktiskt jobba åt oss, förklarade Britta. Det där nya projektet, du vet.

– Dom där snorkaffärerna? Han skrattade. Så du ska få dom "bättre" tanterna att lätta på pungen när dom inspireras av slottsmiljöer?

– Så kan man också se det, sa jag. Fast egentligen innebär det att jag ska komma med förslag på inredningen. Och det tycker jag verkar intressant.

– Du kan kanske få sälja en del av dina grejer. Det skulle väl inte skada.

– Man kan ju alltid hoppas.

– Bara det funkar. Vi behöver lite vind i seglen och nya idéer, inte minst nu sen tragedin i Marrakech. Fan, vad hemskt egentligen. Det kunde ju ha varit vem som helst av oss. Hoppas snutarna där nere får tag på skurken. Inte för att det väcker Sture till liv, men det skulle kännas bra. Jag undrar om dom har dödsstraff, förresten? Rånmord är ju tunga grejer. Ja eller nej?

Frågande såg jag på honom. Vad menade han?

– Kaffe eller inte? Han log, strök sig över det stubbade håret. Glad och energisk verkade han.

– Gärna kaffe.

– Okej, då tar vi det på mitt kontor. Där finns det stolar och här har du inte tillträde. Strängt förbjudet. Han skrattade. Du kan ju vara utsänd från nån av konkurrenterna för att se vad vi ska satsa på. Agent 007 med rätt att stjäla klänningsmönster.

– Bry dig inte om honom, sa Britta. Han försöker alltid vara rolig, men han lyckas sällan som du märker.

– Kvinnor saknar humor, konstaterade Bertil. Kom med mig så ska du få riktigt kaffe. Starkt och svart. Mjölk?

– Nej tack.

– Du har väl hört historien om killen som ville ha kaffe utan mjölk på en restaurang. Servitrisen kom tillbaka efter en stund och beklagade sig. ”Vi har ingen mjölk, men går det bra utan grädde?”

– Roligt, roligt, sa jag, men hade inte hjärta att tala om för honom att det var en av mina favorithistorier.

Bertils kontor var stort och ljust. Två fönster vette ut mot Humlegårdens mörkgröna trädkronor. Ett par besöksstolar i mörkt skinn, ett litet vitt bord emellan och på det breda skrivbordet stod en stor dator. Väggen på ena långsidan täcktes av plåtskåp. En av dörrarna var öppen. Blå pärmryggar stod på led där inne.

– Slå dig ner så ska jag hämta kaffet. En sekund bara.

Jag satte mig i en av fåtöljerna och Bertil höll vad han lovade. Jag hade knappt hunnit slå mig ner förrän han kom med två vita muggar, satte dem på bordet.

– Snygg, va?

Jag såg på honom. Vad menade han?

– Diana förstås. Missförstå mig rätt, men hon lyser upp lokalerna om man säger så och det sägs att hon stod Sture Nilsson nära. Väldigt nära. Han log menande. Och det sägs ju också att kvinnor dras till män med makt. Ett afrodisiakum. Han satte sig i den andra fåtöljen.

– Jaså du, vi ska bli kolleger, fortsatte han. Trevligt.

– Det är väl att ta i. Det där med kolleger alltså, men jag ska komma med lite förslag till hur dom nya affärerna kan komma att se ut.

– Margareta har pratat en del om det där. Jag är väl inte heltänd, men om hon nu för en gångs skull får ändan ur vagnen och kommer med förslag så ska jag inte stoppa henne. Den som lever får se. Det kanske är en bra idé, trots att den kommer från henne. Bertil log och drack av sitt kaffe.

Han är förvånansvärt öppen om sin chef, tänkte jag. Men det är kanske högt i tak på SwedeFashion.

– När vi sågs hemma hos Francine så berättade du att du sysslar med internationella frågor. Arbetsmiljö och annat hos era leverantörer.

– Det stämmer. Jätteintressant, och svårt. Och vi är påpassade av media. Barnarbete och hela det köret. Men vem kan ha full koll på vad som händer på vischan i Bangladesh till exempel? Vi gör vad vi kan. Oannonserade inspektioner. Koll med myndigheterna på plats och mycket annat.

– Var Sture Nilsson inkopplad på det?

– Hurså? Vaksamt såg han på mig.

– Jag bara undrade hur mycket han hade att göra med er löpande verksamhet. Om han var ordförande för ett par styrelsemöten om året eller om han engagerade sig mer i detaljer?

Jag tänkte på telefonsamtalet han fått under lunchen på Hotell Palace.

– En ordförande ska inte lägga sig i för mycket, verkställande direktören har ju ett direkt ansvar under styrelsen, men Sture var faktiskt intresserad av mina frågor. Av mänskliga rättigheter, och han stödde bland annat Amnesty International med bidrag.

– Där ser man. Och förutom bidragen, hur yttrade sig hans intresse?

– Han reste mycket, satt i flera bolag och gjorde mycket egna affärer. Import och export. Och ibland frågade han mig vad vi hade för verksamhet på gång i olika länder. Då hände det inte sällan att han fick med sig relevanta uppgifter och när han kom fram så gjorde han besök exempelvis i en fabrik utan att ledningen hade en aning om att han skulle komma. Och det kunde få oväntade resultat. Verkligen! Bertil log. Ta bara vår jubileumsresa.

– Hurdå?

– Vi gör stora inköp av textilier från Marocko. Och vi har en leverantör i en stad ute vid Atlantkusten, inte så långt från Marrakech. Sture flög ner några dagar före oss och hyrde en bil och tog sig dit. Och han hade kommit på både det ena och det andra, berättade han när vi sågs. Arbetsförhållandena var förfärliga. Han förberedde en anmälan till myndigheterna i Rabat och det skulle svida ordentligt i skinnet på den där fabrikören och hans gäng. Och vårt kontrakt skulle han missa.

– Intressant, sa jag. Mycket. Och det skulle säkert intressera också kommissarie Marahroui, Francines kollega. Men det sa jag inte. Ville inte komplicera Bertils liv.

Nu skulle jag gå hem och smälta mina intryck. ”Det är mycket nu”, som dom säger. Och jag hade ju fått ett nytt, stort och ansvarsfullt uppdrag av Margareta.

Då knackade det på dörren. Peter Hagman, jesuitprästen, kom in i jeans och uppknäppt skjorta, verkade mindre asketisk nu. I handen hade han en röd plastmapp med några dokument.

– Hej, sa han när han såg mig. Vi träffades ju i Marrakech. För djävligt. Hoppas dom får tag på mördaren. Han lade den röda mappen på Bertils skrivbord.

– Här är lägesrapporten med kvartalssiffrorna. Det ser jättefint ut. Grattis! Hör av dig om du har några kommentarer. Peter Hagman log och gick.

– Han är klippan i företaget, sa Bertil. Peter har varit här mycket längre än jag, var Edvards högra hand och har stenkoll på varenda krona, euro, dollar och allt annat som flyter in. Han är ju finanschef och basar för en stor avdelning.

Vi avslutade kaffet och jag ursäktade mig. Hade ett viktigt möte som väntade. Men jag sa inte vad det var. Bertil hade aldrig trott mig.

Jag skulle spela pingpong med en mördare. Eller bordtennis, kanske är en mer korrekt benämning.

Kapitel XIV

Jag låg på magen på golvet, framstupa på mattan. I handen höll jag den lilla vita pingpongbollen. Cléo satt bredvid mig med förväntansfulla ögon, trampade nervöst upp och ner. Vi skulle spela match. Jag hade försummat henne på sista tiden och hon behövde motion. Visserligen släpper jag ner henne ibland på gården utanför mitt fönster till kontoret, men då brukar hon klättra upp i den stora kastanjen och sitta där, oåtkomlig. Väntar på sparvarna som aldrig vågar sig dit. För hon är ju ett rovdjur. Jag hade sett ett tv-program där man beskrev katten som en mördare, en dödsmaskin. Inte på något nedsättande vis, det var bara kattens natur, släkt som den är med de stora kattdjuren som lejon, tigrar och leoparder.

Så jag spelade alltså boll med en mördare. Det går till så att jag knäpper iväg den vita bollen över golvet och Cléo kommer rakande i full fart, slirar på parketten i kurvorna med svansen rakt upp som en lampborste.

Hon dribblar runt med bollen och till slut kommer den inom räckhåll för mig och då skjuter jag iväg den igen. Så där kan vi hålla på hur länge som helst. Cléo tröttnar aldrig, hennes jaktinstinkter får fullt utlopp och några spelregler besväras vi inte av. Jag brukar låta henne vinna, för husfridens skull.

Då ringde telefonen. Mödosamt kravlade jag mig upp. Raklång på golvet är inte en naturlig ställning för mig. Det var Calle

Asplund. Kommissarien och chefen för Riksmordkommissionen.

– Det tog tid för dig att masa dig till telefonen, hördes hans anklagande röst. Vad håller du på med?

– Jag spelar fotboll med en mördare i vardagsrummet.

Det blev tyst i luren.

– Du gör vadå?

– Du hör väl vad jag säger. Jag spelar fotboll med Cléo. Du vet väl att katter är ett av världens blodtörstigaste rovdjur om dom får chansen. Sorkar, möss och småfåglar ligger pyrt till när dom är i farten.

Hans skratt kom.

– Antikhandelns Zlatan. Jag hoppas Cléo vinner, men du fuskar förstås. Jag har alltså förstått av Francine att ni har varit i Marrakech och jag har ju sett resultatet av din framfart i tidningarna. Vi har fått en hemställan om assistans från kollegerna där nere.

– Det trodde jag att Francine fått. Har dom skickat det till dig också?

– Säpo passade bollen vidare till oss, mord är ju inte hennes planhalva, om vi nu ska fortsätta prata fotboll. Och det skulle vara intressant om du ville berätta lite grann om vad du har ställt till med. Hoppas det inte är självmål.

– Verkligen inte. Så berättade jag i konkreta drag om jubileet, om resan och vad som hände den där kvällen i Jardin Majorelle.

– Dramatiskt, sa Calle när jag slutat. Men det var ju inte så mycket att komma med. Förstå mig rätt. Jag menar bara att det inte är mycket vi kan göra härifrån. Dom har begärt vissa personuppgifter, men jag har en känsla av att det är mer pro forma. Att dom har köpt rånmordsteorin. Tack i alla fall. Men du kan ju höra av dig om du får nån snilleblixt.

Jag kunde ha sagt mer, tänkte jag när jag lade ifrån mig mobilen på bordet. Jag hade ju vissa vaga idéer, men jag ville inte sprida lösa spekulationer och halvbakade teorier.

Sedan jag duschat efter den hårda matchen tog jag Cléo på axeln och gick till affären, slog mig ner i min nedsuttna fåtölj och pustade ut. Att spela fotboll med Cléo kräver sin man. Det duger inte att ligga stilla och vänta på att bollen ska passera. Nej, både händer, armar och ben måste till för att fånga upp, parera och skicka vidare.

Då ringde telefonen på skrivbordet. Francine, tänkte jag och skulle just berätta om min golvkamp med Cléo då en annan röst kom i luren.

– Hej, Johan. Katja Berg. Från Marrakech. Ja, inte direkt, men vi träffades ju där.

– Vad trevligt att du ringer.

– Jag tänkte göra lite business med dig. Jag har en silvergrej som jag tror kan intressera. Jag har ingen användning för den men har inte kommit mig för att sälja den förrän jag träffade dig.

– Det låter intressant.

– Det är alltså ingen antikvitet, men en cocktailshaker i silver och är gjord av Georg Jensen. Och jag förstod på dig att du gillar Dry Martini så jag tänkte att det kanske kunde vara intressant.

– Då tänkte du alldeles rätt, och vi talar om morgondagens antikviteter. Georg Jensen är ju ett stort namn i modernt silver. Kan du inte titta förbi så att jag får se på den?

– Den är inte så stor, ungefär 25 centimeter hög och väger väl närmare ett halvt kilo. Och högst upp sitter en propp med en frukt och ett blad.

– Det låter perfekt.

– Jag har ett ärende ner till Gamla stan i dag så jag kan komma in i eftermiddag om det passar dig?

– Absolut. Jag väntar. Mitt på Köpmangatan. Det hänger en skylt utanför. Du kan inte missa mitt krypin.

Skönt, tänkte jag när jag lagt på luren. Livet börjar komma i normala gängor igen efter all turbulens. Och stora uppgifter väntade. Jag tänkte på Margaretas anbud om butiksinredningarna. Det var för frestande för att tacka nej. Jag behövde en utmaning som ruskade om så att jag inte blev försoffad inne på mitt kontor. Nya barrikader att kämpa på, nya berg att bestiga. Visserligen får jag svindel när jag kliver upp på en stol, men bilden känns rätt. Och det var verkligen ett intressant uppdrag, där jag fått fria händer. Sen fick man inte förbise att det ju kunde bli lönsamt också. Och vem visste? Det ena kunde leda till det andra och jag kanske skulle bli butiksinredningarnas Yves Saint Laurent, för att nu ta till. Inredaren på modet. Jag log för mig själv där jag satt med Cléo i knät. Det kostade ju ingenting att drömma.

Jag masade mig upp ur fåtöljen för att fixa min försenade lunch. Vanlig Homanstandard, tänkte jag och hällde upp kylskåpskall lättfil i en skål, lade på en näve valnötter och några matskedar blåbär. Grovt rågbröd med en skiva tunn skinka och några bitar röd paprika fick göra sällskap tillsammans med ett stort glas vatten.

Sundare kan det inte bli, konstaterade jag belåtet. Nu lever jag som alla hälsofreaks vill. Jag kommer att bli hundra år, minst. Några glas rödvin med antioxidanter till kvällens middag skulle fullborda bilden.

Jag satte ner brickan med anrättningen på skrivbordet. Återgick till fåtöljen och bläddrade förstrött i morgontidningen medan jag åt. Ett oskick egentligen, men ingen såg mig när jag bröt mot vett- och etikettreglerna.

En notis intresserade mig. Statistiska centralbyrån, SCB, hade gjort en stor undersökning om hushållsvanor. Man hade bland annat kommit fram till att män i åldersgruppen 20–64 år diskade nio minuter om dagen. För tio år sedan använde man tio minuter. En minuts skillnad på tio år alltså. Och man tvättade och strök fyra minuter per dag. En minut mer än år 2000. Kvinnor strök och tvättade fjorton minuter, tre minuter mindre än för tio år sedan. Vad det epokgörande resultatet hade kostat i tid och pengar att få fram redovisades inte. Inte heller vad vi gjorde med de sparade minuterna. Men det kanske kom med nästa undersökning?

Så lutade jag mig tillbaka i fåtöljen för min dagliga siesta. Det lär vara nyttigt med en stunds lätt slummer, laddar upp hjärnans batterier. Och det har blivit en vana. En god vana, om man fick tro tidningarnas hälsoråd.

Jag väcktes av den tibetanska kamelklockan ovanför dörren ute i affären. Katja Berg stod där. I handen höll hon en kasse med NK i stora bokstäver.

– Hej, Johan. Här kommer jag med din cocktailshaker. Har du gin och vermouth hemma så kan vi testa den.

Hon log och tog fram ett paket ur kassen, drog bort det prasslande omslagspappret och höll upp den silverblänkande shakern.

Jag såg på den. Stram och elegant i klassisk, återhållen art déco. Typiskt trettiotal. Linjerna avslöjade Georg Jensen i högform.

Hon räckte den mot mig. Jag tog den med bägge händerna, kände den solida tyngden, såg på stämplar och signaturer.

– Vad snällt att du tänkte på mig. Blir priset rätt så får den stanna. Ja, inte här. Jag tar upp den i våningen. Där gör den mera nytta.

– Jag förstår det. Katja log igen. Du får inviga den tillsammans med Francine.

– Tyvärr är hon inte lika road av Dry Martini som jag, men hon älskar Georg Jensen.

– Är du intresserad?

– Mycket. Vi kan göra två saker. Det finns två alternativ.

– Hurdå, menar du?

– Antingen ger jag dig tiotusen. Visserligen är det Georg Jensen, men silver är på nedgång. Eller också kan du lämna den i kommission med ett minimipris som jag inte får gå under. Den får alltså stå framme här i affären. Annars kan du ju lämna in den till Bukowskis eller Auktionsverket. Det kan hända att du får bättre pris där. Det finns många som samlar Georg Jensen. Och nätet finns ju, men det tycker jag känns lite osäkert.

– Det låter komplicerat, men jag behöver faktiskt lite pengar just nu så du får köpa den. Tiotusen är okej.

– Bra! Jag ville bara redovisa olika alternativ, för du kanske kan få ut mer på nåt annat håll. Jag måste ju tyvärr tänka på mina påslag.

– Deal, sa hon belåtet. Slit den med hälsan. Fast det kanske är fel uttryck. Hon skrattade. Åtminstone om man får tro Socialstyrelsen.

– Men kaffe är nyttigt. Och pepparkakor. Det är ”dagens” när det gäller kaffepaus hos mig. Ständigt på menyn. Och äter du pepparkakor blir du snäll. Slå dig ner i min gustavianska soffgrupp så ska du bli serverad.

– Tack, gärna.

– Hemskt det här med Sture Nilsson, sa jag när jag kom tillbaka med den runda silverbrickan med två vita muggar och fem pepparkakor. Termoskanna, inte min gustavianska. Den hade lyckligt och väl blivit såld efter en alldeles för lång period på hyllan.

– Det här är vad huset förmår. Jag var faktiskt uppe på SwedeFashion i dag. Dom håller på med nästa kollektion. Livet måste ju gå vidare. Den som verkade mest berörd var Margareta Wrannberg. Det verkar som om hon tar på sig skulden för Nilssons död. Åtminstone indirekt, för om hon inte lagt jubileet i Marrakech så hade det ju inte hänt.

– Jag förstår henne, sa Katja Berg och såg allvarligt på mig. Men var det ett rånmord?

– Det säger polisen.

– Jag vet. Men jag har en otäck känsla av att det kan vara någonting annat.

– Mord, menar du?

Hon nickade.

– Det kan ju vara så att mördaren utnyttjade tillfället. Ett rånmord i Marrakech utreds av marockansk polis och själv flyger du tillbaka till Stockholm i lugn och ro efter ett kort rutinförhör. Om Sture Nilsson mördats här hemma hade svensk polis kopplats in med hela sin tekniska apparat, man hade kartlagt hans bekantskapskrets, letat motiv och vänt på varje sten. Nu skrivs det av som ett mord på en utländsk turist. Klocka, pengar och kreditkort borta. Ett typiskt fall, eller hur? Inte bra för turismen och mår bäst av att begravas i arkiven och glömmas så fort som möjligt.

– Det kan ligga nånting i vad du säger, men du bortser från en sak.

– Vadå?

– Motivet. Nån i den här gruppen som reste till Marrakech är i så fall mördaren. Och för att begå ett mord måste du ha ett oerhört starkt motiv. Vem har det i så fall?

– Om vi bortser från dom mera perifera deltagarna, dom som alltså inte stod företagsledningen allra närmast, så finns det flera jag kan tänka mig som skulle ha glädje av Sture Nilssons död. Ja, rent hypotetiskt alltså. Jag sitter inte här och pekar ut mördare. Katja log ett snabbt leende och fyllde på mera kaffe i sin mugg ur termoskannan på bordet. Det fanns kvar sedan i morse och var fortfarande varmt.

– Du menar Edvard Wrannbergs döttrar och svärsöner?

Hon nickade.

– Margareta berättade att dom tyckte att hon bromsade utvecklingen, att hon stod i vägen. Men det var inte hela sanningen. Bakom henne stod Sture Nilsson med hårda nypor och stor erfarenhet av affärslivet. Det var han som i praktiken styrde och ställde. Visserligen skulle han som styrelseordförande inte lägga sig i det dagliga arbetet. Men dom stora linjerna och företagsstrategin höll han hårt i.

– Så Margareta fick bli syndabocken?

– Precis. Hon fick omsätta hans beslut i handling, men hon hade säkert samma uppfattning som Sture. Jag vet ju att man exempelvis ville lansera en parfymlinje, men det sågade hon. Och Sture. Och jag tror att döttrarna och deras män hade börjat inse vilken roll han egentligen spelade.

– Det verkar lite långsökt. Man mördar inte en styrelseordförande för att han har hårda nypor.

– Kanske inte, men det fanns kanske mer än parfym med i bilden. Man hör ju en del i branschen och jag vet exempelvis inte vad Kenneth Löfgren har i sina påsar. Alldeles rent mjöl tror jag inte att det är. Jag brukar kalla honom Montgolfier.

– Montgolfier?

– Det vet du väl? Dom där franska bröderna som var först i världen med en varmluftsballong i Paris nån gång i slutet på 1700-talet. Dom eldade halm och fyllde en ballong med varmluft så att den steg.

– Menar du att Kenneth eldar halm på kontoret? Det verkar lite riskabelt.

Katja skrattade.

– En metafor. Jag menar bara att han blir så tagen av sina idéer och sin vältalighet, sitt snack, att han på något sätt lättar från marken, blir ett offer för sin personlighet och det kan bära iväg åt det mest oväntade håll. Ungefär som den där bilgubben i Saab.

Jag tror att han lider av nån av alla dom här bokstavskombinationerna. Att han är psykiskt labil.

– Han skulle alltså ha mördat Sture Nilsson?

– Det har han säkert inte gjort. Jag ville bara peka på att det finns en grupp människor på det där företaget som man borde titta lite närmare på. För att inte tala om alla dom andra som var med på jubileumsresan. Sture Nilsson hade efter vad jag hört varit tuff och hänsynslös i affärer, gått över lik och många hade fått både fingrar och bankkonto i kläm.

– Intressant, men jag tror det är lugnast om vi köper marockanska polisens teori om rånmord. Och det är en sak som du inte har tänkt på. Vem tar med sig en pistol när man reser till Marrakech? Och hur får man den genom alla säkerhetskontroller?

– Det finns mycket till salu i souken. Hon log och tog ett pepparkakshjärta till.

Var det Katjas journalistiska bakgrund som gjorde att hon grävde i Sture Nilssons död? tänkte jag när hon gått. Eller fanns det någon annan anledning? Och i så fall vilken? Hur som helst så var det inte min affär. Den här tragiska historien fick polisen klara upp, vare sig det gjordes i Marrakech eller i Stockholm. Jag skulle hålla mig borta. Nu måste jag koncentrera mig på mitt jobb och på inredningen av Margaretas nya affärer, eller boutiquer kanske det hette. Det skulle bli spännande, och jag hade någonting annat att se fram emot också. I kväll skulle jag inviga Georg Jensens cocktailshaker i art déco. Och jag skulle använda ett av mina höga martiniglas, också det i art déco. Jag kände mig som tjejerna i kosmetikreklamen på tv: Because you're worth it!

När jag kom hem på kvällen tog jag fram en liten Janssons frestelse ur frysen, kände inte för att laga mat. Satte aluminiumformen på upptining i svag ugnsvärme. Lade en grön burk Heineken Lager i frysen och tog fram lådan med iskuber, en viktig ingrediens till min Dry Martini on the rocks. Så hämtade jag en skål med valnötter ur skafferiet, blandade min Martini i Georg Jensens silvershaker och höjde mitt glas i en hyllning till den danske mästaren.

Jag tänkte på reportern från den amerikanska tv-jätten CNN som kritiserat den svenska Dry Martinin: ”Vad är det för fel på Stockholm? Det var den värsta sak som kallats Martini jag någonsin druckit. En hemsk drink som både var för liten och kostade alldeles för mycket, 140 kronor.” Och jag förstod honom. Tjugo dollar för en fyra Martini var ingenting en amerikan föll för. Där serveras de ju i glas stora som ett mindre akvarium och till helt andra priser.

Jag bar in brickan med min middag i vardagsrummet och satte mig framför tv:n just i tid för Rapport.

Som vanligt eländes elände, där jag satt och slötittade. Man blev avtrubbad av att matas med krig, katastrofer och självmordsbombare från jordens alla hörn. Glada nyheter var en bristvara. Jag fick glädja mig åt det lilla, som att min drink smakade förträffligt. Men sändningen piggades upp av ett inslag om Las Vegas. Sju personer från Försäkringskassan hade bott på Caesars Palace och deltagit i en konferens om bidragsfuskare. Prislappen gick på över 100 000. Den ansvarige chefen var nöjd: ”Vi lärde oss mycket, men exakt vad kan jag inte riktigt sammanfatta.”

Plötsligt kom ett ansikte i rutan som jag vagt kände igen. Ett smalt, blekt ansikte med anklagande ögon. Var hade jag sett honom? Så kom jag på det. Han hade varit med på resan till Marrakech, men hållit sig i bakgrunden. Hade varit någonting på CRS-sidan, jobbat hos Bertil Gren, om jag mindes rätt. Tony Larnell. Höll på med förhållandena ute på arbetsplatserna hos leverantörerna, jobbade med mänskliga rättigheter.

Men det gjorde han inte längre. Nu var han död, mördad. Och polisen hade inte några spår.

Kapitel XV

Nästa morgon bläddrade jag igenom tidningarna för att hitta någonting mer om det rapporterade mordet. Men jag hade inte någon större framgång. Bara ett kort TT-meddelande som konstaterade att en 29-årig man hittats skjuten på Djurgården. Motivet var okänt och kroppen hade troligen, enligt polisen, förts dit från mordplatsen.

Var det en slump eller fanns det ett samband mellan mordet i Stockholm och det i Marrakech? Båda offren hade varit med på samma resa och båda hade anknytning till SwedeFashion.

Jag borde väl göra min plikt som "detektiven allmänheten". Hette det inte så? Och jag ringde Calle Asplund, men han visade inte någon större tacksamhet.

– Alla tips är välkomna, men det här har nog inte så mycket att göra med vare sig mode eller Marocko. Vi har haft span på den här killen sen ett tag tillbaka, det gäller knark alltså. I dagsläget misstänker vi att det kan vara nån affär som gått snett. Så vi letar i dom kretsarna. Tack för att du ringde i alla fall.

Alltid något, tänkte jag när jag lagt på. Han säger åtminstone tack och det är ju inte så vanligt. De gånger jag har lagt fram mina teorier för honom brukar han se på mig med välvilligt överseende. Om det sedan visat sig att jag haft rätt viftar han undan det, talar om blinda hönor som hittar korn i höstackar eller någon annan sammanblandning av lantliga ordspråk och talesätt.

Så förträngde jag alla tankar på mord och elände, tog fram en bunt gamla auktionskataloger och en sax. Jag lade katalogerna på det stora köksbordet och bläddrade igenom sidorna. Katalogerna var rikt illustrerade med färgfoton på alla objekt, kulturhistoriska bilderböcker, och jag hade sparat dem som referensmaterial.

Där kunde man se att inte bara kläder utan också möbler och inredning följde modet. I ett typiskt borgerligt hem förr skulle en solid fasad visas upp. Ett vardagsrum med en soffgrupp i nygjord Karl Johan i blond björk. En ”äkta” matta på golvet. Kristallkrona med glittriga prismor. Tavlor på väggarna, ofta med etablerade namn. En stilmöbelgrupp kunde också finnas.

Matsal förstås, åt renässanshållet med läderklädda, rakryggade stolar kring ett mörkt bord. Ostindiska tallrikar på väggen. Och så ett ”herrum” med Liljeforsräv. ”Världslitteraturens klassiker” i jungfruligt oöppnade skinnband. Bekväm, bullig sittgrupp i mörkt skinn.

En grov karaktäristik kanske, men inte utan sanning. Sedan fanns naturligtvis alla varianter, från trångbodda ettor med utedass på gården till antikvitetsprydda salonger.

Så kom funktionalismen och art déco med Parisutställningen 1925. Ljuset släpptes in, hemmet blev funktionellt och anpassades till den ”moderna” människan. Le Corbusier sammanfattade: Bostaden var ”en maskin att bo i”.

Stockholmsutställningen 1930 följde i fotspåren och presenterade en radikal och nyskapande funktionalism under mottot ”Det ändamålsenliga är det sköna”. Mitt Dry Martiniglas, högskaftat med V-formad kupa, var pricken över funktionalismens renodlade i. Enkelt, avskalat men ändå bekvämt. Sparsmakat. Ärlighet i materialet. Den gamla övermöblerade prototypen förvisades till skamvrån. Nu gällde GAN, Josef Frank, Alvar Aalto och andra. Bauhausfilosofin, att det inte fanns någon väsentlig skillnad mellan konstnär och hantverkare, härskade.

Gamle Carl Larsson och hans Karin gjorde sen comeback med jugend i bakgrunden och Sundbornidyllen, inspirerade av Morris och Arts and Crafts-rörelsen. Scandinavian design vann terräng, modifierad funktionalism. Ikea möblerade folkhemmet och gav den goda smaken ett folkligt ansikte.

På antikmarknaden finns samma fenomen, tänkte jag. Det som var inne i går är ute i dag, en ringdans påhejad av auktionshusen. Frenetiskt går jakten på "nya" föremålsbestånd. Barocken åkte ut. Gustav III blev stor. Rokokon står i farstun och väntar. Och art décon är tillbaka. Trettiotal och fyrtiotal, för att inte tala om skandinavisk 80-talsformgivning. Stolen "Concrete" är ett exempel.

Nya generationer vänder ryggen åt det gamla, upptäcker åldrade ideal som dammas av från vindskontor eller fiskas upp ur containrar. Den nya individualismen tar ut inredningssvängarna. Jonas Bohlins futuristiska "Slottsbacken" är ett exempel på det nya, ett trendbrottets utropstecken. Rå brutalitet i betsad ek och ankommet järn, betong. Som taget från ett skrotupplag. Men ändå frisk, rent och spännande. Längre från Haupts intarsior eller rokokons sidenglänsande byråer kommer man inte.

För att inte tala om Mats Theselius aluminiumstol och hans älgskinnsstol. Mera skulpturer än nyttoföremål. Nya vindar blåser genom borgerlighetens salonger.

Jag borde diskutera det med Margareta Wrannberg. Satsade hon på fel häst om hon inredde sina butiker i 1700-talsstil? Nådde hon rätt målgrupp?

Jag fortsatte mitt klippande. Jag hade ju ett uppdrag, oavsett mina funderingar om modets växlingar när det gällde möbler och inredning. Tog fram klipp jag tyckte kunde passa i Margaretas butiksalonger, lade gustavianska möbelbilder i en hög och rokokoklipp i en annan. Ljuskronor, mattor, kandelabrar och andra inredningsdetaljer blev också offer för min sax.

Min idé var enkel. Jag skulle klistra upp olika interiörer på stora papparks så att Margareta kunde få en överblick över hur jag resonerade. Visserligen var katalogerna gamla och auktionerna redan hållna, men föremålen var stapelvaror. En gustaviansk byrå såg ut som en gustaviansk byrå. Variationer fanns naturligtvis, både när det gällde mästare, beslag, intarsia och annat, men man kunde alltid få tag på motsvarande objekt. Och det gällde för nästan allt jag klippte ut.

Jag kände mig som en liten flicka som skulle möblera sitt dockskåp och jag måste erkänna att jag tyckte det var jätteroligt. Hade jag missat mitt kall? Var det inredare jag skulle ha blivit? Inredningsarkitekt? Men det var ju inte för sent än. Vem visste vart Margaretas uppdrag skulle leda? Och det fanns gott om människor med mera pengar än smak som ville förgylla sin bakgrund. Många stora våningar väntade på "rätt" möblering och "rätt" konst. Jag kanske kunde bli "rätt" person i sammanhanget, rent av kalla mig "konsult".

Jag log för mig själv där jag satt med min sax. Orealistisk som alltid, tänkte jag. Men det var ju inte fel att ha ambitioner.

Efter lunchen nere på kontoret lade jag resultatet av morgonens mödor i en mapp. Jag skulle gå upp till Sturegatan, till SwedeFashion, för att visa Margareta mina preliminära skisser. Det var lika bra att hon på ett tidigt stadium kunde få en uppfattning om mina idéer, innan jag körde fast i fel spår. Dessutom var jag intresserad av vad som hänt Tony Larnell, han som hittats död på Djurgården och varit med på jubileumsresan till Marrakech. Han som inte riktigt passade in i gruppen. Inte för att jag skulle lägga mig i och verka nyfiken, men hans kolleger på företaget måste väl veta lite mer om honom?

Jag ringde Margareta Wrannberg, men fick bara tag på hennes sekreterare. Margareta var ute för lunch men skulle komma in om någon halvtimme. Ja, hon skulle säga att Johan Homan ringt och ja, hon skulle berätta att jag var på väg med förslag till butiksinredningarna.

Så hängde jag upp skylten med "Kommer strax" på dörren, gick ner längs Skeppsbron, över Strömbron, det eviga provisoriet, förbi Kungsträdgården och vidare Arsenalsgatan upp mot Stureplan. På Arsenalsgatan stannade jag till. En av Stockholms kortaste gator, men där det finns fler antikaffärer per kvadratmeter än någon annanstans förutom på Köpmangatan, men den är ju å andra sidan längre. Och på Arsenalsgatan finns bland andra också Bukowskis och Uppsala Auktionskammare.

Jag brukar alltid stanna upp för att kolla läget, titta på utbudet i de olika skyltfönstren. Ofta högklassiga objekt, i många fall i en prisklass som översteg vad jag kunde erbjuda. Men smakade det så kostade det. Mycket kapital fanns bundet i signerade byråer, silverljusstakar och målningar av 1700-talsmästarna. Och deras problem var detsamma som mitt. Man behövde inte köpa antikviteter. Det var så mycket som skulle till. En uppflammande förälskelse inför ett vackert föremål, ett obetvingligt habegär, ekonomiska resurser, utrymme i våningen. Objekten bidrog till livskvaliteten och var ofta bra investeringar, men var inte vardagligt nödvändiga.

Som alltid var väl lagom bäst, tänkte jag där jag stod ute på gatan och såg på en magnifik gustaviansk ljuskrona i miljonklassen. Med mina inköp och investeringar kunde jag i alla fall sova något så när gott om natten, behövde inte oroa mig för att jag skulle bli sittande med någonting alldeles för dyrt alldeles för länge. Eller var det sura rönnbär som gällde? Bottnade det i avundsjuka?

Jag slog bort tankarna. Jag skulle verkligen inte klaga. Affärerna gick hyggligt, ekonomin gick runt och nu var jag på väg till Margareta Wrannberg och ett nytt, spännande uppdrag som kunde öppna nya dörrar.

Vid Stureplan stannade jag upp inför Expressens löpsedel. Hade man hunnit få med mordet på Tony Larnell? Tydligen inte, men man skulle få veta någonting helt annat. "Tjejerna under 30 med högst inkomst på Östermalm."

Att världen stod i brand, att ekonomin pendlade mellan katastrof och kaos, att miljöhoten växte fick underordna sig viktigare nyheter. Och det var ju ett ganska snillrikt koncept om man tänkte efter. Det kunde varieras i det oändliga. "60-åriga män som röker mest cigarr i Sundsvall", "50-åriga hemmafruars sexvanor i Mjölby". "Galningar i ditt kvarter i Askersund. Hela listan."

På SwedeFashion var stämningen tryckt. Jag mötte Daniel Palm i dörren, han såg härjad ut.

– Du har hört? sa han. Det är ju för djävligt.

Jag höll med.

– Stockholm har blivit rena New York. Man kan inte gå ut utan att riskera att bli skjuten.

– Ska du träffa nån?

– Ja, Margareta. Hon har bett mig göra några utkast till den nya butiksinredningen.

– Verkligen? Vi jobbar med det nu på reklamavdelningen. Och jag tycker vi ska satsa på art déco. Trettiotalsstuket. Fräscht och rent. Det är inne nu. Vi måste visa att vi är moderna, framåt. Vår målgrupp är inte bara gamla tanter.

– Art déco? Margareta talade med mig om gustavianskt och rokoko som tema, i inredningarna alltså.

Misstänksamt såg han på mig.

– Det gjorde hon? Det hade jag faktiskt ingen aning om. Men det är ju hon som bestämmer, så vi får väl se. Hej då, sa han kort, vände på klacken och gick.

Hoppsan, tänkte jag. Art déco mot rokoko. Konflikt redan innan jag har visat mina förslag. Fast bollen låg ju hos Margareta.

”Vår Margaret Thatcher” som Daniel kallat henne när vi åt middag på The Red House. Det var tydligen inte enbart Helena och Britta och deras män som såg henne som en stoppkloss. Och i den här omgivningen måste man väl ha hårda nypor i stil med Thatcher.

Jag gick korridoren fram till Margaretas rum. Men hon hade inte kommit än så jag fick vänta. Jag satte mig i en fåtölj i korridoren med min mapp på bordet bredvid. Då kom Diana Forsgren förbi, SwedeFashions chefsdesigner som jag hade träffat inne på Brittas kontor. Lång, smal, helt i svart som framhävde hennes bleka ansikte. Det blonda håret bar hon uppsatt i en knut vid sidan av halsen med ett spänne av silver. Det gav hennes ansikte en lockande asymmetrisk form.

– Hej, sa jag.

– Hej.

– Jag är här med några inredningsskisser. Jag berättade ju om det när vi sågs sist.

– Det minns jag. Kan jag få titta?

Jag tvekade ett ögonblick. Skulle Margareta ta illa upp om jag visade dem för någon annan först? Men hon hade ju inte kommit än och som chefsdesigner måste väl Diana ha en hel del att säga till om när det gällde butiksinredningarna? Deras kläder och hur dom presenterades var väl en helhet?

– Okej, sa jag och tog fram min mapp.

– Vi kan gå in i mitt rum. Jag har ett större bord.

Dianas rum var stort och ljust med fönster ut mot Humlegården. Jag lade mappen på ett bord mitt i rummet, fullt av skisser och tygprover. Hon ställde sig bredvid mig och plötsligt började hon gråta. Hejdlöst. Jag tog henne tröstande om axlarna.

– Hur är det med dig?

– Han är död, snyftade hon. Mördad. Och jag vet vem som ligger bakom.

Kapitel XVI

Då öppnades dörren. Margareta kom in. Stannade upp då hon såg oss.

– Min sekreterare sa att du hade kommit, sa hon förklarande. Och att du hade gått in i Dianas rum.

– Du har väl hört vad som hänt?

Hon nickade, gick fram till Diana och kramade om henne.

– Man kunde nästan tro att det är nån sorts förbannelse, sa hon sedan. Först mördas Sture och nu Tony. Vem står näst i tur? Hon log ett nervöst leende. Men livet måste gå vidare, trots allt.

– Jag har tagit med mig några utkast till inredningar, sa jag. Du kanske vill titta på dom?

– Gärna.

– Vi ses, sa jag till Diana innan jag gick.

"Jag vet vem som ligger bakom", hade hon sagt. Visste hon verkligen vem som mördat Tony Larnell?

Inne på Margaretas kontor lade jag upp min mapp på det stora runda bordet mitt i rummet, tog fram arken med de uppklistrade bilderna. Förklarade hur jag hade tänkt. Att man skulle omfamnas av en känsla av stil och kultur redan i entrén till affärerna. En känsla av utvaldhet, av att "höra till", som sedan skulle förstärkas ju längre in man kom.

Margareta såg noga på varje förslag.

– Det är snyggt. Jag tycker att du har lyckats bäst med det gustavianska. Men det kanske är lite mycket möbler, vi får ta bort en del. Annars verkar det visning på Bukowskis och lite väl exklusivt. Vi får inte skrämma bort kunderna, hon log. Men du har fångat stämningen, och den där känslan av utvaldhet är viktig.

– Det finns en hake, sa jag. Unga människor i dag är inte roade av antikviteter. Inte den här sortens i vilket fall. För dom är det art déco och 40- och 50-tal som gäller.

– Det är möjligt, men det är ju inte direkt vår målgrupp. Inte i dom här affärerna. Men du kanske kan glesa ut lite grann. Ta bort en av byråerna, till exempel.

– Okej. Jag återkommer. Men du är alltså inte intresserad av min rokokoinredning?

– Den är tilltalande, men det blir lite väl mjukt och kvinnligt.

– Det är väl ditt klientel, dina kunder?

– Det kan du ha rätt i. Margareta skrattade. Men dom där svällande fåtöljerna och byråns putande mage påminner dom om deras egna kroppar.

– Du menar att det gustavianska är mer anorektiskt?

– Jag överdriver naturligtvis, men rent intuitivt föredrar jag Gustav III framför Rubens. Och provrummen ska bli stora och med vänlig och diskret belysning. Ett trångt och varmt provbås med obarmhärtigt neonljus är det värsta jag vet och definitivt inte köpfrämjande.

Jag skulle just plocka in mina ark i den stora mappen när Bertil Gren stormade in, utan att knacka.

– Det är ju fruktansvärt, sa han upphetsat och satte sig i en av fåtöljerna vid det runda bordet. Jag fattar det inte. Tony är mördad. Vem fan kan ha nån glädje av det?

Margareta såg på honom.

– Glädje och glädje. Det kanske var ett rånmord. Tony var på fel plats vid fel tidpunkt och träffade fel människor. Det cirkulerar mycket vapen och knark på gatorna i Stockholm.

– Du menar att vi har fått två rånmord på halsen? Ett i Marrakech och ett i Stockholm.

– Kanske. Vi får väl avvakta och se vad polisen kommer fram till.

– Om det nu är rånmord. Jag har en känsla av att det ligger annat och mera bakom än nån desperat knarkare som snor pengar och kreditkort.

– Vad skulle det vara i så fall? Frågande såg Margareta på honom. Du gör mig nervös.

– Det kanske du ska vara. För jag har mina aningar. Bertil log, men det var inte något vänligt leende. Så reste han sig och gick, men stannade upp i dörren.

– Den där skiten du har på bordet kan du glömma. Vi ska inte börja kränga antikviteter. Det kan Homan roa sig med.

Så gick han, slängde igen dörren.

– Så där har jag det, sa Margareta. Never a dull moment. Det är inte mycket jag gör som är rätt, om man får tro Bertil och Kenneth. Jag stoppar utvecklingen. Jag är en bromskloss och när jag kommer med nya idéer och förslag är det också fel. Som nu med den här nya butiksinredningen. Ett helt nytt koncept. Alltihop bottnar i att dom avskyr mig, att dom vill ha bort mig. Men jag har lovat Edvard att hålla firman på rätt köl, att inte segla ut på några äventyrligheter. Och det löftet tänker jag hålla. ”Festina lente” brukade han säga. Skynda långsamt. Hon log ett snabbt leende.

– Det verkar klokt. Och det kan inte vara lätt att ha Bertil ombord om man nu ska tala i sjötermer. Han verkar ganska aggressiv. Vad tror du han menade med att han hade sina aningar om vad som kunde ligga bakom morden?

– Det är hans vanliga sätt. Att verka som om han vet mer än andra, antyda att han har nån hållhake, sitter på fakta som ingen annan känner till. Men för det mesta är det ren och skär bluff.

Han vill bara spela upp, göra sig märkvärdig för att få ett övertag. Jag tror han fick för lite uppmärksamhet som barn. Det skapade nån sorts komplex som gör att han måste hävda sig. Edvard gillade honom inte och Brittas känslor verkar gå på sparlåga.

– Freud, Freud.

– Ja, jag vet att jag amatörpsykologiserar. Margareta log. Men jag försöker bara hitta en förklaring till hans attityd. Sture Nilsson hade också besvär med honom.

– Hur då?

– Sture var ju styrelseordförande och en mycket erfaren affärsman, hade en klar och bestämd uppfattning när det gällde strategin för SwedeFashion och dom stora linjerna. Det satte sig Bertil ofta emot, Kenneth också. Dom visste bättre. Kenneth är smidigare och mer konciliant, åtminstone på ytan, men Bertil burrade upp sig som en ilsken tupp. Fast det hade han ju ingenting för. Sture tog ner honom effektivt och bra.

Intressant, tänkte jag. Då var det inte bara Margareta som stod i vägen för SwedeFashions utveckling. Sture Nilsson var samma andas barn tydligen, i Kenneths och Bertils ögon. Satt som ordförande i styrelsen och bromsade lika mycket som Margareta. Skulle det bli någon skillnad nu när han var borta?

– På tal om Sture, sa jag. Har ni utsett nån ny ordförande?

– Inte än. Vi måste ha en bolagsstämma först och då kommer det att finnas förslag. Men jag är rädd för att det kanske inte blir den som jag har tänkt mig.

– Hur då, menar du?

– Flickorna har ju en stor aktiepost och jag är övertygad om att dom kommer att föreslå nån som dom tror är mer "förstående" än Sture. Säkert får dom goda råd av sina män. Margareta log ironiskt. Men dom ska inte glömma att det är jag som bestämmer i slutändan. Jag har en kontrollpost. Den jag föreslår efterträder Sture, vad dom än tycker.

Anade jag ett spår av triumf i hennes röst? Hade hon makten, kunde visa var skåpet skulle stå? Det verkade så. Det kanske var ett riktigt val gamle Edvard Wrannberg gjort när han satte Margareta som beslutsför chef för sitt företag.

Den vita telefonen på skrivbordet ringde, en klassisk kobra. Margareta reste sig för att svara.

– Låt mappen ligga kvar. Jag ska titta närmare på dina skisser, sen ringer jag. Hon log mot mig och tog luren.

Intressant, tänkte jag när jag stod ute i korridoren igen. Familjeföretag har tydligen sin egen dynamik. Dramatik och inbyggda konflikter verkade vara en del av vardagen. Eller var Swede-Fashion ett undantag från regeln om välskötta och harmoniska företag? Om det nu fanns en sådan regel. Fast två mord hörde väl inte till vanligheten någonstans, fick man hoppas. Jag tänkte på den förgråtna Diana, hon som visste vem som låg bakom Tonys död. Och på Bertils insinuationer om mordet på Sture Nilsson.

Jag gick till Dianas dörr, knackade och öppnade. Hon satt vid sitt skrivbord. Såg förvånat upp när jag kom.

– Hej igen. Och jag satte mig mitt emot henne på andra sidan bordet. Jag ska inte störa, men jag undrade bara en sak.

– Gjorde du? Hon såg på mig. Ögonen bar spår av gråten.

– Det där du sa om Tony. Att du visste vem som låg bakom.

Diana satt tyst, såg på mig.

– Jag kan inte berätta, sa hon sedan. Inte nu, inte än. Jag har ju inga bevis, bara en känsla. En vetskap. Jag vet att jag har rätt, jag vet vem som gjorde det. Men jag måste ta reda på mera innan jag gör någonting.

– Innan du går till polisen, menar du?

– Kanske. Jag får se hur det utvecklar sig.

– Nu förstår jag inte riktigt.

– Det är så komplicerat, sa hon lågt. Så många trådar, så många bitar. Så många skyldiga.

– Nu förstår jag ännu mindre. Finns det fler än en mördare?

– Kanske, kanske inte. Men jag vet att det finns fler än en som ville se honom död.

Så kom tårarna tillbaka. Hon tog en näsduk ur Kleenexasken på skrivbordet. Såg på mig.

– Vi älskade varandra, sa hon sedan. Och jag kan inte fatta att Tony är borta. Han var så vek, så känslig. Öm. Hon log ett svagt leende, torkade sina tårar med pappersnäsduken. Idealist. Han var aktiv i Amnesty, stödde Greenpeace och han arbetade ju med Bertil Gren. Höll på med MR-frågorna, arbetarnas villkor ute hos våra leverantörer. Brann för det han gjorde. Och han berättade för mig att han hade upptäckt nånting. Han ville inte gå närmare in på det, men det var ”explosivt”, som han sa. Därför måste jag vara försiktig med vad jag säger och gör. Den som har dödat förr kan göra det igen. Allvarligt såg hon på mig.

– Du har alldeles rätt. Ligg lågt, börja inte med nån privat utredning och gå till polisen så fort du tycker att du kan. Och du kan ringa mig när som helst om du vill.

Jag gav henne mitt kort.

– Antikhandel? sa hon. Det låter spännande.

– Det är det. Du är välkommen att titta in. Då kan du få träffa Cléo de Merode också.

– Vem sa du?

– Min siamesiska sambo. Hon har blå svans och blå öron.

Diana skrattade.

– Okej. Jag älskar katter.

Jag skulle just gå ut genom dörren till SwedeFashion när jag hörde någon ropa på mig i korridoren.

– Johan! Johan!

Jag vände mig om.

Bertil Gren kom emot mig. Log ansträngt, strök med ena handen över sitt stubbade hår i en nervös gest.

– Innan du drar måste jag bara be om ursäkt.

– För vadå?

– Det där jag sa inne hos Margareta nyss. Om dina förslag.

– Det är lugnt. Jag förstår att du inte är såld på dom här nya idéerna.

– Det är väl det minsta man kan säga. Han skrattade. När vi kommer med nånting vettigt och konstruktivt så stoppar hon det. I stället kommer såna här galna idéer. Som om tanterna köper mera kläder om dom får sitta på gustavianska stolar!

– Vem vet? Det kanske blir jättebra. Jag talade med Diana, förresten. Om Tony.

– Gjorde du? Avvaktande såg han på mig.

– Hon berättade att han brann för MR ute i fabrikerna.

– Det gjorde han. Verkligen. Jag sa till honom att han skulle akta sig så att han inte satte eld på hela SwedeFashion. Han menade att det var gott och väl med alla konventioner och deklarationer som fanns om mänskliga rättigheter, men om dom inte tillämpades så gjorde dom ingen som helst nytta. Om människor inte visste att dom hade rättigheter så var ju hela konstruktionen verkningslös. Och det kunde han ju ha rätt i. Han ville till och med att vi skulle trycka broschyrer på olika språk och dela ut på fabrikerna. Men det stoppade jag.

– Varför det? Var det inte en bra idé?

– I och för sig. Men vi skulle få politiska problem. Inte bara med leverantörerna utan främst med dom olika regeringarna. Vi skulle skriva dom på näsan vad dom skulle tillåta sina medborgare, upplysa dom om vad folk kunde kräva. Lägga oss i landets inre angelägenheter. Och det var ju ingen höjdare.

Cyniskt, tänkte jag. Mycket ord och lite verkstad. Man talade vitt och brett om MR-frågorna, men man agerade inte. Såg genom fingrarna. Produktionen blev billigare liksom priset. Förtjänsterna större. Hade Tony varit för engagerad, för ivrig? Hade det bidragit till hans död?

När jag kom ut i trapphallen var hissen på väg upp, stannade på mitt våningsplan. Dörren öppnades, en man steg ut.

– Tjänare, Johan.

Jag såg på honom, kunde först inte placera honom. Så kom jag på det. Törnblad, journalisten på Dagens Industri som var med i Marrakech. Var det inte Svante han hette? Lång, smal med trendig skäggstubb och i mediekostym. Skjorta utan slips och jeans.

– Jag ska intervjua Margareta Wrannberg, det händer mycket nu därinne. Han nickade mot den stängda dörren bakom mig. SwedeFashion är ju en av dom största i branschen och ska få ny styrelseordförande. Det kanske blir en del andra ommöbleringar också. Man hör ju en del. Så aktiekursen är lite nervös. Förresten så fick jag ju världens scoop.

– Hurdå?

– Det fattar du väl? Jag var ju där när det hände. När Nilsson mördades. Polisen snackar om rånmord, men jag har mina aningar. Fast jag låg lågt med det i min artikel. Vi är ju ingen kvällstidning. Han log.

– Aningar, säger du. Vad skulle det vara?

– Sture Nilsson var kontroversiell i affärsvärlden. Mycket! Hade gått över många lik. Det är många som inte kommer att gråta på hans begravning. Tvärtom. Och ordförandeposten i SwedeFashion är ett blankt guldäpple. Gamarna har redan börjat samlas i skyn. En del häckar ju därinne. Nej, nu måste jag in till Margareta Wrannberg. Vi ses.

Vi kanske gör det, tänkte jag i hissen ner. För det han sagt var intressant. Mycket.

Kapitel XVII

"Hennes utseende tycker jag ej är särdeles fördelaktigt. Hon är av medellängd men för fetlagd för att kunna anses för välväxt. Och till följd av en ovana att gå framåtlutad förefaller hon krokryggig. Som barn såg hon troligen bättre ut, hennes ögon är dock ganska vackra, fastän hon har felet att vinda lite när hon ser skarpt på någonting. Hon har örnnäsa och en liten, välbildad mun, men hennes spetsiga haka ger henne redan utseende av en liten gumma, hennes hy och ansiktsfärg äro förstörda, hennes fötter äro små och välformade, hennes händer små, vita och välbildade. Jag tycker hon tar sig bäst ut när hon är riktigt klädd och kammad, ty då överskyler hennes rika hårväxt vad man kan hava att anmärka mot hennes anletsdrag."

– Det var ganska elakt skrivet. Men så var hennes svägerska Hedvig Elisabeth Charlotta, Karl XIII:s drottning, inte särskilt snäll i sin dagbok. Vår guide, Estelle, en ung tjej som läste konstvetenskap på universitetet, skrattade.

Vi satt under ljuskronorna i UD:s stora matsal, i Sofia Albertinas palats vid Gustav Adolfs torg. Det var hon, Sofia, som såg bäst ut när håret var nedkammat över ansiktet.

Jag hade anmält mig till en visning av palatset genom en konstförening i Gamla stan där jag är medlem. Deras program är trevliga och allmänbildande. Jag har lärt mig mycket om Gamla stan och mina kvarter på deras föredrag och rundvandringar genom gator och gränder. Och nu hade turen kommit till UD, det palats som Gustav III låtit bygga till sin syster prinsessan Sofia Albertina. Det var på kvällen samma dag jag varit uppe på SwedeFashion och mött reaktionerna på Tony Larnells död.

Palatset uppfördes efter ritningar av Adelcrantz, arkitekten bakom teatern ute vid Drottningholm, som en pendang till den gamla operan som låg mitt emot vid torget. Den vackra enhetligheten vid torget fick ett abrupt slut när politikerna i ovist nit rev Gustav III:s opera och ersatte den med den oformliga "cigarrlådan" som nu brunsåsigt tronar vid torget. En dåtida kulturpolitisk skandal som fyllde tidningarna med indignerade artiklar. Ett klokt förslag att behålla den gamla fasaden och bygga den nya operan bakåt, mot Kungsträdgården, hamnade i papperskorgen.

Visningen hade börjat i den magnifika entrén med de åtta höga kolonnerna, kopierade från utgrävningarna i Paestum. Guiden Estelle gjorde en elegant koppling från "upptäckten" av Pompeji under lavatäcket från Vesuvius och det formspråk i arkitektur och inredning som kom att inspirera till den gustavianska stilen. Där hade Gustav III i egen hög person varit inflytelserik. Vid sin resa till Italien på 1780-talet hade han fångats av den "nya" stilen, som kom att kallas den gustavianska, med rötter i Grekland och Rom, och låtit den sätta sin prägel på hans epok. Kungen var ju en introduktör av nya konstnärliga och kulturella strömningar från Europa, inte minst från Frankrike. Han stod kungahuset där mycket nära och till och med planerade ett anfall på Frankrike för att befria kungaparet som satt fängslat i väntan på revolutionens bödlar.

– Hade han lyckats med sin invasion hade fransmännen kanske talat svenska i dag, konstaterade Estelle. Och det var långt före den svenska neutralitetspolitiken som faktiskt infördes av en fransman, Bernadotte.

Vi fortsatte uppför den breda trappan i Kolmårdsmarmor som konstruerats för att förena palatset med det Torstensonska, vid Fredsgatan, som inköpts under senare delen av 1700-talet för att inkorporeras i byggnaden. Eric Palmstedt var arkitekten, han som bland annat ritade Börshuset i Gamla stan och slottsteatern på Gripsholm.

I prinsessans stora matsal satt vi vid det avlånga bordet och fick en föreläsning om Lennart Torstenson, han som låtit bygga sitt palats längs Fredsgatan vid mitten av 1600-talet. Han var en framstående personlighet. Greve och fältmarskalk var några av hans titlar, liksom "det svenska artilleriets fader". Han hade introducerat det lättrörliga fältartilleriet på de europeiska slagfälten, något som bidragit till Gustav II Adolfs stora segrar.

Tyvärr hade den stora homogena porträttsamlingen från 1600- och 1700-talen av dåtidens kanslipresidenter – motsvarande utrikesministrar – som hängt där tidigare flyttats bort för några år sedan, berättade vår guide. Nu pryddes väggarna av deras sentida kolleger. En betydligt mindre färgstark och framstående grupp, avbildad med varierande grad av konstnärlig skicklighet där det lysande porträttet av Anna Lindh stack ut från mängden.

– Varför byggde Torstenson ett palats i Stockholm? undrade någon i gruppen och vi fick ett utförligt svar.

– Under trettioåriga kriget rådde andra förhållanden och andra lagar. Plundring var tillåten och den svenska brandskattningen av kejsarens skattkammare i Prag 1648 är ett bra exempel på det. Många av föremålen därifrån ingår nu i det svenska kulturarvet och har ofta exportförbud på auktioner, fast det egentligen rör sig om häleri på hög nivå. Estelle skrattade, vi också.

Men dåtida generaler och andra blev heller inte lottlösa och många stora förmögenheter grundades på slagfälten. Krav på social närvaro liksom prestige låg bakom många nya palats som byggdes, inte minst under 1600-talet i Stockholm, där det Wrangelska, på Riddarholmen, kanske är det mest påtagliga. I dag huserar Svea hovrätt där. Fältmarskalken Carl Gustaf Wrangel hade ju också byggt bland annat Skokloster, ett magnifikt barockslott där han bodde bara några veckor. Men palatsen var inte bara bostäder och sociala markörer, manifestationer över ätten och ägaren, utan också investeringar.

Aktiemarknad som i dag fanns ju inte, förklarade Estelle, och inte minst under förmyndartiden fick adeln stora jordförläningar i Sverige och Finland som sedan Karl XI hårdhänt tog tillbaka genom sina reduktioner. Magnus Gabriel de la Gardie, Kristinas gunstling, är ett bra exempel. Gift med Karl X Gustafs syster och en av Sveriges rikaste män. Han blev av med nästan allt han ägde i den processen. Han var också kanslipresident och hängde här förr. Förresten så intog hans farfar Pontus Moskva 1616, så det var alltså ett annat sortiment här på väggarna då än nu. Hårdföra krigare i stället för färglösa politiker.

– Får du säga så där? kom en fråga.

– Så länge som det inte finns nån utrikesminister med så går det bra. Hennes skratt kom tillbaka.

Så fortsatte den guidade turen genom piano nobile, paradvåningen. I det stora representationsrummet, Blå salongen, stannade vi upp och fick en lektion om den gustavianska inredningskonsten. Salongens interiör hade skapats av den berömde Louis Masreliez. Han, liksom pappan och brodern, hade verkat på kungliga slottet på 1700-talet. Nicodemus Tessin d.y. och hans son Carl Gustaf hade insett att Sverige inte hade den konstnärliga kapacitet som krävdes för att bygga och inreda ett slott med sexhundra rum och rekryterat ledande konstnärer, ebenister, bildhuggare och andra från utlandet. Familjen Masreliez var ett exempel.

Louis hade lämnat många spår efter sig. Inte bara på slottet och på UD utan också ute på Haga och i andra byggnader och palats.

Sofia Albertinas audiensrum fick vi också se. Där gav hon audiens och nu satt utrikesministerns sekreterare där. De gamla 1700-talsmöblerna hade flyttats bort och ersatts av modern kontorsinredning.

– Mera Ingvar Kamprad än George Haupt, konstaterade vår guide innan vi fortsatte in i prinsessans Salon de Compagnie, hennes "privata" salong där hon umgicks med sina vänner, broderade, läste högt och "gjorde musik". Sofia Albertina hade också ett stort bibliotek och bland favoriterna fanns "Den siste mohikanen" och "Robinson Crusoe". Nu var det utrikesministerns rum.

– Salon de Compagnie kan översättas med Sofia Albertinas tv-rum, förklarade Estelle till allmän munterhet. Man förstod vad hon menade.

Hörnrummet som vette mot operan och slottet var stort och ljust. På väggen en broderad sidentapet där originalet var framställt av prinsessan och hennes hovdamer. Venus i vit marmor av Sergel och en magnifik sekretär från Haupts verkstad fanns bland andra vackra föremål.

– I historieböcker har Sofia Albertina marginaliserats, sa vår guide. "Gustav III:s syster levde ett tillbakadraget liv", typ. I verkligheten var hennes liv fyllt av dramatik. Hennes föräldrar gjorde ett misslyckat statskuppsförsök. Hennes bror lyckades med två som bidrog till dödsskotten mot honom på operan. Hon fick uppleva förlusten av Finland till Ryssland 1809 där hennes brorson Gustav IV Adolf blev syndabock och avsattes i en militärkupp.

Ensam, bitter och alkoholiserad dog han som överste Gustafsson på värdshuset Vita Hästen i St Gallen i Schweiz. Och hon fick det för henne tvivelaktiga nöjet att se en fransk marskalk inta hennes fäders tron. Själv blev hon abbedissa.

– Var det möjligt? kom en fråga. Hon var väl inte katolik?

– Nej, men det var ett protestantiskt jungfrustift i Quedlinburg i Tyskland som hon fick av sin snälla morbror Fredrik den Store av Preussen. Det var ett litet område, men mycket rikt. Där fanns exempelvis sextio brännerier och det gav goda skördar. Det skulle försvinna i Napoleons tumult. Där bodde hon sammanlagt fem år och var mycket engagerad. Var gudmor åt barn, ordnade undervisning för flickor och mycket annat. En tidig feminist som gillade Anna Maria Lenngren och tuktade sin bror när han var ovänlig mot damerna vid hovet. Så nu vet ni det!

– Blev hon gift?

– Du menar om hon gifte sig? Estelle skrattade. Nej, men hon hade en liten familj. Det fanns en flicka här, Lolotte Forsberg, som var dotter till en vaktmästare. I själva verket ansågs hon vara dotter till kung Adolf Fredrik och en hovdam. Lolotte hade brev till mamman från kungen och smycken hon fått. Sofia Albertina utgick från att Lolotte var hennes halvsyster, gjorde henne till överhovmästarinna och gifte ståndsmässigt bort henne med sin hovstallmästare greve Stenbock. Nästan som en tv-såpa, fast bättre. Vill ni veta mer finns en nyutkommen bok om Sofia Albertina av Carin Bergström.

Så fortsatte vi in genom en dörr till höger som ledde in till kabinettssekreterarens rum. Tjänsterummet för UD:s statssekreterare.

– Det här rummet kallas prinsessans Salon du Travail, berättade Estelle. Hennes arbetsrum alltså. Och vid det där skrivbordet av Haupt, som har stått här från början, satt bland andra Dag Hammarskjöld.

– Varför heter det kabinettssekreterare? frågade någon.

– När Gustav III satte upp det som blev början till dagens

utrikesdepartement på 1700-talet kallades det ”Kabinettet för den utrikes brevväxlingen”, och den som var ansvarig för det blev kabinettssekreterare. Förr i världen fanns det en bekvämlighetsinrättning, som det hette, på Norrmalmstorg. Den sköttes av handfasta damer som kallades kabinettsbiträden. Så ni får inte blanda ihop titlarna om ni skulle träffa nån kabinettssekreterare.

Där fanns också andra föremål från prinsessans tid. Ett stort skåp från Nordins verkstad som stått på Drottningholms slott var en gåva från hennes mamma Lovisa Ulrika. En byrå av Haupt och en av Iwersson, en porslinsurna från Fredrik den Store och andra objekt med historisk anknytning.

– En sak förstår jag inte, kom en ny fråga. Varför kallas huset också för Arvfurstens palats?

– När prinsessan dog 1829 var tanken att det skulle bli residens för arvfursten, alltså nummer tre i den kungliga hackordningen, som Prins Bertil och Carl Filip. Men inte många kungligheter ville bo här och palatset såldes till staten i början av 1900-talet. Så småningom flyttade UD in och man renoverade huset. I den vevan försökte man också köpa tillbaka inventarier som funnits här på prinsessans tid. Och man fick ihop ganska många objekt genom donationer och på andra sätt. Så palatset är verkligen en kulturhistorisk skatt och det känns väldigt fint att få jobba i den här miljön. Fast våra rum är naturligtvis inte lika stiliga som här på Piano Nobile.

Vår rundvandring i prinsessans palats slutade i hennes Salon du Travail och vi gick ner för den breda trappan till den stora entrén med de doriska pelarna. Där avtackades Estelle med ett litet tal från föreningens ordförande. Vi applåderade och så var föreställningen slut och vi gick ut på torget.

– Tyvärr slutar UD med visningarna nu, sa konstföreningens ordförande. Estelle berättade det förut.

– Varför det? undrade jag. Visningarna lär vara jättepopulära.

– Jag vet, men UD tycker att det är besvärligt att hantera. Synd, för deras del gäller det ju bara några telefonsamtal, och guiderna kommer utifrån. Det är faktiskt Sveriges kulturarv, vårt gemensamma kulturarv, som stängs för allmänheten och UD behöver verkligen all den PR man kan få.

I dörren stötte jag ihop med en lång man som brådskande kom inifrån palatset, trängde sig förbi.

– Förlåt. Jag stod i vägen, sa jag ironiskt.

– Inte alls. Det var jag som hade bråttom. Sorry!

Vi stannade upp. Såg på varandra. Han började skratta.

– Det är inte möjligt? Har du börjat på UD?

Då kände jag igen honom. Jonas Berg. Min kusin och jämnårige kompis från skoltiden på Karro i Örebro, Karolinska högre allmänna läroverket för gossar om man skulle vara noga. Han hade kommit in på UD och haft långa och många utlandstjänstgöringar så vi hade tappat kontakten.

– Jag har varit här på en kulturhistorisk rundvandring i ditt palats. Mycket intressant och en jättebra guide.

– Trevligt! Jag kom hem från Washington för ett år sen och håller på att vänja mig vid vardagslunken i Sverige. Det var verkligen på tiden att vi sågs! Håller du fortfarande på med antikviteter? Och du läste ju konstvetenskap i Uppsala. Jag var faktiskt och hälsade på en sista april på Södermanlands-Nerikes nation när du var där. Kommer du ihåg det?

– Om jag gör! Jag får säga som en gammal utrikesminister som hade varit på en våt tillställning i Helsingfors: ”Jag kommer inte ihåg nånting, men det lilla jag minns glömmer jag aldrig.”

Vi skrattade.

– Nej, det här duger inte, sa Jonas Berg. Vi kan inte stå här i porten och minnas. Vi går till Operabaren och tar en öl. Har du tid?

– Självklart. För Operabaren finns det alltid tid. Och för dig.

En stund senare satt vi i den klassiska miljön. En stilenlig jugendinredning, mörkgröna skinnsoffor, glänsande mörk mahogny, klassiska lampor och en heltäckningsmatta i mörkrött och mörkgrönt jugendmönster.

– Som nostalgisk utlandssvensk så var det Operabaren som gällde, sa Jonas Berg där vi satt vid var sin stor stark i höga glas. Det är ju nästan den enda restaurangen i Stockholm som inte byggts om och ändrats. Man känner inte igen sig längre. Men här känns det som hemma.

– Operakällaren finns kvar förstås, utan renoveringar.

– Ja, men dit gick man ju inte när man var yngre. Det finns ingen nostalgifaktor där. Det är alldeles för dyrt och pompöst. Men hit till baren gick alla på den tiden.

– Berätta, sa jag. Det var väl kanske tio år sen vi sågs sist. Var har du varit? Jag läste om dig när du var nere i Sydamerika nånstans. Det blev ett väldigt hallå. Älvsnabben var inblandad och det höll nästan på att bli krig.*

– Det kan man säga. Han log. Jo, jag har väl varit lite överallt. Peking, Brasilia. I Paris och nu senast i Washington. Jag var ambassadråd där och blev erbjuden en ambassad, men jag tackade nej. Ville vänta lite. Jag kände att jag måste hem och ladda upp mina svenska batterier. Och jag är skild. Det kanske du visste?

Jag skakade på huvudet.

– Det var tråkigt att höra, det kände jag inte till.

– Så kan det gå, sa Jonas filosofiskt. Men Viveka jobbade i Stockholm och jag pendlade mellan hemma och ute och det höll inte. Så nu är jag pank och fågelfri. Han log. Åtminstone fågelfri.

Jag såg på honom. Han såg bra ut. Hade definitivt kvinnotycke, som det hette förr. I skolan hade vi retat honom. Kallat honom tjejtjusare, men det var väl mest avundsjuka. Mörk, bruna ögon. Lång och kraftfull, skarpskurna rena drag. Utstrålade

* (Mårtenson: ”Telegrammet från San José”.)

ett slags manlighet och trygghet som säkert attraherade kvinnor. Glad och öppen, skrattade gärna.

Och vi pratade släkt och vänner. Minnen från barndomens somrar. Hans föräldrar hade haft en stor egendom i närheten av Viby där jag växte upp i prästgården. Våra mammor var systrar, så familjerna sågs ofta. Sedan gick någonting snett ekonomiskt och pappan gick i konkurs. Begick självmord och mamman och barnen flyttade till Stockholm. Efter mammans död hade kontakterna med den delen av släkten varit sporadiska och nu var ju båda mina föräldrar också borta.

Vi talade om kräftfiske i den lilla ån under mörka nätter med en rundmagad fullmåne. Vi pratade smygrökning bakom ladugården. Sommarjobb ute på ägorna. Om en fickplunta vid Folkparken som fick mig att må illa i flera dagar efteråt.

Jag berättade om mig och mitt. Om min antikhandel på Köpmangatan och mycket annat.

– Och vad gör du nu? frågade jag. På UD alltså.

– Jag hamnade på elefantkyrkogården. Jonas log. Uppsamlingsheatet för alla som dom inte vet vad som ska göra av. UD:s personalpolitik har ju alltid varit egendomlig. Och sossarna trodde jag var höger och moderaterna att jag var sosse. Mellan två stolar alltså, i den sämsta av två världar. Och några av höjdarna försökte stoppa min karriär.

– Hur då?

– Jag placerades i ett litet rum högst uppe på vinden utan att få nånting att göra. Tyst telefon, tomt skrivbord. En väggalmanacka från förra året. Man var rädd för mig, ville inte ha konkurrens. Jag skulle stoppas. En av dom är världens streber och karriärist, och plockar upp alla fjädrar att lysa med som han kan hitta. Springer när han ser en fotograf och kommer ofta ikapp. Han är politiskt korrekt i alla partier och är också specialist på att hantera journalister, så ingen har avslöjat vad han går för. Inte än.

Med det som göms i snö kommer upp i tö.

– Vi får hoppas det. Skål.

– Skål själv. Men jag räddades av Usama bin Ladin.

Förvånat såg jag på honom.

– Nu förstår jag inte riktigt?

– Jag är nu en sorts koordinator på departementet när det gäller terroristfrågor. Vi samarbetar alltså med många myndigheter och departement. Polisen och Säpo. Försvarsdepartementet. Försöker samordna vår planering och informationsinhämtning och där spelar ju UD av naturliga skäl en viktig roll.

– Intressant. Har du hittat några terrorister i Pajala eller Smygehuk?

Jonas log.

– Hemligt, hemligt.

– Nu är ju bin Ladin borta. Finns hotet kvar?

– Tyvärr, och hans död har faktiskt gjort det besvärligare för oss när det gäller terroristbekämpning.

– Hur då?

– Tidigare fanns det stora, etablerade och välfinansierade nätverk och strukturer som det var förhållandevis lätt att ha koll på, åtminstone i stora drag. Nu har den sortens aktiviteter minskat. Den muslimska världen är inte så fokuserad på al-Qaida längre. Man vill inte ha nån shariadiktatur som styrs av maktfullkomliga mullor, demokratin är på gång i arabvärlden, som du vet. Men i stället har vi fått ”småföretagare” i branschen.

– Nu hänger jag inte med riktigt.

– Enskilda individer eller små grupperingar som vi har väldigt svårt att kartlägga och komma åt. I stället för 9-11 får vi 7-Eleven. Ta till exempel den där stollen Taimour Abdulwahab som satt hemma i Tranås och byggde en bomb som han tog till Stockholm för att detonera i folkvimlet utanför Åhléns. Det var en ren tur att han var amatör och inte kunde utlösa den på rätt sätt. Den enda han tog död på var sig själv. Men det är den sortens figurer, religiösa och politiska fanatiker och ensamvargar i många fall, som är farliga. Och det behöver inte nödvändigtvis vara muslimer. Titta på Breivik i Norge. Därför blir samordning och informationsutbyte viktigare och viktigare när det gäller att kartlägga riskerna.

– Jag förstår att det är topphemligt och jag ska inte fråga mera, bara hoppas att du lyckas så att det inte smäller här i Stockholm. Men för att berätta om mig själv så kommer jag just tillbaka från Marrakech.

– Marrakech? Uppmärksamt såg han på mig.

– Ja. Det var oerhört intressant och blev väldigt komplicerat. En medlem i vår grupp blev mördad i Yves Saint Laurents trädgård.

– Det var som katten, jag har ju läst om det, men att du var med på resan var en nyhet! Egendomligt nog har jag just fått ett ärende om Marrakech på mitt bord. Det detonerade en bomb på deras stora marknadsplats för ett tag sen och polisen därnere vill ha upplysningar om spår som kan leda till Sverige. Och jag har fått en jättebra kontakt med en av cheferna på Säpo som just varit där. Fantastiskt vacker. Ser ut som Julia Roberts. Och hon verkar inte ointresserad.

Kapitel XVIII

– Jag kan hälsa från en beundrare.

– En beundrare?

Francine lät förvånad i telefonen. Jag ringde henne när jag kom hem från Operabaren.

– Ja, och han är dessutom en släkting. En kusin.

– Nu förstår jag ännu mindre.

Jag berättade för henne om mitt oväntade möte med Jonas Berg och vad han sagt.

Francine skrattade.

– Det var trevligt att höra att jag är uppskattad av dina släktingar också. Jo, jag har träffat honom. Han är ju vår kontaktperson på UD. Dom har en viktig funktion när det gäller terrorismen.

– Hurdå? Jag trodde att dom mest klippte ut tidningsartiklar på stationeringsorterna och skickade hem som sina egna rapporter.

– Lite mer gör dom nog. Vi får deras rapportering från utlandet när det gäller bland annat terrorism. Visserligen samarbetar vi med Interpol, CIA, israelerna och många andra underrättelsetjänster, men UD:s bidrag är viktigt. Han var förresten trevlig, din kusin. Söt. Men du behöver inte vara orolig. Jag gillar lufsiga antikhandlare mer än kritstrecksrandiga diplomater.

– Du var i alla fall inte ointresserad. Det sa han faktiskt. Allvarligt talat så pratade han om ett bombattentat i Marrakech som kunde ha nån sorts koppling till Sverige. Du kommer ihåg att dom berättade om en explosion på ett kafé vid det där stora torget, Djemaa el-Fna.

– Ja. Jag var ju där och tittade. Vi har kontakt med marockanerna också. Det var ju inte så långt från vår riad. Många hade dött och mycket blev förstört.

– Varför trodde Jonas att det kunde finnas nån koppling till Sverige?

– Hemligstämplat. Men så mycket kan jag säga att marockansk polis är intresserad av vissa grupper bland dom marockanska invandrarna i Sverige. Det finns inga konkreta misstankar, men dom gräver och den arabiska våren märks också i Marocko.

– Tror du att det kan finnas ett samband med vår resa dit?

– Du menar att Sture Nilssons rånmördare planerade att spränga Forsmark i luften? Francine skrattade. Nu tar du väl ut svängarna lite i häftigaste laget.

– Jag gör kanske det, men så är det när man besväras av en hyperaktiv hjärna.

– Det har jag inte märkt så mycket av. Gå och lägg dig nu och fundera inte så mycket på terrorism och andra otäckheter. Puss och kram. Sov gott.

Jag gjorde som Francine sagt, gick och lade mig. Men först slog jag upp ett stort glas lättmjölk och tog fram några osötade rågskorpor och satte mig framför tv:n. Såg en repris på ett gammalt avsnitt av Fawlty Towers med den geniale John Cleese som den galne Basil i huvudrollen. Det tog definitivt bort alla tankar på terrorism och mord. Fast egentligen borde jag hoppa över mjölken. Jag hade just läst att man fick prostatacancer av mjölk. Snart blev det väl farligt att dricka vatten också. Det fanns säkert kemikalier inblandade i reningsprocessen. Jag fick hålla mig vid liv genom rödvin i fortsättningen, passa på så länge det ansågs nyttigt.

Nästa morgon ringde Calle Asplund.

– Tjänare, Johan. Har du ramlat ur bingen än?

– Det var faktiskt ett tag sen. Jag vaknar tidigt, tyvärr. Önskar att jag kunde få sovmorgon nån gång, men också om jag fick det skulle jag inte ha mycket glädje av det. Jag vaknar fem halv sex i alla fall.

– Det var tråkigt att höra, men du har väl hört talas om det där gamla engelska ordspråket om att tidiga fåglar är dom som hittar maskarna.

– För mig är det frukost som gäller, inte maskar. Var det nåt särskilt du ville?

Jag var inte riktigt i form för att småprata, hade tagit en insomningstablett kvällen innan, jag gör det ibland när det är mycket som snurrar och då blir jag alltid en smula dåsig under morgontimmarna, men det går över när jag får mitt kaffe.

– Du ringde häromdan och berättade om att du varit i Marrakech och att du träffat den där killen som hittats skjuten, Tony Larnell.

– Det gjorde jag. Hurså?

– Han jobbade ju på ett modeföretag, SwedeFashion. Och nu har tullen gjort ett stort beslag. Det gäller tyger från Marocko till det där företaget och man har hittat ett parti kokain undanstoppat i leveransen.

– Det var som katten.

– Det kan man säga.

– Du menar alltså att dom skulle hålla på med knarksmuggling?

– Jag menar ingenting, kan bara konstatera fakta. Och det kan ju mycket väl vara så att nån har utnyttjat den där tygleveransen för att placera kokainet i. Ingen på företaget behöver alltså vara inblandad. Men tullen samarbetar med kollegerna i Marocko och man har konstaterat en ökad införsel därifrån.

– Jag hörde att Marocko var nåt slags transitland för kokain från Sydamerika, en inkörsport till Europa. Den afrikanska kusten är ju lång och svårbevakad.

– Just det, och vi tycker att det finns en möjlig koppling där. Tony Larnell har rört sig i dom här kretsarna och han jobbade på SwedeFashion. Det kommer in ett nytt parti och han hittas skjuten. Det innebär inte nödvändigtvis att det ena har med det andra att göra, men vi tycker det är ett alldeles för intressant uppslag för att släppa det.

– Det inser jag. Men jag förstår inte hur jag kommer in bilden?

– Gissa.

– Jag vet. Och jag har hört det förr. ”Du som känner dom här figurerna kan väl rota runt lite grann? Diskret. Lägga örat till rälsen.” Men du är ologisk. Du säger ju alltid att jag inte ska lägga mig i, att mordutredningar inte är nånting för amatörer. För att inte tala om Francine!

Calle skrattade.

– Exakt! Du vet vad det handlar om. Välkommen ombord. Men ingenting dramatiskt. Om och när du träffar dom här människorna så kan du väl se och lyssna. Titta dig omkring. Och ramlar du över nånting så ringer du.

– Jag ska tänka på saken, och om jag har förstått rätt så misstänker ni att Tony vittjade tygleveransen och sen skickade varorna vidare. Och nu har nånting gått snett och han har mördats. Stämmer det?

– Inte illa. Det är en spännande hypotes, men vi vet som sagt ingenting konkret. Det kan röra sig om ett rånmord, det kan vara annat. Vi tittar på hans bekantskapskrets nu och kartlägger honom. Och mitt förslag är inget tvång, alltså. Om du inte vill behöver du inte ställa upp.

– Vi får se. Det kostar ju ingenting att hålla ögon och öron öppna. En sak bara. Finns det nån koppling till terrorism?

– Terrorism? Nej, hurså?

– Jag bara tänkte.

– Fortsätt med det, men tänk rätt. Calle skrattade igen. Du vet vad som står ovanför entrén till Uppsala universitet?

– Ja. ”Att tänka fritt är stort, att tänka rätt är större.”

– Precis. Glöm inte det. Lycka till.

– Tack detsamma.

När jag stängt av telefonen kom jag att tänka på Diana Forsgren. Hon som gråtit hejdlöst på sitt rum när hon talat om mordet på Tony. Skulle hon misstycka om jag kontaktade henne? Hon kunde ju säga nej. Konstigare var det inte. Och frågade man inte så fick man inte några svar. Sen kanske det var lättare för henne att tala med mig än med polisen.

Kapitel XIX

Hon tog en råbiff med äggula, hackad lök, senap, sojasås och kryddor. Till det hörde en skål med pekfingerstora, guldbruna pommes frites. Hur kunde nån vara så smal med den dieten? Jag som trodde fotomodeller levde på sallad och vatten. Men hon var ju förstås designer. Då behövde man väl protein för att kunna skapa. Själv höll jag mig till ett mindre kraftfullt alternativ än rått kött. Toast Skagen verkade mera lättsmält.

Jag hade ringt Diana Forsgren efter mitt samtal med Calle Asplund. Frågat om jag kunde komma upp på hennes kontor. För att prata om Tony Larnell. "Du sa ju nånting om att du visste vem som låg bakom mordet."

Först hade hon låtit tveksam och jag förstod henne. Varför skulle hon tala med mig om det? Hon kände mig knappast och jag var ju inte polis. På vilket sätt angick Tonys död mig?

Men hon hade samtyckt och föreslagit lunch nästa dag. Ville väl inte att jag skulle ses med henne på SwedeFashion. Kollegerna skulle kanske undra.

Så nu satt vi på Proviant, restaurangen som låg alldeles i närheten av Dianas kontor, och mig passade det bra. Över en lunch blev det mer tid att prata och atmosfären var mer avspänd än på ett kontor med ringande telefoner och människor som tittade in och avbröt. Dessutom var det en sen lunch, borden runt oss var glest besatta. Och jag hade varit där förut, visste att maten var god och servicen trevlig utan att vara påträngande. Inredningen modernistiskt avskalad men ändå hemtrevlig.

Diana var blek, med mörka ringar under ögonen. Verkade inte ha sovit. Men det var ju inte att undra på. Mannen hon älskade var död, brutalt mördad, och chocken höll henne väl fortfarande i sitt grepp.

Vi tog varsitt glas vin, husets röda. Hyggligt, men färgen som stötte lite i blått mot glaskanten visade att vinet kunde ha stannat kvar i barnkammaren några år till.

– Kan jag ta ett glas? hade Diana undrat. Jag kör bil och bor på Lidingö.

– Grattis till morgon- och kvällsköerna. Men du förbränner två centiliter starksprit i timmen så det är nog ingen fara.

– Du ville tala om Tony, sa hon efter en stund. Hon såg allvarligt på mig. Varför?

– Hans död angår naturligtvis inte mig. Jag är varken anhörig eller polis. Men jag träffade honom nere i Marrakech och jag gillade honom, det lilla jag såg. Och det finns en hel del frågetecken kring hans död.

Diana nickade.

– Du sa ju själv att du visste vem som låg bakom.

Hon nickade igen.

– Jag älskade honom, sa hon lågt, och såg ut mot Stureparken genom det stora fönstret. En dam i röd basker kämpade med en vit pudel i koppel. Den ville inte följa med, satte sig envist på bakhasorna.

– Det har kommit fram en del nya uppgifter. Det gäller knark, narkotika.

– Tony använde inte sånt. Aldrig! Förargat såg hon på mig.

– Det förstår jag, men han kanske hade kompisar i dom kretsarna?

Jag ville inte gå in på vad Calle Asplund berättat om smugglingen, om kokain som gömts i tygimporten från Marrakech. Det ingick i utredningen och den biten fick han sköta själv. Och vad visste jag egentligen? Tony Larnell kunde varit inblandad, likaväl som Diana själv. Jag fick inte agera som elefanten i porslinsbutiken.

– Jag kände honom mycket väl, vi hade varit tillsammans i över ett år och han umgicks inte i såna kretsar. Och själv tog han aldrig nånting. Drack inte sprit, bara vin, och han gick på gym och sprang maraton. Både i Stockholm och i New York. Hon log ett leende som försvann nästan lika snabbt som det kom.

– Några ovänner?

Diana såg på mig. Dröjde med svaret.

– Sture Nilsson, sa hon sedan.

– Menar du verkligen det?

– Jag förstår att det kan låta konstigt, men det var faktiskt så. Och det var mitt fel. Ja, fel är väl inte rätt ord, men Sture var kär i mig. Det sa han åtminstone och han visste att Tony och jag var tillsammans. Han var faktiskt ganska stökig. Ringde på nätterna och ville träffa mig. Ofta var han inte nykter. Tony var jättearg på honom. Höll på att klippa till honom en gång. Det var därför jag inte följde med på resan till Marrakech. Och det blev ju inte bättre av att han hade ett förhållande med Margareta.

– Med Margareta? Det var intressant.

– Jag är ju ganska ny på SwedeFashion, kom för bara ett par år sen, men det pratades redan då om Margareta och Sture. Det sades till och med att dom hade ett förhållande redan medan Margaretas man levde.

– Tröttnade han?

– Hurdå?

– Ja, han ju blev intresserad av dig?

– Han sa att Margareta blivit så dominant och krävande att han inte riktigt orkade med henne längre. Och att han kände sån närhet till mig. Det var faktiskt ganska obehagligt, särskilt som jag ju var tillsammans med Tony.

Gubbsjuka, tänkte jag. Margareta skulle fylla sextio och Diana kunde väl vara omkring trettio. "Kärlekens vägar äro outgrundliga." Var det ett citat från Bibeln? Fanns svartsjuka med i bilden? Men Sture Nilsson kunde knappast ligga bakom Tonys död eftersom han själv blev mördad före dess. Och att Margareta skulle ha skjutit Sture i något utbrott av svartsjuka skrev jag av som helt orealistiskt. Den kyliga, strama och kontrollerade Margareta verkade inte vara den sortens person som sköt sin älskare för att han varit otrogen. Och Tony hade hon väl ingen som helst anledning att mörda?

– I vilket fall kan inte Sture Nilsson ha legat bakom Tonys död, rent tidsmässigt alltså. Känner du till nån annan som kan vara intressant i sammanhanget?

– Nej, inte direkt. Tony var väl inte alldeles populär i alla kretsar på företaget. Många tyckte att han lade sig i för mycket. Han höll ju bland annat på med mänskliga rättigheter och förhållandena för arbetarna hos våra olika underleverantörer, han var på Bertil Grens avdelning. Men att det skulle gå så långt som till mord tror jag inte på.

– Vad menar du med att han lade sig i?

– Tony krävde alltid hårdare tag mot dom ansvariga. Att vi skulle bryta kontrakten, till exempel, om inte företagsledningarna skötte sig. Men det var just ingen som lyssnade på honom, så han funderade på att sluta. Och korruption och annat finns ju inte bara i den delen av världen.

– Du menar ...?

– Ingenting, sa hon snabbt. Det var bara en allmän reflexion.

Var det det? tänkte jag. Eller fanns det någon eller några som satte käppar i Tonys hjul, som fick bidrag från en del av leverantörerna för att tiga still, sitta lugnt i båten? Det skulle alla tjäna på. Hade Tony upptäckt det, hade han suttit på en explosiv hemlighet, en bomb som måste desarmeras innan den detonerade?

– Tony var alltså en idealist?

– Precis. Jag berättade ju att han brann för det han gjorde och han jobbade frivilligt för Amnesty International, utan betalning alltså.

– Du sa att ni importerade tyger från Marocko. Vet du hur det gick till? Rent praktiskt alltså?

Diana såg undrande på mig.

– Hur det gick till? Som vanligt antar jag, när man importerar nånting. Vi köper in från våra leverantörer, reser till Marocko och Thailand mest. Indien också. Ibland beställer vi efter att vi sett prover som dom skickar, när det är leverantörer som vi har förtroende för och litar på. Tygerna kommer med flyg till Arlanda. Sen vet jag inte riktigt hur dom hanteras. Vi har väl nån speditör som hämtar ut dom och ser till att dom kommer till vår fabrik. Det är alltså dom tyger vi syr upp i Sverige. Det mesta gör vi ju utomlands så det är väl inte så stora leveranser till Stockholm.

– Finns det nån på SwedeFashion som hanterar tygerna? Som hämtar eller kommer i kontakt med dom?

– Som jag sa är det väl en speditionsfirma som sköter det. Men du kan ju fråga Kenneth Löfgren. Han är chef för marknadsavdelningen. Jag vet inte om dom hanterar tygerna själva. Kanske när det gäller mindre partier. Jag vet faktiskt inte. Jag bara ritar våra kläder, jag bär inte hem tygerna. Diana log.

Jag gick tillbaka till Köpmangatan genom Humlegården, en oas i Stockholm trots Stureplans bullrande trafik alldeles i närheten. Gick förbi statyn av Linné och jag tänkte på att man hade skjutit lodjur här på drottning Kristinas tid, varg senare också. Och parken hade en intressant historia. Gustav II Adolf hade anlagt en humlegård för slottets ölframställning och en botanisk och zoologisk trädgård har funnits här på 1800-talet. Här hade varit betesmark för kor, här hade man dansat på dansbanor, åkt karusell och gått på tivoli när Humlegården var en nöjespark. Man hade till och med anordnat ballonguppstigningar.

Nu härskade idyllen med lummig grönska, höga, skuggande träd och lekande barn. Det var svårt att tänka sig att man avråddes från att gå här sena kvällar och nätter. Våldtäkter, rån och överfall var inte ovanliga händelser. Anslagen till polisen ökade för varje budgetår, men det hade tydligen inte så stor effekt i parken i Stockholms hjärta.

När jag sneddade förbi Kungliga bibliotekets imposanta byggnadskropp undrade jag över hur bibliotekarierna klarade sin uppgift. Sedan 1600-talet måste ju varje tryckt skrift skickas i två exemplar till KB för arkivering. Med tanke på det enorma utbudet måste väl väggarna bågna trots att man byggt ut nedåt, under jorden. Fanns det risk för explosion? Skulle helt plötsligt taket slitas av med ett dån och miljontals böcker spruta som ur en litteraturens Vesuvius och snöa ner över Stockholm? Förmörka himlen och göra gatorna ofarbara, skapa ett nytt Pompeji?

Jag log åt mina Ragnarökfantasier som nog Strindberg skulle ha gillat. Han tjänstgjorde ju i sin ungdom på KB:s föregångare när det låg i kungliga slottet. Men det var säkert inte någon överhängande risk för bokkatastrof. Förmodligen digitaliserade man verksamheten, annars skulle det aldrig funka. Jag hade läst någonstans att det trycktes över 10 000 skrifter om året i Sverige.

Så tänkte jag på vad Diana Forsgren berättat. Hon hade lovat runt, men hållit tunt. Tidigare hade hon ju sagt att hon visste vem som låg bakom mordet på Tony, men nu hade hon bara kommit med antydningar.

Margareta Wrannberg och Sture Nilsson hade tydligen haft ett förhållande. Låg det bakom den magnifika sextioårspresenten han funderat på att ge henne, min byrå av Linning? Eller det kanske var den sortens gåvor man gav varandra i den högre bolagssfären? Fast deras relation måste väl knaka i fogarna eftersom han var intresserad av Diana, något som Tony av förklarliga skäl inte gillat. Hade varit så mycket emot att han nästan hade slagit till honom en gång. Och både Tony och Margareta hade varit i Marrakech när mordet på Sture Nilsson begicks.

Jag tänkte också på telefonsamtalet Sture Nilsson fått under lunchen på Hotel Sofitel Palace i Marrakech, det som Francine berättat om. "Katastrof om vi inte hanterar det rätt. Jag vet vad du har för dig."

Vad kunde ligga bakom samtalet från Stockholm? Hade man upptäckt kokainsmugglingen? Då kunde man verkligen tala om katastrof för SwedeFashion, för varumärket, för aktiekursen. Och den Sture hade anklagat fanns bland gästerna på jubileumsresan. Frågan var bara vem.

När jag kom tillbaka till affären ringde jag upp Calle Asplund, berättade vad jag hört under lunchen. Han lät skeptisk.

– Det där med att Tony Larnell skulle vara ett hot mot nån för att han kände till korruptionen verkar lite långsökt. Han var ju tydligen engagerad, med i Amnesty och "brann", som du säger. Om han fått veta nånting sånt så var det väl ingenting som hindrade honom från att ta upp det? Att anklaga den som låg bakom. Nåja, vi utesluter ingenting men fokuserar på hans bekantskapskrets. Tittar närmare på hans kompisar och hans livsstil. I övrigt kör vi den vanliga rutinen i spaningsmord. Knackar dörr i området, försöker hitta vittnen. Vi har talat med Diana Forsgren också men det ledde inte till nånting konkret.

– Kan ni inte försöka med den där allvetande professorn i tv? Han avslöjar ju alla mördare.

Calle hade skrattat.

– Han gillar inte mig, tycker jag är en slö gammal konstapel som sitter på kontoret och rullar tummarna. Nej, vi kör med gamla beprövade metoder. Vanligt hederligt polisarbete. Det är inte så mycket glamour och rubriker, inte pengar heller, men det håller bäst i längden. Om Holmér gjort det så hade vi löst Palmemordet för längesen.

– Men knarksmugglingen? Det som fanns i tygpartiet.

– Vi följer naturligtvis noga upp det och har kontakt med kollegerna i Marocko. Dom har bättre koll på potentiella smugglare där nere och vi hårdgranskar våra egna "importörer". Det här är ju proffs, inte nån som gömmer några gram i necessären. Så oroa dig inte. Vi kör hårt och gör vad vi kan. Fortsätt att prata med dina kompisar på det där modehuset. Man vet aldrig vad som kan komma fram.

Det ska jag göra, tänkte jag när samtalet var slut. Och jag borde titta lite närmare på Kenneth Löfgren. Jag var övertygad att han hade mer än ett finger med i det här spelet.

Just när jag skulle stänga och låsa för dagen ringde Francine. Det fanns lite frost i rösten. Vi har känt varandra så länge att jag kan läsa av nyanserna.

– Hade du en trevlig lunch? var första frågan.

– Ja, för all del. Hurså?

– Var åt du? kom nästa fråga.

– På en trevlig restaurang som heter Proviant. I hörnet av Sturegatan och Östermalmsgatan. Vi borde gå dit nån gång.

– Det kanske vi skulle göra. Vem åt du med i dag då?

– Hurså?

– En av kollegerna berättade just att hon sett dig där med en jättesnygg, ung blond tjej som såg ut som en modell.

– Det är alldeles fel.

– Fel?

– En tjej från SwedeFashion. Diana, hon är inte modell, hon är designer. Skapar kläder, mode.

– Då förstår jag. Det är ju en väldig skillnad. Törs jag fråga om du har blivit intresserad av mode för egen del?

– Vi diskuterade din brudklänning. Om den ska vara lång med släp eller kort. Skämt åsido så var hon tillsammans med Tony Larnell, han som mördades och som du träffade nere i Marrakech. Diana har en del teorier om vem som kan ligga bakom mordet.

Jag berättade vad hon sagt.

– Varför går hon inte till polisen med det?

– Jag tror hon drar sig för det. Det är ju bara spekulationer och gissningar, ingenting verkligt konkret. Och jag kan förstå henne. Att anklaga en kollega på företaget för mord om det sen visar sig vara helt fel är ju ingen höjdare. Och i hennes bransch växer väl inte toppjobben på trän.

– Det kan du ha rätt i, och på tal om Tony Larnell så finns han hos mig.

– Vad menar du?

– Vi har haft koll på honom sen en tid. Vi har en infiltratör i det där nätverket. Som du sa var Tony ju en ung idealist som brann för det han trodde på. Han ansåg att det var helt fel av Sverige att sända trupp till Afghanistan. Det var ett orättfärdigt krig och pengarna borde i stället användas till sjukhus och skolor. Och USA var en imperialistisk stat som försökte lägga under sig dom oljerika delarna av världen, med våld om det behövdes. Där var Irak enligt honom paradnumret, lögnerna om gömda terrorvapen för att motivera kriget var bevis nog. Deras användning av tortyr var andra exempel han brukade dra fram.

– Hur kan du veta allt det där?

– Vi följde honom. Han hade kontakter i dom kretsarna.

– Menar du alltså att Tony Larnell skulle vara nån sorts terrorist?

– Nej, det menar jag inte. Men han var emot USA:s krigföring i Afghanistan och Irak, och han gillade inte Rumsfelds och Cheneys metoder med tortyr, Guantánamo och annat. Men vi har förstått att han drog sig undan den där grupperingen som han fått kontakt med på nätet när han insåg att dom menade allvar, att det inte bara var agitation och snack.

– Hurdå?

– Han förstod att dom hade tänkt gå från ord till handling. Att dom förberedde nån typ av aktion i Stockholm.

– En terroristgrej?

– Ja, och då insåg dom kanske att han kunde bli farlig. Att Tony visste för mycket.

– Du menar att han måste bort?

– Jag menar ingenting, bara att det kan finnas fler skäl till hans död än dom din tjejkompis Diana har berättat om. Tjusigt namn, förresten. Heter inte Fantomens tjej det? Diana? Håll dig till mig i stället. Det blir billigare.

– Nu fattar jag inte riktigt.

– Från mig får du veta intressanta saker utan att bjuda på lunch på Proviant. Och du vet reglerna. Att jag inte har sagt nånting om det här till dig. Men jag har velat ge dig lite bakgrund eftersom jag vet att du börjat lära känna dom där människorna på SwedeFashion och att du jobbar för Margareta Wrannberg med butiksinredningarna. Så det kan ju hända att du kan råka få höra eller se ett och annat som kan vara intressant för oss.

– Du menar att jag ska vara nån hemlig Säpoinfiltratör i modevärlden? Din hemliga agent?

– Så kan man också se det. Francine skrattade.

Då blir jag dubbelagent, tänkte jag. Både för Calle Asplund och Francine. Agent 007 Homan, Johan Homan, med rätt att lyssna. Och se.

– Jag ska ta upp det med Calle Asplund och din kusin, Jonas

Berg, fortsatte Francine. Han kanske bjuder mig på lunch eller middag, förresten. Om jag kommer med intressanta nyheter alltså. Jag ska ringa honom. Var det Proviant restaurangen hette?

– Ja, men den är nog lite för vardaglig för hans stil. Där är det Operabaren som gäller, minst.

– Det låter bra. Ett lågt skratt följde. Puss. Hälsa Diana! Och hon knäppte av.

– Det är mycket nu, sa jag till Cléo där jag satt nedsjunken i min gamla fåtölj på kontoret. Cléo hade placerat sig mitt på skrivbordet, såg på mig med beräknande ögon. Tid för mellanmål, tid för snacks, var signalen hon sände. Hur skulle det vara med lite proteiner för blodsockret?

Jag drog ut skrivbordslådan och plockade fram några torrfodertabletter. Hon reste sig, gick makligt fram till min hand. Luktade på sitt byte. Så åt hon dem, en efter en.

Jag har alltid förvånat mig över hur hundar och katter kan sätta i sig de där små pastillerna. De ser torra och tråkiga ut, ger inte något tuggmotstånd och inte heller någon mättnadskänsla. Men vad vet jag? Man kanske kunde rationalisera vår egen konsumtion och i stället för sill och potatis lägga några små tabletter på tallriken. Det skulle åtminstone spara utrymme och tid i affären. Fast jag hade förstås svårt att tänka mig ”Helan går” till några vita tabletter.

– Det är mycket nu, repeterade jag och såg på Cléo som hade flyttat sig till fönsterbrädan med full koll på livet ute på den lilla gården nedanför. Egentligen ganska händelselöst, men sparvflocken i den stora kastanjen upphör inte att fascinera henne.

Jag hade alltså en uppsjö av teorier och tankar kring de båda morden, både det i Marrakech och det i Stockholm.

Och motiv när det gällde morden på Sture och Tony saknades inte. Tvärtom.

Om jag nu inte var ute i alldeles ogjort väder. Om jag låtit min fantasi springa iväg med mig. Det hade hänt förr. Det kunde ju vara så enkelt som att Sture Nilsson rånmördats som polisen i Marrakech ansåg, och att Tony skjutits ner av några okända killar en mörk kväll på stan.

Det var som sagt mycket nu.

Kapitel XX

Jag hade gjort mig ett ärende till SwedeFashion. Jag ville träffa Margareta för att diskutera mina inredningsförslag. Men det var ett svepskäl, det fanns angelägnare frågor.

– Det är i och för sig ingen brådska, sa jag där jag satt mitt emot henne vid det stora skrivbordet. Men möblerna som vi kan komma fram till står ju inte direkt på hyllorna och väntar. Det tar tid att plocka fram dom på auktioner och ute i handeln.

– Jag förstår det, sa Margareta och tittade på mina förslag, skisserna som jag lagt på bordet. Men jag har faktiskt inte kunnat koncentrera mig på det här projektet. Det har ju hänt så mycket fruktansvärt. Två mord. Och sen nu knarksmuggling i ett av våra tygpartier. Trött såg hon på mig.

– Talade du med Sture Nilsson nere i Marrakech?

– Det är klart att jag gjorde. Hurså?

– Francine berättade om ett telefonsamtal Sture fick under lunchen, innan vi åkte till Jardin Majorelle. Han hade blivit väldigt upprörd, talat om katastrof. Och senare på kvällen pratade han med nån som han hotade att avslöja. Strax före mordet alltså. Talade han med dig om det?

– Om han berättade om telefonsamtalet, menar du?

– Precis.

– Nej, det sa han ingenting om. Jag märkte bara att han verkade spänd, orolig.

– Sture sa till Francine att han inte ville förstöra feststämningen och jubileet. Att han skulle vänta tills han kom tillbaka till Stockholm. Men det måste väl haft att göra med SwedeFashion? Att nånting hade hänt som gjorde honom upprörd. Har du nån aning om vad det kunde vara?

– Nej. Det skulle möjligen vara dom där anklagelserna om knarksmugglingen. Att polisen hört av sig.

– Nån måste ha ringt honom från firman, om det nu gällde SwedeFashion. Fast dom flesta i ledningen var ju med på jubileet. Vem fanns kvar som kan ha ringt?

– Jag har faktiskt ingen aning. Det kan ha varit vem som helst. Fast det måste ju ha rört sig om avancerade uppgifter, om nu Sture blev så upprörd. Och gällde det firman borde dom väl ha ringt till mig? Sture var visserligen styrelseordförande men han var ju inte inblandad i den dagliga verksamheten. Så det kan inte ha rört sig om småsaker.

Det gjorde säkert inte det, tänkte jag. Man talar inte om ”katastrof” i så fall, eller hotar någon med avslöjanden.

– Förskingring, stöld, knarksmuggling, mutor, korruption, föreslog jag. Inga klockor som ringer?

Margareta såg på mig. Så skrattade hon.

– Verkligen inte! Vad tror du om SwedeFashion?

– Jag försöker bara komma på nånting som kan ha hetsat upp Sture. Men det kan ju ha varit nånting helt annat.

– Säkert. Frågan är bara vad.

När jag gick ut från Margaretas kontor mötte jag Gunilla Holgersson, den unga tjejen jag träffat i Marrakech på jubileet. Pigg och glad. Hon som hade fått sitt första jobb efter handelshögskolan. Var det inte på marknadsföringssidan?

– Hej, sa jag.

– Hej, sa hon. Log.

– Det var trevligt sist vi sågs. Ja, utom Stures död förstås.

– Verkligen. Det var ju jättehemskt. Jag har svårt att sova om nätterna. Mördad, och mitt ibland oss. Just när vi skålade i champagne. Fast det är skönt att det var rånmord. Polisen sa ju det.

– Skönt?

– Ja, att det inte var nån av oss. Det hade jag aldrig klarat. Men det är oroligt nu.

– Hurdå?

– Det pratas ju en del. Om "hostile takeover".

– Nu hänger jag inte med riktigt.

– Det innebär att man köper ett företag bakvägen. Att man skaffar sig en tillräckligt stor aktiepost för att kunna ta över ett företag som inte vill sälja, men som tvingas till det. I Amerika är det inte ovanligt. Och det förekommer här också.

– "Sådan är kapitalismen", citerade jag. Men det är väl spelets regler? Äta eller ätas.

– Det är klart, och det är väl i princip sunt. Man tar över ett företag som är nedgånget, skjuter till kapital och sätter dit en ny ledning med nya idéer. Men så är det inte i det här fallet.

– Menar du SwedeFashion?

– Precis. Det är ju ett stabilt företag med bra tillväxt, fint kassaflöde och en sund expansion. Så det kan finnas andra motiv än att rädda ett sjunkande skepp.

– Som till exempel?

– Att en konkurrent köper upp oss för att konsolidera sig på marknaden. Det kan också finnas andra anledningar. Ett riskkapitalbolag som vill diversifiera sig, exempelvis.

– Och det tror du kommer att hända med SwedeFashion? Att ni blir uppköpta?

– Jag är rädd för det. Och det är en process som började för inte så länge sen. Nån köper på sig en tillräckligt stor post för att i samarbete med andra aktieägare kunna ta över.

Kunde det vara förklaringen? tänkte jag. Hade Sture fått veta någonting dramatiskt i telefonsamtalet från Stockholm? Att någon nu hade köpt tillräckligt mycket aktier för ett "fientligt övertagande"? Något som skulle störta honom från hans tron.

– Det låter komplicerat, men det är väl så det går till i din värld. Får ni lära er sånt på Handels?

Gunilla skrattade.

– Vi får lära oss allt möjligt som är bra att kunna i en hård värld. Men nu måste jag rusa. Det var trevligt att ses igen. Hej.

Jag såg efter henne där hon försvann bort i korridoren och tänkte på vad hon sagt. Att nån köpte på sig aktier för att tillsammans med andra aktieägare få en majoritet för ett övertagande. Och jag tänkte på Kenneth Löfgren och Bertil Gren. Båda var gifta med döttrar till Edvard Wrannberg som ärvt stora aktieposter. Kunde någon av dem eller båda var inblandade i ett "hostile takeover"? Det skulle i så fall lösa deras problem med bromsklossarna Margareta och Sture. Ja, Sture var ju borta nu, men dom skulle kunna genomföra sina olika projekt.

Det var i alla fall en teori som var värd att prövas. Men jag kunde ju inte gärna gå rakt på dem och fråga. Och mina kunskaper om aktiemarknaden och vad som rörde sig i affärsvärlden var mycket begränsade. Men jag kände en som kunde mycket och visste vad som var på gång. En som till och med hade det som yrke. Svante Törnblad. Journalisten på Dagens Industri.

Nere på Sturegatan fick jag hans nummer från nummerupplysningen, men kunde bara tala med hans telefonsvarare. Bad honom ringa. Och det var ju inte någon brådska, bara ett hugskott, tänkte jag när jag sneddade över Stureplan på väg hem till Köpmangatan.

När jag kom tillbaka till affären blinkade lampan på min telefon rött. Ett meddelande var från Jonas Berg och han ville träffa mig. Kunde jag ringa? Så fick jag ett nummer. Men innan jag hann ringa upp surrade min mobil i innerfickan.

– Svante Törnblad här. Du hade ringt.

– Tack för att du ringde tillbaka.

– Det ingår i jobbet som journalist. Man vet aldrig vad som kan dyka upp. Har du nåt scoop åt mig? En bra skandal går också. Han skrattade.

– Det beror på vad du har för anspråk. Men jag ville prata lite om en ”hostile takeover”. Det är väl sånt du skriver om?

– Tänker du ta över Bukowskis? Skrattet var tillbaka.

– Inte riktigt, men tack för tipset. Nej, det gäller SwedeFashion.

Det blev tyst.

– SwedeFashion, säger du?

– Jag har hört en del och skulle vilja prata med dig, om du har tid.

– Okej, men inte på telefon. Man vet aldrig nu för tiden vem som lyssnar. Men jag ska intervjua en kille på Grand, en amerikansk affärsman, om några timmar. Kan vi ses i baren där och ta en öl eller nåt annat? Jag har kort. Passar klockan fem?

– Det går bra. Och tack för att du ställer upp.

Egentligen inte, tänkte jag när jag stängt av mobilen. Fem alltså. Jag stänger ju affären klockan sex. Men jag fick göra ett undantag. Att prata med Svante Törnblad kunde bli intressant. Åtminstone skulle jag få lära mig mer om ”hostile takeover”. Jag fick passa mig så att Eric Gustafson inte gjorde några försök med min affär. Fast det var inte någon risk. I mitt lilla fåmansbolag ägde jag alla aktierna själv.

När jag kom till Grand satt Svante redan där vid ett av borden i Cadierbaren med utsikt över Strömmen och Kungliga Slottet. Framför sig hade han ett högt glas med öl.

– Tjänare, Johan. Vad kan jag se dig på?

– En likadan som din, tack. Det är lite för tidigt för en Dry Martini.

– Säg inte det. Det är väl aldrig för tidigt. Eller för sent. Men själv ligger jag lite lågt. Vill inte lukta sprit när jag ska på jobb. Han log. Slå dig ner.

Jag satte mig i fåtöljen mitt emot honom. Den trendiga skäggstubben fanns kvar men hawaiiskjortan som jag såg i Marrakech hade han lämnat hemma. Nu var det mörk kavaj, skjorta och slips som gällde. Men han skulle ju jobba och amerikanska affärsmän brukade vara korrekt klädda. Som journalist fick han väl anpassa sig efter sina offer.

Svante Törnblad vinkade på en servitör, såg frågande på mig.

– En mellanöl, sa jag. En stor.

Snart stod glaset på bordet, bärnstensgul, immande kall.

Svante såg eftertänksamt på mig.

– Du ville alltså prata om SwedeFashion och om ”hostile takeover”? Törs jag fråga varför?

– Jag var ju med i Marrakech som du vet, och jag känner flera som jobbar på företaget. Polisen där nere säger rånmord, men jag är inte övertygad. Nu har jag hört en del om fientligt uppköp, att nån eller några är ute efter att ta över företaget. Och du är den ende jag känner till som kan den här biten. Som ekonomijournalist på en affärstidning måste du sitta på en massa information.

– Det har du rätt i, men jag måste vara försiktig. Det är ju ofta känsliga frågor och håller jag inte tungan rätt i mun eller snarare pennan rätt i handen så kan det gå snett. Därför är det mycket som aldrig kommer ut. För det kan ju få stora konsekvenser på börskurser och annat om ”läckan” inte är korrekt till max.

– Det förstår jag, och jag är inte ute efter några detaljer. Är bara intresserad av om det ligger nånting i dom där ryktena.

Svante såg på mig, smuttade på sin öl.

– Om jag har fattat det rätt så tror du att det kan finnas en koppling mellan mordet på Sture Nilsson och ett eventuellt köp av SwedeFashion?

– Jag skulle inte vilja gå så långt, men jag är intresserad av motivbilden. Sture var ju styrelseordförande och styrde och ställde med fast hand tillsammans med Margareta Wrannberg. Lät ingen hoppa över skaklarna och ge sig ut på äventyr med snabbare expansion, en parfymlinje eller andra förslag. Om ägarbilden förändras försvinner väl Margaretas inflytande i stort sett. Sture är ju redan borta, man kan tillsätta en helt ny styrelse och manegen är krattad för nya friska tag. Bromsklossarna är borta.

– Det är naturligtvis riktigt, men man kan ju köpa upp ett företag utan att mörda styrelseordföranden. Annars skulle många direktörer ligga illa till. Svante skrattade.

– Det är klart och polisen i Marrakech utgår som sagt ifrån att han rånmördats. Men det finns lite för många frågetecken för att jag ska känna mig bekväm.

– Har du nån anledning till det då? Att känna dig bekväm?

– Du menar att det egentligen inte angår mig? Men jag jobbar för dom nu, håller på med inredningsförslag till några nya butiker, och jag känner nån sorts ansvar. Det låter konstigt kanske, men jag gillar dom, dom flesta åtminstone, och hoppas att ingenting går snett.

– Ädelt. Svante Törnblad log ironiskt. Säg i stället att du är nyfiken. Hur som helst så har jag tittat lite på SwedeFashion. Det är stort, väletablerat och har sunda affärer. Bra kassaflöde. Dom känner naturligtvis också av konjunktursvängningarna, men dom har en stark bas och är välfinansierade. Ser man sen på aktieregistret så finns det några stora ägare. Margareta Wrannberg, Britta Gren, Helena Löfgren och Sture Nilsson. Om man skulle tro på dina konspirationsteorier så räcker det att slå ihop flickornas poster och skjuta in ett kapitaltillskott för att ta över. För jag antar att Sture Nilssons aktier går ut på marknaden. En palatsrevolution alltså. Tsaren är mördad, tsarevnan detroniserad och Rasputin tar makten, om det nu inte är några riskkapitalbolag som lurar i vassen.

– Glöm inte att Rasputin mördades.

– Jag vet, men jag försöker bara ge en bild av ett tänkbart alternativ.

– Om man nu planerar en palatsrevolution, varför har den inte skett tidigare?

– Jag tror att Sture i så fall har stått i vägen. Det behövs ett ganska stort kapitaltillskott, som jag sa, för att ta över. Han satt på en stor post, liksom Margareta. Dessutom hade han en mycket stark ställning i affärsvärlden och när det gällde krediter i den här storleksordningen hade han säkert inflytande inom bankvärlden. Kunde avråda från att satsa på osäkra kort.

– Okej. Tack för dina synpunkter. Vi får väl se vad som händer, men det är ju alltid intressant att titta in bakom kulisserna.

– Precis. Nu håller jag på med en stor grej om statsrådens och andra politiska höjdares avgångsvederlag och pensioner. En uppföljare alltså. Ganska skrämmande egentligen. Du kan sitta i åratal efter det du avgått och lyfta stora belopp varje månad.

– Jag trodde att det räknades av om dom fick nya jobb?

– Det är riktigt, men dom som stiftar lagarna är inte dumma. Många sätter sig på bolag och tar ut lönen därifrån som utdelningar. Inte som lön alltså och då ”räknas” det ju inte. Och man ska inte underskatta politikerna. Dom stiftade en lag 2007, bidragsbrottslagen, som skärpte straffen vid fusk, om du fuskar med sjukförsäkringen och andra ersättningar alltså. Men dom såg till att dom själva gick fria.

– Hurdå?

– Jo, det finns en bestämmelse som undantar ersättningar som betalas ut av riksdagen. Så du kan som riksdagsledamot gladeligen fuska med bostadsbidrag och annat utan att det händer nånting, medan vanliga medborgare får böta eller åker in.

– Jag har valt fel jobb. Skulle ha blivit politiker och försörjts för resten av livet med en arbetsfri inkomst. Fast jag hade inte kunnat bestämma mig.

– För vad?

– Vilket parti jag skulle välja.

– Du kan ju bli politisk vilde. Då får du allt serverat utan att ens behöva gå till riksdagen. Det är en annan liten finess för våra folkvalda.

Jag kanske är ute och cyklar, tänkte jag när jag gick hem från Grand över Strömbron. Men om Bertil och Kenneth slog ihop sina fruars påsar och fixade ett bra lån någonstans så kunde de ta över ruljangsen. Sätta till en ny styrelse, ny ordförande och en ny VD i stället för Margareta. Släppa loss alla sina idéer.

Fast det berodde väl på om fruarna släppte till förstås. Eller om Helena och Britta kände ett ansvar inför SwedeFashion och arvet efter pappan, om de föredrog att sitta lugnt i båten. Jag undrade hur Margareta ställde sig, om ryktena nu var sanna? Om hon skulle ta en fight? Det skulle bli spännande att följa utvecklingen.

Kvällen blev lugn. Dry Martini och jordnötter på balkongen med utsikt över Gamla stans tak och Skeppsholmens grönska med Djurgården i bakgrunden. Långt nedanför red Sankt Göran på sin mörkgröna bronshäst över Köpmantorgets stensättning, dräpte ondskans drake och räddade prinsessan från en säker död. Fast min Dry Martini var fusk. En ”Homanmartini”, för jag hade glömt att köpa vermouth. Den torra, italienska. Men en skvätt torr sherry fick duga. ”Nöden är uppfinningarnas moder.” Och det funkade.

Jag kom att tänka på uttrycket ”white knight”, vit riddare. Var det inte så räddaren i nöden kallades i USA, finansiären som i sista stund dök upp och räddade ett utsatt företag från ett fientligt övertagande? Jag skulle kolla med Svante Törnblad. Han borde veta. Kanske Margareta Wrannberg hade kontakter med det ekonomiska ridderskapet? Kunde hon kalla hjälptrupper under fanorna för att sättas in mot en stundande palatskupp, slå ner upproret?

Som tur var levde vi i det tjugoförsta århundradet. Förr hade upprorsmakares huvud spetsats på pålar och satts upp på stadsmuren, nu var formerna för avrättning i affärsvärlden humanare. Oftast fick väl förlorarna försvinna med svansen mellan benen och ett hyggligt vederlag i fickorna. Man tog hand om de sina.

Jag log åt mina bisarra funderingar, gick ut i köket och tog ut den djupfrysta fiskgratängen ur ugnen. En flaska Sancerre fick följa med ut till vardagsrummets soffbord. Jag knäppte på tv:n och slog mig ner vid dukat bord.

I programtablåns utbud av matlagning, frågesport, dokusåpor, blonderade Hollywoodfruar och annan intellektuell förnöjelse fanns i alla fall en trösterik oas i öknen, en repris på ”Midsomer Murders”. Miljöerna är underbara, personerna brittiskt bisarra och handlingen osannolikt invecklad. En fördel är att jag somnar mitt i och kan stänga av vid tio för att somna på allvar nästan direkt.

Men jag fick vänta på den kostymklädde kommissarie Barnaby och hans lika propra assistent som trots alla års kärvt maskulina gemenskap inte fick dua sin chef.

Under tiden bläddrade jag fram i tablåerna och som så ofta slogs jag av slentrianen hos programmakarna. Tv-sofforna var fyllda av samma gamla nötta inventarier med samma inövade gester, åsikter och skratt i ett evigt perpetuum mobile. Sov de i något extrarum i tv-huset för att ha nära till? Fanns det inte mer än en handfull personer i Sverige som får framföras i tv? Alla dessa Guilloer, Perssöner, Bert Karlssonar, Ranelidar, Schulmänner och hela det luggslitna gänget, där inte heller kvinnliga inslag saknades.

Mina kverulantiska funderingar avbröts av telefonen ute i hallen. Francine, tänkte jag. Nu var hon på tjänsteresa med kungen, som ofta i hennes jobb som chef för Säpos personskyddsavdelning. Den här gången i Schweiz, på något scoutmöte. Men det var Jonas Berg som ringde.

– Hej, stör jag i middagen?

– Inte alls, ljög jag och såg bort mot min avsvalnande gratäng. Cléo slog oroväckande lovar runt bordet.

– Det är en sak jag måste tala med dig om. Jag ringde din telefonsvarare förut och såg sen att du hade ringt tillbaka. Det gäller Marrakech, alltså. Men jag vill inte ta det på telefon. Och det är lite bråttom.

– Det är lugnt. Du kan väl titta upp? Köpmantorget 10. Portkoden 1520, Stockholms blodbad.

– Fint. Då kommer jag om en kvart om det är okej.

– Du är välkommen.

Marrakech, tänkte jag och gick tillbaka till min middag, kom just i tid för att schasa ner Cléo från bordet. Med ett förebrående jamande slank hon ut på balkongen.

Och bråttom. Jag undrade vad han ville. Men det verkade ju vara viktigt. Oroväckande viktigt.

Kapitel XXI

Nu var allt klart, tänkte han och såg ut genom fönstret. Skogen stod tät och mörk därute, från sjön steg dimman, suddade ut konturerna.

Skåpbilen fanns ute i ladan, de falska registreringsskyltarna var påsatta. Nu väntade han bara på laddningen, den som skulle detonera. Men bilen skulle inte apteras förrän på kvällen dagen innan det skulle hända.

Han visste inte vem som skulle göra det, visste bara tidpunkten när någon eller några skulle dyka upp. Och det var ju själva grundbulten, själva affärsidén, att ingen kände till mer än absolut nödvändigt. Att man inte skulle kunna identifiera någon annan i gruppen än den man hade direkt kontakt med, och då så sent som möjligt. Om någon greps skulle polisens möjligheter att gå vidare vara mycket begränsade. Och det var en klok policy. Nyligen hade man ju kommit på en infiltratör, någon som försökt ta sig in i gruppen men som eliminerats. En eufemism, ett finare ord för avrättning. "Better safe than sorry", hade man sagt och att ingen kedja var starkare än sin svagaste länk. Eftersom aktionen skulle samordnas med andra europeiska städer var maximal säkerhet livsnödvändig.

När det gällde apteringen av laddningen visste han bara att den skulle göras av experter. Ingenting fick lämnas åt slumpen, ingenting fick gå snett. Själv var han teknisk idiot, kunde nätt och jämt sätta en kontakt i eluttaget. Men han kunde klockan och han kunde trycka på en knapp. Han hade körkort och hittade i Stockholm. Dessutom, och kanske viktigast: han var helt okänd för myndigheterna. Fanns inte i några register eller arkiv. Det var åtminstone vad man sagt honom efter att ha hackat sig in i polisens datorer.

Och han kände inte någon oro över vad som kunde hända honom. Allting var välorganiserat. En snabb båt väntade vid norsfiskarnas stentrappa vid Helgeandsholmen som skulle ta honom till Djurgården, sedan med bil till Frihamnen och Finlandsbåtarna. Flyg från Helsingfors till Amsterdam. Buss till Liège och sedan tåg till Paris och flyg till Marseilles. Det skulle bli näst intill omöjligt att spåra honom. Dessutom reste han inom Schengenområdet, utan passtvång. För säkerhets skull hade han fått ett falskt pass.

Han hade frågat varför detonationen inte kunde utlösas på avstånd, genom radio eller telefon, men fått till svar att man ville ha maximal säkerhet. Han förstod inte det tekniska resonemanget men accepterade.

Han var medveten om att människor skulle dödas, men han såg det som ett offer som var nödvändigt. Att nå ett stort mål kostade alltid lidande och försakelse. Var målet tillräckligt viktigt och resultatet ett steg mot en bättre värld var det acceptabelt. Åtminstone för honom.

Han tände en cigarett, satte sig vid datorn och knappade in CNN. Självmordsbombare i Kabul. Femtio döda. "What else is new", tänkte han. Om det hänt i USA eller Europa hade tidningsrubrikerna varit svullna av dramatisk svärta, i svenska media blev det nästan bara en rutinmässig rapportering. Många tusentals människoliv hade offrats i Irak och Afghanistan, konsekvensen av stormakternas cyniska spel om oljan i nykolonialismens spår. Kunde han bidra till en förändring så tog han på sig riskerna. Med glädje och tacksamhet över att ha fått tjäna en stor sak.

Kapitel XXII

Det dröjde inte mer än en kvart innan det ringde på dörren. Jonas Berg stod utanför.

– Hej, Johan. Jag bor alldeles i närheten. På Prästgatan i hörnet av Kåkbrinken.

– Då har du en runsten i huset. Det är mer än jag har.

– En kanon också. Den sitter inmurad i hörnväggen bredvid runstenen.

– Vill du ha nånting? Det är bara att beställa.

– En whisky, i så fall. On the rocks.

– En ubåt menar du?

– Ubåt? Frågande såg han på mig.

– Det minns du väl? Den där ryska ubåten av whiskyklassen som körde på grund utanför Karlskrona. På en klippa.

Han skrattade.

Vi satte oss i vardagsrummet, Jonas med sin whisky och jag fortsatte med min Sancerre.

– Kommer du ihåg vad vi pratade om på Operabaren? sa han.

– Om det där attentatet i Marrakech, eller hur? Och att du var nån sorts samordnare på UD-sidan när det gällde terrorism.

– Precis. Polisen därnere hade ju idéer om att det kunde finnas ett spår som ledde till Sverige.

– Och det har du hittat? Spåret?

Jonas log, smuttade på sin whisky.

– Nej, men det har kommit nya informationer. Och det var det jag ville prata med dig om. För jag behöver din hjälp.

– Verkligen?

– En av mina gamla kolleger från Paristiden har kontaktat mig. Han är marockansk diplomat och vi tjänstgjorde samtidigt i Paris för en del år sen och blev goda vänner. Nu har han en hög befattning i deras säkerhetspolis och han ringde i dag. Jonas tystnade, såg på mig.

– Och?

– Dom har fått fram uppgifter om att ett svenskt företag kan vara inblandat. Och du känner till det. SwedeFashion.

– Nu tar du väl i? Menar du verkligen att nån därifrån skulle spränga bomber i Marrakech? Nån måtta får det väl vara! Hade din kompis rökt hasch? Marocko är ju en av dom stora producenterna.

Jonas skrattade.

– Det har jag aldrig sagt, att dina kompisar skulle vara terrorister. Men min kollega har bett mig titta lite närmare på dom här uppgifterna. Enligt honom finns det ett stort textilföretag i Marocko där några anställda har kopplingar till en terroristgrupp som dom har under uppsikt. Och polisen misstänker att nånting förbereds i Sverige och på en del andra platser, men dom har inga säkra bevis. Därför har dom inte slagit till än. Och den här gruppen har kontakt med nån från SwedeFashion som tydligen köper ganska mycket tyger från fabriken. Min gamla kompis talade också om att det kunde finnas narkotika med i bilden, kokain, som smugglades med tygleveranserna till Stockholm.

– Intressant. Du vet ju att tullen har gjort ett beslag på Arlanda i en leverans just till SwedeFashion.

– Jag har fått veta det från Säpo.

Från Francine? tänkte jag, men ville inte fråga.

– Du menar alltså att marockansk polis tror att SwedeFashion är inblandat i knarksmuggling. Men var kommer terroristidéerna från?

– Kokainet skulle delvis finansiera det som planeras i Sverige. Deras förtjänst alltså, sen kontakten på företaget fått sin del.

– Har dom tagit upp det med Säpo? Det ligger väl närmare till hands än UD?

– Man kan tycka det, men det är inte så enkelt. Det finns stora ekonomiska intressen bakom det där textilföretaget. Ledningen är förankrad på högsta nivå och det skulle skaka om hela etablissemanget om det kom fram. Det dom misstänker alltså. Och ingenting kan göras innan polisen har alla fakta på bordet. Sen vet man ändå inte vad som händer. Där nere kan såna där obehagligheter sopas under mattan. Så bevisen måste vara starka. Det är därför polisen avvaktar.

– Jag börjar inse vad du är ute efter.

Jonas log, fyllde på lite till ur flaskan med Famous Grouse.

– Jag kan inte tala med Säpo om det här, som du förstår. Då skulle min vän från Paris sitta löst. Hans huvud också. För också om Säpo tiger som en mussla så finns det alltid risk för läckor och då går alltihop åt helsike. Terroristgruppen får kalla fötter och drar sig undan, textilgubbarna, dom som är inblandade, röjer undan alla spår och operationen är körd. Från polisens sida sett.

– Om jag har förstått dig rätt så ska jag diskret ta reda på vem som smugglar kokain på SwedeFashion och som finansierar terroristverksamhet i Sverige. Och jag ska också skaffa tung bevisning för det.

– Exakt. Det är precis vad jag menar.

– Men det är ju tydligen bara teorier än så länge. Din poliskamrat har inga bevis, bara gissningar och allmänna funderingar.

– Just det. Och det är därför vi inte kan gå in officiellt än. Vi måste vänta och se. Om vi agerade elefant i en porslinsbutik så skulle vi krossa mer än porslin, om du förstår vad jag menar.

– Det som behövs är alltså att agent Homan smyger in en sen kväll med all bevisning som krävs. Allt som han har samlat ihop med risk för sitt eget liv. Kommer jag att få tjänstevapen?

Jonas skrattade.

– Det behöver inte vara så dramatiskt. Jag har just begått tjänstefel när jag berättar det här för dig, men jag har velat sätta dig in i bilden. Ge dig bakgrund för att du ska förstå mera av vad du kan se och höra. För det här är ju jäkligt allvarligt. Terroristattentat i Sverige! Vi måste se till att det stoppas.

– Jag känner mig hedrad, men jag tycker att ni borde ha mer sofistikerade vapen att sätta in i kampen mot terrorismen än en antikhandlare i Gamla stan.

– Säg inte det. Dig kan i alla fall ingen misstänka för att vara i Hans Majestäts Hemliga Tjänst.

– Jag vet att ordnarna är avskaffade för svenskar, men jag ser åtminstone fram emot en medalj.

– Det ska jag ordna. Den blir överlämnad av kungen på Slottet. Skämt åsido så begär jag inga underverk och du ska absolut inte ta några risker, bara du är observant. Och du vet vad det gäller.

– Jag vet.

Och jag tänkte på att det inte bara var terrorister och knarksmugglare jag skulle hålla ögonen öppna för. Mördare också. En dubbelmördare, om det ville sig illa. Vad hade jag gett mig in på egentligen?

– Du verkar också ha en tendens att bli indragen i egendomliga historier. Jag såg på min kusin. Ligger det i släkten?

– Är det nånting särskilt du tänker på?

– San José. Kommer du ihåg?

– Om jag gör. Jonas skrattade. Det var en del år sen och jag var ung och kaxig.

– Om jag minns rätt så förklarade du nästan krig mellan Sverige och det där lilla landet nånstans i Latinamerika. Vad var det som hände egentligen?*

– En ung kollega hade råkat illa ut, var anklagad för mord på presidentens svärson. Han var naturligtvis oskyldig, men polischefen var en ful fisk. Och jag skickades dit för att försöka få ut honom. För att göra en lång historia kort så fanns Älvsnabben i krokarna på sin världsomsegling. Jag omdirigerade den och när dom sköt salut på redden utanför San José förklarade jag för polischefen att det var förberedelser för en svensk invasion om han inte släppte min kollega. Jonas skrattade. Och det funkade.

– Jag kan ju inte begära assistans från Älvsnabben och lägga SwedeFashion under artillerield, men jag ska göra vad jag kan. Fast liksom Orsa kompani lovar jag ingenting bestämt.

Så slog jag i mer vin åt mig och whisky åt Jonas och vi pratade släkt och vänner. Det fanns ju mycket att ta igen. Fast vi kom inte in på Francine. Han var väl lite generad för vad han sagt förra gången vi sågs.

När Jonas gått satt jag länge kvar framför tv:n, utan att sätta på den. Min vardag visade sig bli så fylld av dramatik att jag inte behövde konstlad stimulans.

Den här ekvationen blir mer och mer komplicerad, tänkte jag där jag satt med mitt vin från Loiredalen. Kom det från det lilla vinslottet som Francines mamma Lucette ärvt tillsammans med sina syskon? De producerade ju Sancerre. Hoppas kunde man ju alltid, och jag slog i det som fanns kvar i den grönbukiga flaskan. Och undrade hur mycket jag kunde berätta för Francine. Kanske bäst att hålla tyst, för hon måste ju i så fall ta kontakt med Jonas och det kunde bli problematiskt.

Varför hade han inte först gått till Säpo? Varför hade han dra-

* (Mårtenson: Telegrammet från San José.)

git in mig i hela den här soppan? Jag stod som åsnan mellan två hötappar, mellan två lojaliteter. Skulle jag hålla tyst av hänsyn till min kusin eller skulle jag berätta vad jag visste för min flickvän? Det bästa var väl att tiga still, att inte lägga mig i en potentiell revirstrid mellan UD och Säpo. Det fick faktiskt Jonas klara upp. Men jag skulle göra vad jag kunde. Lyssna och se. Det räckte och blev över. Verkligen!

Fast jag tyckte att Jonas tog ut svängarna. Skulle ett ansett och väletablerat företag som SwedeFashion kunna vara inblandat i knarksmuggling, mord och förberedelser för terrorism?

Så somnade jag stilla med Cléo i knäet till en medioker deckare på tv för att vakna upp i ett naturprogram där en fisk av hankön födde levande ungar. Det var mycket nu, tänkte jag, stängde av tv:n och gick in till mitt sovrum. Verkligen.

Kapitel XXIII

Nästa morgon tog jag tåget till Uppsala. Jag skulle hälsa på en äldre dam som ville sälja en del silverobjekt. Hennes man, som var bortgången nu, hade samlat genom åren och vi hade haft kontakt tidigare. Jag hade sålt några karolinska bägare och ett par ljusstakar på kommission åt henne och hon hade varit nöjd.

– Jag är inte specialist på silver, hade jag sagt när hon ringt. Du kan höra med Knutsson på Uppsala auktionshus. Då har du närmare till.

– Det kan jag göra, men jag litar på dig. Vi har ju gjort affärer förr och det känns bättre att gå via nån i Stockholm. Jag vill inte att vänner och bekanta i Uppsala ska få veta att jag måste sälja matsilvret. Hon skrattade.

– Du är välkommen att titta in. Jag finns kvar på Köpmangatan.

– Det törs jag inte.

– Jag är en snäll människa som du vet och jag ska bjuda på kaffe. Kanelbullar också.

– Jag är ju ingen ungdom längre och vill inte resa med en väska full med dyrbarheter. Tänk om jag blir rånad på tåget? Och kaffe kan du få här. Och en fin kanna. Det är den du ska få köpa. Rokoko.

– Det är nog ingen risk att du råkar ut för en rånare, men om du vill så kan jag komma hem till dig. Det är ju inte så långt till Uppsala.

Och så hade vi gjort upp om en tid och nu satt jag här på tåget medan Upplandsslätten vecklade ut sin sommarprakt utanför tågfönstren.

Jag tänkte på Uppsala. Där hade jag levt några av de bästa åren av mitt liv. Ung, sorglös. Alla möjligheter fanns vidöppna och framtiden var ett äventyr som väntade. Studentliv på Södermanlands-Nerikes anrika nation, studentteater, studentspex. Vårbaler och gasquer. Sena och glada kvällar på olika studentrum. Skrivningar och tentor var de enda orosmolnen på en annars molnfri himmel. Förmodligen är dagens studenter mer målmedvetna, fast man ska inte bortse från nyttan, och glädjen, med ett aktivt studentliv vid sidan av föreläsningar och tentor.

Så gick det som det gick. Studielånet växte och resultaten i tentamensboken var magra. Men jag skulle få nytta av mina sporadiska studier i konstvetenskap när jag flyttade till Stockholm och Bukowskis, där vardagen började innan jag hamnade i min affär på Köpmangatan.

Tåget närmade sig Uppsala och jag såg de välbekanta silhuetterna mot horisonten. Slottet, Carolina Rediviva och domkyrkans spiror. Jag tänkte på Axel Wennergren, miljardären bakom Electrolux och andra affärsframgångar. Han kom till Uppsala på studentkårens inbjudan. Man skulle bygga matsalar för studenterna, ett ”convictorium”, och Wennergren lovade bidra. Ett villkor var bara att anläggningen skulle kallas ”Wennergren Convictorium”. Och det var ju inte något problem. Då som nu gällde den gamla regeln att ”money talks”.

Vid en lunch man hade med honom hade Wennergren klagat, varit mycket förargad. ”Har ni inte nåt skönhetsråd i den här stan? Hur kan ni tillåta att såna här förskräckliga silos har byggts.

Dom skämmer ju hela stadsilhuetten med sina betongtorn. Plottrar bort domkyrkan och slottet när man kör in mot stan.”

En av hans medarbetare lutade sig fram, klappade honom lugnade på armen. ”Axel, det är våra silos.”

Solen sken, ljumma vindar blåste och jag gick upp mot Övre Slottsgatan där kaffe i min rokokokanna av silver väntade. Jag konstaterade med visst vemod att begåvade stadsarkitekter tydligen varit en bristvara när man raserade mycket av den gamla bebyggelsen mellan järnvägen och Fyrisån. Stereotypa, geometriska Domusklossar, bankkuber och andra arkitektoniska innovationer lade sin döda, grå hand över kvarteren. Vid torget hade den berömde kemisten Carl Scheeles 1700-talshus ersatts med en tårtpappersinspirerad, totalt apart fasad som barmhärtigt dolde någonting i glas och betong.

När jag kom till det gamla huset där Gustaf Fröding bott under sin studenttid väntade kaffe och nybakade bullar på ett dukat bord framme vid fönstret som vette ut mot trädgården. Och mitt på bordet tronade en skinande blank, vällustigt buktande silverkanna.

– Du talade om kanelbullar, sa Emma Wadström och log. Till skillnad från dom du brukar bjuda på har jag bakat dom här själv, alldeles nyss. Jag har läst att när man ska sälja våningar i Stockholm så bakar man bullar före visningen Det ska skapa en mysig stämning som gör att det blir mycket lättare att sälja. Men den här gången ska jag inte sälja min våning. Det är kaffekannan du kan få köpa. Om priset blir rätt.

Hon log, jag såg på henne. Emma Wadström kunde man inte lura, tänkte jag. Hon tillhörde den aktiva mormorsgenerationen, den som gick på gym, åkte på vinresor till Bordeaux och fotvandrade i Apenninerna. En fräsch sjuttioåring. Blond med slingor, solbränd med ett öppet ansikte och ett varm leende. Och jag tänkte på åldersförskjutningen. Förr var man "gammal" när man blev femtio, nu skjuts åldrandet framåt på en glidande skala där hundra inte är något oöverstigligt längre.

– Här har jag varit förut, sa jag. Under min studietid. En kompis som var inackorderad hos en prästänka bodde här. Han är statssekreterare nu och jag ska inte berätta vad vi hade för oss.

– Det är nog säkrast. Emma log igen. Det var ju många förr, inte minst änkor, som hyrde ut rum åt studenter. Mannen kanske hade varit professor vid universitetet och dom satt med stora våningar och små pensioner. Det gjorde att det just inte fanns några problem med studentbostäder. Man kanske skulle börja med det igen.

– Nu för tiden är väl våningarna mindre och studenterna flera. Och med alla skivspelare, dvd:s och annat högljutt kanske prästänkorna ska vara glada att dom inte har några inneboende.

– Det var i alla fall roligt att du kunde ta dig tid att komma. Ja, här är mitt lilla objekt.

Jag gick fram till bordet, lyfte upp den bukiga kannan. Den var tung, med oval, käलad fot. Handtaget av mörkt trä och det välvda locket kröntes med en blomknopp och den ciselerade dekoren var utförd med blommor och rocailler, snäckor. Ett klockrent stycke svensk rokoko.

Jag tog fram min lilla behändiga uppslagsbok med svenska silverstämplar.

– Sven Örn, konstaterade jag, och tillverkad 1761. Örn var verksam från 1755 och tio år framåt. Grattis! Ett verkligt fint arbete. Hög kvalitet.

– Den har funnits i familjen, min mans alltså, i flera generationer. Men jag behöver faktiskt pengar och jag känner inte för att ha den här hemma. Det är många inbrott nu och polisen har inte tid med dom. Och skulle jag lägga den i bankfacket har jag ju ingen glädje av den.

– Du har inte tänkt på att sälja den på auktion? Ni har ju ett aktivt auktionshus här i Uppsala. Annars finns ju Auktionsverket och Bukowskis. Då har du chansen till ett bättre pris än det jag kan ställa upp med.

– Det kan hända, men dom tar höga provisioner och avgifter. Och det blir inga kvalitetsauktioner förrän sent i höst. Och så länge vill jag inte vänta. Hur mycket kan du tänka dig?

Jag övervägde. Intresset för svenskt 1700-talssilver hade minskat. Å andra sidan var det här ju ett mycket fint objekt. Men jag kunde också bli sittande med det, en väntan som kostade dryga räntepengar på min checkkredit.

– Ska vi säga sjuttio? sa jag.

– Sjuttiofem, sa hon.

– Okej, sa jag.

– Bra, sa hon, och log.

– Jag sa ju att jag var snäll.

– Och jag sa att du skulle få kaffe och bullar.

– Hade jag fått det om jag inte köpt?

– Man vet aldrig. Men jag har som sagt bakat bullarna själv, fast kaffet får du ur en termoskanna.

– Vad ska du göra för alla pengarna, om jag får fråga? undrade jag när vi satt oss i hennes mulliga åttiotalssoffa i nyrokoko.

– Spekulera, sa hon och räckte mig det runda silverfatet med ljusbruna, ugnsvarma bullar med pärlsocker på. Kunde det vara mer onyttigt? Men jag tog ändå en. Köpet skulle firas.

– Det låter inte så klokt. Börsen hoppar upp och ner och många länder verkar körda i botten, inte bara Grekland.

– Det har du rätt i, men jag har ett jättesäkert tips, ett insidertips. Det var därför jag var lite angelägen om att sälja redan nu. Världens affär.

– Den sortens resonemang har ruinerat många. Hoppas du inte sätter alla pengar på samma häst.

– Nej, det gör jag inte, men hälften kanske. Jag har en nära släkting som jobbar inom banksektorn. Och han har sagt att dom snart blir en skräll på börsen. Ett stort modehus får nya ägare och kursen kommer att stiga som en raket. Och han vet vad han talar om. Han har tipsat mig förr.

– Insideraffärer är olagliga. Du kommer att hamna på Hinseberg.

– Då får du komma och hälsa på mig. Emma skrattade. Men det är grönt. Jag har ingenting med det där företaget att göra, inte min släkting heller. Jag har bara fått ett välinformerat råd av en expert. Och det är väl inte olagligt?

– Det har du rätt i. Vad hette det där fina bolaget som du ska bli rik på?

– Nånting på fashion. Mode på engelska. Jag har faktiskt köpt en hel del därifrån. Dom har en affär i Uppsala och deras stil passar mig perfekt. Bra kvalitet.

Kapitel XXIV

Ingen rök utan eld, tänkte jag på tåget tillbaka till Stockholm. Då var det kanske inte bara rykten som florerade. Det fanns en grund för talet om övertagande, om "hostile takeover". För nu rök det ordentligt, när Emma hade lagt ved på brasan. Och det skulle vara intressant att veta vilka vedbärarna var, vem som stod för den stora majbrasan. Kenneth och Bertil? Eller fanns det större intressen med i bilden, något riskkapitalbolag? Fanns det operatörer som satt igång en rykteskarusell för att manipulera kurserna och göra ett klipp?

Det skulle väl visa sig så småningom. Och det skulle bli intressant att se sammansättningen av den nya styrelsen i så fall. Ordförandeposten var viktig. Om Margareta inte hade honom eller henne på sin sida skulle hennes sits bli svår. Och det kanske var avsikten, en del av palatsrevolutionen?

Så slutade jag fundera över de invecklade turerna på SwedeFashion. Jag hade ju faktiskt inte med att göra vad som hände där, annat än jag var nyfiken. Det fanns ändå ingenting jag kunde göra mer än att hålla ögon och öron öppna.

I stolsryggen framför mig satt en tidning instoppad. Jag tog den i brist på bättre och bläddrade förstrött genom sidorna. Stannade upp inför en artikel om elpriserna.

Nu var det dags igen, tänkte jag när jag såg rubriken. "Elpriserna i höjden. Rekorddyr vinter." Som tidigare år hade de fiffiga rovriddarna i elbolagen lyckats med konststycket att skjuta upp renovering och översyn av flera kärnkraftverk till vintern och kylan. Att vattenmagasinen i norr skulle vara överfyllda var inte intressant eftersom ledningskapaciteten från dem ner till övriga Sverige inte var tillräcklig.

Summan av kardemumman blev som vanligt att bolagen kunde höja sina priser, konsumenterna sviktade under bördan och chefernas bonusar steg i takt med de ökande priserna. Var det verkligen en naturlag? Regering och myndigheter satt som vanligt med tummarna i kors, ojade sig pliktskyldigast, men lät ruljangsen fortgå som om ingenting hänt.

När jag kom hem med mitt silverbyte från Emma Wadströms våning i Frödings hus hade posten kommit. Den kommer ganska sent på min adress och jag hade inte hunnit få den innan jag reste till Uppsala. Bland alla trycksaker och reklambroschyrer, trots min dörrskylt med ”ingen reklam, tack”, så fanns det också ett intressant kuvert. Elegant tryck och fin kvalitet på pappret.

Det var en inbjudan till en visning från SwedeFashion. För en exklusiv grupp skulle man visa nästa vårkollektion i Grand Hôtels vinterträdgård.

Utmärkt. Då skulle jag få tillfälle att träffa alla jag ville möta på företaget utan att tränga mig på, utan att ringa med något krystat svepskäl.

Fast det gällde ju inte Margareta förstås. Där hade jag ju löpande kontakt angående butiksinredningarna. Och hon var en nyckelperson när det gällde SwedeFashion. Hon kände alla aktörerna i pjäsen, hon skulle kunna räta ut mina frågetecken.

Jag ringde Stefan Lundin, min kontakt på banken, för att fråga honom om aktiemarknaden och om SwedeFashion. Om aktiekursen.

– SwedeFashion är en aktie vi rekommenderar. Den ligger på ”köp” hos oss. Det är ett bra och stabilt företag och nu verkar det som om marknaden börjar intressera sig. Kursen har legat stabilt ganska länge, men den har börjat stiga så om du tänker gå in så är det läge nu. Vänta inte för länge.

– Vad kommer det sig? Att kursen stiger?

– Det pratas om ett uppköp eller en fusion. Jag har inga närmare informationer och mycket är väl rykten som vanligt, men vi märker ett markant ökat intresse. Är du intresserad?

– Jag får fundera. Sova på saken.

Emma Wadström var tydligen välinformerad, tänkte jag när samtalet var avslutat. Investerade hon pengarna för silverkannan kunde hon göra ett klipp. För skulle man köpa aktier krävdes kapital.

Dagarna som kom fick jag annat att tänka på än företagsköp, mord och kokain. Jag bilade ner till Jönköping för en stor auktion, jag lämnade in en gustaviansk möbelgrupp för omklädsel hos min tapetserare, jag tog hand om ett dödsbo på Bondegatan. En del måste slängas. En del gick till Myrorna, barnen tog hand om vad de ville ha och resten skickade jag till Auktionsverkets månadsauktioner ute i Frihamnen.

Mot slutet av veckan kom Francine tillbaka från sin tjänsteresa till Schweiz och jag bjöd henne på middag i min våning. En lätt middag med marockansk kyckling* och fräsch krispig sallad. Ett mustigt rödvin och kyld tokajer till dessertens tidiga jordgubbar med vaniljglass.

Vi inledde med en Margarita med mycket salt på glaskanten till Francine och till mig en immande kall Dry Martini på Bombay Sapphire, i den blå flaskan med drottning Victorias porträtt, tillsamman med små krispiga crostinis med tapenade, den spanska olivröran med kapris.

Francine talade livfullt om sin resa, om människor hon mött,

* (Recept på sidan 374.)

och jag berättade om vad jag haft för mig. Som vanligt var mina upplevelser av en blygsammare dimension än hennes, men jag rörde mig ju inte bland kungligheter, statsministrar och andra högdjur. Köpmangatan var min vardag. Världen hennes. Men hon blev intresserad när jag berättade om maktkampen inom SwedeFashion, det som åtminstone såg ut som en maktkamp.

– Du tror alltså att dom här båda svärsönerna försöker ta över?

– Det är ingenting jag kan bevisa, men det verkar logiskt. Margareta står i vägen för deras planer, Sture Nilsson var hennes vapendragare. Nu är han ju borta och får dom ihop tillräckligt stor aktiepost så är visserligen Margareta fortfarande en maktfaktor, men hon tar inga avgörande beslut. Särskilt inte om man får en ny styrelse och en ordförande som är "förstående". Vill det sig riktigt illa så kan dom teoretiskt sett också få henne avsatt och utbytt.

– Intressant alltså hur det går till i finansvärlden. Men det har ju ingenting att göra med morden och smugglingen.

– Förmodligen inte, men Stures död kom ju lägligt och mordet på Tony undanröjde eventuella hot om avslöjanden, om han berättade vad han kanske visste om mutor och korruption i företaget. Sen är kokainsmuggling en oerhört lönsam affär om man inte blir upptäckt. Dom vinsterna kan bekosta mycket.

– Som en "hostile takeover" menar du?

– Jag menar ingenting. Det är bara lösa spekulationer, och det är ju inte ditt bord. Jag borde tala med Calle Asplund om det i stället. Hur har du det med dina terrorister, förresten?

– Jag träffade en del schweiziska kolleger och dom hade ett intressant tips. Man hade spårat en transferering av pengar från en bank i Zürich till en adressat i Stockholmstrakten, i Täby, som man hade i sina register. Banksekretessen är ju upphävd där nere när det gäller transaktioner som man kan misstänka är illegala, och dom har kunnat identifiera insättningar som bedöms komma från exempelvis illegal vapenhandel, narkotikaaffärer och organiserad brottslighet. För att inte tala om alla överföringar från obskyra diktatorer på olika håll i världen. Det rör sig ju om miljardbelopp, där en del kommer från det svenska biståndet. Nu har man spårat en koppling mellan en affärsman i Marocko och det här kontot i Sverige. Fråga mig inte hur dom bär sig åt, det är väl en yrkeshemlighet, och vi tittar närmare på det nu. Jag antar att marockanerna har tipsat schweizarna.

– Vet du vem som är mottagaren? Finns det verkligen nån terroristcell ute i Täby, av alla platser? Borde ni inte känt till det i så fall?

– Det behöver inte nödvändigtvis vara nån större grupp. Det kan också röra sig om en eller ett par individer. Ensamvargar. Det är det som gör det så svårhanterligt. Dom stora nätverken är lättare att ha koll på, men inte småföretagarna. Det är det som gör dom så farliga. Nu bedömer vi den sortens hotbild inte vara allvarlig för Sverige i nuläget, men det är svårt att vara hundraprocentigt säker. Tänk bara på den där killen från Tranås som skulle spränga sig utanför Åhléns. Honom hade vi ingen som helst aning om. Och det kan finnas flera, inte nödvändigtvis islamister. Glöm inte Breivik i Norge.

– Fast då faller en bit av mitt resonemang.

– Hurdå, menar du?

– Jag trodde ju att kokainsmugglingen från Marrakech till SwedeFashion möjligen kunde ha att göra med finansiering av nån form av terrorism.

Och jag tänkte på vad Jonas Berg berättat om informationerna från hans kollega i Marocko.

– Om dom får pengar direkt från Zürich så behöver dom ju inte gå omvägen med smuggling, som dessutom är riskabelt. Tullen upptäckte ju sändningen på Arlanda.

Francine log.

– Det är bra att du tänker, men låt oss hantera det här. Och framför allt ska du se till att du inte blir indragen i nånting med terroristanknytning. Inte för att jag tror att det kan bli aktuellt, men det är alldeles för riskabelt för amatörer. Står du i vägen för en sån grupp har du satt din sista potatis.

– Det märks att du kommer från Björkesta, från landet. Men jag ska inte ägna mig åt nån form av jordbruk i mina balkonglådor. Potatisen får jag köpa i snabbköpet.

Kapitel XXV

Nästa dag skulle jag äta lunch på Sturehof med en god vän, en kollega. Jag sneddade över Norrmalmstorg in på Biblioteksgatan och stannade upp inför två stora skyltfönster. De var tomma, täckta på insidan av brunt papper. En stor skylt talade om att här skulle snart SwedeFashion öppna en ny butik, med "ett nytt koncept".

Det var alltså här mina möbler skulle stå. Jag var ute i god tid. Det kunde vara intressant att se en fullskalig modell, och jag öppnade den breda dörren och gick in i lokalen. Man höll på att sätta upp väggpaneler i mörkt trä, byggmaterial låg på golvet, verktyg fanns på ett avlångt bord på två bockar. Mitt på golvet, som var täckt av tjockt, brunt papper, stod en hög stege. En elektriker höll på att dra ledningar till en stor takkrona som hängde i en ställning i ett hörn.

Jag kände igen den gustavianska ljuskronan. Den hade fått godkänt av Margareta när hon sett mitt inredningsförslag och jag hade köpt den från Eric Gustafson. Det hade känts alldeles rätt att gå in till honom, peka på kronan och säga: "Den tar jag."

– Har du fått ärva? frågade han.

– Nej, men jag inreder åt en rik väninna. Om du har tur kanske jag kommer tillbaka efter mer.

– Det låter intressant. Nån jag känner?

– Du skulle må då, om jag berättade. Det första du skulle göra vore att kontakta henne och erbjuda dina tjänster, säga att du var billigare och bättre. Jag känner dig.

– Det där var verkligen inte schysst. Jag som är världens snällaste. Hur kan du ens komma på en sån tanke! Eric log mot mig. Jag är visserligen specialist på rika änkor, men det skulle aldrig falla mig in att ta brödet ur din mun. Du behöver det bättre än jag. Leendet var tillbaka, maliciöst nu. Jag känner för dom utsatta i samhället.

Eric försummar ju aldrig ett tillfälle att tråka mig. Jag ger tillbaka när jag kan. Missar aldrig ett öppet mål. Men den här gången kom jag inte på någonting.

– Hej, Johan. Vad gör du här? Fast välkommen skulle jag väl säga.

Jag vände mig om. Daniel Palm stod bakom mig. Reklamkillen på SwedeFashion. Ögonen log bakom de runda, svartbågade uggleglasögonen. Jeans och T-shirt, och över axeln hängde en kamera.

– Jag gick förbi och passade på att titta in. Du vet ju att jag ska föreslå inredningen. Skaffa rätt möbler. Det ska bli lite antikstuk så att tanterna från Östermalm känner sig hemma.

Daniel skrattade.

– Jag har hört talas om det. Du kommer väl att flytta hit din antikhandel, åtminstone öppna en filial här. Det skulle väl vara världens affärsidé? Om kunderna gillar dina grejer så kan dom passa på och köpa när dom är inne för att handla kläder. Både vi och du får ökad omsättning.

– Jättebra idé. Det har jag faktiskt inte tänkt på. Jag måste prata med Margareta.

– Gör det. Hon behöver muntras upp.

– Vad menar du då?

– Det är väl inte så svårt att räkna ut. Mord och kokain. Och som om inte det skulle räcka så sitter hon kanske lite löst till.

– Hur kan hon göra det? Jag trodde hon satt på aktiemajoriteten?

– Det gör hon. Än så länge. Men gamarna cirklar i skyn och inväntar rätt tillfälle. Kan man fixa finansiering så finns det hyenor som väntar i buskarna för att ta över. Riskkapitalisterna ser sig själva som finansvärldens lejonkungar, men egentligen är dom en korsning mellan gamar och hyenor.

– Det låter som en intressant zoologisk kombination, men jag har lite svårt att hänga med?

– Det är väl enkelt? Gamarna svävar däruppe och spanar in gamla och sjuka djur som inte har långt kvar. Och riskgubbarna identifierar "svaga" företag som dom slår ner på och styckar upp som blodtörstiga hyenor. Sen säljer dom resterna efter slakten till högstbjudande. Och pengarna stoppar dom undan någonstans där solen lyser varmare än över skattmasarna i Sverige. Fast det kallas ju inte slakt. "Hostile takeover" är den förskönande omskrivningen. Daniel skrattade. Och i ett stort bolag behöver du inte ha så mycket aktier för att skaffa en kontrollpost. Men Margareta har nog annat att tänka på nu är jag rädd, efter allt som hänt. Och händer.

– Gamar i skyn och hyenor i buskarna. Det verkar farligt.

– Det är det också. För Margareta. En ny ägare och en ny styrelse kan ju både avsätta och tillsätta en VD. Och då är det kört för henne.

– Hon har väl sin aktiepost kvar?

– Det har hon. Men om den inte räcker så är det kört. Men jag har hört att hon är på krigsstigen. Ger sig inte utan fight. Och hon är en tuff cookie.

– Vem är gam och vem är hyena?

Daniel log.

– Jag jobbar där så jag har ingen uppfattning. Men du kan väl gissa.

– Det här med smugglingen. Har du några teorier där?

– Vem som ligger bakom, menar du? Nej, har inte en susning. Och det behöver ju inte vara nån i företaget. Det kan exempelvis vara en som jobbar på speditionsfirman och har möjlighet att plocka fram grejerna under transporten från Arlanda. Det kan vara nån som finns ute på våra fabriker. Vi har ju en viss fabrikation i Sverige också. Allt är möjligt.

Daniel Palm har rätt, tänkte jag. Allt är möjligt. Också att någon som finns på SwedeFashion kan vara inblandad, någon på huvudkontoret på Sturegatan.

– Nej, jag måste fortsätta, sa han. Jag håller på och planerar för öppningen. Det kommer att bli en stor mediegrej och jag vill ha en uppfattning om hur det kommer att se ut på plats. Utrymme och volym. Om du bara tittar på ritningarna så får du inte helhetsbilden.

– Det har du rätt i. Hälsa.

Han såg frågande på mig.

– Din fru Lena. Vi åt ju middag i Röda huset. Magdansösen kommer du väl ihåg?

Han ljusnade.

– Självklart. Och hälsa din tjej. Var det Francine hon hette? Skitsnygg. Hej så länge.

Det ska jag göra, tänkte jag och såg efter honom där han lång och gänglig släntrade bort över golvet med sin kamera. Jag ska hälsa Francine att hon är ”skitsnygg”. Hon är svag för komplimanger.

Jag skulle just gå när Margareta kom. Under armen bar hon en tjock pärm och i ena handen en stor portfölj.

– Du ser överlastad ut, sa jag. Jag gissar att det är ritningar till din nya butik. Eller säger man flaggskepp?

Hon skrattade.

– Jag har inte bestämt det än. Och jag håller på att gå igenom dina förslag. Kristallkronan har vi ju redan köpt, men jag har en del synpunkter på byråerna. Och mattorna. Sen vill jag ha en uppfattning om totalkostnaden, ett överslag. Kom upp på kontoret så kan vi diskutera.

– Gärna. Fast du vet att det är lite svårt att vara exakt. En del måste jag kanske köpa på auktion. När passar det?

– Jag ringer. Nu måste jag tala med arkitekten. Det är en del detaljer här inne som måste korrigeras. Han skulle vara här nu. Margareta såg sig om.

– Vet du när Rolf kommer? frågade hon en av byggjobbarna, en ung kille i någon sorts blåställ med svart och vitt kamouflagemönster. Skärmmössa med Statoil tryckt på framsidan.

– Han var här för ett tag sen men skulle ut på nåt ärende, sa han med tjock brytning. Var han polack? Roffe skulle komma tillbaka om en halvtimme.

– Tack. Margareta ställde ifrån sig den tjocka pärmen och portföljen på bordet med verktygen.

Jag såg på henne. Hon verkade spänd, forcerad. Talade snabbt och hade trötta ögon. Påfrestningarna satte sin spår, och undra på det. Fick jag tro Diana Forsgren så hade Margareta och Sture Nilsson stått varandra nära. Han hade dessutom tydligen varit en lojal vapendragare som backat upp henne mot hennes mans båda svärsöner; döttrarna också kanske. Och ovanpå allt kom nu också hotet om att hon skulle förlora greppet om SwedeFashion.

Då öppnades dörren ut mot gatan. En äldre man i kostym och slips kom in, liksom Margareta bar han på både portfölj och pärm. Stor och kraftig med ett rödbrusigt, lite uppsvullet ansikte. Drack han?

– När man talar om trollen. Margareta log mot honom.

– Jag är ledsen att jag är lite sen, men det var stopp i tunnelbanan. Dom spränger för dom nya tunnlarna.

– Jag vet, men det är bra att du åker kommunalt. Det här är

alltså min arkitekt Rolf Dahlberg och det här är Johan Homan.

Vi hälsade på varandra, svenskt. Med handslag. Han hade stora kraftiga nävar, pumpade min hand upp och ner.

Han såg intresserat på mig.

– Jag gissar att du är inredningsarkitekten?

– Det är kanske att ta i. Men jag ska hjälpa Margareta med inredningen.

– Bra. Då måste vi diskutera. Det gäller att få ihop ett homogent koncept. Det är ju viktigt att färgskalan stämmer. Att mina väggar och tak har nyanser som inte skär sig mot dina möbeltyger. Han skrattade.

– Verkligen.

Men jag undrade i mitt stilla sinne om han markerade revir? Om han tänkte lägga sig i mina förslag. Det skulle vi bli två om i så fall.

– Och jag får gratulera dig, Margareta, sa han.

– Det var snällt. Hurså?

– Jag ser att aktierna i SwedeFashion klättrar uppåt för varje dag. Och på börssidorna spekuleras om att det är stora affärer på gång. Tycker du jag ska köpa?

Margareta såg på honom.

– Inga insidertips från mig, men aktier är ju alltid riskabla. Det kan gå upp och det kan gå ner.

– I ditt fall är det nog ingen risk. Särskilt nu när du får så flotta butiker. Rolf Dahlberg skrattade.

– Det har du rätt i, sa Margareta och log, men hennes leende verkade lite ansträngt. Ville hon inte bli påmind om uppköpen?

– Ska vi börja? Tog du med dig ändringsförslagen?

– Självklart. Och han öppnade sin stora portfölj.

– Jag hör av mig, sa jag till Margareta. Jag förstår att ni har viktiga frågor att diskutera.

– Vi ses snart. Hon log.

– Vi också, sa Rolf Dahlberg och såg på mig, men han log inte. Och igen undrade jag hur vårt samarbete skulle arta sig. Samarbete, förresten. Jag förstod att han var intresserad av mina förslag, men det var faktiskt Margareta som bestämde. Ingen skulle komma utifrån och lägga sig i mitt jobb. Men jag kanske överdrev. Det skulle nog funka, bara man var lite diplomatisk.

När jag kom ut på gatan körde en knallröd Porsche fram, stannade. Är inte Biblioteksgatan gågata? tänkte jag. Men det generade tydligen inte den som körde.

Bildörren öppnades och Kenneth Löfgren klev ut. Han log när han såg mig. I handen hade han ett stort brunt kuvert.

– Tjänare, Johan. Är du ute och fingår?

– Det kan man säga. Jag har just varit inne och hälsat på Margareta. Jag ska ju inreda här.

– Jag vet. Dom sa på kontoret att Margareta gått hit för att träffa arkitekten och jag har med mig en del papper som kan intressera henne. Det är ju stora grejer på gång nu i SwedeFashion. Hej så länge.

Jag såg efter honom när han gick in i butiken. ”Stora grejer på gång.” Erbjöd han sig att köpa Margaretas aktier? Men kände jag henne rätt så skulle han gå på en nit. Över hennes döda kropp att hon skulle sälja.

Kapitel XXVI

På lunchen tog jag stekt strömming med potatismos, en av mina favoriträtter. På Sturehof är det en klassiker. Min kollega Sven Lindberg tog också husmanskost, men Smålands isterband med stuvad potatis, stark senap och rödbetor. Jag hade varit i valet och kvalet, jag älskar båda varianterna, men fastnade för fisken. Det lär ju vara nyttigt, trots dioxinet i Östersjön.

Sven och jag är i samma bransch, jämnåriga och gamla vänner sedan många år, då vi praktiserade på Bukowskis. Han har sin affär i Vasastan och det går bra för honom. Han är seriös och specialiserar sig på kinesiskt porslin men har också andra objekt. Min tanke bakom lunchen, det var jag som bjöd, var att få tips.

Jag berättade om mitt inredningsprojekt och ville ha hjälp.

– Med vad? Frågande såg Sven på mig, tog en klunk ur det höga ölglaset.

– Med att få fram bra grejer. Jag har gjort en lista. Och jag tog fram ett hopvikt papper ur innerfickan.

– Här får du en förteckning på vad jag behöver. Två gustavianska soffgrupper till exempel. Baljfåtöljer eller vanliga fåtöljer från samma period. Ett par speglar. Några byråer, några soffbord och en del annat.

– En imponerande lista, sa Sven och studerade den. Men jag vet inte om jag har allt det där.

– Det tror jag inte heller, men du träffar ju säljare och går på auktioner. Jag vill bara att du ska hålla ögonen öppna och tala om när du ser nånting du tror kan passa in i SwedeFashions koncept. Dom ska ju öppna två butiker med den här sortens inredning.

– Vad har du för budget?

– Jag har inte kommit dit än. Jag log. Men jag tror inte att pengar är något hinder om vi får rätt grejer. Men det behöver inte vara några märkvärdigheter. Inga signerade mästarstycken. NK gjorde exempelvis i början av nittonhundratalet också en hel del stilmöbler, inte minst gustavianska soffgrupper. Dom är snygga, ”riktiga” och stabila. Det behövs ju om lite tyngre tanter landar där. Det är viktigt också att stoppningen är okej. Det kostar ju skjortan annars. Möbeltygerna spelar inte så stor roll. Vi måste ändå klä om för att få enhetlighet och för att det ska stämma med färg och annat i lokalerna. Och jag ska se till att du blir ersatt.

– Det låter lovande. Han log. Gud hör bön, det har varit glest mellan kunderna ett tag.

– Han gör tydligen det, men han är faktiskt ganska auktoritär. Har du tänkt på det?

– Nej, hurså?

– Första budet slår fast att ”du skall inga andra gudar hava jämte mig”. Ord och inga visor. Men vad säger Buddha och Mohammed om det? Och om du syndar kommer du till helvetet. Som en extra finess är det prästerskapet som definierar vad som är synd, och genom århundradena har både politik och ekonomi spelat in. Tänk på Vatikanstaten.

– Undrar vad din pappa skulle ha tänkt om det där? Var inte han präst? Sven skrattade. Men jag förstår vad du menar.

Restaurangen var fullsatt. Om jag inte bokat bord hade vi fått gå någon annanstans. En klunga väntande gäster häckade vid hovmästarens pulpet. Sorl och slammer med bestick. Men det var ju också lunchtid mitt i centrala Stockholm.

Jag såg mot entrén. Då kom Kenneth Löfgren in, fortfarande med det bruna kuvertet i handen. Han såg sig om. Hovmästaren visade honom ett bord för två en bit ifrån oss.

Det var inte någon lång audiens han hade fått hos Margareta. Hade hon inte ställt upp på hans aktieaffärer? Men vad visste jag. Det kanske bara var något rutinärende som måste avhandlas. Jag fick inte springa iväg med mina vaga konspirationsteorier.

Så fortsatte jag prata antikviteter och konjunkturer med Sven Lindberg och vi diskuterade börsorons inverkan på marknaden. Vi kom fram till att vi såg en viss avmattning, men att exklusiva objekt alltid hade sin publik och att de mer prisvärda objekten skulle överleva. Vi fick ligga lågt ett tag och vänta på bättre tider och vi tröstade oss med att bra antikviteter var ett förhållandevis säkert investeringsobjekt jämfört med aktier. Ett föremål tillverkat på 1700-talet var unikt, medan aktier spottades ut på löpande band och nyemissionerna rullade på tills butiken stängdes.

Vi hade hunnit till kaffet när Kenneth fick en gäst. Han satt snett framför mig, så jag kunde observera honom. Han hade inte känt igen mig. Åtminstone visade han inte några tecken på det.

Han reste sig och en kvinna satte sig mitt emot honom. Jag kände igen henne. Monika Svenngren, fotomodellen som ibland jobbade för SwedeFashion. Men inte bara i den kapaciteten. Det hade ju viskats om att hon stod Kenneth nära, för nära kanske. Så nära att det brändes?

Jag log för mig själv. Igen var jag ute på hal is, snabba slutsatser är min bästa gren.

Att äta lunch med en kvinna behövde inte innebära någonting mer än just det. Och det var ju inte direkt att smyga om man satte sig på en av Stockholms mest frekventerade restauranger. Kanske de skulle diskutera Monikas nästa jobb för SwedeFashion?

Jag bad om notan när ett par andra gäster kom in. Det här blir rena släktträffen, tänkte jag. En ren slump eller var Sturehof Wrannbergklanens stamställe?

De båda systrarna, Britta Gren och Helena Löfgren, slog sig ner framme vid fönstret. Hade de beställt i god tid eller var de stamgäster?

Just när jag fick tillbaka mitt kreditkort såg jag bort mot fönstret. Helena hade rest sig, gick fram till Kenneths bord, stannade upp.

– Vilken överraskning, sa hon bistert. Skulle du inte äta lunch med Margareta? Jag tyckte du sa det.

– Hon fick förhinder så jag ringde Monika. Vi diskuterar fotograferingen för den nya reklamsatsningen. Den som Daniel Palm håller i. Har du sett hans utkast?

– Jag har det. Ni får ursäkta om jag störde, men jag ville bara hälsa. Kommer du hem till middag i dag eller har du nånting annat för dig? Barnen ser fram emot att träffa dig. Du är ju alltid så upptagen. Vi ses.

Och hon gick. Men i förbifarten råkade hon stöta till bordet. Kenneths rödvinsglas stjälptes, vinet rann över kanten och den vita bordduken och ner på hans ljusa byxor. Avsiktligt eller en banal olyckshändelse? Sådant som kan hända på överfulla restauranger?

Kapitel XXVII

Vi satt vid två fönsterbord med utsikt mot Strömmen och slottet. SwedeFashions modevisning i vinterträdgården en trappa upp var avslutad och ”de närmast sörjande”, som Margareta kallade oss, hade hon bjudit på en sen middag på Grands veranda.

Jag satt mellan Britta och Helena. Snett emot Diana Forsgren i en koboltblå – majorelleblå – klänning med originell skärning. Diana hade fått stående applåder tidigare under kvällen. Mitt emot mig hade jag Gunilla Holgersson, diskret nedtonad i någonting beige som fick henne att verka blekare än jag mindes henne. Som yngst på företaget ville hon väl inte sticka ut på Margaretas och Dianas stora kväll.

Det hade varit ett intressant evenemang. En bisarr upplevelse för mig som inte rör mig i modevärldens innekretsar. Mycket folk, högt i tak, väntan och trängsel för att komma in. Förväntansfull, nästan febril stämning. Många verkade ha klätt upp sig för att synas. Fotoblixtar, tunga vibrerande basgångar från musik. Klasar av tv-kameror, fullt av fotografer och journalister. Till stor del antagligen bloggare, de nya makthavarna inom modejournalistiken.

Publiken verkade positionera sig för att komma med på så många bilder som möjligt. Helt klart var det här inte bara en scen för att visa SwedeFashions nya kollektion. Det var också ett forum för personlig närvaro, ett sätt att placera sig, synas och bli en del av ”fashionistavärlden”, den krets av människor som lever i tron att de vet mer om mode än alla andra. Och som dessutom har den ”rätta” smaken.

På stolsraderna runt den uppbyggda catwalken satt inköpare, journalister och en hel del kändisar. Det låg mycket prestige i vilken sittplats man fått, avståndet från scenen och mitten. Här härskade en hierarki som bara de invigda förstod vidden av. Det var ”front row” som gällde i statuskortleken.

Många i publiken satt och knappade på sina mobiler innan visningen började. Angelägna samtal eller sms? Twittrade man om vad som var på gång? Eller ville man visa hur upptagen man var? När visningen började blev mobilerna kameror som registrerade alla intressanta plagg. Ett effektivt sätt att ha allt på plats inför kommande skriverier och kommentarer.

Yves Saint Laurent hade inspirerat kollektionen, det berättade Margareta när hon inledde visningen. Och det märktes på de olika kreationerna där anorektiska mannekänger surmulet vacklade fram på klumpiga skor i en stötig, oskön gångart, antagligen högsta mode för de ”fashionistas” som fanns på plats.

Men det verkade som om uppvisningen hade gått hem, långa applåder efteråt och en lättad Margareta hade tackat med ett stort fång mörkröda rosor i famnen.

Jag måste tala med henne om ”det fientliga övertagandet” hon pratat om. Hade det hänt någonting på den fronten? I vilket fall steg börskursen och dagens visning skulle säkert spä på efterfrågan. Katja Berg, som föreläst om Yves Saint Laurent och Karl Lagerfeld för mig, satt också där tillsammans med Francine och Kenneth Löfgren, lika överdrivet välklädd som varje gång jag sett honom. Ovanpå allt annat var han tydligen också en snobb. Det gjorde ju inte intrycket mer sympatiskt.

Vid det andra bordet tronade en trött men lycklig Margareta och jag förstod att hon var lättad. Jag begriper naturligtvis ingenting om mode mer än att jag kan ha en uppfattning om vad som är vackert eller inte utifrån mitt begränsade perspektiv. Men att visning varit mycket lyckad förstod jag av kommentarerna och applåderna. Och det var naturligtvis viktigt. Margareta hade skickat upp en försöksballong för sin ”nya” linje, ”den nya kvinnligheten”, som skulle ramas in av mina butiksinredningar.

Det var väl samma regler som gällde för modeindustrin som för en författare, tänkte jag. Man måste i princip vara bättre än sin senaste kollektion eller bok. Konsumenterna var krävande, speciellt när det gällde mode, och konkurrensen, både nationellt och internationellt, var knivskarp. En felsatsning var katastrof och en gammal framgång en glömd hyllvärmare.

Margareta satt mellan Svante Törnblad, det gällde väl att hålla sig väl med Dagens Industri, och en modejournalist från Elle som jag inte hade träffat förut och inte heller hade uppfattat namnet på. Men hon måste vara viktig eftersom hon var placerad bredvid Margareta. Åtminstone var hennes tidning det. Där fanns också Monika Svenngren, fotomodellen som åt lunch med Kenneth på Sturehof, och inte bara det.

Jag tänkte på det kullstjälpta rödvinsglaset och förstod att hon inte gärna satt vid samma bord som Helena. Och vice versa. Daniel Palm och hans sambo Lena satt där också plus några utländska modeskribenter. I dag hade Daniels jeans fått ge plats för mörk kostym, fast ingen slips. Nån måtta fick det väl vara på anpassning till borgerlighetens konventioner. Var man reklamare så var man.

– Vi ska ha rejäl mat, hade Margareta förklarat för hovmästaren. Det har varit en jobbig dag och jag känner inte för några tillkonstrade varianter. Vi har bara fått några små snittar och champagne. Jag vill ha pyttipanna med stekt ägg och en rejäl snaps. Nån som har nånting emot det? Nån som vågar säga emot?

Hon skrattade och såg sig om, men ingen protesterade.

– Utmärkt, sa jag till Britta. Jag är hungrig och dom där snittarna vi fick var inte mycket att hurra för, dom som blev över sen Egyptens gräshoppor hade dragit fram över serveringsbrickorna. Och champagne har jag aldrig varit särskilt förtjust i. Det är överreklamerat, smakar blaskigt och jag blir sur i magen.

Britta skrattade.

– Det är synd om dig. Själv älskar jag champagne, men jag förstår att du är en råbarkad typ. Brännvin och öl är tydligen mera din grej.

– Just det. Jag är en enkel man, en hyddans son. Jag log mot henne. Och jag håller med Margareta. Efter en sån här dag förstår jag att hon vill ha nånting rejält. Jag också.

– Säga vad man vill om Margareta, sa Britta, men hon är duktig. Och det betyder oerhört mycket för SwedeFashion att visningarna funkar, att det går bra. Sen har hon ju satsat på Diana Forsgren som är väldigt begåvad. Kollektionen är i stort sett hennes förtjänst, även om det ligger ett lagarbete bakom.

Tid för omprövning? Jag såg på Britta. ”Stoppklossen” och ”bromsen” Margareta hade tydligen sina förtjänster även om applåderna från systrarna suttit långt inne. För att inte tala om deras män. Höll de fortfarande på att planera för ett övertagande? Insåg de inte att de skulle slänga ut barnet med badvattnet om de gjorde sig av med Margareta? Att ro SwedeFashion i hamn krävde mer än att anställa duktiga designers.

– Grattis, sa jag till Helena på min andra sida. Det blev ju succé.

– Verkligen. Hon log. Man vet ju aldrig hur det går och det är alltid lika spännande. Men det gick och det gick över förväntan. Hur går det med dina butiksinredningar förresten? Blir det gustaviansk eller rokoko? Jag tycker att Margareta skulle gått in för art déco, trettio- och fyrtiotal. Det ligger mera i tiden. Enkelt, rent, klassiskt och avskalat. Låter kläderna framträda. Jag är rädd för att dom försvinner bland bukiga byråer och brokiga sidenfåtöljer.

Hon avbröts av en översvallande journalist från Svensk Damtidning som kindpussade och gratulerade till visningen. Så försvann journalisten, förmodligen för att hemsöka Diana.

– Det blir gustavianskt, sa jag och tog upp Helenas avbrutna tråd. Ingen svällande rokoko. Och möblerna kommer att placeras så att dom ger en hemkänsla, blir vacker bakgrund som framhäver kläderna. Skapar stämning utan att konkurrera om uppmärksamheten.

– Hoppas du har rätt och inte skrämmer bort kunderna. Det får inte bli så ”fint” att vanliga människor inte vågar sig in.

– Ingen risk. Du är välkommen. Och affärerna går ju bra. Jag ser på börssidorna att aktien bara stiger. Du blir rikare för varje dag.

– På papperet, men du vet ju hur aktiemarknaden funkar. Upp som en sol och ner som en pannkaka.

– Jag har sett spekulationer om nån form av övertagande, uppköp. Att det finns intressenter som vill ta över SwedeFashion. Det kanske ligger bakom uppgången?

– Det pratas så mycket, sa hon kort och ogillande. Det kan vara nån som medvetet sprider rykten för att prata upp kursen. Sånt händer ju.

– I vilket fall behöver ni en ny styrelseordförande efter Sture Nilssons död. Bertil eller Kenneth borde väl ligga bra till? Dom kan företaget, har jobbat där länge och har väl vissa intressen, aktieinnehav alltså.

Medvetet sköt jag ett skott i mörkret, lite klumpigt och abrupt kanske. Inte för att jag väntade något konkret svar, mera för att se vad som skulle hända. Vilken hennes reaktion skulle bli. Och den kom, snabbt.

– Jag förstår inte riktigt hur du tänker, sa Britta kyligt. Du pratar om Bertil eller Kenneth. Varför inte Helena eller jag? Vi har varit på ledande befattningar i SwedeFashion längre än våra män, vi är döttrar till grundaren och när det gäller aktier så har vi mer i byrålådorna än dom här killarna tillsammans.

– Så du kommer att bli nästa styrelseordförande?

Hon skrattade.

– Bevare mig väl. Det har jag ingen lust till. Vi ska ha nån utomstående som inte har några bindningar eller gamla lojaliteter. En duktig, kunnig och hederlig, framför allt hederlig person. Nån som kan branschen. Man eller kvinna har ingen betydelse.

Intressant, tänkte jag. Man eller kvinna. Hon stängde inte dörren helt och jag förstod henne. Om hon nu hade ambitioner i den vägen kunde hon knappast gå ut med det redan nu och särskilt inte inför en utomstående som jag. Hon kanske låg i vänteläge? Och det gjorde spekulationerna om uppköp och övertagande ännu mer intressanta. För hon hade klart och tydligt sågat både sin man och sin svåger. Åtminstone som styrelseordförande. Och hon hade visat var skåpet stod. Det som var fullt av aktier. Dit var det bara hon och Helena som hade nycklarna. Sen fann det en annan sak förstås, en annan komplikation.

Jag såg mot bordsändan där Kenneth Löfgren fyrade av ett charmigt leende mot Francine som inte verkade alldeles ointresserad. Eller var hon bara artigt vänlig, väluppfostrad som hon är?

"Pigtjusare." Det var vad ladugårdskarlen hos prostgårdsarrendatorn hemma i Viby brukade kalla utsocknes charmörer som kom på moped till dansbanan i Folkets Park i Vretstorp på lördagskvällarna förr i världen. Och jag tänkte på det kullstjälpta glaset på Sturehof och på Monika Svenngren som satt vid bordet bakom mig. Det kanske inte skulle bli alldeles lätt för Kenneth att ta över SwedeFashion med sin frus aktier, om det var det han hade tänkt sig. I kungariket SwedeFashion kanske han spelade rollen av

Adolf Fredrik, kungen som var mer intresserad av kvinnor än av makten.

Jag log för mig själv. Var fick jag allt ifrån? Jag tänkte på den gamle kåsören Cello, han som skrev boken "Lätta tankar som lättat ankar". Borde jag skriva kåserier i stället för att fundera kring maktrelationerna i SwedeFashion?

– Vad tyckte du om visningen? frågade Helena på min andra sida.

– Mycket snygg. Sofistikerad. "Den mogna kvinnan" är tydligen filosofin bakom.

– Precis. Vi försöker hitta en nisch i allt det här ungdomsutbudet, skapa nånting för den som är över trettiofem och inte vill se ut som arton. Hon skrattade. Och jag tycker vi har lyckats.

– Har ni glömt dom yngre i så fall?

– Inte alls och det fanns ju såna plagg med också. Men vi skickar upp en liten försöksballong för att se hur det går. Om vi satsar rätt. Och får man döma av reaktionerna från publiken så gick det hem. Diana är fantastisk. Jag tycker så synd om henne bara.

– Du tänker på Tony Larnell.

– Som om det inte räckte med mordet på Sture. Och Tony var ju så ung och så söt. Lite blyg, men han var väldigt intensiv om man lärde känna honom.

– Jag vet. Han "brann" som Diana sa. Var idealist och engagerad.

– Verkligen. Han arbetade ju med Bertil, inte minst när det gällde CSR.

– CSR? Jag har glömt vad det står för. Mänskliga rättigheter?

– Bland annat. Corporate Social Responsibility. Företag ska ta ansvar för miljöfrågorna och ha koll på sina leverantörer. Att dom har anständiga arbetsförhållanden och löner för dom anställda i fabrikerna. Det finns ju i våra kontrakt, men företagen måste kontrolleras.

– Och det höll Tony på med?

– Ja, och han var väldigt engagerad. Kunde inte tolerera orättvisor. Han var ofta ute på inspektionsresor och slog ner som en hök på allt som var fel. Så han var inte särskilt populär på sina håll. Och nu hade han kommit på en fabrik i Safi.

– Safi?

– Det är en liten stad i Marocko vid Atlantkusten, väster om Marrakech. Och det gällde inte bara arbetsförhållandena. Det fanns annat och mycket värre saker också. Han talade med mig en kväll på kontoret. Jag satt kvar med en del papper och han kom in. Hade nånting väldigt allvarligt att diskutera om vad som hänt i Safi. Men jag var på väg bort, Kenneth och jag skulle gå på Dramaten så jag bad honom komma igen nästa dag. Men då var det ju för sent. Helena tystnade.

– Han var död, menar du?

– Ja. Han mördades senare på natten och jag har en känsla av att det kunde ha att göra med vad han ville berätta.

– Det talades ju om gatuvåld eller att han varit inblandad i nån sorts gängaktivitet. Knark skulle ha funnits med i bilden.

– Allt är möjligt, men jag kan inte utesluta att det gällde nånting annat.

– Tänker du på vad tullen hittade i er tygleverans?

– Kokainet, menar du? Leveransen som kom från Marocko? Det är en möjlighet. Men han sa nånting annat också. Nånting som han hade upptäckt och som hade att göra med Safi. Att någon på företaget var korrupt, tog mutor. Jag talade med Kenneth om det, men han slog bort det, menade att det var fria fantasier. Jag borde ha stannat och lyssnat på Tony. Fast han sa också att han inte visste säkert vem som var inblandad, men att han skulle återkomma. Han ville bara förvarna mig.

– Har du talat med polisen? Det kan ju finnas en koppling till mordet. Ett motiv. Den Tony skulle avslöja kunde vara mördaren.

– Nej, dom har inte frågat och jag hade ju ingenting att komma med annat än vad Tony påstod. Sen visste han ju inte vem det gällde. Så det verkar lite långsökt.

Hade Tony varit inne på samma spår som Sture Nilsson? tänkte jag. Hade inte han upptäckt missförhållanden hos en av leverantörerna i Marocko och skulle agera? Anmäla företaget till myndigheterna i Rabat. Fast mordet kom emellan.

Då kom två servitörer med våra pyttipannor på en rullvagn. En generös kulle av pyttipanna med ett stekt ägg på krönet och en liten hög rödbetor vid sidan av. På bordet ställdes också några små flaskor med mörkbrun, stark HP-sås som skulle sätta det rätta stinget på anrättningen. Säga vad man vill om engelsmännen, tänkte jag, men de utnyttjar sina varumärken. Drottning Victoria på Bombay Sapphire och HP, the Houses of Parliament, på såsen.

Till varje bord kom också en servitris med en bricka full med snapsglas. Hos mig landade en bärnstensmörk Bäsk, brännvinets okrönta drottning, åtminstone för mig. Andra påstår att den smakar skidvalla eller hostmedicin. Jag är normalt inte förtjust i snapsar annat än till midsommarsillen och augustikräftorna, men när det är skarpt läge är det Bäska Droppar som gäller.

Jag fick också en immig flaska starköl från Kopparbergs bryggeri. Och jag tänkte på skolpojken som hittade ett feltryckt frimärke, ett frimärke med fel färg. Var det inte stämplat i Kopparberg? Tre skilling banco gul i stället för grön, den rätta färgen. Senast jag läste om det kostade det närmare 15 miljoner och bland tidigare ägare hade funnits en exkung av Bulgarien om jag kom ihåg rätt. En intressant symbol för vår kulturs perverterade värderingar. Feltrycket, det avvikande, värderades högst och egentligen rörde det sig bara om en papperslapp på kanske två gånger två centimeter.

– Ni slipper sjunga Helan går, hörde jag Margaretas röst från bordet bakom mig. Det blir bara pinsamt och det är ju ingen personalfest. Skål i alla fall och tack alla för att ni har ställt upp.

Det blev ett ögonblicks tystnad vid borden när de kalla snapsarna som målsökande projektiler hittade rätt. Så kom ett "sjung hopp fadderallan lej" från vår bordskant. Det var Kenneth Löfgren. L'enfant terrible som trotsade Margareta, tydligen i alla lägen. Men så länge det bara gällde snapsvisor var ingen större skada skedd. Utmanade han henne om makten över SwedeFashion var det ju en annan sak, en helt annan sak.

Vid kaffet ursäktade sig Helena, måste hem för att klara av en del viktiga papper. Det närmade sig månadsskiftet och byråkraterna måste ha sitt. Andra bröt också upp. Och jag förstod dem. Det hade varit en tuff dag.

Då satte sig Diana Forsgren på stolen Helena just lämnat.

– Är det okej?

– Självklart. Slå dig ner. Grattis till visningen. Jag är imponerad, men berätta en sak för mig. Dom där anorektiska tjejerna som visade det lite yngre modet, varför är dom så magra?

Diana log.

– Det kallas lipofobi med ett fint ord.

– Lipofobi? Det låter invecklat.

– Enkelt uttryck så innebär det rädsla för fett, man är rädd för att bli tjock, helt enkelt. Och det kan ta sig extrema uttryck. Det är en fettskräck som går genom hela det västerländska samhället. Det räcker med att slå upp en tidning så hittar du sida upp och sida ner med dietråd, med tips om snabbantning och artiklar om hälsokurer och träning.

– Jag vet. Det enda dom missat är en kur med binnikemask. Stoppar man i sig såna så tar dom hand om maten nere i magen så att man slipper banta. En lysande affärsidé.

– Du kanske kan slå om? Börja sälja mask i stället för Hauptbyråer. Diana skrattade. Men allvarligt talat så är det ju ett jätteproblem, inte minst mot bakgrund av att befolkningen tenderar att bli fetare och fetare. I början av 2000-talet var antalet överviktiga i världen större än antalet som svälte. Fetman har blivit en tickande bomb och enbart i USA beräknas det kosta samhället närmar 120 miljarder dollar om året.

– Det är alltså därför tjejerna på catwalken svälter sig? Dom lider av lipofobi.

– Det är kanske att ta till. Diana skrattade. Men idealet i dag är att vara smal och hos modellerna har det gått till överdrift. Och tänk på alla anorektiska, "vanliga" tjejer som nästan svälter sig till döds. Men nu börjar det komma en reaktion mot kroppstyrannin. Inte minst vår kulturminister har lyft fram problematiken.

– Det är väl delvis ert fel? Modeindustrin, alltså. Ni sätter upp idealen, man ska ha en kroppsform som en tonåring och massmedia sprider bilden. Där visas sällan tjockisar upp. Det är rådjursögda långbenta tonårstjejer med hängande hår som figurerar. Och det skapar väl en sorts hopplöshetskänsla hos många kvinnor. Dom "duger inte". Det är säkert därför som alla gym går så bra och som plastikkirurgerna tjänar mer och mer.

– Det går naturligtvis mode i utseende. Men modet svänger ju och vi kanske snart är tillbaka till mera Rubensliknande ideal.

– Det ser jag fram emot, sa jag.

– Jag förstår det. Men det var faktiskt inte för att diskutera anorexi och lipofobi som jag kom. Vi pratade om Tony sist vi sågs. Hon tystnade, kämpade mot gråten.

– Det gjorde vi.

– Du träffade honom ju i Marrakech och jag är glad för att du intresserade dig för honom. För mordet. För jag har en känsla av att polisen ser det som nån sorts rutinfall. Att Tony gick hem ensam en kväll och råkade ut för nåt gäng. Som sen lämnade honom utan att förstå hur allvarligt skadad han var.

– Underskatta inte polisen. Dom gör ett bra jobb.

– Är du säker på det? Jag har läst statistik över uppklarade brott och det var inte särskilt positivt. Jag vill att du hjälper mig.

– Hur skulle det gå till?

– Jag vill att du ska träffa en av Tonys kompisar, den som stod honom närmast, hans bästis. Alexander. Han har ringt och vill att vi ska ses hemma hos honom. Han har något han vill berätta om Tony och om mordet.

– Varför går han inte till polisen?

– Han vill inte bli indragen. Jag tror han höll på med nånting som han inte vill ska komma fram. Det är bättre att jag tar upp det med dom, säger han. Och jag vill inte träffa honom ensam. Jag känner honom knappast. Han var tillsammans med Tony före min tid.

– Är det inte bättre att du tar med dig nån från SwedeFashion? Där kände dom ju Tony. Jag har bara träffat honom ett par gånger.

– Jag vet, men jag gillar dig. Du verkar schysst. Dessutom vill jag inte bland in nån från företaget.

– Varför inte?

– Det är väl inte så svårt att förstå? Svante och Tony är mördade och tullen har beslagtagit kokain på Arlanda, i tyger som var skickade till SwedeFashion.

– Du tror att nån hos er kan vara inblandad?

– Inte bara tror. Allvarligt såg hon på mig.

Då vinkade Francine diskret till mig från sin plats och jag förstod. Dags att gå. Det hade varit en lång dag och hon skulle upp tidigt nästa morgon.

Vi gick förbi Margaretas bord och tackade för en intressant kväll och jag gratulerade henne igen till den nya kollektionen.

– Tack för att ni kom. Den här visningen skulle ju vara en del av femtioårsjubileet, men efter vad som hänt tyckte jag inte det var någon bra idé.

– Jag förstår, sa Francine. I alla fall var visningen oerhört lyckad. Grattis!

– Tack. Margareta log och vi gick mot utgången.

I foajén stod Peter Hagman, jesuitprästen i modekatedralen.

– Jag har hört rykten, sa jag. Om uppköp.

– Skitsnack! Över min döda kropp. Han log ett bistert leende. Över min döda kropp!

Var hade jag hört det förut? Jo, Margareta. Det skulle tydligen bli strid, på liv och död.

Kapitel XXVIII

Det har jag alltid trott, tänkte jag där jag låg i sängen nästa morgon med min frukostbricka och mina morgontidningar. Av en artikel framgick att vi är släkt med neandertalarna, omkring tre procent av vårt DNA kommer från dem, de lever kvar i våra gener. Neandertalarna utvecklades i Europa för omkring trehundra tusen år sedan och levde kvar till för cirka fyrtiotusen år sedan, fick jag lära mig av artikeln. Under tiden blandade de sig alltså med nutidsmänniskan, homo sapiens. De var kraftigare än vi och hade en större hjärnvolym. Och tuffare. De hade inga kastspjut eller pilbågar utan dödade sitt byte i närkamp med korta stickspjut och yxor.

Men jag har en egen teori. En folkgrupp dör inte bara ut rakt upp och ner, som man släcker ett ljus. Det måste ha funnits rester kvar långt in i vår tid. Och jag tänkte på alla de gamla sagorna om jättar och troll, om farliga väsen som befolkade mörka skogar, skrämde vettet ur rissamlande gummor och vilsegångna barn. Berättelserna kring eldstäderna i mörka kvällar som fördes vidare genom generationerna.

Likadant med dinosaurierna. Enligt vetenskapen dog de ut i konsekvenserna av ett gigantiskt meteornedslag i Mexiko i tidernas morgon. Men försvann verkligen alla som genom ett trollslag? Varifrån kom annars de uråldriga myterna om eldsprutande drakar och andra monster? På ikoner och andra bilder från tidig medeltid och framåt framställdes ju ondskans drakar som avbilder av jättelika dinosaurier. Jag såg en varje morgon när jag gick till affären. Mitt på Köpmantorget nedkämpades en bronsgrön drake av riddaren Sankt Göran. De gamla bilderna kunde ju inte enbart vara fria fantasier hos olika konstnärer över hela den europeiska kontinenten. Och kvastfeningen, fisken som ansetts ha försvunnit för 50 000 år sedan, hade nyligen fångats i havet utanför Sydafrika.

Då ringde telefonen som låg på nattygsbordet. Francine, tänkte jag och svarade. Diana Forsgren kom i luren.

– Tack för i går, sa jag. Det var verkligen lyckat och grattis till kollektionen. Den var toppen och då förstår jag mig ändå inte alls på mode. Och du fick ju appläder.

– Tack. Det är alltid nervöst inför en visning. Det är så mycket som står på spel och mycket som kan gå snett. Sen är man ju alltid utlämnad till andra, till vad folk tycker, inköparna, modejournalisterna och inte minst modebloggarna. Dom styr mycket av uppfattningen om mode i dag. Den här kollektionen ska ju bära upp hela vårsäsongen och Margareta var jättenöjd. Men det var inte för att tala om visningen som jag ringde. Hon tystnade.

– Du minns vad vi pratade om? kom det sedan.

– Ja, jag kommer ihåg. Det gällde Tony.

– Precis. Jag ska gå hem till Alexander i kväll och jag hoppas att du vill följa med.

– Alexander?

– Tonys kompis. Jag berättade ju om honom. Han vill träffa mig och har nånting viktigt att berätta. Om Tonys död. Om mordet.

– Sorry. Jag och namn! Det är klart att jag kommer, men jag vet inte riktigt vad jag kan göra. Jag kände ju knappast Tony, som jag sa i går, och jag är inte polis. Jag kan bara lyssna.

– Jag tycker det är obehagligt att gå ensam och du kan ju bakgrunden, Marrakech och jubileet. Sture Nilsson och Swede-Fashion. Sen det här med kokainet på Arlanda. Jag har en känsla av att det kan finnas en koppling till mordet på Tony.

– Okej. Var, när, hur?

– Ska vi ses på Stureplan? Vid paraplyet, du vet den där betonggrejen. Sen kan vi ta tunnelbanan till Ropsten och taxi därifrån.

– Alexander bor på Lidingö?

– Ja. Han har en villa där som han har ärvt. Båda föräldrarna är döda. En bilolycka, berättade Tony. Jag var där tillsammans med honom en gång. En stor grosshandlarvilla med vanskött tomt. Ogräs på gångarna och oklippt gräsmatta. Trädgård var inte hans grej, sa Alexander.

– Vad jobbar han med?

– Jag vet inte riktigt. Nånting med design och musik. Discjockey. Och så är han festfixare. Det fanns alltid en massa människor i villan, berättade Tony. Jag tror att Alexander fick ärva en massa pengar, så han behöver kanske inte jobba. Jag vet som sagt inte. Vi får väl se i kväll. Du kan ju fråga om du är nyfiken. Diana skrattade. Ett mjukt, behagligt skratt. Ska vi säga sju?

Diana, jaktens gudinna, tänkte jag när jag lagt på. Var hon på jakt i kväll? Jagade hon Tonys mördare?

Så masade jag mig upp ur sängvärmen, sköljde av kaffemugg och assiett ute i köket och gick ner till affären med Cléo på axeln. Nere på Köpmangatan mötte jag Eric Gustafson.

– Jaså, du är ute och fingår med din sambo. Hur mår hen?

– Förlåt?

– Hänger du inte med i genussvängarna? Man kan inte bara säga ”han” eller ”hon” om en person. Man ska kunna säga ”hen” och ”henom” också. Ett slags könssammanfattning alltså.

– Varför då, om jag törs fråga?

– Det är för att du ska kunna möta världen mer förutsättningslöst, har jag läst. Du kan identifiera dig utan att behöva förhålla dig till ditt kön. Du får en könsöverskridande identitet.

– Det har jag inget större behov av, sa jag. Jag håller mig gärna till mitt kön. Det känns rejälare på något sätt. Och jag tror inte att Francine skulle gilla att kalla mig ”hen” när hon talar om mig.

– Du måste hänga med, inte låsa in dig i gamla patriarkala, hierarkiska vanföreställningar.

– Jag är faktiskt på väg till affären. Fingår gör jag på söndagarna.

– På väg till kyrkan då, förstår jag.

– Det händer.

– Det är väl på första advent i så fall. Och till påsken. Något sitter säkert i sen din barndom. Hemma i prostgården måste ni väl gå varje söndag?

– Mamma gjorde det, men för mig blev det inte så ofta.

– Det förstår jag. Guds barnbarn är inte alltid så rättrogna. Ditt äpple har fallit långt från pappas päronträd, men det har du ju haft mycket glädje av. Särskilt med din lättledda karaktär. Ja, säga vad man vill om ett syndfullt leverne, men det är allmänbildande. Och hans leende var tillbaka. På tal om det. Såg du Rapport i morse? Ekonominyheterna?

– Nej, jag läste en artikel om att du delvis är en neandertalare.

Häpen såg Eric på mig.

– Neandertalare? Nu fattar jag ingenting. Skulle jag gå omkring klädd i djurhudar med en klubba i handen och släpa in kvinnor i håret till min grotta?

– Du har andra kläder, men annars stämmer det.

Jag såg på Eric. Som vanligt ett snäpp för elegant, åtminstone för min smak. Vita jeans, blåklintsblå skjorta med en gul scarf om halsen.

– Vad hände på ekonominyheterna?

– Din väninna Margareta Wrannberg framträdde i all sin prakt. Hon är verkligen stilig för sina år. Och hon dementerade alla rykten om att SwedeFashion skulle säljas. Det är ju ett så stort företag att ekonominyheterna intresserar sig för det. Fast att hon inte vill sälja är en sak. Kan en köpare ordna finansieringen för en kontrollpost blir det ju nånting annat. Och intressenter lär inte saknas. SwedeFashion är attraktivt. I så fall är det kört för henne.

– Säg inte det. Margareta är duktig, har drivit upp företaget och jag var på en visning av vårkollektionen i går. Applåder och beröm.

– Men två slår den tredje, heter det inte så? Eric log sitt maliciösa leende. Dom båda svärsönerna kan ju slå ihop sina påsar och med lite hjälp utifrån kan dom säkert få ihop en finansiering. ”Svärsönerna från helvetet.” Det kunde vara titeln på en sen tv-rysare.

När jag gick in i affären tänkte jag på vad Francine sagt när vi skildes åt utanför Grand efter visningen. Hon skulle ta en taxi upp till Karlaplan, jag tänkte promenera hem. Behövde frisk luft efter allt stillasittande och om jag skall var ärlig så hade jag fått en halva som förstärkning till mina Bäska Droppar.

– Hade du trevligt vid bordet? frågade jag.

– Det var väl okej. Jag satt ju med den där Kenneth, Helenas man du vet. Det verkar som om han tycker att han är Guds gåva till kvinnligheten. Och det var inte nån större upplevelse. Han pratade bara om sig själv och om hur framstående han var. Men han sa en sak som kan intressera dig. Det kommer att hända stora saker snart, sa han. ”Islossning.”

– Vad menade han med det?

– Han gick inte in på några detaljer, men han berättade att man skulle satsa på en parfymlinje och sen också ta upp herrmode. Nu är det ju enbart damsidan som gäller. Jag undrar om Margareta känner till hans planer? Det är ju ändå hon som är VD.

Eftermiddagen blev lugn. Jag sålde ett stort stekfat, 1800-tal, från Rörstrand till en reklambyrå i närheten som ville ha en femtioårspresent till någon på kontoret. Och jag betalade några räkningar och köpte sex ostindiska tallrikar i blåvitt, kompaniporslin från Qianlong-perioden. Sjuttonhundratal. Lättsålda och dekorativa och priset blev hyggligt. Det är ju så det är i min bransch. Ibland gör man ett klipp, blir av med någonting som stått länge kanske. Sedan kan det gå dagar utan att någonting dramatiskt händer.

Mot slutet av dagen kom det in ett äldre par för att titta närmare på min Linning, den läckra rokokobyrån som jag nästan sålt till Sture Nilsson. Jag var inte säker på att jag ville sälja den nu heller, men det var lite för tidigt att ta upp den till våningen. Gamle Christian Linning skulle få stå kvar som lockbete i mitt skyltfönster ett tag till. Fast man skall aldrig säga aldrig. Blev priset rätt kanske jag föll.

Vid sextiden stängde jag till, låste och satte på larmet. Så gick jag upp i våningen, tog inte hissen, för hjärtats skull, gav Cléo en portion kattpellets. Igen förvånades jag över hennes förtjusning i den sorten kattmat. Dammade det inte i halsen? Och tuggmotstånd blev det ju inte tal om.

Så bytte jag skjorta innan jag gick ner till tunnelbanan vid Kornshamnstorg och åkte upp till Stureplan.

Diana Forsgren väntade under det uppspända betongparaplyet.

– Hej, Johan. Hon log och gav mig en lätt kyss på kinden. Du är punktlig.

– Vilken tur. Jag kan använda min biljett på T-banan till Ropsten. Om vi skyndar oss så gäller den på hemvägen också. Jag har en klient, rik, som bor i Schweiz. När han är hemma är han jättelycklig om tunnelbanebiljetten räcker både till och från Auktionsverket där han ropar in objekt i hundratusenkronorsklassen.

– Det är väl sant som det sägs, sa Diana. Man blir inte rik på dom stora inkomsterna men på dom små utgifterna.

– Jag hörde att Margareta var på tv i morse, sa jag när vi gick ner i tunnelbanan. Ekonominyheterna. Såg du det?

– Ja, och hon är orolig. Visserligen har hon en stor aktiepost, men det räcker inte att stå emot riskkapitalister och andra. I den här sortens börsnoterade företag är aktieägandet så spritt att det inte behövs några fantasipengar för att komma över en kontrollpost. Bara bra bankkontakter. Titta på Wallenbergimperiet.

– Är det bara rykten, tror du?

Diana såg på mig när vi stod i rulltrappan på väg ner till plattformen.

– Inte enbart. Det verkar som om Humle och Dumle är på banan. Eller åtminstone vill komma in.

– Humle och Dumle?

Diana log.

– Det är mitt namn på dubbeltöntarna. Bertil och Kenneth. Dom är smarta, men för smarta för sitt eget bästa. Och nu håller dom på och gräver en grop åt Margareta. Men dom tänker inte på det gamla ordspråket.

– Vilket av dom? ”När en blind leder en blind så faller båda.”

Diana skrattade.

– Nej, det finns ett bättre. ”Den som gräver en grop åt andra ramlar ofta själv däri.”

– Det finns mycket samlad visdom att hämta ur dom där gamla ordspråken. Men Margareta klarar sig nog. ”Själv är bäste dräng” är ett annat talesätt.

Vi hade kommit ner på plattformen. Ett blinkande besked på en informationstavla talade om att tåget till Ropsten skulle komma om tre minuter. Skönt, tänkte jag. Det värsta jag vet, nästan, är att komma ner till tåget precis när dörrarna pyser igen och det är tio, femton minuter till nästa tåg.

– Jag förstår att du inte gillar Humle och Dumle.

– Definitivt inte! Småsluga typer som bara tänker på sina egna fördelar. Länge flög dom första klass innan Margareta ingrep, och det var ju inte särskilt poppis. Dyra hotell på tjänsteresorna satte hon också stopp för liksom feta representationskonton. Och när dom föreslog bonusar så slog hon bakut.

– Då förstår jag att dom inte älskar Margareta.

– Det värsta är att dom inte verkar fatta att deras ställning i företaget helt och hållet beror på deras fruar och deras aktieinnehav. Själva kom dom dit med tomma fickor och giriga fingrar som öppnade locket på alla syltburkar dom kunde komma över. Sen alla vansinniga idéer om parfymlinjer och allt möjligt annat. Särskilt Kenneth. Han är den värste av dom där två figurerna.

– Jag hörde i går att han vill börja med herrmode.

– Bara en sån sak. Vi är inarbetade, har en infrastruktur och försäljningsapparat på damsidan, så varför ska vi splittra oss? Gå in på ett område som vi inte kan?

Då kom tåget slamrande med gnisslande bromsar, och med ett väsande öppnades dörrarna. Resan ut till Lidingö och Alexander började.

En stund senare stod vi ute vid en stor villa i en igenvuxen trädgård. Den gav ett förfallet intryck, verkade inte ha bestämt sig för om den var kråkslott eller grosshandlarvilla på dekis. Kanske både och.

Tomten gränsade till ett öppet fält där några flickor red ett par bruna hästar. Längre bort tog en mörk granskog vid. Den smala vägen vi kommit med taxin verkade sluta här. Så långt ut man kunde komma på Lidingö, och utan GPS hade chauffören aldrig hittat.

Så nära Stockholm och så ödsligt, tänkte jag och tittade på det dystra huset i brunt med vita fönsterinfattningar. Hålögt såg det tillbaka där vi stod vid den breda, rostiga järngrinden. Ena halvan, där gångjärnet lossnat, hängde snett.

Vi gick in på en knastrande grusgång kantad av ogräs, men gräsmattan var klippt. Fylld av obehag gick jag uppför den spruckna stentrappan, upp mot den breda trädörren där färgen flagnade. Inifrån huset kom musik på hög volym. Heavy metal?

Vad hade jag här att göra och vad väntade innanför dörren? Vem var egentligen Alexander och varför hade han inte kunnat träffa Diana inne i stan?

Kapitel XXIX

Han såg inte ut som jag tänkt mig. Med skeden drog jag upp den lilla tepåsen ur det ljumma vattnet. Örtte som smakade beskt.

Alexander Lundin hade kostym, vit skjorta och fluga. Glasögon, välkammat hår. I trettioårsåldern. Mörka, intensiva ögon. Smalt ansikte, blekt som om han suttit inomhus länge. Långa fingrar, en pianists händer. Liknade mer en asketisk datanörd än den relaxkille jag förväntat mig. Varför vet jag inte, men det var väl så jag föreställt mig kretsen kring Diana och Tony.

Jag tänkte på när jag sett Tony första gången i Marrakech. T-shirt och fransiga jeans, Adidas och gles skäggstubb. Men man ska ju inte ha förutfattade meningar. Det straffar sig. Den skrälliga musiken hade tystnat när dörren öppnades. Alexander stod inne i hallens halvmörker. Såg på oss utan att säga någonting. Avvaktande. På väggen bakom honom hängde en stor, uppstoppad rovfågel med utbredda vingar. En duvhök? De svarta ögonen av glas glimmade hotfullt i dunklet och en egendomlig association fick mig att tänka på Hitchcocks ”Psycho”. Satt Alexanders mumifierade mamma nere i källarens mörker och dominerade sin son?

– Hej, sa Diana.

– Hej, Diana. Han log svagt. Schysst att du ville komma.

– Jag tog med mig Johan Homan. Han kände Tony. Hoppas det är okej?

Han såg på mig, forskande. Så verkade det som om jag fått godkänt.

– Visst. Stig på.

Vi gick in i ett stort vardagsrum som verkade övermöblerat med två soffgrupper, bokhyllor, småbord fulla av prydnadsföremål. Krukväxter i fönstren och murriga tapeter. Ett blänkande svart piano med svarta, halvbrunna ljus i mässingshållare ovanför de gulnade tangenterna. Det var inte en ung mans hem. Det måste ha stått orört sedan föräldrarna förolyckats.

– Jag har inte velat röra nånting, sa han där vi satt, som om han förstått vad jag tänkte. Det känns för tidigt, men det är ju inte riktigt min stil. Han log. Jag ligger mer åt art déco-hållet. Rena linjer, avskalat. Less is more.

– Hur väl kände du Tony? frågade Diana och tog ett digestivekex från fatet på bordet.

Alexander såg på henne, dröjde med svaret.

– Vi gick i skolan tillsammans. Södra Latin. Satte upp ett band. Han log åt minnet. Spelade hellre än bra. Tony spelade trummor, han fick utlopp för sina aggressioner, brukade han säga. Själv spelade jag piano. Fast det gick ju över. Spelandet alltså. Vi fick andra intressen. Jag blev ordförande i skolans litterära förening och Tony blev mer och mer politiskt intresserad, på vänsterkanten. Det hörde ju till. Han demonstrerade och delade ut flygblad. Hela baletten. Sen lugnade han ner sig och blev mer konstruktiv.

– Hur då? undrade Diana.

– Mer strukturerad. Han fokuserade på vissa frågor, men vad det än gällde så var han mycket personligt engagerad. Satsade och gick upp i problematiken. Gick med i Amnesty International till exempel och var väldigt intresserad och aktiv när det gällde mänskliga rättigheter. Han fick ju arbeta med dom frågorna på SwedeFashion, det sa han åtminstone.

– Det stämmer. Diana nickade bekräftande. Och du har rätt. Tony brann för sina frågor.

– Och nu på senare år var det utrikespolitik som gällde. Speciellt Irak och Afghanistan och han var mycket negativ mot USA och ”nyimperialismen”, som han kallade det. Fast det höll på att gå snett.

– På vilket sätt? frågade jag.

– Han hängde med några killar som var involverade i dom här frågorna. Aktivister. Jag tror att Säpo höll koll på dom. Det var åtminstone vad Tony sa. I början var han mycket aktiv i gruppen, men han blev rädd för att dom skulle gå för långt, att det skulle spåra ur. Då drog han sig undan, och det fick ju konsekvenser.

Alexander tystnade, såg på oss.

– Tony blev hotad, sa han sedan. Dom trodde att han visste för mycket.

– Du menar att det kunde ligga bakom hans död? Frågande såg Diana på honom.

– Jag menar ingenting eftersom jag inte vet säkert, men jag tyckte att du skulle veta. Ni var ju ihop. Fast det kunde naturligtvis finnas andra orsaker. Tony var en komplicerad människa. Ovanpå sin idealism hade han också nån sorts faderskomplex.

– Det märkte jag aldrig, sa Diana.

– Du växte inte upp tillsammans med Tony, som jag. Alexander log, hällde mer ljummet vatten över sin urlakade tepåse.

– Han tyckte aldrig att han blev uppskattad av sin pappa, han sökte alltid bekräftelse. Tyckte aldrig han dög. Men jag har förstått nu på senare år att han hade hittat ett slags fadersgestalt. Nån som han såg upp till och beundrade. Sen har jag förstått att han blev oerhört besviken på den här mannen. Hela tillvaron gungade, som han sa. Tony var ju en sån känslomänniska. Tog ut alla svängar. Dom hade haft en uppgörelse. Tony hade ställt honom mot väggen. Skulle ställa honom till svars.

– Sture, sa Diana lågt, för sig själv.

– Hursa?

Hon log ett snabbt leende.

– Jag tänkte bara högt.

Men jag förstod henne, mindes vad hon berättat. Att Sture, som hade en relation med Margareta, hade försökt med Diana, trängt sig på henne och använt sin position i SwedeFashion. Ett gammalt manligt trick. Var det han som varit Tonys förebild? Var det han som gjort honom djupt besviken? Och som skulle ha ställts till svars?

– Det kan ju finnas andra orsaker också, sa jag. Att gå ut i Stockholm en sen kväll är ju inte utan risk. Du kan råka ut för oprovocerat våld. Bli antastad av ett ungdomsgäng eller rånad på din mobil och dina pengar, ett rån som spårar ur.

– Det är möjligt, sa Alexander. Det får polisen reda ut. Men jag ville bara berätta för Diana vad jag visste. Och för du det vidare till polisen har jag ingenting emot det, bara jag själv inte blir inblandad. Jag har haft problem med dom tidigare. Missförstå mig rätt. Han log. Ingenting allvarligt, bara nånting privat som dom inte hade med att göra.

Alexander tystnade och jag ville inte fråga. Droger? tänkte jag. "Någonting privat." Det var bara en gissning, men jag tog upp tråden.

– Jag vet inte om du vet det, men tullen har hittat kokain på Arlanda i en tygsändning till SwedeFashion.

– Det känner jag inte till. Har aldrig hört talas om, sa Alexander kort. Nån som vill ha mera te? Kex finns också.

Det var tydligt att han inte gillade min fråga, att han fann samtalsämnet obehagligt, och jag undrade varför.

– Dom här killarna Tony hängde med, känner du nån av dom?

– Jag umgås inte med såna, sa Alexander högdraget. Aggressiva våldsromantiker. Jag vet att han träffade dom ibland på nåt gym på Söder. Sofo. "Söder om Folkungagatan." Han log ironiskt. Dom vill sätta en New York-stämpel på sitt boende. Töntigt. Jag tror gymmet hette Fit for fight, eller Fit for life. Jag var där en gång med Tony. Lite sunkigt, och du kunde lätt fixa anabola steroider där om du ville. Och det verkade som om dom där killarna han hängde med körde med sånt. Biffiga, aggressiva.

– Kommer du ihåg vad dom hette? undrade jag. Har du några namn?

– Det enda jag vet är att nån av dom var från Marocko. Jack. Och han hade tatuerade armar.

– Intressant det där han sa om pappan, sa Diana i taxin tillbaka till Stockholm. Det visste jag faktiskt inte.

– Har du nån idé om vem den där fadersgestalten kan vara? Tror du att det är nån på företaget?

– Svårt att säga. Jag vet inte om Tony var speciellt imponerad av någon där och det kan ju vara nån som inte har anknytning till SwedeFashion.

– Det har du rätt i. Ja, det var en sorglig historia. Vi får väl låta polisen jobba på det. Och inte lägga oss i.

Det skulle jag inte göra heller, lägga mig i. Men det var intressanta informationer vi just fått från Alexander. Särskilt det där om Marocko.

– Det är faktiskt en sak jag inte har berättat för dig. Allvarligt såg Diana på mig. Jag vet inte om det har nån betydelse i sammanhanget, men Alexander var kär i Tony.

– Förlåt?

– Alexander var kär i Tony, upprepade hon. Och Tony tyckte att det var jättejobbigt. Periodvis hade Alexander varit väldigt påträngande och han blev våldsamt svartsjuk när Tony och jag blev ihop.

– Det sa han ingenting om. Alexander alltså.

– Vad hade du väntat dig? Även om vi är frigjorda nu så är det kanske ingenting du flaggar för när du träffar människor du inte känner.

Intressant, tänkte jag. Och lade i så fall Alexander ut rökridåer med sitt prat om våldsbenägna grupper med anknytning till Marocko? Och om uppgörelser med svikande fadersgestalter? Fanns det något han ville dölja? Kunde det finnas svartsjuka med som motiv i botten på Pandoras ask?

Jag tänkte också på att Alexander nästan uppmanat Diana att gå till polisen med de informationer han gett henne, medan han själv diskret höll sig borta. Hela historien blev mer och mer invecklad, fler och fler möjligheter öppnade sig. Jag kände att det var dags för ett samtal med Calle Asplund.

Kapitel XXX

– Du har väl sett filmen om Shakespeare?

Det var en diplomatisk fint på morgonen dagen efter besöket ute i Alexanders dystra hus på Lidingö. Calle Asplund brukar vara lite seg på morgnarna, inte vara upplagd för ”small talk” och mina teorier i olika sammanhang. Men Shakespeare är ”Sesam öppna dig.” För om man vill få igång Calle skulle man trycka på Shakespeare-knappen. Då var han som en lutsångare på en firmafest, gick inte att stoppa. Många människor har hobbies av olika slag. Allt från jakt och fiske till resor och frimärken. Calles var William Shakespeare. Han kunde föreläsa i timmar om Shakespeare, om olika teorier när det gällde hans identitet. Om vem som egentligen hade skrivit hans verk.

Shakespeare var kanske inte det första man tänkte på när man träffade Calle Asplund och en ganska sofistikerad hobby för en chef för Riksmordkommissionen. Fast kanske inte ändå, om man tänkte efter. Shakespeare var ju en av världens genom tiderna största författare, och hans verk genomströmmades av mord, blod och intriger. Räknade man antalet mördade och döda i hans produktion överträffade han gladeligen de flesta av dagens deckarförfattare, även om många av dem tar i så att mordbyxorna spricker. Så Shakespeares dramer låg väl helt i linje med Calles yrkesutövning, även om både mördare och offer ofta fanns på en kunglig eller furstlig nivå. Det var inte direkt några utesovare som tog livet av varandra i Shakespeares dramer. Eller var jag för cynisk? Calle kanske uppskattade poesin i sonetterna och den bitterljuva kärlekshistorien mellan Romeo och Julia?

Tricket fungerade den här gången också. Från ett lätt vresigt och en aning misstroget, trött röstläge som låg på nivån "Är det han nu igen? Vad vill han den här gången?" växlade han över till glad förtjusning.

– En film? Om Shakespeare? Det har jag missat. Berätta!

– Du måste se den. Den handlar om din gamla käpphäst. Edward de Vere, Earl of Oxford.

– Det har jag ju alltid sagt. Han tillhörde en av Englands ledande familjer och hade allt som behövdes för att kunna skriva Shakespeares verk. Berest, högutbildad hovman som skrev poesi och egna pjäser och till och med hade en teater. Blackfriarsteatern. Det var där Shakespeares pjäser senare spelades. Shakespeare däremot var en fattig skådespelare utan högre utbildning, och som "aktör" i dåtidens strängt hierarkiska England hade han knappast tillgång till högre kretsar och deras livsstil. Boklig bildning saknade han också, antas det.

– Francis Bacon är ju ett annat förslag. Jag ville trigga Calle lite så att han kom i form. Men jag nämnde inte att de Vere i så fall bara hade varit nio år när han skrev "En midsommarnattsdröm". Jag ville inte få honom på dåligt humör.

– Det tror jag inte ett ögonblick på.

– Varför inte? Han var också hovman, samtida med de Vere, men nådde längre än han, blev lordkansler, det högsta ämbetet då. Bacon var ju också en lärd person, filosof och naturvetare som skrev banbrytande vetenskapliga arbeten, så han hade väl minst samma förutsättningar som de Vere för att kunna skriva Shakespeares verk.

– Du sa det själv. En naturvetare och vetenskapsman skriver inte sonetter.

– Hur kan du veta det? Förresten förstår jag inte varför du är så intresserad av det här. Dramerna finns ju och har stått sig sen 1600-talet. Det spelar väl ingen roll vem som höll i pennan när dom kom till? Du borde börja samla poliskaskar från 1800-talet i stället. Det skulle vara en mycket mer konstruktiv hobby för dig. Passande för en gammal kommissarie. När du dör kan du skänka dom till polismuseet. Men det är en sak som forskarna inte har tagit upp, inte som jag vet i vilket fall.

– Vad skulle det vara?

– Porträtten som föreställer Shakespeare, som sägs föreställa honom. Ett av dom senaste i raden är Sandersmålningen. Om det nu var Bacon eller de Vere som var den "riktige" Shakespeare, så borde väl porträtten i så fall se helt annorlunda ut än dom som nu finns?

– Tänk, så du kan få till det fast det är så tidigt på dan. Men jag gissar att du inte ringde bara för att prata om Shakespeare?

– Faktiskt inte. Nej, jag har lite mer aktuella grejer att ta upp, men det blir knöligt på telefon. Jag tittar upp till dig i dag.

– Är det ett löfte eller ett hot?

– Både och. När kan jag få audiens?

– Du kan komma om en timme, sen är det kört. Jag sitter i möten hela dan i stort sett. Vad gäller det? Marrakech igen?

– Kanske.

Calle hade slagit på stort när jag kom upp på hans tjänsterum. På soffbordet stod en blank termoskanna, vita muggar med Rikspolisstyrelsens emblem och på ett glasfat låg några gula sockerkaksbitar prydligt uppskurna.

– Jag har själv bakat dom, förkunnade Calle stolt när vi satte oss. Ingrid tycker att jag behöver börja göra lite nytta för mig hemma, laga mat till exempel, så jag har gått den lätta vägen. Det här är alltså halvfusk, sockerkakan är bakad på kakmix.

– Det är tanken som räknas, och jag är djupt rörd. Själv brukade jag göra kardemummakaka till Cléo på kakmix, men den har tyvärr tagits bort ur sortimentet. Men Ellen bakar för hand och Cléo älskar dom.

– Jag ska ju ändå dricka kaffe, så du får hänga med på ett hörn. Jag har förresten läst att det är nyttigt med kaffe. Det är bra mot det mesta. Parkinson, cancer och jag vet inte vad.

– Passa på då. Snart kommer det säkert artiklar om hur giftigt och skadligt det är. Det är väl därför snutar blir så gamla. Allt kaffe dom sörplar i sig.

– Det är bara i dåliga svenska deckarfilmer dom springer omkring i korridorerna med sina muggar. Sånt har vi inte tid med.

– På tal om det så såg jag ett reportage i en tidning häromdan, sa jag och tog en av sockerkaksbitarna. Det finns en kille nånstans som har satt upp en egen poliskår med uniformer, vapen, bilar och hela köret som han hyr ut till filminspelningar. Han utbildar statister så att dom kan slå in dörrar, gripa folk och brotta ner busar på ett korrekt sätt. Det mesta blir ju fel annars, säger han.

– Det kanske är nånting för dig, sa Calle och log. Du gillar ju att springa omkring och leka polis.

– Ska det vara så, så går jag när jag har ätit upp din mixkaka.

Calle skrattade.

– Ta det inte personligt. Man får väl skämta till det lite ibland. Det dör du inte av.

Han är som Eric Gustafson, tänkte jag. Missar aldrig ett tillfälle.

– Som straff ska jag ta en bit sockerkaka till och sen ska jag berätta för dig vad jag har kommit fram till. Jag borde egentligen arvoderas. Har ni inte nåt konto för tjallare?

– Det har vi och det kan vi plocka fram när du leder hit nån mördare som har bekänt. Okej, skjut. Du har en kvart på dig, sen måste jag gå.

Och jag berättade, metodiskt och pedagogiskt. Började i Marrakech och mordet på Sture Nilsson. Gick in på förhållandena på SwedeFashion och motsättningen mellan ägarna liksom ryktena om en "hostile takeover". Jag tog upp mordet på Tony Larnell och vad Diana berättat, liksom vad jag fått höra från Alexander kvällen innan. Kokainet i tygförsändelsen på Arlanda tog jag med och även vad Jonas Berg berättat om en misstänkt terroristverksamhet i Sverige med förgreningar till Marocko. Jag nämnde naturligtvis inte hans namn och gick inte heller in några närmare detaljer. Jag hade ju lovat. Men jag tyckte att Calle skulle få hela bilden, min bild av vad som hänt och hur jag sammanfattade läget.

Calle satt tyst under hela min redogörelse, avbröt inte, lyssnade uppmärksamt.

– Intressant, sa han och slog upp mer kaffe i våra muggar. Djävligt intressant. Särskilt det där om Larnell. Mordet på Sture Nilsson är inte riktigt vårt bord, det utreds av polisen i Marrakech, men begär dom bistånd ställer vi naturligtvis upp. Eller om det kommer fram relevanta fakta här i Sverige. Och bråket på SwedeFashion har vi ju ingen anledning att lägga oss i. Knarkgrejen på Arlanda utreds av tullen och våra gubbar. Men Tony Larnell är som sagt mycket intressant. Det är ju ett spaningsmord. Skjuten mitt i natten på öppen gata. Inga vittnen. Ingen har sett eller hört nånting. Så det är dörrknackning, kartläggning och grävande som gäller. Polisrutiner. Och därför är en koppling till det här gänget som du talade om viktig. Dom hängde alltså på nåt gym. Vad var det du sa att den hette?`

– Fit for fight eller Fit for life, tyckte jag Alexander sa. Det ligger nånstans på Söder.

– Vi har ju ganska bra koll på dom där gängen och olika klubbar och gym. Om jag fattade rätt så hade alltså Tony dragit sig undan sina kompisar för att han trodde att det dom höll på med kunde spåra ur, och han blev hotad.

– Ja, enligt Alexander för att han visste för mycket.

Calle antecknade på ett block som låg på bordet. Så såg han upp.

– Och den här Alexander? Har han inget efternamn? Och var bor han?

– Han sa aldrig vad han hette, mer än Alexander alltså. Han bor i ett kråkslott längst ut på Lidingö. Jag minns inte adressen, det vad Diana som beställde i taxin, men jag kan ringa henne och fråga.

– Nu! Calle pekade bort mot skrivbordet med telefonerna. Jag gick dit, slog numret till SwedeFashions växel och bad att få tala med Diana. Hon var ute, men skulle komma tillbaka om en timme. Jag fick hennes mobilnummer, men den var avstängd.

– Sorry, sa jag. Du får vänta ett tag, men hon är snart tillbaka. Jag ringer när jag har fått tag på henne.

– Utmärkt. Vi måste ta in den där killen. Han är vårt första konkreta spår. Grattis, bra jobbat. Ta en kaka till. Calle log, såg på klockan.

– Jag måste gå som jag sa, men jag har min mobil påslagen, det privata numret alltså. Du har det, eller hur?

När jag kom tillbaka till affären ringde jag Jonas Berg och berättade om mitt samtal med Calle Asplund. Han blev mycket intresserad, särskilt när jag nämnde vad Alexander sagt om hoten mot Tony och om marockanen som fanns med i gänget.

– Det här måste du informera Säpo om så snart som möjligt.

– Jag ska göra det. Och jag ska äta middag med Säpo i kväll. Har du lust att följa med?

– Med hela Säpo? Är det personalfest?

– Bara med en personal. Francine.

– Då kommer jag. Gärna!

Kapitel XXXI

Jag skulle göra det lätt för mig och gick upp till Östermalmshallens tegelröda mattempel. Där inhandlade jag två vita förpackningar färdiglagad thaiwokad kyckling med grönsaker och kokt ris för fyra personer, vi skulle ju bara bli tre, men det brukar gå åt.

Det är inte bara gott, det är också praktiskt. Man värmer anrättningen, sätter till lite extra sambal oelek som lyfter smaken ytterligare, och serverar den ur pannan. Jag bjuder Francine ibland på min kryddstarka specialitet och hon gillar den, fast pikar mig för mitt fusk. Jag svarar att det inte är timmarna i köket som räknas, det är slutprodukten. Och vi behöver en exotisk ljusglimt i vardagens lax- och kycklingkör, stapelvarorna i jäktade singlars liv. Till anrättningen skulle jag servera kall öl. Vin gick inte ihop med kryddorna. Det kunde man ta som drink före middagen.

Francine hade låtit tveksam när jag ringde och berättade att jag också bjudit Jonas Berg. ”Vi är ju inkopplade på samma ärende. Ska vi umgås utanför tjänsten?” ”Varför inte?” hade jag svarat. ”Han är faktiskt min kusin och skulle du nån gång fria till mig så blir han din släkting också. Och jag har inte bjudit er för att lösa mordfall och gräva i terroristspår. Jag hade tänkt mig en liten privat middag i all enkelhet. Jag har ju inte träffat Jonas på många år och du känner honom knappt. Det blir väl trevligt att lära känna varandra?” Och det fick hon ju hålla med om.

Fast alldeles ärlig hade jag inte varit. Det skulle bli tillfälle att komma in på mer konkreta ämnen än väder och vind och det senaste i olika politiska affärer. Jag skulle också kunna ta upp vad jag fått veta, vilka jag talat med. Alla mina uppdragsgivare skulle få vad de begärt. Jag hade sett och lyssnat, lagt örat till rälsen som de gamla indianerna. Och det jag fått fram fick de del av. Moren hade gjort sin plikt, han kunde gå. Så jag var ganska nöjd med mig själv där jag gick hem längs Nybrogatan med mitt kulinariska fynd i en vit plastkasse. Ett hekto silverblank, fet strömming hade jag också passat på att handla. Cléo älskar det och det känns rejälare att kunna servera en hel strömming på hennes blåvita Meissenfat än några skedar ur en kattmatburk. Ingen visste väl egentligen vad som fanns i den.

Just som jag kom upp till våningen för att ställa in kycklingen i kylskåpet ringde Diana.

– Du hade ringt?

– Precis. Jag skulle behöva adressen till Alexander. Hans efternamn också. Han sa bara sitt förnamn när vi hälsade.

– Vad ska du ha det till?

– Inte jag. Men polisen.

– Polisen?

– Jag berättade för min kontakt vid Riksmordkommissionen om vad Alexander sagt. Och han blev mycket intresserad. Och Alexander sa ju att om du förde det vidare till polisen, det han berättat alltså, så var det okej för honom.

– Det gjorde han, men han sa också att han inte ville bli inblandad.

– Det behöver han inte bli heller. Det räcker att han berättar om det där gänget som Tony hängde med på gymmet. Fit for fight. Var det så det hette? Och en av dom hette Jack, hade tatuerade armar och kom tydligen från Marocko ursprungligen. Det gäller faktiskt ett mord. Vi kan inte undanhålla uppgifter för polisen. Dom måste få veta.

– Du har väl rätt, antar jag. Ett ögonblick så ska jag hämta min agenda. Jag skrev upp hans adress där nånstans.

Efter en stund var hon tillbaka i min mobil.

– Tallkottstigen 18, sa hon, Lidingö. Och han heter Alexander Lundin. Det är det enda jag vet om honom. Han var ju Tonys kompis, inte min.

Och inte bara det, tänkte jag. Åtminstone om jag fick tro vad Diana berättat om Alexanders känslor för Tony. Igen snuddade jag vid tanken på att deras relation kunde ha gått överstyr. Att Alexander dödat den han älskade och nu ville slå blå dunster i ögonen på oss.

Men jag slog bort mina luftiga teorier. Jag har en tendens att ta ut svängarna lite i häftigaste laget. Det fanns ingenting hittills som stödde en sån idé. Världen var full av försmådda kärlekar och obesvarade känslor, men det var ingenting man normalt begick mord för. Fast vem sa att Alexander Lundin var normal? Jag mindes den stickande blicken ur de tättsittande, nästan svarta ögonen. De långa, smala fingrarna som nervöst, nästan maniskt trummade mot bordskivan.

– Tack, sa jag. Polisen ska få namn och adress. Och skulle Alexander kontakta dig så kan du väl höra av dig? Hej så länge.

Så ringde jag Calle Asplund som var utflugen, men jag informerade hans telefonsvarare om vad jag just fått veta.

Jag har gjort mitt, tänkte jag och knäppte av mobilen. Nu får Calle ta över. Jag skulle bara berätta det senaste för Jonas Berg och Francine, stoppa in vad jag snappat upp i deras maskinerier. Sen måste jag äntligen ta itu med Margaretas beställning, inredningen av hennes butiker. Det började bli skarpt läge nu om jag skulle hinna köpa in möbler och annat som behövdes i tid för invigningen. Hon måste komma till skott. Jag hade ett färdigt förslag som jag skulle visa henne. Nu sen hennes stora visning var över borde hon ha mer tid.

Jag dukade i den lilla matsalen innanför vardagsrummet. Den är inte stor, men det mörka mahognybordet i Georg III-stil med chippendalestolarna rymmer ledigt tio personer och fler gäster brukar jag aldrig ha. Jag placerade ut tallriksunderläggen från Slottsboden. Motivet är taget från ett dörröverstycke till audiensrummet på slottet. Bilden är mycket dekorativ och fågelmotivet med hägrar, ankor, fasan och en stolt tupp omsluts av en förgylld rokokoram.

Jag dukade med blåvitt kompaniporslin med två blå hägrar eller om det var tranor som motiv. Silverbesticken var originella. Jag hade kommit över ett halvt dussin som tillhört Axel von Fersen, med hans vapen ingraverat. Enligt stämplarna hade de tillverkats före franska revolutionen. Hade Marie Antoinette, Frankrikes drottning och hans väninna, efter vad som påstods, och von Fersen ätit med dem vid någon diskret middag i hans salonger? Men vinglasen kom från Ikea. Det fick vara måtta på märkvärdigheterna och de har fördelen att kunna sättas in i diskmaskinen.

Bombay Sapphire låg förankrad i frysen tillsammans med de högskaftade martiniglasen för att immande kalla vara redo när gästerna kom. Francine föredrar ju vitt vin, men jag hade förstått på Jonas att Dry Martini var något som förenade oss, utöver släktbanden. Den torra vita italienska vermouthen hade jag däremot ställt i kylskåpet för jag hade upptäckt att den inte var tillräckligt alkoholstark för att motstå köldens järngrepp. Den frös helt enkelt och fick stå på upptining om man råkat ställa den i frysen.

Mitt byte från Östermalmshallen, den thaiwokade kycklingen, var redan framsatt på spisen i den stora blanka wokgrytan.

Det kokta riset bredvid i en kastrull, redo att värmas, ölen på plats i kylskåpet och några ostar fanns på ett stort glasfat tillsamman med en korg med grovt surdegsbröd. Intill paraderade en flaska ekologiskt vin.

Det skulle Francine gilla, tänkte jag. Hon har blivit mer och mer miljömedveten och grälar på mig om jag inte källsorterar soporna. Fast det är inte så lätt när det bara finns ett sopnedkast. Men tidningar ställer jag vid porten varje torsdag och glas, plast och plåtburkar lämnar jag i en grön container. Så alldeles bakom är jag ju inte.

Mer kan jag inte göra, tänkte jag där jag stod ute i köket. Jo, tapenaden förstås.

Jag tog fram en påse crostini, de små runda rostade italienska brödskivorna och en burk tapenade: grovhackade oliver och kapris. Så spred jag ut den grågröna olivmassan med en tesked över brödskivorna, lade upp dem på ett silverfat.

På slaget sju ringde det på dörren. Jonas Berg stod utanför med ett stort leende och en blå plastpåse i handen.

– Jag hittade ingen blomsterhandel. Men i stället för några tulpaner får du nånting från systemet. Beefeater. För säkerhets skull, menar jag. Inte för att jag tror att du har tomt i skafferiet, men man kan ju aldrig veta.

Vi satte oss i vardagsrummet framför tv:n som var avstängd. Jag hade serverat oss var sin Dry Martini, hans med några oliver och min med en lövtunn strimma citronskal som jag fått fram med en osthyvel.

– Vi börjar så att vi hinner med nånting, sa jag. Francine kommer lite senare. Hon har ett möte som kanske skulle dra ut på tiden. Har du talat mer med din marockanske gamla kollega förresten? Han som ringde och berättade om terroristplaner i Sverige och att nån på SwedeFashion kunde vara inkopplad?

– Nej, men jag har ju kontinuerlig kontakt med MUST, den militära underrättelsetjänsten och med Säpo, fast dom håller korten nära kroppen. Vill inte dela med sig i onödan. Det är väl en betingad reflex i deras jobb. Allting är hemligt! Jonas log. God Martini, konstaterade han.

– Tack. Lång och idog träning. Jag träffade för några år sen en kille som var med i nån sorts landslag i vinprovning. Dom skulle åka till USA och tävla och låg på träningsläger i Skåne en vecka innan. Han sa att dom särskilt tränade på ”slamkrypare”.

– Är inte det nån sorts fisk?

– Här gällde det att hitta dolda faror. Dom körde exempelvis med vita viner från England och med röda från Schweiz för dom räknade med att dom ”stora” vinerna inte skulle vara med i provningarna eftersom dom var för välkända.

– Kan det inte vara nånting för dig? Du kunde bli landslagstränare för martinilaget. Jonas skrattade. Då kunde jag bli assisterande tränare.

Det ringde på dörren så jag behövde inte svara. Francine kom och med sig hade hon en flaska vin, Chardonnay Macon-Villages.

– Hej, sa jag och kysste henne på båda kinderna. När det regnar manna från himlen har den fattige ingen sked. Både gin och vin.

– Sked behöver du väl inte. Francine skrattade. Det räcker med att du har glas.

Så hälsade hon på Jonas. Han höll sig också framme med kindkyssar. Lite väl familjärt tyckte jag, de hade väl bara träffats någon enstaka gång, men Francine verkade inte misstycka.

Middagen blev trevlig och min wokade thaikyckling var god, perfekt kryddad. Precis lagom balans. Vi pratade mycket om gemensamma släktingar och om vår barndom, Jonas och min, flera sommarlov hade han bott hos oss ute i prästgården. Francine var mycket intresserad. Stämningen steg och jag öppnade också Francines Sancerre som fått fräscha upp sig i frysen.

Jonas kom in på sina många utlandsår och berättade intressant och spännande om allt från statskupp i Indonesien till inbördeskrig i Afrika. Han tog också upp sina diskreta aktiviteter när det gällde att få loss fängslade svenskar där han varit instrumental i den tysta diplomati som bedrivits bakom stängda dörrar. Och det han tog upp om förhållandena på UD och olika utrikesministrars komiska felsteg i olika situationer var lika intressant, liksom det han berättade om en del strebrar och karriärister som lyste med lånta fjädrar i massmedia. ”Tomma tunnor skramlar mest”, som han konstaterade.

Jag såg på Francine. Hon verkade fascinerad av Jonas och det han berättade. Han såg ju inte bara oförskämt bra ut, lite åt George Clooneyhållet till, han var också charmfull och livlig, fick oss att skratta. Och i mitt stilla sinne tänkte jag på mig själv. Halvgammal, lönnfet antikhandlare i Gamla stan som i princip reste till auktioner nära Stockholm och kanske till antikmässan i Helsingborg plus en och annan charterresa till solen. En ekonomi som gick runt men inte mer.

Det var inte mycket jag kunde ställa upp med om man jämförde med Jonas som haft världen som arbetsfält, som bokstavligen talat stått med champagneglas i handen under kristallkronor på olika kontinenter. De gånger jag gjort det var väl på Bukowskis och Auktionsverkets kvalitetsauktioner och då med ljummet vin i plastglas, långt från bubblande sval champagne. Men jag slog bort de dystra tankarna, förträngde. Francine och jag älskade varandra, fast man fick ju inte ta någonting för givet. Kärleken måste vårdas.

Diskussionen vid bordet kom att spänna över vida fält. Konst, film och teater. Gud, Slussen och kulturdebatten som ständigt pågick i media. Jonas gjorde en festlig sammanfattning:

– Ett åsiktstivoli med blinkande lampor och skrällande musik och förtjusta skrik i berg- och dalbanornas plötsliga avgrundsfärder där upp blir ner och ner blir upp i tvära svängar medan figuranternas kroppar förvandlas i Lustiga husets skrattspeglar.

Det var inte förrän till osten och rödvinet som vi kom in på allvarligare frågor. Och det var jag som tog upp tråden.

– Har det hänt nånting mera på terroristfronten? Jag såg på Francine.

– Det rör ju på sig hela tiden, sa hon. Vi har fått flera hot på nätet. Och det finns hot mot Sverige på al-Qaida-hemsidor. Dom skjuter in sig på Vilks karikatyrer och svenska trupper i Afghanistan. Häromåret uppgraderade vi hotbilden mot Sverige från två till tre. Skalan är femgradig och en tvåa innebär "lågt hot" medan tre är "förhöjt hot". Och det är ju inte bara spekulationer. Vi hade ju exempelvis den här Taimour Abdulwahab som sprängde sig själv på Bryggargatan därför att han tydligen var en ren amatör. Ni kan ju tänka er konsekvenserna annars. Fortfarande vet vi inte om han var en ensamvarg eller om han hade medhjälpare, men det finns misstankar.

– Fick ni min PM? Frågande såg Jonas på Francine. Den där om Marocko? Att polisen där misstänker att nånting förbereds i Sverige och att det kan finnas en koppling till kokainsmuggling via textilimport till SwedeFashion?

– Ja, och det var mycket läsvärt. Terrorism är ju inte mitt bord på Säpo, men som avdelningschef så sitter jag ju med i olika sammanhang och jag vet att mina kolleger tyckte att dina informationer var mycket intressanta. Dom har kontakt med Marocko.

– Bra, sa Jonas. Jag förstår det och det var därför jag inte hängde ut min kollega, gav inga namn eller informationer som kunde identifiera honom. Jag ville inte att han skulle råka illa ut.

– Som jag nämnde för Johan häromdan så har vi också ett

annat intressant spår till Marocko. Pengar därnerifrån till ett konto i Sverige, i Täby, via en bank i Zürich. Och vi har spaning på en grupp unga, våldsromantiska killar.

– Muslimer? undrade Jonas.

– Inte enbart. Som jag brukar säga på våra dragningar: Tänk på Breivik.

– Jag träffade en kille häromdan, sa jag. Han hade tips om mordet på Tony Larnell, den unge killen som jobbade på SwedeFashion. Vi mötte honom nere i Marrakech. Han skulle ha haft nån sorts samröre med aktivister på den här kanten och trodde att Säpo kollade dom. Och när han förstod vad dom höll på med drog han sig ur och mordet skulle bero på att han visste för mycket. Måste tystas. Enligt min källa, alltså. Jag har berättat det för Calle Asplund. Han håller i mordutredningen, men jag föreslår att Säpo kontaktar honom. Om han inte själv redan har hört av sig.

– Intressant, sa Francine. Varför har du inte berättat det för mig?

– Det var ju alldeles nyligen och jag ville inte ta det på telefon. Om ni lyssnar på samtal kan andra göra det också. Sen visste jag ju att du skulle komma i kväll.

Francine såg eftertänksamt på mig.

– SwedeFashion. Vi var ju på deras jubileum i Marrakech, det som slutade med mordet på Sture Nilsson, sa hon och såg på Jonas Berg, som för att förklara. Dom importerar alltså tyger från Marocko. Tony Larnell som vi träffade där nere har mördats för att han kanske visste för mycket och tullen har hittat narkotika i deras tygimport. Och i din PM, Jonas, står det att en terroristgrupp i Marocko har kontakt med nån som köper tyger till SwedeFashion. Jag tror vi får genomlysa det där företaget. Jag ska ta upp det med mina kolleger på den kanten.

– Jag kan bidra, sa jag. Jag har ju ett uppdrag för dom och kan komma och gå lite som jag vill.

– Bara du är försiktig. Allvarligt såg Jonas på mig. Gräv inte för djupt. Såna här typer menar allvar. Tänk på hur det gick för Tony.

– Absolut. Francine nickade instämmande.

– Jag ska ligga lågt, sa jag. Lämna grovjobbet till er som är proffs.

Fast där var jag inte alldeles uppriktig. Jag nämnde inte mina andra "spaningar". Konflikten mellan ägarna, hotet om "fientligt övertagande". Det var bara några exempel på frågor där jag lagt mig i. För att inte tala om mina teorier om vad som låg bakom mordet på Sture Nilsson. Där trodde jag inte ett ögonblick på polisens slutsats om rånmord. Och jag tänkte ta reda på vad som verkligen hänt.

Kapitel XXXII

Nästa morgon tävlade jag och jag vann och det är inte alltid. Jag tävlar alltså med mig själv, dels för att jag tycker att det är lång-tråkigt att tömma diskmaskinen, dels för att hålla koll på eventuella smygande symptom på demens som kan komma också i yngre år. Det har jag läst i någon artikel och jag tror på allt som är tryckt, nästan.

Jag tävlar alltså med bestick och annat i korgen i diskmaskinen.

Det går till så att jag tömmer ut allt som finns i bestickkorgen. Knivar, gafflar, skedar och annat i en stor skramlande hög på diskbänken. Sedan plockar jag upp dem i grupper och i snabb takt. Högar med skedar i olika storlekar först, så fortsätter jag med gafflarna och så vidare. När jag plockat rent i en kategori lägger jag dem i besticklådan under diskbänken, för att sedan fortsätta med nästa. Blir det någonting över av de kategorier jag plockat ner så har jag förlorat. Annars står jag som vinnare och har alltså full koll.

Det låter kanske lite originellt och Francine skakar på huvudet när jag berättar om min sport, men det är faktiskt ganska spännande. Och mer ofta än sällan händer det att exempelvis en liten tesked har gömt sig under några större släktingar, och då står jag där med Svarte Petter, om man nu kan kalla en tesked det. Högen med bestick på diskbänken kan bli ganska stor, så tävlingen kräver sin man. Snabbhet, precision och noggrannhet är vad som gäller. Fast jag har inte invigt Eric Gustafson i mina hemligheter. Jag vet vad han skulle säga: "Jag har alltid undrat över din mentala hälsa. Nu har jag fått mina aningar bekräftade."

Tävlingen avbröts av min mobil. Det var Margareta.

– Det är okej, sa hon.

– Vilket? undrade jag.

– Ditt förslag till inredningarna alltså. Jag har tittat mer i detalj på det nu och jag tror att det kan bli bra.

– Det var roligt. Då kan jag sätta igång?

– Absolut. Och du får en budget. En miljon per affär. Det är det absoluta budgettaket och du får mejla över en bild på objekten du köper innan du slår till. Jag kan inte lämna dig alldeles ensam med en påse full med pengar. Hon skrattade.

– Det förstår jag. Du vill inte köpa grisen i säcken.

– Precis. Om man nu kan kalla en gustaviansk byrå för en gris. Och jag tycker det är lika bra att slå till medan jag kan.

– Hurdå, menar du?

– Du kanske har läst att det finns planer på att ta över Swede-Fashion? Om det händer så är jag rädd att det här projektet, andra också, går i stå. Affärsidén är att jag ska bort, fönster öppnas, allt gammalt skräp ska ut. Nya tag. Friska fläktar. Då blir det parfym, herrmode och klockor kanske i stället för exklusiva butiksinredningar. Margareta lät bitter.

– Men det är väl en ganska komplicerad historia. Vem ska ta över och vem betalar?

– Dom hukar sig i skuggorna och vågar sig inte fram, men att Kenneth och Bertil har många fingrar med i spelet är en bra gissning. Och finansieringen beror på om dom får med sig bankerna eller något riskkapitalbolag. Andra finansiärer kan också finnas. Men så lätt ger jag inte upp. När Edvard dog fick flickorna sin arvslott, men han hade överfört en stor del av sina egna aktier på mig så det fattas mycket innan dom kan få en kontrollpost. Och själv för jag diskussioner med vår bank.

– Du säger Kenneth och Bertil. Är deras fruar med på planerna?

– Britta, ja, men jag är tveksam när det gäller Helena. Jag har förstått att hon känner till Kenneths affär med Monika. Du träffade henne ju i Marrakech.

– Det var tråkigt att höra, det där med uppköpet. Det eventuella alltså. Jag hoppas att du kan hålla ställningarna.

– Tack. Och det är faktiskt inte bara min position det gäller, utan företagets också. Edvard visste vad han gjorde. Han insåg vad det skulle innebära om dom här båda herrarna släpptes lösa. Edvard såg visserligen till att jag skulle lämna över i sinom tid, för han trodde att flickorna och deras män skulle ha blivit varma i kläderna och kunde ta sitt ansvar. Men efter vad jag nu ser så är jag tveksam. Jag kanske ska testamentera mina aktier till Frälsningsarmén. Då blir det i vilket fall varken parfymlinje eller armbandsur. Det är Kenneths senast påhitt. Klockor med S F som logga. Ungefär som YSL. Margareta skrattade. "The sky is the limit" för honom. Men ju högre höjd desto större fall.

– Jag förstår, sa jag, fast det gjorde jag inte, inte riktigt. Var det så enkelt som att Kenneth och Bertil skulle skrapa ihop tillräckligt för att klara en finansiering? Det måste ju ändå finnas en styrelse och en styrelseordförande efter Sture Nilsson. De kunde ju inte enbart vara nickedockor. Det var ju trots allt så, om jag förstod rätt, att styrelsemedlemmar har ett personligt ansvar för besluten de fattar. Och vem visste? Styrelsen kanske skulle vara klokare än de båda kompanjonerna hade hoppats på? Tänk om de valde att behålla Margareta som VD? SwedeFashion-ekvationen var kanske mer invecklad än den såg ut på papperet.

– Jag hoppas att allt kommer att ordna sig, sa jag. Nu ska jag sätta på mig spenderbyxorna och gå ut och shoppa. En miljon i varje ficka! En våt dröm för en gammal antikhandlare. Och du ska få se bilder på vad jag tänker köpa.

– Utmärkt. Du kan ju ta kontakt med Daniel Palm också. Han håller på med PR-materialet för lanseringen av min nya butiksidé, min ”boutique-linje”. Det låter nästan som om det är Kenneth som ligger bakom det namnet.

– Action, sa jag till Cléo som satt i fönstret och såg ut över gårdens stora kastanj. Nu ska här handlas antikviteter!

Det är ju i och för sig en del av min vardag. Jag måste få in nya varor, få omsättning, men det var inte varje dag som jag gick ut med två miljoner på fickan. Normalt var det min checkkredit som fick stå för fiolerna och den musiken hade ju sin givna begränsning som gjorde att det inte sällan var fina objekt som gick min näsa förbi. Men inte nu, inte med Margareta Wrannbergs pengar, de som skulle försköna och förgylla hennes ”flaggskepp”, öka omsättning och intäkter. Och jag visste exakt var jag skulle börja mitt härjningståg.

– God dag, herr antikhandlare, sa jag en stund senare när jag stod inne i Erics affär tvärs över gatan. Jag vill inhandla tvenne runda bord.

Eric såg förvånat på mig. Kunde inte riktigt ta in vad jag just sagt, och jag förstod honom.

– Hör jag rätt? Kommer du för att köpa? Kors i taket, jag fattar ingenting. Vet du inte att mitt prisläge ligger mycket över vad du tar ut för dina prylar? Har du fått ärva?

– Jag undanber mig dina tarvliga skämt, sa jag avmätt. Du har två runda fällbord på trefot av Iacob Siölin i Köping. Om jag tar båda, får jag rabatt?

– Driv inte med en enkel antikhandlare. Det är svårt nog ändå.

– Skämt åsido så har jag tittat på dina bord tidigare. Jag håller på med inköp åt SwedeFashion. Och dom där borden passar bra in i deras nya koncept. Skivorna i alrot är vackra, du kan ha dom uppfällda mot en vägg som dekorativa element eller fälla ner skivan och ställa vackra saker på den. Dom är alltså flexibla och det passar bra i en butiksinredning.

– Att jag skulle få se den dag när du handlar av mig! Undrens tid är inte förbi.

– Sakta i backarna. Margareta Wrannberg är visserligen tät, men det finns gränser. Om jag köper beror det på priset. Och glöm inte att jag köpte din kristallkrona.

Efter en stund av vänskapligt ackorderande kom vi överens om ett hyggligt pris, mitt köp beseglades med en kopp Earl Grey och scones som Eric både bakat själv och värmt upp i mikron. Hans hemgjorda körsbärssylt var ett fint komplement.

Stärkt till kropp och själ gick jag ner till T-banan vid Kornhamnstorg. Skylten ”kommer strax” blänkte vit i dörren till min affär, men jag tröstade mitt dåliga samvete med att jag snart skulle vara tillbaka. Dessutom var min frånvaro välgrundad, miljonerna brände i mina fickor och jag var på väg att göra ännu ett klipp.

Vid Slussen steg jag av för att fortsätta upp mot Högbergsgatan. Det var bekanta kvarter, där bodde min konservator, en charmig dam som arbetat med konservering av konst på Nationalmuseum, mycket skicklig. Hon hjälper mig ibland när jag fått in någon äldre målning som behöver fräschas upp.

Där finns också en antikhandel som ofta har bra objekt. Och där hade jag ställt undan fyra gustavianska baljfåtöljer i hyggligt skick. De behövde kläs om, inte bara för att tyget var nött, det måste ju också gå i ton med resten av Margaretas inredningar. Jag fick ta upp det med Daniel Palm och arkitekten.

Gunnar Blom blev glatt överraskad när jag kom. Att ställa undan möbler för ett senare köp var en sak, att förverkliga köpet var en annan. Det hade jag erfarenhet av. Man bad mig hålla ett objekt, man skulle fundera, man hade varit entusiastisk. Men uppenbarligen svalnade entusiasmen i många fall och den potentielle köparen kom aldrig till skott.

Men det gjorde jag, nu blev det avslut på affären. Båda var vi nöjda med priset och jag skulle återkomma med direktiv om transporten. Jag fotograferade också fåtöljerna, liksom jag fotat Siölins fällbord, som jag lovat Margareta. Egentligen borde jag väl inte göra upp affärerna innan hon hade godkänt bilderna. Men jag oroade mig inte. Objekten motsvarade på ett ungefär de bilder hon redan sett på mina förslag och skulle jag inte få okej så var det inte hela världen. Det jag köpt skulle jag inte få svårt att bli av med i min affär. Bra objekt behövdes ju alltid.

När jag gick tillbaka mot Slussen stannade jag upp framför ett litet skomakeri. I fönstret fanns en gulnad, handtextad skylt: ”Stängt Christer himmel färd dag.” Inte för att jag behövde halvsula några skor, men det var ju bra att veta. Skomakare var tydligen kreativa. Och jag tänkte på skylten i ett annat skomakeri: ”Stängt mellan hägg och syren.”

Intill fanns skyltfönstret till ett antikvariat. Det exponerade mycket som såg intressant ut, bland annat ”Det romerska rikets uppgång och fall” av Gibbon i vackra, halvfranska band. Jag har ofta tänkt att jag skulle läsa det digra verket om en av de stora civilisationerna som fortfarande sätter sin prägel på vår värld. Men jag har aldrig kommit till skott och Gibbons fanns på min lista ungefär på samma plats som Marcel Proust och hans madeleinekakor och sökandet efter det förflutna. Men som så ofta omsätter jag inte mina tankar i praktiken, skjuter upp dem till en oviss framtid. Och likadant nu. Men jag noterade i min hårddisk att Gibbons fanns här och att jag borde komma tillbaka någon gång och sätta mig uppe i våningen på

Köpmantorget och ta del av den storslagna romerska historien.

Så fortsatte jag i sakta mak, "flanerade", som jag brukar säga om mina promenader. Inget jäkt, ingen brådska. Det där med stavgång och snabba steg för att förbränna har jag aldrig förstått mig på. Inte heller joggning. Det kunde inte vara nyttigt att anstränga fotleder, knän och höftkulor på döda, stumma trottoarer. Människan var skapad för att kunna springa när hon skulle fly eller hinna ikapp något byte. Annars skulle hon spara på energi och kalorier, som det kunde vara skralt med på den tid då våra kroppar programmerades.

När jag fortsatte såg jag plötsligt en skylt vid en smal port: "Fit for fight", stod det.

Det vore nånting för mig, tänkte jag. Jag behövde fräscha upp min gamla kropp innan den saggade ihop. En boxningsklubb? Var hade jag hört det tidigare? Fit for fight? Så kom jag på det. Alexander. Hade han inte talat om det, stället där Tony Larnell hade "hängt" med sina kompisar?

Jag stannade upp. Skulle jag gå in? Det kanske fanns en mening i att jag stod just här, kommit hit helt slumpmässigt?

Någonstans kände jag att jag hade ett slags skyldighet mot Tony att gå till hans gym, att se om Jack var där, var det inte så han hette? Kompisen med de tatuerade armarna. Fråga vad han visste om Tony, om han hade några tankar om hans död.

Jag sköt upp den tunga porten, kom in i en dunkel hall med högt i tak. Jag såg mig om. En skylt fanns på väggen, "Fit for fight", och en pil pekade framåt.

Jag fortsatte, en ny pil pekade mot en dörr längst bort. Jag gick nedför en smal trappa. Dova basgångar från något heavy metalband fick stenväggarna att nästan vibrera.

Längs ner fanns ytterligare en dörr. Jag öppnade. Nu kom den dunkande musiken på högre volym, en stor sal med små fönster uppe i markplanet. Träningsmaskiner och redskap trängdes ute på golvet. På några löpband längst bort svettades sammanbitna unga killar i T-shirts och gymnastikbyxor.

Ett par flickor rodde i några maskiner som stod tätt intill varandra. I ett hörn lyfte någon vikter med ett koncentrerat uttryck i det blanksvettiga, högröda ansiktet. Risk för hjärnblödning? Och i andra apparater späktes kroppar och fläktes armar och ben. Dova dunsar, stön under skivstängernas tyngder.

Det luktade instängt av svett och den dunkande musiken genomträngde aktiviteterna, snäppet för högt för mig. De var väl sådant man fick tinnitus av, tänkte jag. Ett tjugotal personer höll till därinne. Mest unga killar, kraftiga bitar, och jag kom osökt att tänka på kroppsbyggnad med anabola steroider.

Vid ett slags disk till vänster om dörren satt en äldre överviktig man i skjorta och slips som en egendomlig kontrast till alla halvnakna kroppar som kämpade ute i salen. Han var blek som om han sällan lämnade lokalerna, slapp mun, vattniga ögon bakom tjocka linser, och han läste Expressen.

Frågande såg han upp över de runda glasögonen.

– Vill du träna? Ett pass kostar hundra spänn och om du inte har med dig kläder så kan du få hyra. Skor också. Fast dom flesta har egna. Han lät ogillade, som om han tyckte att jag skulle haft med mig en sportbag med passande utrustning.

– Inte i dag. Jag ville bara tala med en kille som jag vet brukade träna här. Jack. Tatuerade armar. Han kommer från Marocko.

Mannen log ett tunt leende.

– Letar du efter tatuerade machokillar har du kommit till rätt ställe. Jag vet vem Jack är, han kommer ofta. Kroppsbyggare. Men inte i dag, inte än i varje fall.

– Vet du var han bor?

– Ingen aning. Så sänkte han blicken ner mot tidningen igen.

– Det fanns en annan kille som hängde här, fortsatte jag utan att låtsas om hans bristande intresse. Tony. Tony Larnell.

Då vaknade intresset, han sänkte tidningen, såg på mig.

– Du menar han som blev mördad?

– Precis.

– Det var en djävligt trevlig grabb. Inte alls som många av dom andra. Lugn och stillsam av sig. Det var tråkigt att höra om mordet.

– Verkligen. Jag vet att han kände Jack och skulle gärna vilja prata med honom.

– Okej. Jag ska säga till Jack nästa gång han dyker upp. Var kan han få tag på dig om han skulle vilja snacka?

Jag tog fram plånboken, tog ut ett visitkort.

– Här finns namn och adress. Telefon och mejl också. Du kanske är bussig och lämnar det till honom?

– Det ska jag göra. Men jag är inte så säker på att du vill snacka med honom när du ser honom. Ingen kille du vill träffa en mörk kväll.

Han log ett snett leende, tog mitt kort och återgick till Expressen.

Har jag gjort någonting dumt nu? tänkte jag när jag gick uppför trappan mot gatan. ”Ingen man ville träffa en mörk kväll.” Det kanske var det Tony Larnell gjort. Träffat Jack en mörk kväll.

Det var strax före sex han kom. Jag höll på att plocka i ordning i affären, det var stängningsdags och jag hade öppnat dörren till det stora kassaskåpet ute på kontoret.

Det hade installerats av juveleraren som hyrt lokalen innan jag flyttade in och det var stort som en garderob. Kassavalv var kanske ett bättre ord än kassaskåp.

Jag satte just upp ett par karolinska silverbägare på en av hyllorna där rokokokannan från Uppsala redan stod, när det pinglade ute i affären.

Jag såg på klockan. Fem i sex. Än fanns det tid för affärer.

En ung kille stod därute när jag kom. Lång och kraftig, jeansjacka. Smalt ansikte med skarpskurna drag. Mörkt hår, mörka ögon.

– Homan? Är det du som är Homan?

– Det kan jag inte neka till.

– Det var du som var nere och snokade på gymmet? Anklagande såg han på mig.

– Snokade gjorde jag väl inte. Jag frågade efter Jack. Är det du?

– Kanske. Vad vill du honom?

– Prata, sa jag. Prata om Tony Larnell.

– Om Tony? Vad fan har du med honom att göra?

– Jag kände honom och jag är intresserad av vem som mördade honom och varför.

– Är du nån sorts jävla snut? Hotfullt tog han ett steg närmare mig.

– Antikhandlare, sa jag. Tror du snutar jobbar här?

– Tony var en schysst kille, sa han, mera avspänd nu. Han hängde med oss ett tag, behövde lite kroppsbyggeri, som han sa. Han satt stilla på arslet och läste på universitetet. Så han rörde inte på sig så mycket. Sen fick han ju jobb.

– Men han slutade på gymmet?

– Han gjorde det. Det fanns några killar där nere som han tyckte var stökiga, snackade en massa skit om samhället, typ kapitalism, imperialism, Afghanistan och hela det köret. Några dealade också. Tunga grejer. Koks. Så han hoppade av.

– Kan det ha legat bakom hans död?

– Ingen aning. Jag vet alla fall att han hade trubbel på jobbet. Det fanns nån där som han skulle sätta dit, nån korrupt jävel. Och nån hade blitt mördad. Vi sågs ju en del sen han hade slutat, fikade och snackade ibland. Det skulle bli en stor grej, sa han. Tony var ju sån. Skulle rätta till det som var fel, idealist. Men det har man ju inte mycket för. Titta bara på vad som hände honom.

– Det kan du ha rätt i. En sak till bara. Känner du nån som heter Alexander? En kille med glasögon, kompis till Tony.

– Bögen, menar du? Vi slängde ut han. Tony var rädd för han. Han ville ha ihop det med Tony och det blev en jävla scen en gång. Tony berättade sen när vi sågs att Alexander hängde efter honom, ringde om nätterna, skrev knasiga brev och stod utanför porten när han gick till jobbet. Det var jättejobbigt, sa han. Men nu måste jag dra. Han såg på klockan. Den del av armen som syntes var tatuerad ända ner till handloven med blå slingor, som en drakrygg.

– Schysst att du kom och tack för att du berättade. Kan jag nå dig nånstans om det skulle behövas?

– Jag ringer dig om jag kommer på nånting, för jag gillade Tony. Han var annorlunda. Och du, kom inte tillbaka till gymmet nån mer gång. Olle snackar och han har ditt kort. Du skulle inte ha gett han det.

– Olle?

– Den där fete, han som sitter i kassan. En del av dom som rör sig därnere är djävligt hårda typer. Och får dom för sig att du är inne och rotar så blir det skarpt läge. Om jag var du skulle jag låsa dörrarna om mig, särskilt på natten.

Jack log, men det var inte något behagligt leende.

Det kanske är säkrast, tänkte jag och såg efter honom där han försvann ut på Köpmangatan. Låsa om mig alltså. Jag skulle nog inte gett "den fete" mitt kort.

När han gått kom jag att tänka på en sak. Någonting jag glömt att fråga. Om han kände till Safi, den marockanska staden Jonas Berg berättat om, där det låg en textilfabrik som exporterade till SwedeFashion. Enligt hans sagesman fanns det ju personer där som hade kontakter med en terroristgrupp i Sverige.

Men jag fick kanske inte ta ut svängarna för mycket. Det var säkert bäst att ligga lågt ett tag och inte visa mina kort. Jag tänkte på vad Jack sagt. Om de hårda typerna. Att jag skulle låsa min dörr om natten. Hade Tony lämnat sin dörr öppen?

Kapitel XXXIII

Klantskalle, tänkte jag och såg på den stora uppsatta skärmen. Tönt!

Där fanns ett foto av en svällande rokokobyrå med bronsbeslag. Vacker och stilriktig men fel, totalt fel.

Jag var i Oskarshamn – det som ursprungligen och bättre hette Döderhultsvik, ett namn med karaktär – och skulle hålla föredrag om den gustavianska epoken i svensk konsthistoria. Möbler och konst. En lokal kulturförening hade inbjudit mig och det händer inte sällan att jag åker ut i landet på ”föreläsningsturné”. Ja, jag vet att det låter lite pretentiöst, men jag inbjuds ibland att hålla föredrag om allt från Haupt till arkitektfamiljen Tessin och Stockholms slott. Med bilder. Med foton. Det hade jag med mig nu också i ett usb-minne som installerats i en dator. Felet var bara att byrån på bilden inte var gustaviansk. Av misstag hade jag fått med mig fel sortiment. Men tog man fan i båten fick man ro honom iland. Så med några förklarande ord tog jag min rokokoföreläsning i stället, berättade om Hårleman och Rehn som introducerade rokokon i Sverige på Stockholms slott. Kommenterade de bukiga byråerna och de graciösa stolarna, det lätta, mjuka och sensuella modet som efterträdde barockens tungt pompösa bildspråk. Framhöll att rokokon med rätta fått sitt namn från det franska ordet rocaille, snäcka, som symboliserade det nya formspråket. Publiken, mest äldre damer, accepterade mot löfte att jag skulle komma tillbaka med rätt anförande och rätt bildmaterial. Men det gick faktiskt ganska bra ändå.

På kvällen var jag inbjuden till ordföranden på en liten supé. En kultiverad man som bjöd på Bäska droppar till den inledande sillassietten, och det behövde jag verkligen efter en lång dag och en lång resa och min improviserade föreläsning. Det är faktiskt ganska jobbigt att tala i över en timme utan manuskript och hela tiden försöka hålla intresset uppe hos publiken där ett och annat ögonlock är på väg att halka ner.

Jag hade tänkt på den gamla Engströmhistorien när vi åkte hem till supébordet. "Nu bror, vill jag jäklar i min själ ha en sup. Vill inte bror jäklar i sin själ också ha en snaps?" I dag inte ett politiskt korrekt uttalande, men det fanns alkoholfria alternativ också vid det gästfria bordet. Förresten gör jag som jag vill när det gäller Socialstyrelsens pekpinnar. Jag har ställt in dem i garderoben.

Kaffe, konjak och cigarr blev det också. Jag hade inte förgäves tagit mig till Döderhultsvik. Vårt avslappnade samtal kretsade kring dagens "on dits". Politik, ekonomi. Grekland, som fått halva sin statsskuld betalad men ändå reagerade med bitterhet och besvikelse, ville köra på som förut med överdimensionerade löner och pensioner och underdimensionerade arbetsinsatser. Korruptionen fick fortsätta att härja fritt.

Kommunalpolitikens mikrokosmos och piruetter var på tapeten och man gled så småningom in på mina aktiviteter i Stockholm, på antikmarknaden. Alla såg Antikrundan. Så kom jag in på SwedeFashion och på mitt uppdrag. Att en antikhandlare inte enbart köpte och sålde antikviteter utan också kunde få andra uppgifter.

– Intressant, sa min värd. Vi har faktiskt haft en stor textilfabrik här som ägdes av det där företaget.

– Verkligen? När var det?

– Den las ner för ett tjugotal år sen. Konkurrensen från låglöneländerna blev väl för hård. Men den som startade fabriken var en mycket duktig karl, Sebastian Palm. Tyvärr slutade det illa. Han tog livet av sig.

– Det var tråkigt att höra.

– Det är väl det minsta man kan säga, fnös han. Tråkigt!

– Det finns en annan version också, sa föreningens vice ordförande, en pensionerad kyrkoherde som hade arrangerat det praktiska på kvällen, satt upp en duk att visa bilderna på och tagit fram en dator som samarbetade med mitt usb-minne. Det var jag tacksam för. Ofta är ljus, bild och högtalaranläggning inte överens med varandra.

– Det var nämligen så, fortsatte han och harklade sig som inför ett viktigt uttalande. Edvard Wrannberg hade startat det här företaget som inte hette SwedeFashion från början utan nånting annat och mindre flott som jag glömt. Jag känner till det eftersom min pappa hade lite aktier där och Edvards pappa hade en skoaffär vid torget fast Edvard bodde i Malmö. Sebastian Palm var med från början och drev sen sin fabrik här i samarbete med Edvard. Det gick ju bra som alla vet, SwedeFashion växte så det knakade. Då kom en orm in i paradiset. Han log. En orm som hette Nilsson.

– Du menar apan, sa en av damerna och fnissade, tydligt uppspelt av den gröna chartreusen i glaset framför henne. Apan hos Pippi Långstrump. Hette inte han Nilsson? Herr Nilsson?

Kyrkoherden gav henne en lång, innehållsrik blick. Så fortsatte han.

– Herr Nilsson alltså, Sture Nilsson, men faktiskt mera rovdjur än fredlig apa. Han log belåtet över sin lyckade metafor. För att göra en lång historia kort så manövrerade han ut Palm från företaget, körde med några invecklade juridiska manövrar som gjorde att Palm nästan stod på bar backe. En av företagets grundare alltså. Ett företag som nu är i mångmiljardklassen.

– Dom var väl två stycken? sa en fetlagd herre med en cigarr i ena handen och en konjakskupa i den andra. Jag kände ju Sebastian Palm en del. Vi var med i samma Rotaryklubb. Det var väl inte bara den där Nilsson som var boven i dramat. Wrannberg måste väl ha varit delaktig?

– Efter vad jag har hört så var han väl inte alldeles okunnig om vad som hände, men det var Nilsson, styrelseordföranden, som drog upp planerna och höll i yxskaftet. Så går det väl till i affärslivet? Äta eller ätas. Djungelns lag där människans ondska och girighet får härja fritt. Det förstod redan gamle Darwin. ”Survival of the fittest.” Han såg sig belåtet om.

När jag kom tillbaka till mitt hotell tänkte jag på Daniel Palm. Det måste vara Sebastians son. Och jag tänkte på vår middag på The Read House i Marrakech, när han berättat om sin pappa. Hur han och Edvard Wrannberg hade startat SwedeFashion hemma i Edvards tvårummare i Malmö. Hur de tillsammans fått företaget att växa och hur sen Daniels pappa manövrerats ut av Sture Nilsson på ett juridiskt oantastligt sätt. Fått cancer, blivit i stort sett ruinerad och begått självmord.

Nästa morgon satt jag på tåget med en pappmugg hett kaffe på det lilla fällbordet i stolsryggen framför mig. En kanelbulle hade också fått slinka med i ett paketpris som förenade kaffet och bullen i en svensk symbios. Bagerinäringens lobbyister hade ju till och med etablerat ”Kanelbullens dag”. Skulle man få till en allmän flaggdag också?

Det var väl inte det mest nyttiga man kunde börja dagen med. Kolhydrater, fett och socker. Svenska Dagbladet jag köpt på stationen hade en larmartikel som borde fått mig att avstå från kanelbullen. Där höjde forskarna ett varnande finger. Kombinationen av socker och fett hos bullen var knark för hjärnan och en kanelbulle kunde vara lika beroendeframkallande som kokain.

Nu tar de väl i, tänkte jag. Visserligen omprövas gamla sanningar hela tiden, inte minst de kulinariska, och det är väl bra. Men att jämföra kanelbullätare med kokainister var svårsmält.

Jag såg för mitt inre öga hur festklädda missbrukare smög in på Stureplans toaletter för att kasta i sig kanelbullar och hur man kunde skickas på avgiftning. Hur familjer ruinerades och hur langarna strök omkring på Sergelplattan med sina bageripåsar gömda under rockarna, jagade av polisens bullspanare.

Ibland fick väl vetenskapen tas med en nypa salt. Dessutom hade de svettiga ostmackorna med krulliga hörn i cellofan, tågbufféns stapelvara, redan tagit slut och jag hade fått ta det som bjöds vid den trånga serveringsdisken. Kanelbullar och beskt kaffe. Som tålig boskap hade vi inrangerat oss i fållan vid kaffeautomaten där hoppet stod till att tåget åtminstone skulle komma fram i tid. Frömjöl och löv på spåren, för att inte tala om vinterns snö, verkade alltid komma som en överraskning för stinsarna på SJ.

Det som pappa brukade berätta om var sedan länge borta, som så mycket annat. När man alltså hade restaurangvagn och vitrockade kypare gick runt med en gonggong och förkunnade att första lunchen eller middagen var serverad. En andra omgång skulle följa, också den gonggongannonserad. Vita dukar, glas i stället för plastmuggar. Servetter som inte var av papper. Vinlista. Those were the days.

Jag tog den sista slurken ur den vita pappmuggen och var glad att det åtminstone inte var Kopi Luwak, världens dyraste kaffe för sextusen kronor kilot. Det är gjort på kaffebär som äts av indonesiska mårdhundar. När bären passerat tarmsystemet samlas de upp, tvättas och används för kaffetillverkning. Man kunde ju undra vem som kommit på den lysande affärsidén.

När jag kommit fram till Stockholm tog jag vägen över Köpmangatan 11 för att hämta Cléo. Som vanligt hade jag lämnat henne i Ellen Anderssons trygga förvar när jag reste och det är ingenting som Cléo motsätter sig. Tvärtom. Där blir hon ännu mera bortskämd än hos mig. Räkor och leverpastej ingår i menyn hos Ellen, för att inte tala om hennes hembakade kardemummakaka.

Cléo visade begränsad entusiasm när jag kom, Ellen var desto hjärtligare och hade redan dukat fram en kaffebricka på det runda bordet i sitt vardagsrum. Visserligen hade jag redan fått min ranson, men Ellens gästfrihet gick inte att motstå. Dessutom var kvalitén på hennes svarta kaffe en helt annan än det lankiga och beska innehållet i pappmuggen på tåget. Och hennes solgula, nygräddade sockerkaka låg på en helt annan nivå än min sega och torra kanelbulle.

Som vanligt fick jag berätta vad jag haft för mig och Ellen skrattade när hon hörde om mitt föredrag.

– Typiskt, sa hon, jag vet hurdan du är. Kan leta i timmar efter nycklar och glasögon i våningen. Och du måste till och med ringa upp din mobil för att ta reda på var du lagt den. För att inte tala om när du skriver in fel dagar i din agenda och kommer en dag för sent eller för tidigt till olika tillställningar. Undra på att du tog med dig fel usb-minne.

– Alzheimer light. Håna inte en åldrande man.

– Struntprat. Slö är vad du är. Och slarvig. Du måste skärpa dig. Varför gifter du dig inte med Francine? Då skulle hon hålla ordning på dig.

– Hon kanske inte vill, tycker hon förtjänar nånting bättre än en gammal antikhandlare.

– Nu går du med håven igen. Ellen skrattade, bröt av en bit sockerkaka och gav till Cléo.

– Inte alls, jag är bara realistisk. Tala om för mig i stället vad du har haft för dig. Ute på dåligheter förstås.

– Om det vore så väl. Nej, det har varit mest jobb. Du vet ju att jag extraknäcker på den där städfirman. Dom har mer att göra än dom klarar av nu när det finns Rut-avdrag. Dom ska anställa flera unga tjejer.

– Är det inte intressant att se olika hem?

– Intressant vet jag inte, det är ju mest jobb, men häromdan var jag hemma hos en riktig glidare. Inga namn, men dom bor på Strandvägen och han är nån sorts direktör i modebranschen. Och där går det undan. Ellen log belåtet och fyllde på ur den vita kaffekannan med blå blommor.

– Frun hade varit bortrest och när jag kom på morgonen så var det en ung tjej där som just höll på att gå och han gick omkring i morgonrock. Då kom hans fru plötsligt hem, en dag tidigare än hon sagt. Och det blev ett himlens liv. Hon skrek att hon skulle slänga ut karln, ville aldrig se honom mer och att hon skulle berätta allt hon visste. Då gick jag min väg. Det var väldigt obehagligt.

”Glidare”, hade Ellen sagt, tänkte jag. Kenneth Löfgren? Skulle nån bo på Strandvägen så var det väl han.

Nu var jag förstås elak. Det måste finnas flera direktörer på Strandvägen och mer än en som hade dambesök när hustrun var borta. Men det var intressant det där Ellen sagt om den ”plötsliga” frun, att hon skulle berätta ”allt.” Om vad och för vem?

Kapitel XXXIV

– Det är ju en etisk fråga.

– Etisk? Undrande såg Margareta Wrannberg på mig där vi satt på hennes kontor.

Jag var där för att redovisa mina inköp för hennes butiker. Byråer, stolar, bord och en del annat. Inramade kopparstick ur Suecia antiqua. Speglar. Ny klädsel på stolarna hade jag dröjt med liksom mattorna. Jag måste diskutera färgerna med arkitekten. Men jag lutade åt kinesiska när det gällde mattor. Lejongula med blå bårder och mönster. De smälter in i de flesta miljöer med sin diskreta färgsättning.

– Några av dom här objekten kommer alltså från min affär. Men jag har inte ändrat priserna. Inte försökt köra upp dig.

– Det tror jag verkligen inte att du gör. Hon log.

– Du måste bara tala om när jag ska leverera.

– Arbetena är nästan klara. Om ett par veckor kanske det är dags. Det ska bli spännande att se hur det kommer att bli när alla grejerna står på plats. Jag tror att det blir jättesnyggt.

– På tal om etik och pengar, sa jag. Finns det någon förskingrare på SwedeFashion?

– Nu förstår jag inte riktigt. Vad menar du?

– Frågan låter kanske brutal, men det har att göra med Stures död. Mordet. Du vet ju att han fick ett telefonsamtal på lunchen samma dag han mördades. Han blev oerhört upphetsad, talade om katastrof. Och sen hörde jag honom skälla ut någon som han skulle klämma åt. Någon som tydligen hade gjort nånting brottsligt. Och jag antar att det kan ha varit mördaren som ville tysta Sture.

– Det låter fantasifullt. Och varför tror du på förskingring?

– Uteslutningsmetoden. Det är åtminstone en början, för det är det enda jag kan komma på som motiv. Pengar. Fick Sture något meddelande om en förskingring eller nån annan form av ekonomisk brottslighet? Ni rör ju er med stora belopp dagligen. Finns det nån på företaget som sitter i en sån position att han eller hon har möjligheter till manipulationer av det här slaget?

– Det är klart att vi rör oss med stora belopp och har en ekonomiavdelning och att det kan finnas nån i personalen som skulle ha tillfälle till försnillning, men det är uteslutet. Vi har daglig kontroll över kassaflöden, avtal, inköp och kontrakt. Det är ett vattentätt system som våra revisorer såg till att vi installerade för en del år sen efter en obehaglig incident. Margareta tystnade.

– Det förekom oegentligheter och vi misstänkte faktiskt Kenneth, men ingenting kunde bevisas. Det var ju extra känsligt eftersom han är gift med en dotter till Edvard. Inga ord efter mig, lade hon hastigt till, jag pekar inte ut honom, men i dag har vi ett system som slår larm om nån försöker fiffla. Och Peter Hagman, vår finanschef, är stenhård.

– Då kan vi stryka det från listan. Men kokainet, smugglingen? Kan det legat bakom telefonsamtalet till Sture?

– Du menar alltså att det kan finnas både förskingrare, mördare och knarksmugglare bland våra medarbetare. Margareta skrattade, men det var ett ansträngt skratt.

– Jag vet inte vad du är ute efter, sa hon sedan. Men polisen i Marrakech håller i utredningen av Stures död och dom verkar ha slagit fast att det var ett rånmord. Och svensk polis och tull undersöker vad som hände på Arlanda och vem som kan vara inblandad. Jag tycker faktiskt att vi ska låta dom kompetenta myndigheterna syssla med det här och inte lägga oss i. Jag uppskattar dina professionella kvaliteter som antikhandlare, men du måste inse att du är en amatör när det gäller brottsutredningar.

– Jag vet, jag tänker högt bara. För det där med rånmord tror jag inte på.

– Jag uppskattar att du intresserar dig för SwedeFashion och våra problem, men jag är inte beredd att diskutera dom här frågorna mera. Rättvisan får ha sin gång, polisen gör sitt så får vi se vad som kommer ut i slutänden. Och jag vore tacksam om du slutade gräva i det som hänt. Dessutom tror jag det kan vara farligt att lägga sig i. Både Sture och Tony är mördade.

Allvarligt såg hon på mig och jag förstod budskapet. Jag skulle inte lägga mig i, nu var det polisen som gällde. Och jag insåg att hon inte var särskilt intresserad av att man grävde för djupt. Om någon på SwedeFashion misstänktes för mord och knarksmuggling skulle publiciteten bli enorm. Om nu inte hennes motiv var helt annorlunda och bottnade i hennes egen situation?

Jag insåg också att det inte var läge att diskutera uppköpsryktena kring SwedeFashion. Det fick vänta och det hade jag ju inte någonting med att göra, om jag skulle vara ärlig.

När jag gick ut från Margaretas kontor var jag trots allt nöjd. Inte för att jag fått mer klarhet om händelseförloppet i och kring SwedeFashion, där hade hon snoppat av mig, men jag hade fått godkänt på mitt paket. Visserligen förbehöll hon sig rätten att byta ut ett eller annat objekt när hon såg den färdiga leveransen, men det var någonting jag kunde leva med. Och hon hade antytt att om hennes satsning på den nya butikskedjan blev lyckad så kunde hon tänka sig ett fortsatt samarbete.

Precis utanför Margaretas dörr ringde min mobil i bröstfickan. Jag gick bort till fönstret och såg ut över Humlegårdens böljande lövmassor där nere. Det var Calle Asplund.

– Hej, Johan. En lägesrapport bara. Vi har hört din kompis Alexander. Han har bekräftat det han sagt till dig. Han var alltså förälskad i Tony, som tydligen hade avvisat honom. Det kan ju i och för sig vara ett mordmotiv, men han har alibi för mordkvällen, påstår han. Vi kollar det nu. Sen har vi pratat med en annan av dina kompisar. Jack, han med tatueringarna. Och han var inte glad.

– För det första vill jag säga att ingen av dom där två gökarna är mina kompisar och sen förstår jag att Jack inte var glad. Att bli förhörd av dig kan ju inte vara något nöje.

– Det vet du väl ingenting om. Och han sa ungefär samma sak. Att Tony hade hängt nere på gymmet, men ingenting om varför han slutat och ingenting om kokain eller att han skulle ha känt sig skrämd av några terroristaktiviteter. Fast dig gillade han inte. Han frågade om det var antikhandlaren som snackat. Du hade varit nere på gymmet och spanat in killar, påstod han. "En gammal bög." Jag sa ingenting, känner inte till detaljerna i ditt privatliv. Calle skrattade. Men du skulle få ångra dig. Så du får väl se upp.

– Du får ställa en konstapel utanför min dörr.

– Det är faktiskt inte nåt att skämta om. Dom där killarna är ingenting att leka med. Vi fick fram en del intressant när vi kollade hans bakgrund. Hans familj kommer från Safi, i Marocko alltså, och pappan var politisk flykting, hade tillhört oppositionen.

– Safi? Det namnet har jag hört förut. Är inte det en stad?

– Jo, vid Atlantkusten. Och det var därifrån som den där tygleveransen kom, den till SwedeFashion med tjugo kilo kokain. Det kan alltså finnas en koppling mellan Tony som jobbade på SwedeFashion, kokainet på Arlanda, och mordet på honom. Och det gör att vi tittar i lite större cirklar än gymmet på Söder.

– Hurdå, menar du?

– Kollegerna på tullen och våra knarkkillar tror att det kan vara en del i en större operation. Maffian i Sydamerika levererar nu via Västafrika. Stora partier, som sen distribueras till Europa. Lastbåtar släpper grejerna utanför kusterna. Dom har GPS-sändare på partierna som sen plockas upp med snabba motorbåtar som inte kan tas av radarn. Inte för att det just finns nån övervakning. Det är ju enorma kuststräckor så det är ett smart system.

Efter samtalet med Calle fortsatte jag bort mot utgången och hissarna. När jag hunnit halvvägs i den långa korridoren öppnades en dörr. Diana Forsgren log mot mig.

– Hej, Johan. Vilken överraskning! Kom in så får du vara med på vårt tjejkaffe. Varje förmiddag har vi mysstund, inga killar får vara med. Fast du är ett undantag.

– Det var lika kärt som oväntat. Men varför får inga killar vara med?

– Om du jobbade här skulle du förstå. Hon skrattade.

Jag gick in i det stora rummet. Fortfarande rådde ett organiserat kaos. Tyger i olika färger hängde på ställningar, på den stora tavlan i fonden satt skisser och klipp uppnålade. En svart platt-tv satt på väggen, med ljudet avstängt, och några datorer fanns med flimrande skärmsläckare. Dämpad musik kom från högtalaren under taket.

Det långa bordet hade röjts av, skissblock, färgkritor, pennor, mappar och annat hade skjutits bort till ena halvan och vid den andra satt Helena, Britta och Lena Sernblad, Daniel Palms sambo. Gunilla Holgersson fanns också med, hon som just kommit från Handels och berättat för mig om ”hostile takeover”. Jag kanske skulle fråga henne om dagsläget?

En som inte fanns med var Monika Svenngren och det kanske inte var att undra över. Hon verkade ju stå Kenneth Löfgren nära, alldeles för nära kanske. Och jag tänkte på när Helena knuffade till vinglaset på Sturehof, på det röda vinet som runnit ner över duken och Kenneths ljusa byxor.

– Slå dig ner, Johan. Helena log mot mig. Välkommen i det gröna. Jag har hört att Margareta är mycket nöjd med din inredning. Grattis.

– Grattis själva, sa jag och såg mig om runt bordet. Grattis till visningen. Jag kan ingenting om mode, men kläderna var jätteläckra. Tjejerna var lite för smala för min smak bara, snudd på anorektiska, och dom går stötigt som om dom har höftproblem, men man kan ju inte få allt.

– Vi jobbar på det, sa Britta och skrattade. Kolhydraterna alltså. Här är det mazariner som gäller.

Jag satte mig på en ledig stol och tog den vita kaffemuggen som Lena räckte mig.

– Ni diskriminerar killarna, konstaterade jag. Varför får dom inte vara med?

– Dom har sitt, sa Lena. Tycker att det är bortkastad tid att sitta här och gagga med oss, som dom säger. Kafferep! Men dom är bara avundsjuka.

– Det är ingen medveten policy. Helena log. Men det har bara blivit så och dom är ju ofta på resor och vi får stanna hemma och skapa. Planera dom nya kollektionerna. Se till att det finns nånting att sälja och nånting som folk vill ha. Kenneth flög till exempel till Marocko i går.

– Till Marrakech?

– Ja, men han ska fortsätta till Safi. Det är en stad vid kusten. Vi har en leverantör där, en tygfabrikant. Kenneth är ju chef för marknadsavdelningen och det har varit trassel med leveranserna.

Intressant, tänkte jag. Trassel med leveranserna? Kunde det gälla ”leveranserna” till Arlanda? Eller ville han komma bort ett tag nu när Helena skulle kasta ut honom från våningen på Strandvägen, om jag nu fick tro Ellen? Fast jag kanske målade fan på väggen som så ofta. Var man en av cheferna för ett stort, internationellt modeföretag så var man väl ofta på tjänsteresa. Men jag undrade.

På kvällen åt jag middag hos Francine på Lützengatan och berättade om mitt samtal med Margareta. Francine förstod henne, sa hon.

– Det måste du väl inse att hon sitter mitt i smeten och har det jobbigt nog ändå med uppköpsrykten och allt vad som har hänt. Och så kommer du med en massa påståenden som du inte har täckning för. Koncentrera dig på det där inredningsjobbet i stället. Om det går bra kan det leda till flera uppdrag.

Nästa morgon ringde jag runt till mina ”kunder” och bekräftade inköpen och diskuterade leveranserna. Jag skulle återkomma till tidpunkt och adresser. Eric Gustafson ringde jag inte till utan gick tvärs över gatan för att berätta att hans Siölinbord hade funnit ett nytt hem.

– Vilken lättnad, sa han och log. Jag var rädd för att du bara kommit in för att glänsa och att jag sen skulle få höra att tanten inte ville ha borden.

– Du pratar som du har förstånd till. Var glad att du blev av med dom.

– Mina objekt blir aldrig gamla, står inte och samlar damm som hos vissa andra. Men jag handlar ju bara med förstklassiga föremål. Jag hörde förresten nånting intressant i går. Jag var på en nationaldagsmottagning. Vitryssland. Men jag såg dig inte?

– Jag väljer mitt umgänge.

– Surt sa räven om rönnbären. I vilket fall kom det fram att Helena Löfgren har kastat ut sin man. Kenneth. Världens kalabalik. Dubbelt tråkigt för honom för det är ju hon som sitter på pengarna. Gamle Wrannbergs dotter, du vet.

– Det känner jag till, sa jag. Det har jag förstått från min städtant.

Eric såg förvånat på mig. Så log han.

– Vi har tydligen olika källor, men faktum kvarstår. Och då kan man ju undra hur det går med uppköpet av SwedeFashion.

– Det kan man, höll jag med.

Men det var inte det största problemet i det företaget, tänkte jag i mitt stilla sinne.

Kapitel XXXV

Det var oroväckande nyheter. Någon snokade, någon hade varit på gymmet, talat med Olle. Men inte en polis, utan en antikhandlare. Hade han sagt i vilket fall. Påstod att han känt Tony, men ingen hade sett honom förut. Han hade aldrig varit på Fit for fight tidigare.

Man hade kollat honom och det visade sig att han hade en flickvän som jobbade på Säpo. Dessutom hade han ett uppdrag för firman där Tony jobbat. Var det en slump eller ett skickligt infiltrationsförsök? Hade vi råd att ta några risker så nära målet?

Det hade redan varit bakslag. Vår kontakt hade briefat om tullen och Arlanda. Det var han som tipsat om antikhandlaren. Och Jack hade sugits in av polisen. Men de hade bara frågat om Tony, antytt att Jack hade någonting att göra med mordet. Som tur var hade han alibi, varit i Amsterdam för att möta de colombianska kontakterna där.

Skulle vi ta hand om antikgubben? Vi visste ju var han fanns. Men ett mord var kanske för mycket? Han hade kontakter med Säpo, personliga kontakter, och de hade redan varit framme och nosat, kommit nära men inte ända fram. Skällt under fel träd.

Fast det måste finnas ett sätt att få bort honom innan allt gick snett. Och det fick inte ske. Stockholm var bara ett led i kedjan. Om planerna här upptäcktes skulle det kunna få en dominoeffekt på hela operationen. Han skulle själv få skulden och han visste straffet. Det fick inte hända.

Kapitel XXXVI

Väl tillbaka i affären ringde jag Jonas Berg för att uppdatera honom. Han var särskilt intresserad av uppgiften om att Kenneth Löfgren hade flugit ner till Marocko och skulle besöka fabriken i Safi. Jag föreslog att han skulle tipsa sin marockanske kollega och det tyckte han var en bra idé.

– Kokainet kommer från Safi i sändningen från deras tygleverantör, sa han. Tony, som jobbade på SwedeFashion där Löfgren är en av cheferna, har mördats och Jack har tydligen blivit skrämd av att du frågat honom. Bitarna verkar falla på plats.

De gör det, tänkte jag när vi avslutade samtalet. Om jag fick tro Alexander så hade den brinnande idealisten Tony sökt en fadersgestalt, funnit en och blivit grymt besviken när han förstått vem det var han litat på, anförtrott sig till. Kenneth Löfgren?

Vid lunchen i Marrakech hade Sture Nilsson fått ett telefonsamtal från någon, kanske tullen eller polisen, om det stora kokainbeslaget. Han hade blivit våldsamt upprörd och konfronterat Kenneth. För Kenneth skulle det innebära slutet. Fängelse, vanära. Utkastad ur företaget. Skilsmässa. Adjö till Helenas pengar. Det fick bara inte hända.

Han mördar Sture och Tony inser vad som har hänt, ställer Kenneth mot väggen. Nu blir det dubbelt värre. Kenneth skulle kunna fällas för mord förutom sin inblandning i kokainsmugglingen. Tony måste också bort. Och nu hade hans kompanjoner, kanske i Jacks gäng, fått kalla fötter när de förstod att någon, det vill säga jag, började intressera sig för deras affärer. Därför måste Kenneth ner till sin leverantör i Marocko och se till att alla hål täpptes till, alla spår sopades bort. Han kände hur snaran drogs åt och förstod naturligtvis att det han måste göra inte kunde hanteras per telefon eller mejl. En ny strategi för framtiden måste väl också diskuteras.

Jag insåg att mina misstankar var lösa spekulationer och att jag inte hade mycket konkret grund att stå på. För var fanns bevisen? En kedja av indicier med alltför många svaga länkar var inte mycket att visa fram i en domstol. Jag måste få mer kött på benen. Frågan var bara var?

Så kom jag på det. Alexander. När Diana och jag var ute i villan på Lidingö, Bates Motel, hade han berättat om Tony. Att han hade hotats av gänget han hängde med på gymmet. De trodde att han visste för mycket. Om vad? Om smugglingen eller om någon form av terroristplaner?

Han hade också talat om Tonys faderskomplex. Att han hittat någon form av fadersgestalt, en mentor som han beundrade och såg upp till och sen blev oerhört besviken på. Jag måste få mer detaljer om den komplicerade situationen innan jag gick vidare.

Vem hade Alexander avsett? Vem var Tonys fadersgestalt och mentor? Sture Nilsson eller Kenneth? Eller någon annan?

Jag ringde Alexander. Först lät han förvånad, undrade varför jag ville träffa honom. Sen gav han med sig och jag kunde åka ut till hans villa vid tiotiden på kvällen. Då var han tillbaka efter en konsert inne i Stockholm. När jag frågat om det inte gick bra hemma hos mig eller ute på stan hade han avböjt. Ville han inte bli sedd tillsammans med mig? Hade Jack pratat med honom?

Jag tänkte inte berätta för Francine att jag skulle träffa Alexander. Men jag slapp ljuga, för hon var på tjänsteresa. Statsministern skulle delta i någon ekonomisk konferens i Baltikum, så kusten var klar. Calle Asplund kontaktade jag inte heller. Jag ville inte komma dragande med mina halvbakade teorier innan jag hade alla kort på bordet.

Dagen flöt på lugnt och stilla, rutinerna tog över och ledde tankarna bort från SwedeFashion och deras problem som ju egentligen, om man skulle vara ärlig, inte angick mig. Jag betalade fakturor, gjorde färdig momsredovisningen, gick in på nätet för att kolla på en stor auktion som hållits i London. Objekten och priserna låg långt över min prisklass, men det är alltid intressant att se vad som händer på marknaden, också ute i stora världen. Vilka trender som är aktuella och vad som kommer. Nya trender, nya moden skulle leta sig också till Köpmangatan, så det var lika bra att vara förvarnad.

Inte förrän på eftermiddagen blev det lite action. En kyrkokör från Fjugesta kom, ja, inte hela kören, men några medlemmar. Resten väntade på Stadsmissionens kafé vid Stortorget. Jag berättade att gruppen hade utsikt över Kristian Tyranns avrättningsplats där närmare hundratalet av Sveriges ledande män mördades en gråregnig novemberdag för snart femhundra år sedan.

– Oj då, det var inte roligt, blev kommentaren. Och det var ju en adekvat sammanfattning.

De letade efter en sextioårspresent till en avhållen körledare, ”en eldsjäl som skapat glädje och gemenskap”, som de uttryckte sig. Efter en stunds konfererande fastnade de för en liten silverbägare från 1700-talet.

– Det är bra, konstaterade de, för då kan man gravera in nånting på den.

– Det skulle jag avråda från, sa jag. Då sjunker värdet. Men de förstod inte min invändning.

– Om det inte står nånting på så är det ingen glädje med den.

Står den framme på skänken så ser man ju ingenting. Nej, det ska vara ett riktigt tack som syns och märks.

De fick som de ville, kunden har alltid rätt, nästan, och jag återgick till min nedsuttna fåtölj vid skrivbordet inne på kontoret. Efter en enkel middag uppe i våningen, upptinad fisk med räkor och potatisgratäng i aluminiumform och en stunds slötittande på tv, lämnade jag Cléo som somnat på kudden i min säng och gick ner till tunnelbanan och åkte till Ropsten. Där fick jag tag i en taxi och tog mig ut i Lidingös sommargrönska. Först förbi stora höghuskomplex, sedan genom villaområden där husen stod tätt bland välskötta trädgårdar och sedan ut på smala vägar med gles bebyggelse. Tätnande regnmoln fördjupade kvällsdunklet.

Skulle chauffören hitta? Det skulle han, sa han trosvisst. Han hade GPS.

– Fina grejer. Annars skulle man aldrig hitta här ute i spenaten.

– Vet du att amerikanarna utvecklade den där grejen för att kunna köra sina ubåtar under Grönlandsisen?

– Det var klokt av dom, annars hade vi blivit sittande här i skogen.

Så var vi framme. Jag betalade med mitt kreditkort, bad att få kvittot utskrivet i stället för att knappa in det på bilens fickdator. Chauffören grymtade men jag stod på mig. Mitt dåliga sifferminne för kodnummer i kombinationen med att de små knapparna på datorn satt tätt, gjorde att det ofta blev fel. När man tryckt fel tre gånger spärrade banken kortet och det tog tid innan man fick ett nytt. En av vardagslivets förtretligheter som jag försöker undvika.

– Världens kråkslott, sa chauffören och såg upp mot huset. Spökar det därinne? Du vill inte åka med tillbaka?

Han log. Ensam stod jag kvar på den smala vägen framför huset. Bilens röda baklyktor blänkte till i en sista hälsning för att sedan försvinna.

Jag såg upp mot det stora mörka huset. Ett par av fönstren var dunkelt upplysta. Ett svagt ljussken på fasaden gav ett obehagligt intryck. Väntade någonting därinne? Nu, i halvmörkret, såg huset mer ogästvänligt ut än när jag varit där med Diana, fast då hade det ju varit sol. Och den krypande känslan jag fått förra gången kom tillbaka, associationen till "Psycho" och Bates Motel där Antony Perkins skar halsen av sina offer medan han konverserade sin avlidna mamma. Intrycket förstärktes av några fladdermöss som likt svarta sotflagor svirrade förbi mot natthimlen. Var det så klokt egentligen att ge sig ut hit ensam? Ingen visste ju var jag fanns.

Jag slog bort tankarna. Log för mig själv. Jag trodde faktiskt inte att Alexanders gamla mamma satt mumifierad nere i källaren.

Snabbt gick jag över den knastrande grusgången, uppför den breda trappan till porten.

Jag ringde på. Hörde den surrande signalen långt därinne.

Ingenting hände. Jag ringde en gång till. Huset var stort. Alexander kanske var på övervåningen? Jag hade ju sett att det var tänt i ett av rummen däruppe.

Fortfarande inga steg innanför dörren. Jag ringde igen, en längre signal, och kände på handtaget. Dörren gled upp på gnisslande gångjärn. Då var Alexander hemma i alla fall, kommit tillbaka från sin konsert. För ett ögonblick hade jag varit orolig för att han blivit försenad inne i stan.

Jag gick in i den mörka hallen. Ljus kom från en öppen dörr ut mot vardagsrummet med det svarta pianot där vi drack te förra gången. Svagt kom musik någonstans ifrån. I tunga vågor. Debussy? Suggestivt, oroande. De tunga, fördrömda ackorden. Långt från heavy metal som förra gången.

I hallens dunkel blänkte den uppstoppade fågelns svarta ögon av glas hotfullt. De utslagna, breda vingarna var beredda till flykt, till attack mot något bytesdjur.

Jag fortsatte in mot vardagsrummet, öppnade dörren helt och gick in. Det var tomt.

Pianot stor kvar, soffgruppen där vi drack te fanns där den stått förra gången. Tapeterna lika brunmurriga och krukväxterna i fönstren slokade fortfarande. Hade han glömt att vattna dem?

Men det fanns en skillnad mot förra gången. På golvet låg Alexander. Han såg på mig med stela, döda ögon. Blod sipprade ur mungipan och glasögonen låg bredvid honom. Det såg ut som om någon trampat sönder dem. I raseri.

Jag såg mig om i det tysta rummet. En svag doft anades. Krutrök? Jag måste ringa polisen. Och jag tog fram min mobil ur kavajfickan.

Då brakade det till ute i hallen, som om en dörr sparkats in. Två poliser rusade in i rummet. De ene av dem skrek ”polis” och riktade hotfullt en svart pistol mot mig.

Så stannade de upp, såg på kroppen på golvet och på mig.

– Vad fan har du gjort, sa den ene.

– Ge oss ditt vapen, sa den andre. Men långsamt och djävligt försiktigt.

De frågade inte vad som hänt, tänkte jag, utan vad jag gjort. Utgick de från att jag var en mördare?

– Jag kom hit för fem minuter sen för att hälsa på Alexander. Och då låg han bara där.

– Det gjorde han? Och dörren var öppen? Det var bara att kliva in? Du får berätta mera på häktet. Polisen log ett ovänligt leende.

– En tant som var ute med hunden ringde och anmälde att hon hört ett skott när hon gick förbi villan. Vi blev kommenderade hit. Var har du din pistol?

– Har ingen, har aldrig haft.

Den andre polisen stod i ett hörn och talade i sin mobil. Så kom han fram och satte handfängsel på mig.

– Jag har ringt på förstärkning. Dom kommer om en kvart. Sätt dig ner så länge.

– Ring Calle Asplund, sa jag. Chefen för Riksmordkommissionen. Det är en god vän till mig och han kan förklara att jag inte är nån mördare.

De såg på varandra, sedan började de skratta, båda två.

– Det är fan så dom kan få till det, sa en av dem. Tala med chefen för Riksmordkommissionen! Det kan jag lova dig att du ska få. Tala med din kompis. Och mer än du tror och har lust till.

Så skrattade de igen.

Kapitel XXXVII

Jonas Berg satt i den stora baren på Reid's Palace Hotel. Han hade kommit samma dag från Lissabon till Madeira, ön som är en autonom del av Portugal.

Det är ju ganska bisarrt, tänkte han. I morse i Stockholm och nu sitter jag på ett av världens ledande lyxhotell, på samma nivå eller snäppet över Ritz i Paris, Dorchester i London, Waldorf Astoria eller Oriental i Bangkok. Han hade bott på alla och kunde jämföra.

Reid's Palace låg högt på en klippa och utsikten över Atlanten och Funchal var magnifik. Stora kryssningsfartyg låg nere i hamnen likt jättelika flytande hotellkomplex med många våningsplan. I fonden reste sig branta höjder. När han flög in hade han frapperats av den vilda, dramatiska terrängen med höga taggiga bergsryggar och djupa raviner.

Längs bergssidorna i söder klängde grönskande odlingar sig trotsigt fast, verkade nästan upphäva tyngdlagen. Men de stöttades av uppbyggda terrasser, och konstbevattnades i smala kanaler av regnet över de skrovliga bergssidorna i mörk basalt.

Så var ju Madeira också resultatet av ett enormt vulkanutbrott, liksom Kanarieöarna. Och det var inte över än. Enligt reseguiden han läst i sin flygplansfåtölj var det inte fråga om *ifall* ett nytt utbrott skulle inträffa i regionen utan om *när*. Boken kunde knappast ha varit sponsrad av den lokala turistnäringen.

Ungefär som Los Angeles och San Fransisco, tänkte han. Alla visste att ”the Big One”, den stora jordbävningen, skulle komma. Men man förträngde, levde sina liv som om ingenting kunde hända. Var det inte den engelske poeten Auden som hade sammanfattat situationen för våra liv? ”Vi lever på en ständig picknick en solig sommardag, men vi ser åskmolnen vid horisonten.”

Av guiden framgick också att Madeiras sydliga bergssluttningar var nästan täckta av yppig, eruptiv vegetation i det subtropiska klimatet där varma vindar från Afrika och den bördiga jorden samverkade. Bananer, vin och grönsaker var viktiga exportartiklar, men turismen var den stora inkomstkällan. Från början var det rika portugiser och trötta engelska lorder som flydde rå kyla och fog, men en förskjutning hade skett mot ”vanliga” turister. Charterresor hade tagit över privata yachter.

Och här sitter jag, tänkte Jonas Berg. Fast ”vanlig” turist var han förstås inte. Tvärtom. Han var en del av en sofistikerad operation som skulle nysta upp ett colombianskt nätverk, en av kokainkartellerna i Bogotá.

Han hade mött sin gamle kollega Abdel Bensmail, nu en av cheferna inom den marockanska säkerhetspolisen, och Herbert Westreicher från CIA. De hade träffats på Intercontinental Hôtel i Genève, i backen alldeles ovanför FN-palatset. Från sviten där de satt hade man en fantastisk utsikt över Genèvesjön och Mont Blanc. Jonas, som briefats i Stockholm, hade förstått att deras möte hade föregåtts av ingående och topphemliga diskussioner mellan säkerhetstjänsterna i tre länder: Sverige, USA och Marocko. En ”sting-operation” som riktade sig mot en knarkkartell med förgreningar till Marocko och Sverige, och där misstänkt terroristaktivitet fanns med i bilden.

Herbert Westreicher, stor och tung. Brett-ansikte, borstiga ögonbryn och en tillbucklad näsa. CIA-agent och före detta marinsoldat. Det hade han stolt berättat och det såg han ut för. Han hade hälsat med ett handslag som en gammal bysmed och nu betraktade han avvaktandes Jonas där de satt runt ett bord. Han var tyst, såg på honom som om han vägde och mätte. Så log han.

– You look okay, sa han och höjde sin kaffekopp som om han beseglat sitt godkännande med en skål.

– Jag vet, bekräftade Abdel Bensmail. Vi har känt varandra i tjugo år.

Han log och åter tänkte Jonas på hur Abdel liknade schablonen av en romantisk schejk. Svarta ögon. Svart hår, en markerad höknäsa och olivbrun hy. En stolt jaktfalk. Det enda som fattades var solnedgången och den vita hingsten för att bilden skulle bli fullständig.

– Utmärkt, sa Herbert. Ja, i korthet går operation Stingrock ut på att krossa en av dom större kokainorganisationerna i Colombia, en miljardindustri. Enligt FN:s beräkningar ligger årsvinsten på över åttio miljarder dollar. Förr gick huvuddelen av deras export till USA via Mexiko, men vi har lärt oss. Blivit effektivare. Och maktkampen inom den mexikanska maffian har inte gjort det lättare för utomstående. Det är ju rena inbördeskriget.

– Man söker nya vägar och nya marknader. Flyg, ubåtar. Dom hade till och med grävt en lång tunnel under gränsen till USA men den upptäcktes. Så det blir mer och mer riskfyllt. Därför går en stor del av exporten till Europa via Västafrika. Nu tänker jag alltså på sydamerikanerna, inte på asiater och andra.

– Jag vet, sa Jonas. Laster med GPS-sändare dumpas på internationellt vatten utanför kusterna och plockas upp av snabba motorbåtar.

– Exakt. Du har läst på. Herbert log. Och nu har vi i samarbete med svenska myndigheter och våra marockanska vänner identifierat en viktig länk i den här trafiken mellan Colombia,

Marocko och Sverige. Och vi är rädda för att omfattningen ska öka.

– Sen finns det ju en annan dimension som Jonas och jag har diskuterat, sköt Abdel in. Vi har anledning att misstänka att det kan finnas en koppling till planerad terroristaktivitet i Sverige.

– Jag vet. Herbert Westreicher nickade bekräftande. Och det gör det ju speciellt intressant för oss. Vi har indikationer på att det ingår i en större operation, också utanför Sverige.

– Det låter intressant, sa Jonas. Jag har ju fått veta en del redan i Stockholm innan jag reste, men hur kommer jag mer specifikt in i bilden?

– Som du vet har vi clearat det med myndigheterna i Sverige, med utrikesdepartementet på högsta nivå och med Säpo, men inom en mycket begränsad krets, med hänsyn till risken för läckor. Det är ju en extremt farlig operation. Människoliv är förbrukningsartiklar i dom här kretsarna.

Vår plan ser i grova drag ut så här. Kokainet går från Safi, en stad på västkusten i Marocko, till Stockholm. Vi har anledning att tro att det har pågått i flera år och vi fick bekräftelse på det när svenska tullen gjorde ett tillslag på Stockholms flygterminal – det är väl Arlanda den heter? – och hittade tjugo kilo kokain.

– Det stämmer, sa Jonas. Insmugglat i ett tygparti.

– Precis. Vänta ett ögonblick så ska jag ringa room service och ta upp mer kaffe och te. Förr levde jag på kaffe, men magen sa ifrån så nu får jag hålla mig till te, som en gammal tant. Herbert log.

Jonas såg på den biffige ex-marinsoldaten. Något mindre tantaktigt fick man leta efter. Men han förstod Herbert. Amerikanskt kaffe var inte någon höjdare. Smakade som att kyssa sin syster.

– Jag hörde nånting festligt häromdan, sa Herbert. Dom serverar ”arab tea” här på Intercontinental. Muslimer får ju inte dricka alkohol så när dom kommer för afternoon tea så finns det whisky i kannorna.

– Nöden är uppfinningarnas moder, konstaterade Abdel.

– Skämt åsido, fortsatte Herbert sedan han ringt room service, så har vi infiltrerat deras organisation. Har folk på insidan och mig ser dom som en viktig länk i USA. Och våra kontakter har sett till att vi ska möta en av deras chefer, Alvaro de Souza, på Madeira. Han är kuban, fåfäng, beundrar Che Guevara och Fidel Castro och kallar sig "El Comandante" efter högt föredöme. Hans ambition är att ta sig till toppen och bli en ny Escobar.

– Hur kommer det sig att dom ställer upp på ett möte? undrade Jonas. Och varför på Madeira? Det är ju långt från hemmaplan.

– El Comandante är orolig för utvecklingen i Sverige. Leveranserna dit går ju också till stor del vidare ut i Europa. Sverige är ett viktigt nav i den nya verksamheten. Med Schengenavtalet och utan passkontroll underlättar det verksamheten. Herbert log ironiskt.

– Varför just Madeira? upprepade Jonas.

– Ön ligger ute i Atlanten, inte långt från den afrikanska västkusten. Det är också en viktig angöringsplats för deras smuggelfartyg. Att flyga dit är ingen konst och det finns exklusiva hotell. Våra killar gillar lyx. Och Marocko ligger inom räckhåll för deras privata jet. In och ut. Snabba ryck. Ingen uppmärksamhet.

– Jag förstår bara inte vad jag ska göra i det här sammanhanget. Rent konkret alltså, sa Jonas.

– Du ska vara svensk med stort S. Herbert log. Abdel ska vara marockan och jag amerikansk mafioso.

– Och?

– Abdel representerar leverantörer och mellanhänder och du är som sagt svensk. Via dina kontakter i Stockholm har du fått klart för dig att colombianerna inte är nöjda med hanteringen där. Särskilt inte efter det stora beslaget för ett tag sen. Och nu vill du diskutera att ta över verksamheten.

– Då skulle vi få veta vilka deras nuvarande kontakter är?

– Yes sir, yes sir!

– Är det inte ganska orealistiskt? Jag ser ju inte ut som en mafioso från Balkan, hoppas jag i alla fall.

– Det är det som är finessen. Dom ser sig som etablerade businessmän i slips och kostym. Kommer du med skinnväst, guldkedja om halsen och tatueringar är du körd.

– Hade det inte varit bättre med nån från Säpo eller narkotikaspaningen? Dom är ju proffs.

– Jo, men vi vill inte riskera att någon kan identifieras. Våra motståndare är effektiva och har järnkoll. Du är bara med en gång här nere och för dom är du helt anonym. Sen försvinner du och vi slår till. Det vi får fram i kväll kommer att räcka som bevis och världen blir en mycket bättre plats.

Herbert reste sig skrattande och gick till dörren för att släppa in rullvagnen från room service.

– Och Abdel vill också ha sin bit av kakan i Marocko. Skicka upp varorna på ett säkrare och effektivare sätt.

– Om jag har förstått rätt så ska vi alltså flyga till Madeira för att göra business med en av toppskurkarna i den colombianska knarkmaffian, konstaterade Jonas.

– Vad händer om dom upptäcker att vi bluffar, att det är en sting-operation? Frågande såg Abdel på Herbert.

– Då blir det tråkigt. Djävligt tråkigt. Men spelar vi våra kort rätt kan vi få fram bevis som kan spränga den här kartellen och sätta dit kontakterna i Stockholm och stoppa deras kanaler ut i Europa. Och som en extra bonus kan vi komma åt dom här figurerna som lär planera nåt djävelskap i Sverige.

– Det låter bra, sa Jonas. Men han kände sig inte alldeles övertygad. Sydamerikanska drogbaroner var inte några dagisfröknar.

De hade tusentals liv i sin bokföring där intäktssidan tyngdes av dollarmiljarder. De var inte villiga att ta några risker och den som upplevdes som ett hot blev inte långlivad. Skulle han backa ur? Men han insåg att det var för sent. Han visste för mycket.

– Ni får alltså falska pass och flygbiljetter till Madeira. Och checkar in på Hotell Reid's Palace. El Comandante gillar lyx. Ni kommer att få närmare instruktioner där nere. Frågor?

Jonas Berg hade kommit sen eftermiddag, packat upp sin rullväska, duschat och bytt om.

– Du måste se respektabel ut, hade Herbert sagt. Kostym och slips, se ut som en businessman. Dom där typerna betraktar sig inte som knarksmugglare. Dom är big business.

– Måste man vara respektabel när man förhandlar med skurkar?

– El Comandante ser sig själv som en framstående affärsman. Har familj, går i kyrkan och har olika projekt som bekämpar analfabetism och fattigdom i Colombia. Han har till och med anlagt en fotbollsplan i slummen i Bogotá. Där ses han som en hjälte, en efterträdare till Pablo Escobar.

– Om han nu är så märkvärdig förstår jag inte att han kommer ända till Madeira för att prata med oss. Smugglingen till Sverige måste vara småpotatis för honom.

– I och för sig, men det är ju ett led i den nya organisation som han ska bygga upp i Europa och där är Stockholm som sagt viktigt. Men det gäller att hålla tungan rätt i mun när du kommer in på den svenska biten och din roll. Din organisation och dina kontakter med politiker och polisen. Sånt uppskattar han. Korruption som smörjmedel.

– Sen ska jag förstås försöka lirka ur honom vem som i dagsläget håller i hanteringen i Sverige?

– Precis! Du har fattat vad som gäller.

Sedan han gjort sig i ordning gick Jonas ner till baren. Han kom genom en lång korridor och höga salar med glest utplacerade sittgrupper över stora mattor.

På väggarna satt inramade foton av olika storheter som bott på Reid's Palace genom tiderna. Där fanns Winston Churchill sida vid sida med Batista, Kubas diktator före Castro. Rader av länge sedan glömda politiker och slocknade stjärnor från teaterscener och filmdukar.

Men de flesta bilderna föreställde vinddrivna kejsare, kungar, prinsar och furstar och andra representanter från för länge sedan nedmonterade riken. Självmedvetet och ofta arrogant såg de in i kameran i kostym och slips eller halmhatt och spatserkäpp, lyckligt ovetande om vad som snart skulle hända dem och deras riken.

Aktuellare foton hängde där också, som av kung Carl Gustav och drottning Silvia. Bredvid fanns ett av Martin Ljung, en udda fågel bland Habsburgare och Bourboner.

I baren satte han sig vid ett fönster med utsikt över bukten och några stora kryssningsfartyg med ljusgirlanger som glittrade. Långt där nere bröt Atlantens vågor mot svarta basaltklippor och skummet lyste vitt. Bruset från bränningarna hördes som ett avlägset dån.

I fonden höjde sig Funchals bebyggelse över kullarna upp mot bergssidorna. Ljusen hade redan börjat tändas, bildade ett glittrande, pulserande mönster i den fallande skymningen.

En servitör i vit rock med blanka knappar räckte fram drinklistan. Förstrött bläddrade Jonas igenom sidorna för att fastna inför avsnittet med titeln "Dry Martini".

Nu skulle Johan Kristian varit med, tänkte han och log. Dry Martini verkar ju vara hans specialitet. Det hade verkligen varit roligt att träffa kusinen igen efter alla dessa år. Han hade varit sig lik. Humoristisk. Eftertänksam. Full av onyttiga kunskaper om ovidkommande ting som han gärna delade med sig av. Och Francine var fantastisk. Vacker, intelligent, humoristisk. Hur hade hon kunnat fastna för Johan? Med hennes intelligens, utseende och bakgrund hade hon kunnat fånga större fiskar. Men Johan hade säkert dolda talanger och dimensioner som han inte hade förstått. Hursomhelst så skulle han skåla för honom i en iskall Dry Martini.

Jonas gick noggrant igenom den långa listan och stannade till slut inför ett val, två möjligheter. Antingen George Bernard Shaws variant på tioårig Bombay Sapphire och torr vermouth eller Winston Churchills.

Båda var världsberömda, båda hade fått nobelpriset i litteratur och båda hade bott på Reid's Palace. Shaws "Pygmalion" hade gjort internationell succé som "My Fair Lady". Churchills "Memoirs of the Second World War" hade varit lika framgångsrika, fast inte som musikal. Han log åt den bisarra tanken och fastnade för Winstons variant. Den var originell. Vodka och madeira, öns nationalprodukt. Madeira i stället för vermouth, kunde det fungera?

Då kom Herbert Westreicher, satte sig bredvid honom.

– Jag har en date med Winston Churchill, sa Jonas.

– Churchill? Han såg frågande ut, men skrattade när han fick förklaringen.

– Du är närmare att träffa honom än du tror. Om en stund ska vi möta El Comandante i Churchillsviten. Det är den största och dyraste på hotellet och där bodde Winston på sin tid.

– Good evening. Det var Abdel som kom. Han log mot dem och satte sig på Jonas andra sida.

– Vill du också ha en Martini? frågade Jonas. Be my guest.

Han avböjde. Som muslim drack han inte alkohol. Det borde jag tänkt på, men det är tanken som räknas, tröstade sig Jonas. Herbert däremot tackade inte nej till Shaws variant. Och drinken kom i ett stort, brett glas med en vindruva på tandpetaren i stället för oliv.

– I kväll heter jag Vincente de Marco, förklarade Herbert. Dom känner mig sen flera år under det namnet och jag tillhör en av familjerna i Chicago. Ni kallar mig Vince. Och ni vet själva vad ni heter. Du Jonas är alltså Prvoslav Mihlovic, dina föräldrar kom från Jugoslavien och du är förankrad i dom kretsar som vill ta över i Stockholm. Och Abdel är alltså Ali Ben Said från en gruppering som sköter en del av transfern från Marocko till Europa, men som vill ha större marknadsandel. Och ni kan era repliker? Vet vad ni ska säga?

– Gentlemen.

En ung kvinna hade kommit fram till dem. Långt svart hår. Lätt solbränd, stora mörka ögon med långa ögonfransar. Äkta?

Hon hade svart dräkt, vit blus och skor som inte var högklackade. Uniformerad som en kvinna i karriären, det var bara en laptop under armen som fattades. Men det var hon inte, åtminstone inte i den karriär på bankkontor och börsföretag Jonas associerade till.

– Jag heter Maria Montez, sa hon med mjuk melodisk röst, och jag är assistent till doktor da Souza. Han väntar er i Churchillsviten. Jag visar vägen.

Hon log mot dem. Herbert tömde sitt glas och de gick, Maria Montez före och de tre andra efter.

En stor sal med högt i tak och smäckra marmorpelare passerades, flera andra stora rum följde, dörrar in till en restaurang. Längs en korridor med heltäckningsmatta, förbi receptionen. Så stannade Maria upp inför en hög bred dörr i mörkt trä, låste upp med en mässingsblank nyckel. Innanför, i en hall, väntade två bistra män i mörka kostymer som verkade för trånga för deras kraftiga kroppar.

Med vana händer kände de tyst längs armar, sidor och ben,

sökte efter vapen. Det ingick väl i ritualen om man skulle få audiens hos El Comandante. För att demonstrera makt eller var det en nödvändighet i hans brutala värld?

Efter visitationen fortsatte de, passerade ett mindre rum och kom in i ett stort hörnrum med breda fönster åt två håll. En hög glasdörr stod öppen ut mot en terrass och nedanför bredde en stor park ut sig med palmer och höga växter som mörknade i skymningen. En röd sol sjönk sakta ner mot Atlanten bakom palmkronorna.

En svällande soffgrupp i vitt skinn under en stor kristallkrona, en öppen spis i vit marmor. Ett tungt skrivbord, ett långt mahognybord vid ena väggen med höga alabasterurnor fyllda av blommor. På var sin sida om den öppna glasdörren satt ett par kraftiga män. De gjorde ingen min av att vilja hälsa, såg bara på gruppen med uttryckslösa ögon i de tunga, slutna ansiktena.

I soffan satt en man. Han reste sig när de kom in, välkomnade med utsträckta händer och ett bländvitt leende. Solbränd, glada ögon och det svarta bakåtkammade håret blänkte av någon sorts hårvax. I fyrtioårsåldern kanske. Och han var elegant i något som kunde vara en Armanikostym i mörkblått, vit skjorta och mörkröd sidenslips.

– El Comandante! Herbert Westreicher gav honom en björnkram, kysste honom på båda kinderna.

El Comandante skrattade, löste sig ur hans grepp och hälsade på de båda andra.

– Champagne, whisky, gin, konjak? Frågande såg han på sina besökare.

– Tack, men vi kommer just från baren, sa Herbert, så vi är fulltankade. Och vi är öppna för dina idéer.

– Det låter bra. Slå er ner! Cigarrer finns på bordet.

Jonas såg på värden. Charmfull, trevlig, och långt ifrån mediebilden av en knarkbaron från Sydamerika. Ingen Rolexklocka i guld, inga armband eller guldkedjor runt halsen. Man kunde inte tro att man såg en man som skapat en miljardförmögenhet på andras misär och olycka. En man som bokstavligen talat gått över lik, tusentals. Under den vänliga och kultiverade ytan fanns en kallhamrad psykopat som inte tvekade inför någonting, som hänsynslöst slog ner allt motstånd. Var det verkligen så klokt att ge sig in i det här?

– Gentlemen, började El Comandante, allvarlig nu. Tack för att ni kom, det uppskattar jag, och vi har ett gemensamt problem som ni alla känner till. Ingen kedja är starkare än sin svagaste länk. Och vi har upptäckt läckor och felgrepp, både i Marocko och i Sverige. Normalt involverar jag mig inte personligen i operationer på andra kontinenter, det får mina medhjälpare ta hand om, men här är det fråga om infrastruktur och strategi.

Jag ska bygga upp en ny organisation i Europa. Vi har ju av lätt insedda skäl fokuserat på USA, som är vår största marknad, men deras metoder blir mer och mer sofistikerade och deras motdrag har blivit mycket effektivare. USA är en enhet medan Europa är uppsplittrat i en mängd stater. Visserligen finns gemensamma EU-bestämmelser, men det är skillnad på exempelvis Bulgarien och Frankrike när det gäller narkotikabekämpning. Förstår ni mitt resonemang?

De tre männen runt bordet nickade. Maria Montez kom in med en silverbricka med whisky, glas och iskuber. Herbert tog för sig.

– Jag håller helt med dig, sa han. Införseln blir svårare i USA, deras övervakning effektivare. Det är en utmärkt idé att utvidga och gå in tyngre i Europa. Genom den ”bakvägen” kan man ju också nå Amerika.

– Exakt. El Comandante log och slog upp av whiskyn i ett glas.

– Och då blir Sverige viktigt som en av inkörsportarna. Vår

nuvarande organisation måste bort. Hittills har vi använt oss av ett svenskt företag som tar in varorna i tygleveranser från Marocko, men det funkar inte. Är för amatörmässigt. Och vi har haft problem. Stora problem. Det finns kopplingar till några stollar som vill leka terrorister. Och mord. Det måste vi undvika. Vi vill inte ha polisinblandning.

Vi ska alltså sätta upp en ny organisation i Sverige. Och det finns konkurrens. Ryssar, albaner, italienare. You name it. Och glöm inte portugiserna. Lissabon är en viktig införselhamn. Det blir tufft, men vi fixar det. Han log igen.

– Du nämnde terrorister, sa Jonas. Vet du nånting närmare om det?

– Inte mer än att det finns en gruppering som verkar vilja ha en bit av kakan för att finansiera vad fan det nu är dom ska hitta på. Och det är livsfarligt för oss. Terrorism är ju en prioritering för polisen både i Sverige och USA. Så den biten måste sågas av innan det blir för mycket grävande.

– Jag förstår, sa Jonas, och jag är tacksam om du kan ge oss mer informationer om den där gruppen. Och jag ställer upp, fortsatte han och följde det scenario han diskuterat med Herbert och Abdel. Min organisation har i huvudsak gått in för amfetamin från Baltikum och Polen. Hasch, och cigaretter från Ryssland. Vi samarbetar med jugoslaverna också. Mina föräldrar kom ju därifrån och jag har många personliga kontakter.

– Det är utmärkt. Dom är professionella. Men cigaretter? Förvånat såg han på Jonas. Det finns väl inga riktiga pengar i det? Ett kilo kokain kan du ta i en portfölj, men cigaretter kräver lastbilar om det ska bli volym.

– Jag håller med, men på sikt och i stor skala blir det mycket pengar. Och upptäcks du ger det månader i stället för år i fängelse. Jag har alltså en organisation som är inkörd och som funkar sen flera år. Vi har aldrig haft några allvarliga incidenter med tull och polis. Jag har goda kontakter in i deras organisationer.

Eftertänksamt såg El Comandante på Jonas.

– Intressant, sa han sedan. Vi ska titta närmare på det. Mitt folk får göra lite research. Och likadant i Marocko. Han vände sig mot Abdel.

– Den där textilvarianten får ni släppa. Den är komprometterad efter beslaget. Jag förlorade tjugo kilo kokain. Det är en helvetes massa pengar, också för mig. Och det är inte bra för vårt rykte. I vår bransch måste man ha respekt.

– Jag ska komma med ett förslag, sa Jonas.

– Bra.

– En sak bara. Du sa att du inte var nöjd med hanteringen i Sverige. Det vore bra att veta vilka som är involverade så att jag inte slår in öppna dörrar.

– Jag kan som sagt inga detaljer, men Maria vet.

Maria Montez, som dittills suttit tyst med sin laptop i knäet, gjorde några snabba knapptryckningar.

– Vi har bara koderna, sa hon förklarande, alla uppgifter finns i Bogotá. Men det är en person i textilbranschen, på ett modeföretag. Det är därför dom gått via textilimporten. Det är en av cheferna. Och vi har uppgifter om att inte bara leveransen gick snett. Det begicks mord också, för att täcka upp.

– Kan du se om det är en man eller kvinna? frågade Jonas. Den där chefen alltså.

Maria skakade på huvudet.

– Nej, det framgår inte. Tyvärr. Visserligen är det nästan omöjligt att ta sig in i våra system, men vi är försiktiga med all information som kan användas mot oss.

– Well, gentlemen. El Comandante såg på sin klocka, reste sig. Jag har beställt fram mitt plan till om en halvtimme. Vi hör av oss, försök inte kontakta oss. Säger dom inte så i Hollywood när nån provspelar för en roll? ”Don’t call us, we’ll call you.”

Men jag är säker på att ni alla kommer att få roller i den här pjäsen. Han log. Innan ni går vill jag bara visa utsikten.

Han reste sig, gick till den öppna dörren ut mot parken, ut på den stora terrassen. De andra följde efter.

El Comandante gick fram till marmorräcket, lutade sig över kanten. Långt nedanför branten vräkte havet in mot den skrovliga klippstranden. Skummet blänkte vitt, det dånade som från ett tåg. Jonas kände en lätt svindel när han såg ner.

– En olycka händer så lätt, sa El Comandante. Så ni måste vara försiktiga, mycket försiktiga, inte hitta på några dumheter. Gör mig inte besviken. "I hope you got my message."

Det har vi, tänkte Jonas. Förstått ditt budskap. Han såg på de andra. Det var tydligt att de också hade insett vad El Comandante menat.

– Nu har vi honom, sa Herbert när de hade återsamlats i den nästan folktomma baren. De flesta av gästerna hade gått över till restaurangen vid det här laget.

– Nu är det kört för El Comandante och hela hans djävla kartell. Vi har mycket på honom redan, men det han sa i kväll är spiken i kistan, finns på min inspelningsgrej. Han tog fram en reservoarpenna ur innerfickan. Nu ska vi fira med Winston Churchill, och han vinkade på servitören.

– Du har ju fått din mördare, Jonas, nästan i alla fall, och en ingång till den där terroristgruppen, och Abdel kan slå till mot textilfabriken.

– Är det så säkert att han är körd? frågade Jonas. Kommer colombianerna att lämna ut El Comandante till USA eller ställa honom inför rätta själva? Är han inte alldeles för rik och inflytelserik för det? En folkhjälte i ett korrumperat land.

– "Don't worry", sa Herbert. Nej, den här gången har vi honom.

Men Jonas var inte lika övertygad. Vad hände om El Comandante inte blev utvisad och ställd inför amerikansk domstol? Skulle han över huvud taget lagföras i Colombia? Kunde han i så fall leva ett lyxliv i ett fängelse som skulle användas som kontor för hans fortsatta affärer? Korruption och mutor var ju inte obekanta begrepp i Colombia. Och han tänkte på El Comandantes hotfulla avskedshälsning: ”Gör mig inte besviken.”

Kapitel XXXVIII

– Det här är i stället för medalj.

Med en smäll satte Calle Asplund ner den blå plastpåsen på bordet framför min gustavianska soffa.

– Nu förstår jag inte riktigt. Medalj?

Calle skrattade och tog fram en flaska i blått, Bombay Sapphire.

– Du är vår hjälte. En polispatrull skickades ut till din kompis villa efter en rapport om skottlossning. Och dom hittade dig bredvid liket, men ingen pistol.

– Jag vet, det behöver du inte påminna mig om. Dom satte handfängsel på mig och knuffade in mig i en bil till häktet. Ingen trodde på mig när jag sa att jag kände dig.

– Det är klart att dom inte gjorde. Och det ordnade ju upp sig, men du satt illa till ett tag. Det måste du medge. Calle log förnöjt.

– Och därför får jag sprit i stället för medalj? Det är verkligen en innovation. Ordnarna är avskaffade, men kungen kanske kunde dela ut en låda från Systemet i stället. Det kunde bli en fin ceremoni i Vita Havet på slottet.

– Det kanske skulle uppskattas mer än en medalj. Nej, ditt inhopp ute i kråkslottet gjorde att vi kom på honom. Visserligen hade vi haft honom inne på förhör om Tony Larnells död, men ingenting nytt kom fram. Han hade alibi. Så när vi gjorde en brottsplatsundersökning hittade vi nånting oerhört intressant.

En detaljerad dokumentation över hur den där galningen skulle spränga en bilbomb utanför Riksdagshuset. Vi hittade terroristen alltså. Hjärnan bakom operationen. Den bollen ligger hos Säpo nu. Det fanns ju misstankar om att nånting planerades i Stockholm, men dom hade inga konkreta spår. Så nu är du deras hjälte.

– Francines också?

– Jag hoppas det, men det är ju inte riktigt hennes bord. Så du får väl berätta att du hittade en skjuten terrorist och att du förhördes som misstänkt för mord och att det visade sig att det var en galning som skulle spränga Stockholm i luften. Jag gissar vad hon kommer att säga.

– Det gör jag också. Och vi skrattade båda.

– Då får jag tacka för utmärkelsen. Och jag lovar att skåla för dig. Jag kan bara inte fatta att Alexander skulle vara nån sorts terrorist. Visserligen verkade han vara en smula udda och en tillbakadragen kuf som satt och spelade skivor ute i sitt kråkslott, men inte alls som en fanatisk muslim eller en sinnessjuk Breivik.

– Det är ett av problemen, sa Calle allvarligt. Dom välorganiserade grupperingarna som al-Qaida och andra håller Säpo och deras internationella kontakter koll på så gott det går. Det finns många medlemmar och förgreningar. Men när det är fråga om en ensamvarg är det oerhört mycket svårare. Jag talade med en amerikansk kollega häromdan och han sa att det inte är så svårt att skydda presidenten från dom organiserade motståndarna, men oerhört problematiskt att gardera sig mot den lilla tanten från nån förort. Hon som stoppar kökskniven i väskan, tar en blomsterbukett i handen och ger sig in till stan för att på befallning av Gud eller nån annan storhet tränga sig fram i en folkmassa runt presidenten för att döda. Jag såg ett citat från USA:s justitieminister om det förresten.

– Vad sa han?

– Hon. Att det är den ensamme aktören, den som inte är med

i nån konspiration, som förbereder sig i det tysta en längre tid och som dessutom håller sig under myndigheternas radar, som är det svåraste som finns att sätta stopp för. Det har hon ju rätt i. Men vi hittade bevis.

– Lagrade han bomber i huset?

– Inte riktigt, Calle log, men detaljerade instruktioner för att framställa kraftiga laddningar. I ett låst källarutrymme med ståldörr som vi fick spränga upp fanns informationer om kemikalier, om vätesuperoxid, ph-papper, aceton och annat. Det ingick i dom laddningar som användes i London för några år sen när man sprängde bussar och tunnelbanan. Och där fanns ett kassaskåp med detaljerade kartor över centrala Stockholm och foton av Riksdagshuset. Vägar var utmärkta, tidsangivelser och mycket annat fanns, som exempelvis en markerad flyktväg över vattnet från Helgeandsholmen. Sen fanns ett lager med affischer och trycksaker om Irak och Afghanistan. Om nykolonialt förtryck och hela det köret. Vi har inte hunnit gå igenom allt än och Säpo är med och gräver. Så det var inte nån blyg mammas gosse du umgicks med.

Jag satt tyst, tog in vad han sagt. Tänkte på den gången jag mötte Alexander ute på Lidingö, på ”Bates Motel”. De mörka, intensiva ögonen. Det tunna bleka ansiktet, som om han sällan varit ute i sommarvädret. Välkammat hår, kostym. Vit skjorta och fluga.

Så långt från bilden av en fanatisk terrorist jag kunnat tänka mig. Men jag borde ha lärt mig min läxa. Döm inte hunden efter håren. Allt är inte vad det ser ut för. Seriemördare kan likna pastorsadjunkter från landet.

– Om det alltså inte var jag som mördade Alexander, så vem var det då?

– Vi utgår från att det var nån från den här grupperingen runt honom. Han kunde inte varit helt ensam. Och vi ska titta på din andra kompis, Jack, han från gymmet, och hans krets. Det kan ha varit nån sorts maktkamp inom gruppen. Eller så var dom rädda för att Alexander Lundin skulle backa ur. Trodde dom att han skulle berätta? Dom visste naturligtvis att han hade varit inne på förhör. Vi vet inte vilken motivbild som finns, men vi jobbar på det nu.

– Kan det ha att göra med kokainsmugglingen?

– Hurdå, menar du?

– Tony Larnell arbetade ju på SwedeFashion som var mottagare av tygpartiet. Var det han som låg bakom smugglingen för att finansiera attentatet och hade Alexander lagt undan pengar för sin egen del? Eller det kanske rörde sig om hämnd?

– Hämnd?

– Alexander hade en kärleksaffär med Tony. Det berättade ju Jack. Alexander var åtminstone kär i Tony, även om det kanske inte var ömsesidigt. Alexander kunde alltså ha mördat Tony i nåt slags passionsdrama. Och nu ville nån hämnas. Jag kommer ihåg att Alexanders glasögon låg bredvid honom på golvet och nån hade trampat sönder dom. I affekt? En hämnare?

Jag sa det inte högt, men tanken på Diana föresvävade mig.

– Allt är möjligt. Tack för tipset, men oroa dig inte och lägg dig inte i. Det räcker och blir över för din del nu.

– Har du is och vermouth hemma förresten? Och oliver eller citron? Det har varit en jäkligt lång dag och jag tar tunnelbanan hem. Sen skryter du alltid över dina Dry Martinis. Upp till bevis!

– Faktiskt, du har tur. Jag tror jag har en skvätt vermouth stående och en citron finns i kylskåpet. Det är inte stort, men det finns ett frysfack med iskuber. Glas har jag också men bara vanliga dricksglas.

– Utmärkt. Nu börjar det likna nånting. Dygdens belöning! Men jag föreslår att vi sitter inne på ditt kontor. Det kanske verkar lite udda om chefen för Riksmordkommissionen sitter och dricker sprit med en nyss mordmisstänkt antikhandlare inför öppet skyltfönster.

Han skrattade sitt i poliskretsar beryktade skratt. Det som började längst ner i magen för att arbeta sig uppåt och nå full orkanstyrka i slutänden. Nästan i alla fall.

Jag blandade drinkarna efter mitt beprövade recept, det vill säga ögonmått och känsla. Tog osthyveln och drog fram tunna strimlor solgult citronskal som pricken över i. Och det blev till belåtenhet.

– Inte så tokigt faktiskt, sa Calle uppskattande. Det här kan du åtminstone.

– Tack för komplimangen, fast den var lite snålt tilltagen.

– Det ligger tydligen i släkten.

– Vilket då?

– Att bli inblandad. Jag tänker på din kusin.

– Jonas Berg?

– Precis. Han har skickats ut på ett äventyrligt uppdrag. Tids nog får du veta mera, för närvarande är det topphemligt. Inte ens jag känner till detaljerna.

– Har det med mordet på Alexander att göra?

– Kanske, men vi vet ingenting än.

Då hoppade Cléo upp på skrivbordet, såg på Calle med outgrundliga ögon.

– Hon påminner om Ingrid, min fru.

– Gör hon?

– När jag nån gång tar stora drinkar tittar hon på mig så där. Det finns för mycket kalorier i dom, säger hon. Och jag försöker ju gå ner. Du vet att wienerbröden står på svarta listan, min tröst i en sorglig tillvaro. Så nu är det kaffe och digestivekex som gäller på kontoret. Skål, Johan och tack för fint samarbete. Han höjde sitt glas.

– Äntligen! Det var inte i går precis ett tack kom över dina frostnupna läppar.

Calle skrattade.

– Självklart inte. Det är bara när du förtjänar det. Och det är ju inte så ofta.

När Calle gått en stund senare, efter en rejäl uppfräschning av drinken, tänkte jag på vad han sagt om Jonas. Han hade skickats ut på ett äventyrligt, topphemligt uppdrag.

Jonas hade ringt till mig för ett tag sedan och berättat att han skulle resa utomlands. På semester. Men han hade svävat på målet när det gällde vart han skulle fara. ”Söderut”, hade han sagt. ”Till solen.”

”Men den finns ju hemma, det är faktiskt sommar.”

”Det är riktigt”, hade han svarat, ”men det finns platser där solen skiner ännu mera.” Han hade skrattat. ”Jag ska berätta när jag kommer hem.”

”Gör det, men jag gissar att det är en betald semesterresa. Du ska åka till Jamaica på skattebetalarnas bekostnad för att inspektera nåt bortglömt konsulat. Man vet ju hur det går till i era kretsar.”

Jag fick vänta och se. Jonas skulle säkert höra av sig när han kom hem. Så började jag gå igenom högen som vuxit på mitt skrivbord. Mest räkningar, en del galleriinbjudningar. Reklam. Trist, trist.

Men ett glädjeämne fanns trots allt. Min porrtidning. Förstå mig rätt: Det är alltså inte en tidning med avklädda herrar och damer som gör egendomliga saker tillsammans, det är Auktionsverkets katalog för vinauktionerna.

Jag älskar goda viner från alla jordens hörn, har inga fördomar och tycker om att experimentera, men de riktiga storheterna ligger långt bortom mina tillgångar.

Jag bläddrade fram en förförisk bild som var svår att motstå. I ett oerhört stilfullt fotoarrangemang i färg fanns några dyrgripar: Cheval Blanc 1947, Château Pétrus 1928 och Château Margaux 1900. Oåtkomliga, men en fröjd att se.

Jag slog upp priserna. Och de bekräftade min förmodan. 25 000 var utropet för Cheval Blanc, 40 000 för Pétrus och Margauxen ropades ut för 60 000. Château d'Yquem fanns också representerat, det gyllengula bärnstensskimrande sauternesvinet, den okrönta drottningen. Som att dricka kallt solsken. Och i en prisklass för sig. Så var det också kungars och presidenters favorit.

Jag tänkte på mitt besök på slottet.* Middagen hos dåvarande ägaren greve Alexandre de Lur-Saluces, en ättling till korstågsriddarna. Hur vi inlett med en Yquem 1961 till en skiva gåsleverpaté, Château Figeac 1971 till filén och Yquem 1937 till grönmögelosten.

Men den fantastiska vingårdsutflykten avslutades med ett annat sauternesvin som ackompanjerade dessertens fruktkaka, Château de Fargues, som varit i familjens ägo sedan 1492, samma år som Columbus kom till Amerika. Alexandre hade förklarat hemligheten bakom ett av världens exklusivaste vin. Det var en liten mögelsvamp, ädelröta, som skapade en process som gjorde vinet unikt. Tjockflytande, fylligt, kraftigt och med stor sötma när druvorna var övermogna sent på hösten och plockades en och en för hand.

Alexandre berättade också om slottets dramatiska historia. Hur det beslagtagits under franska revolutionen eftersom det var "feodalt" och "tillhörde" folket. Först efter många års processande kom det tillbaka till familjen.

Samlandet är en urgammal mänsklig egenskap. Man samlade föda för vintern, man kastade inte bort någonting man kunde ha nytta av. Hos många i senare generationer kunde samlandet bli

* (Mårtenson: "Vinprovarna".)

en passion. Och det fanns samlare för allt. Från tändsticksaskar och frimärken till bilar och konst. För att inte tala om viner. Men där var ju passionen förödande och självförtärande, skulle till sist uppsluka sig själv. För till syvende och sist skulle ju vinerna komma att drickas och då återstod bara minnet av en hisnande smakupplevelse och svunna tusenlappar. Och man köpte ju grisen i säcken. Vinet kunde ha blivit fellagrat och förvandlats till vinäger.

Då var det bättre att hålla sig till mindre exklusiva årgångar och slott. Boxvin gick ju också bra om det knep. Och det gjorde det ofta, åtminstone för mig. Häromdagen hade jag läst om en ny uppfinning som skulle visa hur mycket som försvann ur boxen efter varje besök. Jag vet inte om det skulle bli någon försäljningsframgång.

– Sura rönnbär, sa jag till Cléo som satt på fönsterbrädan. Avundsjuka!

Jag skulle ha blivit bonusdirektör eller riskkapitalist, tänkte jag, i stället för antikhandlare. Men jag fick skylla mig själv. Jag levde åtminstone ett lugnare liv än börsfarbröderna. Fast gjorde jag det, egentligen? Jag var faktiskt inblandad i tre mord, hade misstänkts för ett, hotats av en biffig gymkille och hamnat mitt i en härva av intriger och konspirationer på ett stort modehus där kokainsmuggling förekom och två av medarbetarna mördats. Lade man till förberedelser för ett terroristangrepp mot Stockholms hjärta så var det faktiskt en ganska imponerande rad av omständigheter som ingick i min vardag, om man tänkte efter. Så bonusklipparnas liv var kanske lugnare när allt kom omkring. Och jag fick faktiskt till viss del skylla mig själv.

Kapitel XXXIX

Några dagar senare ringde Jonas Berg.

– Hej, Johan, jag är tillbaka.

– Välkommen hem. Var har du varit?

– Hemligt.

– Jag hoppas att solen sken och att vattnet var varmt. Eller är det också hemligt?

– Faktiskt inte, men det gjorde den och det var det. Solen och vattnet alltså. Härligt.

– Vad hade du för dig mer än att bada och sola?

– Hemligt. Han skrattade. Jag kan inte berätta nånting än, men jag kan säga så mycket i alla fall att en av cheferna på Swede-Fashion ligger bakom tråkigheterna där.

– ”Tråkigheter” är dagens understatement. Det gäller faktiskt två mord eller kanske tre och kokainsmuggling.

– Sorry, men det är allt jag kan säga nu och jag skulle väl inte ha berättat det heller. Och det är sub rosa, som du förstår.

– Sub rosa?

– Var det inte så dom gamla romarna gjorde när dom diskuterade hemligheter som inte fick spridas? Då hängde dom en ros i taket över matbordet där dom satt eller snarare låg. Men jag hör av mig lite senare när vi kan lägga alla kort på bordet, även om dom kommer att bli hemligstämplade.

– Nån liten hemlighet kan du väl dela med dig av?

Jonas skrattade.

– Okej då, eftersom det är du som ber. Du ska få receptet på Winston Churchills Dry Martini. Jag har just fått det och du är ju en gammal martiniveteran. Din lever är väl nästan marinerad.

– Driver du med mig?

– Hur skulle jag våga det? Och skrattet var tillbaka. Du tar alltså vodka, men i stället för vermouth så använder du torr madeira.

– Det är ju ett efterrättsvin? Det brukade mina föräldrar ha till desserten när dom hade middagar.

– Mina också. Jag får skylla på Churchill. Och ingen oliv men en vindruva på tandpetaren.

– Det låter lite egendomligt. Kombinationen alltså. Vodka och madeira.

– Jag håller med dig. Men tänk på att han vann andra världskriget och Hitler var nykterist. Så du får väl pröva.

– Jag lovar. Jag har alltid varit road av att experimentera.

– Det vet jag. Jag minns när vi byggde en ångmaskin uppe på din vind och den exploderade. Som tur var stod det en brandsläckare där. Och tur var det också att din pappa var präst, annars hade väl fan tagit oss.

– Säkert.

– Hej då, vi hörs.

Värst vad han var hemlighetsfull, tänkte jag när jag stängt av. Men tids nog skulle jag förhoppningsvis få veta, en del åtminstone. Fast det han berättat om SwedeFashion var intressant. Mycket!

På eftermiddagen ringde Rolf Dahlberg, arkitekten jag träffat i lokalerna på Biblioteksgatan, han som ritat Margaretas nya ”boutiquer”. Han ville att jag skulle komma över med mina tygprover så att vi kunde stämma av färgsättningen. Inte så att han skulle rätta sig efter mig och måla om väggarna, hade han förklarat med ett skratt, men det var viktigt att mina tyger var i harmoni med hans färgskala.

Jag svarade att jag fått se en del förslag på väggfärger och annat när jag var där förra gången. Så proverna jag tog med mig var säkert inte problematiska. Och vi bestämde att jag skulle komma över vid niotiden nästa morgon.

När jag kom till lokalen var arbetet i full gång. Elinstallationerna verkade klara och entrérummet var färdigmålat i klart lysande majorelleblått.

– Det är Margaretas älsklingsfärg, sa Rolf Dahlberg när vi hälsade. Jag tycker kanske att den är lite skarp, men Margareta dyrkar ju Yves Saint Laurent så jag fick böja mig. Han skrattade. Hon ska till och med hänga honom inne i affären. Hon har ju en stor litografi av Andy Warhol på sitt kontor. Jag har sagt till henne att hon måste höja försäkringen. Så det är blått som gäller. Du får väl balansera det med några kraftiga tyger. Citrongult kan vara en variant.

– Jag vet. Citron, terracotta och grönt. Det var ju färgerna som bröt mot det blå nere i hans trädgård. Gula lerkrukor och grön växtlighet. Jag har med mig en väska med prover, om du vill se.

– Gärna.

Vi gick in i ett större rum. Mitt på golvet fanns ett stort bord, en byggplatta lagd på bockar.

– Jag har valt en lätt och neutrala färgskala, sa Rolf, i svagt majsgult, svagt aprikos och vitt. Inte rent vitt, snarare off-white, det blir för hårt annars mot en mjukare nyans. Så jag tror inte vi behöver ha några problem med dina möbeltyger.

Jag visade upp mina prover. Den gustavianska randningen dominerade, möblerna var ju från den epoken. Vitt, blått, grått. Mönstren var diskreta och borde passa bra mot de väggfält han beskrivit.

– Det verkar okej, sa Rolf Dahlberg efter en stund. Det blir säkert väldigt stiliga möbler, men dom får ju inte ta över. Kunderna ska synas också. Och deras nya, fina och dyra kläder.

– Det kommer till en del möbler i trä också. Mörkt trä, mahogny och valnöt bland annat. Några byråer och ett par bord. Men dom gustavianska stolarna går i ljusgrått. Träet alltså. Men det behöver ju inte bli några krockar mot dina väggar.

– Inte alls. Men jag vill gärna se mattorna också.

– Jag har med mig foton så att du får ett intryck av färgskalan. Det är äldre orientaliska mattor och någon kinesisk i ganska milda färgskalor och med diskreta mönster. Jag ser inga problem där, dom kommer att passa in i helheten. Jag har några kaukasiska också. Dom är ju färgstarkare förstås, men det behövs några inslag som livar upp.

Rolf gick igenom bildmaterialet, matta efter matta.

– Det blir nog bra, sa han. Och skulle det bli problem, om du drar hit nånting som skär sig mot mina väggar och tak, så får du ta hem det igen. Du får sälja prylarna till nån annan och ta hit nya. Han log.

– Inga problem. Men Margareta har faktiskt godkänt vad jag köpt.

– Då är jag lugn. Hon vet vad hon vill och ser till att det blir så också. Det behövs i det där företaget. Hårda nypor. För många hövdingar och för få indianer. Som svenska försvaret. För många generaler och amiraler, för få soldater.

Det kan du ha rätt i, tänkte jag. Edvards döttrar och svärsöner, finanschefen och andra chefer av olika format. En spridd församling, men de hade en sak gemensamt. Var och en hade sin egen agenda, sin egen kompassriktning mot framgång. En spretande process där Margareta framstod som en bromskloss.

– Då säger vi så, sa Rolf Dahlberg. Det var bussigt av dig att titta in, nu vet vi var vi står. Det är bara att kicka igång. Hoppas du har bra och snabba tapetserare. Det tar väl sin tid att klä om möbler?

– Det ordnar sig. Allt är under kontroll.

Och det var det, för jag hade fuskat. De rakryggade, gustavianska stolarna hade jag redan lämnat in till min hovleverantör. Jag hade räknat med att tygerna var så diskreta, både i färg och i mönster, att de inte skulle bli några problem. I värsta fall fick jag ta ner dem till affären. Den sortens stolar var inte svårsålda.

– Nej, nu måste jag vidare, sa Rolf. Vi har en del trassel ute i pentryt med rörsystemet som måste lösas och sen ska toaletten vara handikappanpassad. Har du några problem så hör av dig. Annars ses vi när du kommer med flyttlasset. Hej så länge. Han log och gick.

Jag plockade ner mina tygprover i den stora bagen och såg mig om. Det skulle säkert bli bra när det var färdigt. Utrymmena var stora, högt i tak där kristallkronan skulle passa perfekt. Längs ena väggen fanns stora provhytter med elegant inredning. Belysningen var viktig, hade Margareta sagt. "Det värsta som finns är trånga provrum med obarmhärtig belysning ur fel vinkel som får dig att se ut precis som du är. Äldre, varm och rynkig, stressad."

Det låg mycket i det, tänkte jag. Själv avskyr jag att köpa kläder, stå inklämd i något varmt bås, svettas och nästan alltid få för små storlekar där byxorna inte går igen i midjan.

– Vad fan gör du här?

Jag vände mig om. Jack stod där, Tonys kompis från gymmet på Söder. I dag i blåställ och gul bygghjälm. I handen höll han en stor hammare.

– Jag kan fråga detsamma.

– Jag jobbar här, sa han kort. Tar påhugg i byggsvängen. Jobb växer inte på träd i dag. Men det bekymrar väl inte dig där du sitter bland dina gamla möbler.

– Alla måste vi jobba och jag kör mitt race. Har du hört om Alexander, förresten?

– Nej, hurså?

– Han är död. Mördad.

– Mördad? Misstroget såg han på mig. När var det?

– Häromdan. Det var jag som hittade honom ute i hans villa. På Lidingö. Nån hade skjutit honom.

– Vad gjorde du där?

– Jag skulle prata med honom. Om Tony. Försöka få fram vem som dödade honom.

Jack stod tyst. Såg på mig. Så tog han av sig den gula hjälmen, lade den och hammaren på bordet. Drog fram en pall från väggen och satte sig.

– Det var som fan, sa han sen. Det var som fan.

– Det kan man säga. Har du nån idé om vem som kan ligga bakom?

Jack såg eftertänksamt på mig, satt tyst ett tag.

– Det har jag kanske. Och det kan ha att göra med Tony.

– Hurdå?

– Jag tror att han var inkopplad på nån knarkgrej, nån smuggling. Alexander antydde det. Och dom höll ju ihop. Åtminstone förr. Så Tony kan ha gömt nånting ute hos Alexander och nåt gäng kan ha fått spår på det. Det är ju konkurrens på den där marknaden och alla har koll på varann.

– Du menar att nån hade tagit sig in hos Alexander för att stjäla det Tony deponerat och att Alexander stått i vägen?

– Dom där killarna drar sig inte för nånting. Koks är ju stora pengar. Några av dom tränar på mitt gym, förresten. Så dom kan ha kommit i kontakt med Tony och Alexander den vägen. Jag kan tänka mig att dom haft koll på Tonys inblandning i nån smugglingsgrej och att dom försökt ta över vad dom trodde att han hade. Och när han vägrade så sköt dom han. Sen visste dom att han var ihop med Alexander, att dom var kompisar, och trodde att han också kunde vara inblandad. Att det fanns grejer att hämta ute hos honom. Och när det inte gick dödade dom honom också. Eller så fick dom tag på vad han hade och tyckte att det var lika bra att få bort han så att han inte kunde vittna. För snuten hade ju kunnat koppla det till mordet på Tony. Det är vad jag tror, alltså. Men det behöver ju inte betyda att jag har rätt.

– Dom där killarna som hänger på ditt gym, hur kan man få tag på dom?

Förvånat såg Jack på mig, så började han skratta.

– Hur man kan få tag på dom? Är du dum eller? Är du riktigt djävla skitdum? Ger du dig in bland dom och börjar fråga så kommer nån att hitta dig i Nybroviken. Kommer du ihåg vad man sa förr? Ståplats i Nybroviken, en järnkätting om fotlederna, sen flyter du upp till våren. Han skrattade igen.

– Jag tänker inte ge mig på dom där killarna, men det är ju bra att veta.

– Jag ger fan i vad du hittar på, men du får aldrig prata om att vi känner varandra. Då är det kört för mig också. Men vill du veta så sitter Shaban i toppen på det där gänget. Alban och skittuff. Sen finns Miroslav under honom. Serb tror jag. Han kommer där nerifrån i alla fall. Var med i Arkans Tigrar, nån lokal krigsherre som var bankrånare i Sverige. Och sen underhuggare från olika håll. Svenskar också. Dom får göra skitjobbet, förbrukningsartiklar, medan topparna håller sig undan. Dom har nån sorts djävla pyramid och hänger med en del kotlettadvokater.

– Jack! Någon ropade inne i bortre delen av lokalen. Var fan är du?

– Jobbet kallar. Men vill du ha ett gott råd så lägg av. Ge dig inte in i det här. Det kan bara gå åt helvete.

Så gick han.

Kapitel XL

– Menar du att du har träffat en livs levande knarkkung?

Jonas skrattade.

– Han levde åtminstone när vi möttes. Fast man vet ju aldrig i dom kretsarna. Där är det snabba ryck.

Vi satt uppe i Jonas våning i hörnet av Kåkbrinken och Prästgatan, i huset med ett gammalt kanonrör i hörnet till skydd mot trafiken och med en runsten från mitten av 1000-talet inmurad i väggen. Torstens och Fröguns minnesmärke över sin son, enligt den förklarande texten.

Jonas hade bjudit Francine och mig på middag, ungkarlsmiddag, hade han understrukit.

– Jag är en dålig kock, men jag kände för en räkkväll. Rostat bröd, ett hyggligt vitt vin och sen några ostar med rödvin. Kan det vara något?

Det kunde det, verkligen, och vid sjutiden hade vi gått uppför den smala stentrappan till hans våning.

Den var inte stor, lågt i tak och tjocka väggar. Modernt möblerad i femtiotalsstil. Svart skinnsoffa och svarta fåtöljer. Danska designstolar, en lång låg Malmstenbänk och stora inramade foton av New Yorks skyskrapor under byggnadsperioden. Dödsföraktande byggnadsarbetare balanserade på stålbalkar högt över gatorna.

– Navajoindianer, förklarade Jonas och pekade på fotona. Dom har nån sorts defekt i balanssinnet så dom känner inte av höjder. Det var därför dom rekryterades till skyskrapsbyggena i USA.

– Önskar jag hade samma fel, jag som får svindel om jag kliver upp på en stol, sa jag.

Våningen vette ut mot Prästgatan, från början en del av den gamla stadsmuren, namnet kom från alla de präster som bott där under flera århundraden. Stadens bödel huserade längst bort i norra änden, i den del som under medeltiden kallades Helvetet. Gud och Djävulen möttes alltså på samma gata. Jag hade gått stadsvandringar och kunde Gamla stan.

– Vad skönt att slippa alla gamla stuffiga antikviteter, sa Francine och log, kysste Jonas på båda kinderna.

– Vad är det för fel på det? undrade jag som tyckte att kindpussar väl var okej men kyssar lite överdrivet.

– Inga fel alls, men det känns lite uppfriskande att nån gång hamna i en modernare miljö.

– Modernare än så här kan jag inte erbjuda. Jonas visade mot en Jonas Bohlinstol i betong och järn. Slå dig ner. Du kanske vill ha en kudde?

Vi satte oss i den breda soffan. På glasbordet fanns glas, is och flaskor. Francine och Jonas valde vitt vin och jag höll mig till en Gin och Tonic, det kändes ofräscht med Dry Martini i sommarvärmen.

– Berätta mera om din knarkbaron, sa Francine. Jag har ju fått veta en del på kontoret, men tydligen inte allt.

Jonas såg på oss, fundersamt, som om han övervägde vad han kunde säga.

– Säpo har ju all information, sa han sedan, så jag avslöjar inga hemligheter. Och Johan litar jag på. Läcker du kommer jag att avrättas i gryningen av svensk polis eller den colombianska maffian. Du också. Dom får gräva nya platser i familjegraven på kyrkogården i Viby. Han skrattade.

– Så jag kan berätta lite i valda delar. Det är tydligen så att knarkkartellerna i Sydamerika börjar titta efter nya vägar för sina varor, nya strategier. USA är ju den största marknaden, men det har blivit svårare att ta in droger den vägen. Tullen är effektivare, övervakningen strängare, många utgrävda tunnlar under gränsen har upptäckts nyligen, och gängkrigen mellan olika karteller i Mexico, särskilt längs gränsen till USA, har inte gjort det lättare. Det är ju nästan inbördeskrig.

– Jag har läst att dom går via Västafrika nu, sa jag.

– Det stämmer. Den vägen fortsätter knarket vidare till Europa, som är en växande marknad och sen, i en del fall, också till USA. Det är lättare att komma in från Zürich än att landa i ett plan från Colombia. Och där är Sverige en viktig knutpunkt. Jag ska inte gå in på detaljer, men någon eller några på Swede-Fashion har tydligen varit aktiva i den här hanteringen. Jag kan säga så mycket som att min colombianske "vän" indikerade att en av cheferna på företaget var ansvarig.

– Man eller kvinna? frågade jag.

Jonas skakade på huvudet.

– Det sa han inte och jag ville inte visa mig för angelägen. Det var riskabelt nog ändå. Jag är numera alltså en tung kriminell med rötter på Balkan och ska hjälpa till att etablera deras nya organisation i Sverige. Han log. Teoretiskt, alltså.

– Men det är ju livsfarligt, sa Francine. Tänk om dom upptäcker det? Då blir du inte långlivad.

– Risken är inte så stor. Jag kommer aldrig att se dom igen. CIA, som är med ombord, har infiltrerat den här kartellen sen långt tillbaka och nu har dom tillräckliga bevis för att slå till.

– Vi får hoppas det. Annars måste du få skyddad identitet.

– Det kan bli intressant. Jag såg på Jonas. Du kan öppna herrfrisering i Storuman och kalla dig Göte Pärlemo, skaffa mustasch och färga håret.

– Underbart. Jonas skrattade. Jag ser fram mot en ny tillvaro. Och jag har alltid velat bo nära polcirkeln.

Efter räkmiddagen gick vi tillbaka till Köpmantorget. Det var nästan folktomt på Stortorget. Semesterstiltje och turisterna hade väl gått och lagt sig. Solen hade gått ner men det var fortfarande ljust. Högt upp över Storkyrkans torn svirrade svalor på nattlig flugjakt, på en parkbänk såg två vita måsar på oss med svarta ögon och borta vid Svartmangatan hördes skratt.

– Jättetrevlig kväll, sa Francine som tagit av sig skorna och gick barfota. Höga klackar och Gamla stans stensättning var inte någon lyckad kombination.

– Jonas är för söt. Och så intressant.

– Jag märkte att du tyckte det. Du nästan åt honom med ögonen.

Francine skrattade.

– Var inte dum. Du är mycket sötare. På ditt vis alltså. Hon böjde sig fram och kysste mig lätt på kinden.

– Men han har så mycket som jag inte kan matcha. Är snygg, välklädd. Har rest över hela världen och fått uppleva en massa intressanta saker. Titta bara nu! Knarkkungar från Sydamerika och hotellet som Churchill bodde på.

– Det kan hända, men du har mycket som Jonas inte har.

– Som till exempel?

– Du har mig. Ibland verkar det som om du glömmer det. Och så har du Cléo och Ellen Andersson. För att inte tala om Eric Gustafson.

– Det är sant. Då känner jag mig helt lugn. Och jag stannade upp, mitt på Stortorget, och kysste henne.

Länge stod vid där, tills vi avbröts av en av måsarna som med ett ogillande skrän lyfte och flaxade bort mot Köpmangatan. Den skulle väl ner för tidigt morgonfiske i Saltsjön.

– Fast jag är orolig för Jonas. Tala om dåligt sällskap! Francine skrattade. Så blev hon allvarlig.

– Att umgås med colombianska knarkbaroner kan inte vara hälsosamt i längden. Se till att du håller dig borta från det där.

– Jag har inga ambitioner att hänga i dom kretsarna.

– Du verkar inte leva som du lär. Du kunde ju åkt fast för mordet på den där stackaren häromdan. Var det Alexander han hette? Förekom det inte kokain i utredningen? Jag har inte fått några närmare detaljer från Calle och mord är ju inte min grej, men vi är inkopplade i allra högsta grad på terroristbiten. Och vi kom ju över ett fantastiskt material, det var verkligen ett kap du gjorde. Han hade ju kommit långt i sina förberedelser och vi kartlägger hans nätverk och internationella kontakter nu. Grattis.

– Det var en ren slump. Jag skulle träffa honom för att diskutera mordet på Tony Larnell och så bara låg han där på golvet. Skjuten. Så min insats var verkligen blygsam. Jag får vara tacksam för att dom inte sydde in mig för mord.

När vi kommit hem till Köpmantorget satte vi oss en stund ute på balkongen med två stora glas lättmjölk och ett fat rågskorpor. Min vanliga kvällsritual. Jag inbillar mig att den är nyttig, fast nu för tiden vet man ju aldrig. Om man enligt vad jag läste i Svenska Dagbladet kan bli lika beroende som en kokainist om man äter kanelbullar så kanske man snart upptäcker ännu värre konsekvenser med rågskorpor. Särskilt i kombination med lättmjölk. Och av den fick man ju prostatacancer. Det var verkligen mycket nu.

– Du talade om Tony Larnell, sa Francine där vi satt i sommarnatten och såg ut över Djurgården och Gamla stans sotsvarta tak. På stela vingar gled några kritvita måsar förbi i balkonghöjd och någon sjöng långt där nere vid Sankt Göran och draken. Det lät som en mycket personlig och skrovlig tolkning av Evert Taube.

– Har du fått någon klarhet i vad som hände honom?

– Polisen utreder ju nu och Calle Asplund har inte berättat nånting. Kanske nån sorts knarkuppgörelse. Han kan ha varit inblandad. Men jag har mina egna funderingar. Och jag kan inte låta bli att tänka på SwedeFashion.

– Köpmangatans Sherlock Holmes. Francine log och strök mig ömt över kinden. Vad har du kommit fram till? Ska du servera Calle Asplund mördaren på ett silverfat?

– Om det vore så väl. Nej, men jag har tänkt. Sture Nilsson har alltså mördats och polisen i Marrakech konstaterade rånmord och utreder nu. Jag har en känsla av att dom inte kommer att gräva särskilt djupt med hänsyn till turismen. Men det tror jag är en förhastad slutsats från deras sida i så fall. Det visade sig ju att Sture varit i Safi och upptäckt grava brott mot alla tänkbara arbetsmiljöhållanden och annat hos en av deras leverantörer. Han skulle avbryta kontraktet och anmäla fabriken för myndigheterna. Katastrof för dom.

– Då kan det alltså vara ett stort intresse hos fabriksledningen att få bort honom, eller hur? Att hyra en torped där nere kan väl inte vara särskilt svårt?

– Inte i Stockholm heller. Det är alltså en möjlighet som vi inte kan avskriva. Men innan Sture hann gå vidare mördades han ju. Och täcktes över med en majorelleblå aftonklänning. Mord i blått.

– Det låter som titeln på en deckare.

– Då kommer nästa fråga. Vilket besked fick Sture Nilsson under lunchen? Jag tror inte att det är en osannolik gissning att det hade att göra med att man hittat tjugo kilo kokain i en tygleverans till SwedeFashion, en leverans från Marocko. Tidsmässigt stämmer det. Och jag tror att Sture insåg vem som kunde ligga bakom. Han hade ju varit styrelseordförande i många år och kände alla dom närmast sörjande. Kunde iaktta och studera dom. Nu har ju Jonas bekräftat att mördaren är en av cheferna på SwedeFashion.

– Vem skulle det vara i så fall?

– Jag vet naturligtvis inte, men mitt tips är Kenneth Löfgren. Flashig, arrogant, full av "planer". Hans fru har pengarna, men han lever som om dom var hans. En Porsche kostar skjortan, han är alltid välskräddad och han gillar kvinnor.

– Om dyr bil och dyra kläder och smak för tjejer skulle indikera en mördare så är det i så fall ingen brist på kandidater. Gå ut en kväll på vilken krog som helst i Stockholm så hittar du potentiella mördare. Francine skrattade.

– Det kan du ha rätt i, men dom jobbar inte på SwedeFashion och dom reser inte ibland till Safi och fabriken som man importerade tyger från. Sen har väl inte alla planer på att köpa upp företag.

– Vad menar du då?

– Det finns tydligen planer på en "hostile takeover", ett fientligt övertagande av SwedeFashion. Och jag misstänker att Kenneth och hans svåger tillsammans med deras fruar försöker ta över kontrollen av företaget.

– Du menar alltså att kokainsmugglingen kunde finansiera företagsköpet?

– Det är inte omöjligt. Om inte annat så kunde det finansiera Kenneths lyxliv. Och jag har hört från säker källa att han har blivit utkastad från sin Strandvägsvåning, fruns våning alltså. Det lär vara skilsmässa på gång. Och då försvinner hennes miljoner i så fall.

– Vem har du hört det från?

– Ellen Andersson.

Francine skrattade igen.

– Du stöder alltså din bevisning för ett mordåtal på vad du har hört från din städtant?

– Säger du städtant så att Ellen hör dig slår hon ihjäl dig. Hon är en vän i familjen som hjälper mig med det praktiska och numera kallar jag henne Rut. Och om det är sant så spelar det väl ingen roll var jag har fått det ifrån?

– Okej. Om det nu är som du tror, hur kommer då Tony in i bilden?

– Eftersom han jobbade på företaget, har varit i Safi, kände Sture Nilsson och rimligtvis haft koll på Kenneths aktiviteter kan han ha blivit misstänksam, börjat gräva men hamnat för djupt ner. Tony upplevdes kanske som ett hot som måste elimineras.

– Du tror inte att Tony ensam kan ligga bakom smugglingen? Han var tydligen nära vän med Alexander som ju också mördades. Han behövde pengar för sina planer. Var Tony en vilsegången idealist som delade Alexanders idéer om nyimperialism, nykolonialism och vad vet jag? Kanske pacifist som var emot det svenska engagemanget i Afghanistan och Libyen? Dessutom stod dom ju varann nära, emotionellt alltså, åtminstone i början av relationen. Alexander har ju sagt att han älskade Tony. Och har du tänkt på att Tony kanske var den som Sture Nilsson hotade den där kvällen?

– Varför skulle i så fall Tony mördas? Men ingenting är naturligtvis säkert. Spekulationer och teorier. Calle Asplund får väl fortsätta sin utredning och vi får se vad han kommer fram till, men jag är intresserad av Kenneth. Min manliga intuition pekar mot honom.

– Det låter imponerande, det där med din intuition. Francine log. Vad ska du göra i så fall? Du kan ju inte gärna gå fram till honom och fråga om han har mördat Sture Nilsson och kanske Tony. Och om han har smugglat kokain för att överta Swede-Fashion. Där går gränsen till och med för dig.

– Jag vet, men jag kan inte bara släppa det. Jag har kommit för nära Margareta och en del andra på företaget och jag skulle inte förlåta mig själv om jag inte åtminstone försökte hindra att firman hamnar i rövarhänder. Och att en mördare, kanske dubbelmördare, går fri. Och än vet vi ju ingenting om vad som hände Alexander Lundin, mer än att han också mördades.

– Det är riktigt, men du måste också inse att du inte har nånting som håller i en domstol.

– Jag vet, inte än. Men det ska jag ändra på.

Kapitel XLI

Dagarna som följde blev hektiska. Om en vecka skulle affären på Biblioteksgatan invigas och än fanns ingenting på plats av mina leveranser. Ingen ko på isen egentligen, men jag var orolig för min tapetserare, han som skulle klä om stolarna. En äldre, mycket skicklig hantverkare av den gamla stammen, som inte lät sig imponeras av någon tidsfaktor. ”Det blir klart när det blir klart”, var hans handfasta motto. För honom var kvaliteten på arbetet huvudsaken, att den omklädda stolen eller soffan skulle vara i perfekt kondition och att stoppning och klädsel skulle hålla för många års slitage, vara välgjort och snyggt. Och han tyckte definitivt inte om att bli hetsad.

Han brukade klaga på sina kolleger, särskilt de yngre. ”Slarv och hafs”, muttrade han samtidigt som han var rädd för återväxten. Kände sig som en gammal dinosaurie i sin verkstad. ”Det finns inga som vill efterträda. Det är för slitigt och för dåligt betalt. Nu är det datorer som gäller. Sitta framför en dator och pilla med fingrarna är mer attraktivt än hederligt arbete.”

Men jag var inte orolig, inte egentligen. Dagen efter middagen hos Jonas gick jag över till verkstaden på Svartmangatan. Den låg inne på gården och Lasse var i full verksamhet. I det sneda solljuset genom fönstren dansade dammet, det luktade färg och lim. Möbler stod uppställda längs väggarna och stora buntar med tygprover låg på en lång hyvelbänk.

Nästan hela beställningen verkade vara klar. Det var bara en stol som fattades. Halvfärdig stod den där och Lasse höll just på att arrangera taglet i sittdynan när jag kom.

– Fina saker, sa han när han såg mig. Såna gör dom inte längre.

– Hej, Lasse. Nej, det har du rätt i. Nu kommer stolarna i platta paket från Ikea.

– Kamprad han kunde han. Uppfinna en helt ny metod.

– Fast det gjorde han inte.

– Inte?

– Nej, det var Fredrik Blom för snart två hundra år sen. Karl XV:s arkitekt. Han gjorde platta, monteringsfärdiga hus i platta paket. Rosendals slott till exempel är ett sånt. Och det blev en stor exportartikel.

– Det var som fan. Det hade jag ingen aning om.

Då ringde mobilen i bröstfickan. Jag gick bort till ett hörn av verkstaden och svarade. Svante Törnblad, journalisten från Dagens Industri.

– Tjänare, Johan. Läget? Okej, hoppas jag.

– Nu ja, som dom säger i Närke när det är vacker väder. Men man vet ju inte vad som händer. Klockan är bara nio.

– Pessimist. Han skrattade. Jo, du var ju intresserad av uppköpsryktena kring SwedeFashion och jag har tittat lite närmare på processen.

– Har du hittat nåt intressant?

– Ja, det kan man säga. Som du vet måste alla insideraffärer i aktier rapporteras. Alltså om nån anställd eller större ägare i ett börsnoterat företag köper eller säljer så måste det uppges. Det är för att förhindra manipulationer eller att man utnyttjar kunskaper som ingen annan har. Om du exempelvis har ett företag som ska sättas i konkurs och säljer aktierna innan det har blivit offentligt så kan du alltså tjäna en massa kulor innan kursen dyker. Förstår du?

– Det tillhör allmänbildningen.

– Då framgår det alltså att din kompis Kenneth Löfgren har köpt en mycket stor post SF-aktier ganska nyligen. Satsat många miljoner. Lustigt nog ungefär i samma veva som Sture Nilsson mördades.

– Lustigt vet jag inte, men definitivt intressant. Och det bekräftar ju dom här spekulationerna om "hostile takeover".

– Precis, fast termen är kanske inte riktigt korrekt.

– Hurså?

– Kenneth, och särskilt hans fru är ju redan ägare till en viss del så dom "tar över" inom familjen, är alltså inga utomstående.

– Nej, men dom kan väl var "hostile" för det.

Svante skrattade.

– Det har du rätt i. Det tycker säkert Margareta i alla fall.

– Frågan är väl bara hur Kenneth kunde finansiera ett sånt klipp.

– Har du rätt bankkontakter ska det inte vara nåt större problem i det här fallet. SwedeFashion är ju stabilt och en kassako hittills. Du lånar pengar och ställer aktierna som pant.

– Så egentligen äger banken aktierna?

– Bara om det går snett. Men det är deras säkerhet. Det finns också en annan spelare som har förstärkt sina positioner i SF. Ett riskkapitalbolag i Liechtenstein. Dom har plussat på ordentligt på senare tid, enligt aktieregistret.

– Om det planeras ett övertagande, tror du att dom och Kenneth samarbetar i så fall?

– Ingen aning, men Kenneth behöver starkare stöd än han har just nu.

– Hans frus aktier kanske? Hennes syster sitter väl också på en hel del?

– Säkert. Men nu måste jag dra. Plikten kallar. Jag hör av mig om jag hittar några nya godbitar.

– Gör det. Fortsätt och gräv. Du kanske får Stora journalistpriset som du håller på.

– Säkert. Han skrattade. Det är min våta dröm. Hej.

– Problem? Frågande såg Lasse på mig där han stod böjd över stolen.

– Det beror på hur man ser det. Fast egentligen inte. Inte för mig i vilket fall.

– Skönt. Jag gillar inte dom där mobilerna. Det känns trevligare med den gamla sortens apparater. Tryggare. Som om det kom viktigare saker ur lurarna, inte sånt här flams som man hör på tunnelbanan och andra håll. Det är för lätt att ringa, verkar det som. Allt man får för sig måste ut. Och alla kan hålla koll på var alla finns. Du har ingen fredad vrå längre.

– Det ligger nånting i det. Men dom är ju praktiska. Det får du hålla med om. Här står jag i din verkstad och ingen människa vet var jag finns mer än du. Men ändå kommer dom åt mig.

– Ska det vara nödvändigt? Har du inte nog med problem?

– Det kanske du har rätt i. Jag får väl stänga av den.

Så gjorde vi upp om leveransen. Tid och plats. Lasse skulle ordna transporten. Han hade en skåpbil, en gul hög bil som stod ute på gården och verkade ha sett bättre dagar. Men sträckan upp till Biblioteksgatan skulle den väl klara.

Eric Gustafson stod sedan på tur. Och där var det inte några problem.

De båda borden stod färdiga och väntade bara på klartecken.

För att fira affären, som han sa, bjöd Eric på te och scones, den här gången med honung och engelsk marmelad med en bittersöt smakbrytning.

– Hur går det med alla dina mord och företagsköp? Har du hittat nån mördare än? Jag kommer inte riktigt ihåg om det till och med var dubbelmord. Eller kanske ett tredje lik? Jag läste nånting i tidningen häromdan, en ung kille som nån hade hittat död ute på Lidingö och då tänkte jag naturligtvis på dig.

– Det var inte ”nån”. Det var jag.

– Menar du det? Förvånat såg Eric på mig. Men det är klart. Var skulle sleven vara om inte i grytan? Jag vet ju att du brukar vara i farten i dödens närhet, men att du skulle vara inblandad i tre mord hade jag ingen aning om. Är inte det nån sorts rekord? Åtminstone för våra enkla förhållanden på Köpmangatan?

Eric log och hällde upp te ur sin stora porslinskanna.

– Den bevarar värmen och låter smaken och bouqueten blomma ut. Tepåsar får du hålla dig med själv. Och här får du en tesil. En fin liten sak, engelsk förstås, sent 1800-tal. Men berätta nu. Allt! Först kom du dit. Till rummet med mordoffret, alltså. Knivskuren eller skjuten? Varför var du där och vad hände? Är du misstänkt? Skaffa i så fall en bra advokat och försök inte försvara dig själv. Det blir det bara värre av. Säg till honom att han ska försöka få dig förklarad sinnessjuk. Det kan väl inte vara så svårt. Då hamnar du med Quick eller var han nu heter och dom andra grabbarna och slipper Kumla. Och han log sitt maliciösa leende.

– Jag som är snäll ska berätta.

Så drog jag i stora drag vad jag varit med om, men jag gick inte in på några detaljer eller på mina spekulationer rörande Tony, smugglingen eller om att det fanns en koppling till Swede-Fashion.

– Intressant, sa Eric och räckte fram fatet med sconesen. Du har alltså slagit till igen. Varit på fel plats, vid fel tid och med fel personer. Tur för dig bara att du inte hamnade mitt i mördandet. Då kanske du inte hade suttit här nu. Du hade varit ett farligt vittne annars.

– Det har du rätt i. Det har jag faktiskt inte tänkt på.

Vi satt inne på hans kontor, större än mitt och möblerat som ett litet hörn i någon sämre dams salong. Jag kallar det för hans Kameliadamrum. Det gillar han.

– Du sitter där som en gammal kokott i Paris, brukar jag säga. Och tar emot dina unga beundrare. Fast i ditt fall är det ju äldre damer som vill kränga antikviteter och byta skvaller.

– Vem har sagt att dom är så gamla? Och vi utbyter förtroligheter, inte skvaller. Det är en skillnad som du kanske inte förstår, men du lär dig förhoppningsvis. Med åren. Läs mer Maupassant. Det är bildande.

– Nu har vi talat om mig, sa jag. Och jag vill inte prata så mycket om det där mordet mera. Jag sover dåligt ändå. Nu är det din tur. Har du nån bra skandal åt mig?

– Hetsa inte en gammal man. Eric bredde bärnstensmörk honung på sitt bröd, det droppade längs kanten ner på fatet.

– Det här är nyttigt, sa han. Tänk dig själv. Tusentals bin stiger upp tidigt och sen flyger dom ut hela dan bland myriader blommor och suger nektar. Det kryllar av vitaminer och mineraler och allt du kan tänka dig. Som varulagret på en hälsokostaffär. Sen ner i kupan och fylla på vaxkakorna med honung för vintern. Och där sitter en stor fet drottning och blir uppassad utan att röra ett finger, omgiven av drönare som har en arbetsfri tillvaro. En sinnebild av kapitalismen, faktiskt. Miljardären i kupan, drönarna vid hovet och så alla flitiga arbetsbin som flyger häcken av sig för mat och husrum. Översätt det till en storbank exempelvis.

– Men där är det knappast några drottningar som bestämmer. Dom är inte inkvoterade än. Det är ju mest kungar. Men arbetsbin och drönare finns ju.

– Märk inte ord. Ha fantasi! Jag talar i metaforer.

– Köpmangatans politiske tänkare. Du skulle börja skriva inlägg i DN. Dom gillar sånt. Men det var en bra skandal jag ville ha. Jag behöver nånting som lyser upp min dystra tillvaro.

– Ska du säga, som har Cléo och Francine! Men jag hörde faktiskt nånting för ett tag sen som jag tror kan liva upp dig. Det rör sig om din kamrat Kenneth Löfgren, vår gemensamme vän.

– Kenneth?

– Just det. Jag trodde väl att du skulle bli intresserad. Jo, en av mina bättre väninnor, en av mina "klienter", som är "född", berättade att hon hade varit på middag nånstans på Östermalm. Jag kommer inte ihåg hos vem. Jag tror det var hos nån bildirektör av något slag. Lyxbilar alltså. Du känner till sorten. Det hade varit ganska mycket folk, var sent och det hade väl druckits en del. Då hade hon kommit ut i tamburen för att hämta nånting, en näsduk ur kappfickan, tror jag, Men det spelar ingen roll. Alltså. Sture Nilsson och Kenneth Löfgren stod där, men dom såg henne inte. Sture skulle just gå. Och han skällde ut Kenneth.

– Verkligen? Vad gällde det?

– Ha inte så bråttom. Han hade upptäckt att Kenneth tagit kokain. Jag vet inte om han hade haft nånting vitt under näsan eller om det var av nåt annat skäl. Hur som helst så hade Sture skällt ut honom. Sagt att om det hände igen så skulle han åka ut. Få sparken från SwedeFashion. Räcker det som skandal, eller vill du ha mer?

– Tack. Det räcker alldeles utmärkt. Jag säger som Clint Eastwood. "You made my day."

Kapitel XLII

– Det är inte olagligt att köpa aktier, det är inte brottsligt att köra Porsche eller ha dyra kläder.

Calle Asplund såg på mig där vi satt bredvid den bronsgröna Solsångaren som höjde sin lyra mot sommarhimlen i den lilla serveringen på Helgeandsholmen, alldeles nedanför bron.

Solen glittrade i Strömmens vatten, vågor kluckade mot norsfiskarnas gröna träbåtar som låg förtöjda med sina stora sänkhåvar vid stengrunden under oss.

– Det är naturligtvis åt helvete att vänstra, men det kan jag inte heller göra nånting åt. Då var det rakare rör förr här i stan. Vänstrade du på medeltiden kunde det bli dödsstraff. ”Enkelhor”, om bara ena parten var gift. ”Dubbelhor” om båda var det.

– Vilken tur att vi lever i dag då, sa jag, där vi satt vid våra stora strömmingstallrikar och höga ölglas. Annars hade väl Stockholm avfolkats.

– Tala för dig själv. Calle skrattade. Och tar vi sen kokainet, hade visserligen Sture Nilsson skällt på honom för att han tagit det på den där festen du berättade om. Men den drogen är ju inte ovanlig tyvärr i Kenneths kretsar. Så det behöver inte nödvändigtvis innebära att han smugglar in tjugo kilo i deras tygleveranser.

Då störtdök en vit mås ner mot Calles tallrik. Klart fokuserad på hans strömmingar. Men Calle avvärjde attacken, viftade bort anfallaren med sin servett.

– Brottsligheten kryper längre och längre ner i näringskedjan, konstaterade han. Snart får man väl ha störthjälm om man äter ute. Jag har en kollega som fick en varm korv stulen av en sån där störtbombare. Men för att återgå till din utredning så uppskattar jag ditt intresse för fallet, men det är som sagt inte mycket som går att göra i det här läget. Och så vitt jag förstår är mordutredningen i Marrakech i det närmaste nedlagd. Rånmord med okänd mördare, punkt slut. Du behöver inte mycket till advokat för att få Kenneth frikänd på alla dom punkter du har tagit upp. Så länge du inte har en "smoking Lena", bindande bevis, så kommer du inte åt honom.

– Du har ju också talat med Jonas Berg och han påstod att en av cheferna på SwedeFashion låg bakom kokainsmugglingen.

– Om du tror att den där knarkbaronen kommer hit för att vittna är du mer än optimistisk. Han är säkert efterlyst i dom flesta civiliserade länder och vittnesmål från en sån typ tas nog med en stor nypa salt. Men det är sånt som händer. Jag har haft flera fall när vi vetat med hundra procents säkerhet vem mördaren var, men han fick gå i alla fall. Bevisningen höll inte. Den där sista biten fattas. Pricken över i.

Jag glömmer aldrig ett mål där en kille blev frikänd fast vi visste att han hade mördat sin fru. Han stod framför mig. "Bättre lycka nästa gång, snutjävel", sa han och hånlog. Då hade det kunnat bli ett mord till.

– Då ska jag ut och skaffa prickar.

– Prickar?

– Du sa ju det hade fattats prickar över i i olika utredningar.

– Bra tänkt, men jag är rädd för att det kan bli för svårt för dig. En sån där gök är slug och kalkylerande, beräknande och lämnar inga spår efter sig. Sopar rent. Förmodligen psykopat.

– Det kan hända, men nu har han mött sin överman.

– Hybris. I det gamla Grekland straffade gudarna den som var övermodig. Blygsamhet tillhör inte dina främsta dygder, om du alls har några. Calle skrattade. Men skämt åsido så är det inte ofarligt. Det finns faktiskt tre mord med i bilden så jag råder dig att lägga av. Du kan råka riktigt djävla illa ut.

– Jag ska tänka på saken. Men det vore väl fan om han skulle komma undan.

– Det tycker jag också, om det nu är han. Kenneth alltså. Vi gör vad vi kan. Och i motsats till dig har vi stora resurser och lång erfarenhet.

– Kan man inte kolla på hans tillgångar? Han köpte just en stor aktiepost i SwedeFashion, till exempel. Var kommer pengarna ifrån? Hans lön lär inte räcka till för såna utsvävningar. Kan det finnas en koppling till smugglingen? Tjugo kilo kokain måste generera många tiotals miljoner?

– Vi får se. Utredningen pågår ju. Men det har hänt nånting intressant på den kanten. Det har varit inbrott hos Alexander Lundin. Huset stod ju tomt och tillbommat efter det att brottsplatsundersökningen var klar. Allt var vänt upp och ner. Det verkar som om man letat efter nånting.

– Knark?

– Vi misstänker nästan det. Alexander och Tony var ju kompisar, kanske mer än det, och möjligen hade Tony gömt något parti därute, om han nu alls var inblandad i smugglingen. Alexander hade ju ingen koppling till SwedeFashion så hans hus borde vara säkert. Sen finns ju dom här teorierna om att kokainet på nåt sätt skulle finansiera Alexanders "statskupp". Calle log. Men det gör att vi ska börja titta på Jack och hans polare på gymmet igen.

– Du tror att dom kan vara inblandade?

– Det är fullt möjligt. Förmodligen kände dom till beslaget på Arlanda, det hade ju stått i tidningarna. Dessutom visste dom säkert att Alexander hade pengar. Han jobbade ju inte, körde Jaguar, hade Rolex och hela den biten. Han var tydligen ganska ofta på gymmet. Så i och för sig behöver det inte vara någon koppling till kokainet från Arlanda. Det kunde också varit ett vanligt inbrott som gick snett och dom försvann bakvägen när dom hörde din taxi och kom sen tillbaka några dagar senare när vi hade lämnat huset. Det här är förresten Alexanders flyktväg.

– Hurdå menar du?

– Vi hittade ju massor av material ute i villan som jag berättade. Papper med hans tankar, planer och filosofi. Alexander ville tydligen vara en väckarklocka när det gällde farorna med globalisering, miljöförstörelse, nyimperialism och allt möjligt av den sorten.

– Politiskt, alltså?

– Nej, inte om du menar nynazism, rasism eller Sverigedemokraterna. Det var mer en allmän förvirrade tankesörja med bitar från Nietzsche och andra. Alexander såg sig själv som nån sorts övermänniska som skulle rädda världen från sig själv.

– En rejäl väckarklocka i så fall, om han nu skulle spränga Riksdagshuset.

– Så illa var det inte riktigt, men enligt hans galna planer skulle en bomb smälla på planen häruppe. Samtidigt skulle han skicka en dvd med sina varningsord till SVT och TT. Det framgick också att aktionen var samordnad med liknande smällar ute i Europa.

– Det låter ambitiöst.

– Visst gör det. Världen måste vakna och komma till insikt, som han skrev. Men det skulle ske förhållandevis oblodigt. Annars blev reaktionen för stark. Han varnade för en Norgeeffekt.

– Du talade om flyktväg nyss. Alexanders flyktväg.

– Precis. Enligt hans mycket noggranna detaljplan skulle alltså laddningen detonera häruppe, alldeles framför Riksdagshuset.

Då skulle han stå i skydd av stenmuren ovanför oss, en del av bron alltså. Sen skulle han springa ner hit och försvinna i en snabb motorbåt för att med Finlandsfärjan ta sig till Helsingfors och vidare ut i Europa.

– Det låter komplicerat.

– Ja, men vi har anledning att tro att killen var knäpp. Utredningen visar att han har suttit på psyket i flera omgångar, led av nån sorts storhetsvansinne och såg sig själv som en osårbar övermänniska. Och när vi har tagit del av den medicinska dokumentationen så visar det klart och tydligt att Alexander Lundin var sjuk.

– Du menar att hela historien med attentat och annat bara var sjuka fantasier?

– Precis. Och vi har talat med hans bror. Han berättade att Alexander levde i sin egen fantasivärld redan som barn, hade nästan inga kompisar. Dessutom var han fascinerad av dataspel, bodde bokstavligen talat framför skärmen med World of Warcraft eller vad nu spelen heter, och han konstruerade sina egna spel, ofta våldsamma. Föräldrarna var oroliga för honom.

– Det kan man förstå.

– Han sa också att Alexander hade varit oerhört manipulativ och övertygande. Kunde få med sig andra på nästan vad som helst.

Jag tänkte på Tony Larnell och på vad Diana berättat. Att han var idealist, djupt engagerad i de ”stora” frågorna och att han ”brann” för det han trodde på. Den fanatiske och galne Alexander sitter alltså ute i sitt kråkslott på Lidingö, lever i en fantasivärld som han har byggt upp med sig själv i centrum som mänsklighetens frälsare. Hade han dragit med sig Tony in i sitt sjuka universum? Hade Tony fått kalla fötter? Var det därför han måste bort?

– Det verkar som om han har varit i kontakt med likasinnade

galningar ute i Europa, fortsatte Calle. Och det har spritt rykten om att nånting skulle vara ”på gång” i Sverige, så Säpo har fått myror i brallorna. Fråga Francine.

– Du kan be mig om mycket, men inte att fråga Francine om det. Där går gränsen.

Det förenklar ekvationen, tänkte jag på väg tillbaka till affären efter min strömmingslunch med Calle Asplund. Det fanns alltså inga attentatsplaner annat än i Alexanders förvirrade fantasier. Tony kanske inte mördades av någon från gymmet för kokainsändningen, om han ens var inblandad i smugglingen. Alexander kunde mycket väl legat bakom mordet för att förhindra att Tony skulle avslöja hans planer. Och knarksmugglingen hade inte någonting att göra med finansieringen av terroristverksamhet i Sverige. De ryktena kom från Alexander i hans kontakter med andra stollar ute i Europa.

Men de olösta morden på Tony och Sture Nilsson fanns kvar, liksom smugglingen av tjugo kilo kokain från SwedeFashions leverantör i Safi. Och Jonas informatör, knarkbaronen från Colombia, måste väl ha någonting på fötterna när han påstått att en av cheferna på SwedeFashion låg bakom?

”Knarkbaronen från Colombia.” Jag log för mig själv där jag gick. Det lät som titeln på en dålig flygplatsdeckare. Förutom mord, blod, våld, styckning, tortyr och våldtäkt var ju knark en stående ingrediens i den sortens litteratur. Men faktum kvarstod. Tullen hade gjort sitt beslag och Sture var mördad. Och jag tänkte ta reda på vad som låg bakom, vem som hållit i pistolen nere i Yves Saint Laurents trädgård och vem som var mottagare till kokainpartiet på Arlanda.

Kapitel XLIII

Micael Bindefeld log i dörröppningen, fotografernas blixtar bländade, den röda mattan var utrullad längs Biblioteksgatan som det verkade när jag kom till invigningen av SwedeFashions nya "boutique".

Jag hade lagt sista handen vid min inredning dagen innan och var ganska nöjd med resultatet. Det var Margareta också. Hon tyckte det var "jättesnyggt". Och det var det faktiskt. Ljus, vacker lokal. Rymlig, med diskreta färger och rätt belysning som framhävde utan att avslöja. Mina möbler, mattor och speglar bildade en harmonisk helhet som förhoppningsvis skulle vara säljbefrämjande.

Jag kom precis vid öppnandet och ute på Biblioteksgatan trängdes "övre cocktailslummen" som jag brukar kalla myllret på auktionsvisningar, vernissager, premiärer och andra hållpunkter i den sociala agendan. Man gick för att ses och förhoppningsvis bli fotograferad, positionerade sig i närheten av de utsända hovfotograferna från damtidningar och andra bevakande media. Så återkom man med lite tur i olika tidningar där människor med samma stereotypa leenden och samma glas i handen lystet såg in i kameran. Perspektivet och belysningen gjorde att ansikten ofta blev blanka som på glada griskultingar. Proffsen avslöjade sig genom att hålla glasen bakom ryggen.

Men det tillhörde väl spelets regler. Man levde i symbios med massmedia, den ena faktorn kunde inte existera utan den andra. Inga kändisar – inga bilduppslag. Syns man inte, finns man inte. Ett oförargligt fenomen egentligen, men jag avskydde ordet ”kändiselit”. Begreppet elit betydde för mig någonting helt annat. Många ”kändisar” på bilderna var ofta kända för att de varit på rätt plats vid rätt evenemang eller också hade de frodats i dokusåpornas undervegetation. Lyste som tomtebloss ett tag i mediavärlden, för att försvinna lika snabbt som de kommit.

Margareta hade förklarat hur det fungerade när hon visat mig gästlistan för invigningen.

– I vår bransch är det viktigt att ”rätt” personer kommer. Vi försöker också knyta till oss inofficiella ambassadörer, kända människor som bär våra kläder när dom visar sig i olika sammanhang. Man måste ha en mediestrategi när det gäller att nå ut och vi samarbetar med en PR-byrå som har specialiserat sig på att vi får rätt image, som det heter. Att vi når ut till konsumenterna på ett effektivt sätt. ”Livsstilskommunikation.” Det är en väldigt effektiv marknadsföring som heller inte är kostsam. Och vi jobbar också med bloggare och sociala medier som Facebook. Inga jämförelser med oss, men tänk bara på när Michelle Obama visade sig i en klänning från Hennes & Mauritz.

– Har du bjudit henne?

Margareta skrattade.

– Nej, jag har mindre guldfiskar i mitt akvarium, men modejournalisterna är naturligtvis en viktig målgrupp.

Francine hade inte kunnat följa med på invigningen. Hon var i London för ett möte med de engelska myndigheterna inom terroristbekämpningen, och hon hade varit lättad när hon fått polisens informationer om Alexander Lundin, att han varit en förvirrad ensamvarg som levt i sin egen värld och att hans terroristplaner hade varit rena fantasifoster.

”Det känns fint att kunna berätta det för engelsmännen”, hade hon sagt. ”Det har ju florerat så många rykten på senare tid och vi har ett mycket nära samarbete med dom. Men vi har inte alldeles släppt Lundin. Vi utreder om det kan ha funnits nån annan stolle i hans närhet.”

När jag talat med Jonas Berg om min lunch med Calle Asplund var han redan informerad.

– Jag är ju samordnare på UD och vi har kontinuerlig kontakt med polisen och Säpo. Och samordningen är en viktig bit när det gäller terrorismen. På UD får vi in ambassadrapporter och annan information från bokstavligt talat hela världen och det gäller att få en överblick. Du kommer ju ihåg 9-11, World Trade Center. Där satt olika myndigheter på olika bitar som dom inte delgav varandra. Man visste exempelvis att dom här saudierna utbildade sig till flygare, men skickade inte informationen vidare.

– Hur går det med din colombianske kompis, vad han nu hette? El Comandante? Pratade inte han också om att nånting var på gång i Sverige?

– Det gjorde han, och därför är det skönt att det inte fanns nån grund i verkligheten. Men jag hoppas CIA slår till mot honom snart. Det är lite obehagligt att vänta på att han ska höra av sig till sin svenska ”kontakt”. Jonas skrattade.

– Det förstår jag. Du får se till att Calle Asplund och Säpo ställer nån vakt utanför din dörr.

– Du kan ju be dom skicka Francine. Och han hade skrattat igen. Det gjorde inte jag.

Sedan hade jag också talat med Calle Asplund, men det var han som ringde.

– Du nämnde Kenneth Löfgrens ekonomi, sa han. Och vi har tittat lite närmare på honom. Han är ju inte misstänkt för nånting, men mot bakgrund av vad du har berättat om det där företaget kan det ha intresse. Och det visar sig att han finns hos oss, vi har en akt på honom. Han stod åtalad för bedrägeri för en del år sen, momsbedrägeri. Bevisningen räckte inte så målet avskrevs. Men vi hade gjort en personundersökning. Och då visade det sig bland annat att han hade stora skulder. Hade lånat pengar av en känd ockrare. Men det var en del år sen, så dom kan ju vara reglerade.

– Det framkom också att han haft en besvärlig uppväxt, fortsatte Calle. Pappa söp, lämnade familjen, mamma ensam och fattig och hela det där köret. Enligt psykologen som gjort personundersökningen hade det skapat ett nästan abnormt stort hävdelsebehov hos Kenneth, ett behov av uppmärksamhet och sociala framgångar. Så han har verkligen gjort en klassresa med våning på Strandvägen, Porsche och andra attribut. Att bli chef för SwedeFashion skulle väl vara rosen på tårtan, särskilt som hans svärfar aldrig riktigt ville accepterat honom.

– Det kan förklara en hel del, hade jag sagt. Uppköpsplanerna, till exempel.

– Precis. Och vi har fått fram en grej till som kan intressera dig. När vi har gått igenom dokumentationen som fanns ute i villan hittade vi en anteckning som rör Tony Larnell. ”Tony är farlig”, stod det. ”Han är på väg att lämna och kommer att avslöja oss. Han måste elimineras.”

– Det bekräftar alltså att Alexander låg bakom mordet på Tony?

– Troligtvis. Det verkar så.

Bilden av Kenneth hade fördjupats och fått fler nyanser, och den stämde med min uppfattning. Han ville framåt, uppåt, få en position i samhället och då kanske ändamålet fick helga medlen. Pengar luktade ju inte och inte heller kokain, gissade jag. Fast att låna pengar av ockrare var väl tveksamt. Dels kan räntorna vara skyhöga och dels låg man illa till om man inte betalade i tid. Banker skickade påminnelser medan penningutlånare brukade köra med hårdare metoder. Torpeder.

Om Kenneth varit pressad av hårdföra långivare hade kanske smugglingen varit ett alternativ?

Decibelnivån var hög, trängseln stor och sommarkvällens värme ute på gatan hade stigit därinne i folkmängden, men stämningen var hög bland pratande, skrattande och kindpussande gäster. Den ljumma champagnen i höga plastglas, förmodligen sponsrad – man fick inte vara dum, som Margareta sagt – bidrog. Min inredning märktes knappt i trängseln och jag hoppades att ingen skulle spilla champagne på mina nyklädda stolsdynor. Jag fick i alla fall vara tacksam att det inte serverades rödvin. Det hade varken möbler eller mattor tålt.

Mitt i församlingen stod Margareta och pratade med Katja Berg och Svante Törnblad. Hon hade positionerat sig rätt, tänkte jag och trängde mig fram, tog ett champagneglas från en bricka som seglade förbi. Det här var ju precis vad övningen gick ut på. Katja var en ledande modejournalist, kunnig och respekterad, och Svante skrev för Dagens Industri, en viktig opinionsbildare. Kom det någonting positivt från dem så var kvällen räddad. Det var åtminstone en bra början.

– Hej, Johan. Margareta log mot mig och jag pussade henne på kinden. Båda kinderna, som sig bör i hennes kretsar.

– Har du fått nån champagne?

– Ja, tack. Ett helt glas. Och här står du med eliten av svenska journalister.

– Smicker kan ta dig hur långt som helst, skrattade Katja. Men det är verkligen stiliga lokaler. Synd bara att det är så mycket folk. Man kan inte se den vackra inredningen.

– Den får du tacka Johan för, sa Margareta. Han är hjärnan bakom den.

– Och det är du som är beställaren, sköt jag in.

– Det är roligt att det går bra för SwedeFashion. Skål, Margareta, och för din senaste kollektion, sa Svante. Jag såg den på Grand. Inte för att jag kan speciellt mycket om mode, men jag känner igen snygga kläder när jag ser dom.

– Men du skriver väl inte mode? Frågande såg Katja på honom.

– Nej, inte på det viset, men vi ska ha en stor grej snart om modeindustrin. Om exporten och betydelsen för svensk ekonomi och Sverigebilden utomlands. Det är en industri som är intressantare och viktigare än folk i allmänhet tror. Modeindustrin har ju till skillnad mot många andra exportgrenar vuxit konstant under dom senaste decennierna. Nu är det fråga om över tio miljarder per år, enligt den senaste statistiken.

– Ni har väl märkt av det också? frågade Katja.

– Ja, tack och lov. Men så har vi också duktiga designers.

Så trängde sig fler och fler gratulanter fram till Margareta och jag var inte avundsjuk på allt kindpussande. Hon fick i alla fall vara glad att det inte var förkylningstider.

Jag drog mig bort mot fondväggen. Där hängde det stora porträttet av Yves Saint Laurent i Andy Warhols version. När jag såg det senast hade det funnits på Margaretas kontor. Men det var väl naturligt att hennes idol fick vara med på invigningen.

Jag såg mig om i de stora lokalerna med skyltfönster ut mot Biblioteksgatan. Där paraderade godbitar ur den senaste kollektionen. I centrum av det största fönstret fanns en magnifik aftonklänning i glänsande majorelleblått siden. Där hade Diana verkligen lyckats, och i Mästarens efterföljd.

De flesta gästerna kände jag inte personligen, men hade sett flera av dem fladdra förbi i tv-soffor och kvällspress, några lättviktigare än andra. En och annan tungviktare fanns också i vimlet. Chefen för en av storbankerna stod och pratade med Helena, Kenneths fru. Var det därifrån lånet kom som skulle finansiera hans aktieköp?

Jag såg också en känd författare i den lättare genren. Långt hår, öppen skjorta och han pratade intensivt med Diana, nästan lutade sig över henne.

Carl Jan Granqvist såg jag också, men var skulle sleven vara om inte i kändisgrytan?

Det verkade dessutom som hela ledningsgarnityret från SwedeFashion var representerat, och det hade väl varit konstigt annars. Tjänstefel. Den långe bleke Jesuitpatern hade naturligtvis kommit. Peter Hagman, han som satt på pengapåsarna i deras kassavalv, den mäktige finanschefen. Han verkade belåten med det han såg. Hade champagnen bidragit?

Jag hoppades att han inte tyckte att jag tagit ut svängarna för mycket i mina inköp, men Margareta hade godkänt och attesterat fakturorna. Och det var ju hon som bestämde. Hittills åtminstone. Jag borde fråga Svante Törnblad hur det låg till med uppköpet.

En bit längre bort stod pyknikern, den knubbige Bertil Gren, tillsammans med sin fru Britta. Kenneth Löfgren såg jag också. Han stod med ryggen åt mig, pratade med fotomodellen jag träffat i Marrakech, Monika Svenngren. Hon var mannekängvacker på ett opersonligt, stereotypt sätt med sitt långa mörka hår, lång, smal, det hörde väl till yrkesrollen. Hennes stora ögon var fulla av liv när hon såg på Kenneth. Man kunde inte ta miste på hennes känslor. De borde vara lite försiktigare, tänkte jag, men Ellen hade ju berättat att Helena skulle kasta ut honom från våningen på Strandvägen.

Daniel Palm hade dragit iväg Margareta till ett hörn av lokalen tillsammans med en fotograf och någon jag vagt kände igen. Var det inte nån av riskkapitalisterna som ibland fått tvivelaktig uppmärksamhet i medierna för sina våghalsiga affärer? Skulle hon verkligen låta sig fotograferas tillsammans med honom? Han kanske var hjärnan bakom någon komplicerad finansiell transaktion som skulle leda till att han tog över SwedeFashion?

Jag log åt mina luftiga funderingar. Daniel var ju reklamchef och skulle se till att man fick ut maximal publicitet. Det gällde att få bra bilder med "bra" personer. Fast här hade han kunnat göra ett bättre val.

– Hej, Johan. Gunilla Holgersson, den unga tjejen från marknadsavdelningen, kom fram till mig med ett glas i handen som hon räckte mig.

– Jag ser att du inte har fått nån champagne.

– Tack, det har jag, men det är urdrucket nu så det sitter fint med påfyllning. Trevligt party.

– Eller hur. Men det påminner om Titanic.

– I den här värmen ser jag inga isberg.

– Inte direkt. Hon log. Men där dansade dom uppe i första klass när båten snart skulle sjunka.

– En intressant jämförelse, men jag förstår den inte riktigt.

– Vad jag försöker säga är bara att Margareta kanske inte sitter så säkert som det verkar i kväll. Inte en del andra heller.

– Du tänker på uppköpet?

– Precis. Och aktören bakom, hjärnan, är här i kväll. Och jag kan gissa vem det är.

– Kan du verkligen det?

– Jag har inga bevis, så jag vill inte säga nånting, men jag ringer dig när jag vet. Du var ju intresserad när jag berättade om "hostile takeover."

Kenneth, tänkte jag. Och Bertil? Jag såg bort mot ingången. Där höll storbankschefen på att gå. Bertil Gren pratade intensivt med honom. Diskuterade de finansieringen?

Trycket började mattas av, det glesnade bland gästerna. Jag såg bort mot Kenneth igen. Höll han på att gå? Nu eller aldrig! Jag måste se om jag kunde få honom ur balans, om han lämnade nån blotta i sitt pansar.

Jag gick bort mot utgången. Kenneth stod redan ute på gatan, men det verkade inte som om han tänkte gå hem. Han hade tänt en cigarett och stod och tittade in i skyltfönstren. Jag gick fram till honom.

– Fint party, sa jag. Har du minglat färdigt?

– Inte än. Jag antas vara nån sorts värd. Men man får inte röka inomhus längre. Djävla byråkrater. Jag läste nånstans att i nån kommun funderade dom till och med på att förbjuda dom anställda att snusa hemma.

– Du snusar väl inte?

– Nej, för fan. Kenneth skrattade. Kan du se mig med mullbänk?

– Knappast. Men det var en sak jag tänkte fråga dig om.

– Verkligen? Vaksamt såg han på mig, ögonen smalnade. Var han på sin vakt?

– Vem tror du mördade Sture Nilsson?

Jag körde fram mitt grova artilleri, kanske var det obetänksamt men jag ville se hur han reagerade. Och mina två glas champagne hade väl hjälpt till.

– Det vet du väl. Kenneth log ett ansträngt leende. Han blev rånmördad av nån marockan. Det har ju polisen där nere slagit fast.

– Jag är inte lika säker på det.

– Inte för att jag förstår vad du har med det att göra, men det finns en sak som du kan vara absolut säker på. För att undvika alla missförstånd. Det var inte jag. Jag har ett vattentätt alibi.

– Bra för dig.

– Jag vill inte vara indiskret, men jag var tillsammans med Monika. Hon är road av lite speciella grejer, så vi passade på i ett rum på museet som var olåst när ni andra stod utanför och drack champagne. Du känner kanske till den där extra kicken du får om du tror att du kan bli upptäckt?

Kapitel XLIV

Det var det det, tänkte jag när jag såg Kenneth försvinna in genom dörren till affären. Hela min mödosamt uppbyggda konstruktion hade rasat som ett korthus. Kenneth kunde mycket väl vara skyldig, men ingen åklagare skulle ta upp ett mordåtal där polisen i Marrakech konstaterat rånmord av en okänd och hans älskarinna gett honom alibi.

Det var kört för mina teorier. Och det kanske var lika bra. Ingen hade bett mig agera polis eller starta en privat mordutredning. Jag skulle göra som den klassiske skomakaren, tänkte jag, och bli vid min läst. Så gick jag tillbaka in, sa adjö till Margareta och gratulerade henne igen till den lyckade invigningen.

– Det är du som ska grattas, sa hon. Alla älskar din inredning. "Jag känner mig hemma här", var det nån som sa och det är ju meningen. Att kunderna ska känna sig som hemma, trivas och komma tillbaka.

– Det är nog dina kläder som drar i så fall. Men det är ju roligt att du blev nöjd.

Jag gick hem genom Kungsträdgården, men jag kunde inte släppa tanken på vad som hänt. Om det var så att jag huggit i sten, om jag haft helt fel när det gällde Kenneth, vem var då mördaren?

Väl hemma slog jag upp ett stort glas lättmjölk, trots cancervarningen, och skar upp Västerbottenost i stora skivor på en skiva surdegsbröd. Champagne gör mig sur i magen och de små snittarna som burits omkring hade inte gjort det bättre. Jag behövde någonting sunt som motvikt.

Jag satt mig vid tv:n, knäppte på nyheterna. Cléo hade hoppat upp på bordet bredvid mig. Såg stint på min ostsmörgås. Jag bröt av ett hörn och hon tuggade i sig brödbiten med huvudet på sned. Den hade du aldrig ätit om du fått den i din matskål, tänkte jag. Torrt bröd med en ostbit. Men eftersom jag satt och åt blev den genast attraktiv.

Det kanske var med katter som med människor? Att gräset var grönare på andra sidan staketet. Tydligen, för hon var inte nöjd. Sträckte fram en tass med utfällda klor och försökte dra till sig brödet med osten ur min hand. Jag schasade undan henne och hon for med ett högt jamande iväg över bordet och ner på golvet. I förbifarten drog hon ner ett stort tennfat vid bordsändan. Det var från 1600-talet och hade tillhört Karl XII:s farmor, Riksänkedrottningen, och hennes initialer HERS: Hedvig Eleonora Regina Suecia, fanns på fatets kant. Där lägger jag post, tidningar, räkningar och annat som jag ska ta hand om ”sen”. Bilnycklarna finns där också, gamla gem och några kulspetspennor med torkat bläck som borde ha slängts.

– Fy, sa jag och reste mig, Cléo hade dragit sig undan till andra änden av rummet, hoppat upp på skrivbordet och såg förorättad på mig.

Jag böjde mig ner och plockade upp efter förödelsen. Sorterade bort det som skulle slängas. Underst i högen hade en förteckning över personalen på SwedeFashion hamnat. Jag hade fått den av Margareta. Namn, adress och telefonnummer. ”Det kan vara bra att ha. Rätt som det är behöver du fråga om nånting och då finns alla där.” Och det hade hon ju rätt i.

Första sidan började med Margareta Wrannberg och ett gatunummer på Norr Mälarstrand. Så kom de andra i ledningsgruppen. Kenneth Löfgren och Bertil Gren, liksom deras fruar, Helena och Britta. Daniel Palm fanns där, finanschefen Peter Hagman och en lång rad andra. Jag skulle just lägga ifrån mig förteckningen när jag råkade titta på Kenneths och Bertil Grens adresser: Strandvägen. Båda bodde på Strandvägen.

Jag tänkte på vad Ellen berättat, vad hon sett och hört i våningen på Strandvägen, om hur någon skulle bli utslängd. Hon hade inte velat säga några namn eftersom hon varit där i tjänsten, städtjänsten. Ellen hade väl instruktioner att inte prata om firmans kunder, men jag hade utgått ifrån att det var Kenneth, eftersom jag visste att han bodde på Strandvägen. Att Helena slängt ut honom för hans affär med Monika Svenngren. Kanske av andra skäl också. Om det i stället varit Bertils våning? Om det var Britta som hade fått nog av honom?

Och jag tänkte på vad Diana berättat om Tony, idealisten som var med i Amnesty International, som brann för mänskliga rättigheter och som dessutom, och viktigare, arbetat direkt under Bertil Gren som hade ansvar för den sortens frågor på SwedeFashion.

Hon hade också berättat att Tony kommit på någonting, något som var ”explosivt” och som gjort honom oerhört besviken. Men han hade inte gått in på några detaljer. ”Den som dödat förr kan göra det igen.” Det fanns korruption och mutor med i bilden. Missförhållanden hade tystas ner med pengar.

Jag tänkte också på att Sture Nilsson hade upptäckt vad som pågick på fabriken i Safi, att han skulle anmäla ledningen till myndigheterna i Rabat, men att han mördades innan han hunnit göra det.

Bertil hade varit på fabriken där som ansvarig för arbetsförhållandena. Hade han kontaktats av ”intressenter” som låg bakom kokainsmuggling till Sverige? Hade Stures telefonsamtal vid lunchen på hotellet informerat honom om beslaget på Arlanda och att det kunde finnas en koppling till Bertil, hade han konfronterat honom? Var det därför han måste bort?

Hade Tony Larnell upptäckt mutaffären, anklagat Bertil och blivit för farlig för sitt eget bästa? Kanske Alexanders notering ute i villan om att han måste bort, ”elimineras”, var ett utslag av samma bisarra fantasier som låg bakom hans planer på attentatet mot Riksdagshuset? Hade det i stället varit Bertil som legat bakom mordet på Tony?

Frågetecknen radade upp sig där jag satt med min halvätna smörgås och mitt mjölkglas. Men det kunde stämma. Motivet för att Bertil skulle ha mördat Sture Nilsson och Tony var nästan identiskt. Pengar, hävdelsebegär. Revansch på en negativ svärfar och finansiering av ett uppköp av SwedeFashion. Samma drama men utbytbara huvudpersoner.

Jag gick ut i köket för att fylla på mjölkglaset. När jag kom tillbaka hade Cléo lämnat skrivbordet och höll på att sluka det som fanns kvar av min surdegslimpa. Fast det var väl mitt eget fel. Jag hade slarvat med hennes middag i all uppståndelse kring butiksinvigningen och tankarna kring olika mördaralternativ.

Ut i köket igen. Jag tog fram en halvfull burk kattmat ur kylskåpet, skedade upp innehållet på hennes spruckna, blå Meissenfat, ställde ner det på golvet och ropade ”strömming”. Jag gör det med ett långdraget, väsande S i början och hon kommer alltid sättande som en oljad blixt, halkar på köksgolvet i snubblande brådska.

Då ringde mobilen. Jag såg på presentatören. Jonas Berg. ”El Comandante”, kom hans röst, så blev det tyst. Ljudet försvann i ett brus.

Men det var ju den där knarkkungen som Jonas berättat om, den han träffat på Madeira och som skulle kontakta honom för nån affärsdeal i Stockholm som rörde kokain! Jonas hade hoppats att colombianerna och FBI skulle slå till innan det aktualiserades. Hade de inte gjort det? Vad hade hänt?

Jag tryckte in Jonas nummer, men ingen reaktion. Signalerna gick fram, en efter en, men inte något svar i andra änden. Så knäppte det till och jag blev ombedd att lämna ett meddelande. Det gjorde jag, frågade vad som hänt, och bad honom ringa igen.

Skulle jag ringa Calle Asplund? Eller Francine? Men vad kunde jag säga? Att jag fått ett meddelande från Jonas med ett namn och sen ingenting mer. Att samtalet avbrutits. Det var inte mycket att komma med. Jag måste ha mer information innan jag agerade och kopplade in andra sent på kvällen.

Det bästa var naturligtvis att gå hem till Jonas. Han bodde ju bara några hundra meter bort, om ens det. Och jag hade portkoden sen Francine och jag var där på middag. Visserligen hade han ringt på sin mobil och kunde ha varit var som helst, men jag fick chansa på att han var hemma.

Skymningen tätnade när jag gick över ett nästan folktomt Stortorget. På en bänk satt kvinnan med dragspelet på sin vanliga plats, den patetiska kvinnan i medfarna kläder och av obestämbar ålder, som med tomma ögon log ett tandlöst leende mot dem som gick förbi. Framför henne på marken stod en pappmugg med några enkronor och på dragspelet kunde hon två ackord, drog bälgen fram och tillbaka i en monoton och bisarr konsert.

Jag stannade upp, grävde fram några kronor ur fickan, lade dem i hennes mugg. Jag hade läst att man inte borde ge pengar, att det kunde röra sig om organiserade ligor från Rumänien och andra öststater, men jag rördes av hennes utsatthet. ”Känslostrunt”, brukar Francine kalla det. Och det är väl det.

Skomakarbrinken var lika tom och ödslig som torget. Jag stannade upp framför Jonas port. Såg upp mot huset. Det lyste i hans våning, han måste vara hemma. Så knappade jag in koden. Gick uppför den smala, branta stentrappan. Tryckte in den vita ringledningsknappen på dörren.

Steg hördes därinne. Dörren öppnades. Men det var inte Jonas. En man jag aldrig sett förr stod där. I handen höll han en pistol.

– Vi har väntat på dig, sa han på engelska med en kraftig accent. Vi trodde nästan inte att du skulle komma.

Jag steg in genom dörren, in i tamburen och kom ut i Jonas stora vardagsrum. Han satt i soffan och såg på mig med oroliga ögon.

– Jag har lånat den här våningen av en god vän, sa han på engelska. Så mitt namn står inte på dörren. Den är garanterat inte avlyssnad.

Jag såg på blicken i hans ögon att jag inte skulle säga någonting. Inte kommentera. Spela med.

– Vad menar han? tänkte jag. Avlyssnad? Och vem var det som öppnade?

– Vi väntar på vår kontakt, sa mannen som öppnat. Kraftigt byggd, muskulös. Blanksvart hår, som om han vaxat det. Brunbränd, bruna ögon. Verkade nästan ha indianska drag över det breda ansiktet. Sydamerikan?

Bredvid Jonas i soffan satt en annan man. I motsats till den andre var han blek, kalklippt hår och glasögon utan bågar. Han såg på mig med kalla, forskande ögon. Ingen presenterade sig, ingen frågade vem jag var.

– Min kollega, sa Jonas förklarande och såg på dem. Mister Anderson.

Jag förstod fortfarande ingenting, men anade att det hade att göra med vad han sagt i telefonen, det avbrutna samtalet. "El Comandante." Hade de kommit till Stockholm och tagit kontakt, skulle Jonas ställas mot väggen och infria sina löften om det samarbete han berättat om?

Då ringde det på dörren. Mannen med pistolen gick för att öppna. Röster hörde ute i tamburen. En man kom in, lång, smal. Förvånat stirrade han på mig. Lika förvånad såg jag på honom. Det var Peter Hagman, finanschefen på SwedeFashion som stod där uppe i Jonas våning. Den "kontakt" de båda männen väntat på.

Så skrattade han.

– Jag hade ingen aning om att vi var kolleger, sa han. Eller konkurrenter, skulle jag väl säga.

– Tala engelska, sa mannen i soffan och såg på Peter Hagman med fientliga ögon. Vi har kommit för att säga att El Comandante inte är nöjd med er organisation i Stockholm. Det kommer att ske förändringar.

– Det förstår jag inte. Det där beslaget på Arlanda var ett olycksfall i arbetet. Nån hade tipsat tullen. Men jag har tagit hand om honom och en av hans assistenter. Så det är lugnt. Dom kommer inte att besvära oss mer.

– Polisen? Kommer dom in på er i utredningarna? Kommer hela kedjan att rullas upp?

– Inga problem.

– I vilket fall är ni ute. Vi ska lägga upp det på ett annat sätt. Han nickade mot Jonas som satt tyst i soffan bredvid honom.

– Ute? Hjälplöst såg Peter Hagman på honom.

– Som jag säger. Och jag råder er att ligga lågt. Och att inte fortsätta. Vi vill inte ha konkurrens. Det enklaste vore att likvidera er, men då skulle vi få problem med polisen här. Dom är effektiva och inte mutbara. Han log ett tunt leende.

– I El Comandantes värld finns inte rum för några "olycksfall i arbetet". Där kallas det inkompetens och tolereras inte. Och jag råder er att ligga lågt, mycket lågt.

Då ringde mobilen i min bröstficka. Calle Asplund.

– Säg ingenting, sa han snabbt. Vi vet var du är, var din mobil finns. Och Jonas är avlyssnad. Vi har tagit in hans samtal från farbröderna uppe i våningen och vi är beredda att gå in om ett par minuter. Så sitt still i båten.

Jag kommenterade inte, stängde av.

– Vem var det? Misstänksamt såg mannen i soffan på mig.

– Nån fondmäklare som ville placera mina pengar.

– Det förstår jag. Han log. Med det du tar in så måste du vara rik. Men sätt inte pengarna i svenska fonder. Där kan dom spåras. Det finns några ställen kvar i Karibien som du ska använda. Vi kan hjälpa dig.

Kapitel XLV

– Du sitter alltså i Jonas våning tillsammans med två beväpnade torpeder från den colombianska knarkmaffian och en dubbelmördare och kokainsmugglare från SwedeFashion? Undrar du om jag är nyfiken så har du rätt.

Francine såg på mig där vi satt vi köksbordet i hennes våning på Lützengatan, väntade på viltgrytan i ugnen. Och jag förstod henne. Utåt sett verkade det märkligt, minst sagt. Och det var ändå ingenting mot vad det var.

– Det var faktiskt delvis ditt fel, och Calle Asplunds.

– Skulle det vara mitt fel?

– Okej, säg Säpos fel då. Men för att ta den biten först så sanktionerade ni och polisen i samråd med UD att Jonas skulle få delta i FBI:s sting-operation på ett lyxhotell på Madeira, eller hur? Terroristhotet, som ju inte var något hot, spökade och man hade kopplat kokainsmugglingen till Arlanda med finansieringen av nån grupp i Sverige. Jonas, en marockansk kontaktperson och den som hanterade aktionen från amerikansk sida träffade alltså en av det colombianska syndikatets frontfigurer, en udda farbror som kallade sig El Comandante efter sin idol, Fidel Castro.

– Det här blir bara bättre och bättre, sa Francine och smuttade på sin Margarita, drinken på Tequila och Cointreau, socker och lime, med glaskanten doppad i salt, och som är hennes favorit.

Dry Martini är för brutal, säger hon. Slår till i stället för smeker.

– Jag kan hålla med om det. Men för att göra en lång historia kort så berättade den här knarkbaronen att man skulle omorganisera sina aktiviteter i Sverige och avbryta samarbetet med det nätverk man hittills hade här. Och det visade sig att en av huvudmännen var finanschefen på SwedeFashion, Peter Hagman. Jag återkommer till honom.

– Var det så Jonas kom in i bilden?

– Precis. Han skulle bli deras ”man” i Stockholm. Jonas hade hoppats att amerikanerna i samarbete med myndigheterna i Colombia skulle slå till och ta hand om El Comandante och hans gäng. Man hade ju fått ny bevisning vid det där samtalet på Reid's Palace Hotel. Men det hände inte, det blev nån försening. Colombianerna krånglade, deras gubbe är tydligen nån sorts folkhjälte. Han fortsatte och skickade sina killar till Stockholm för att klara ut dom frågetecken som fanns och såga av det gamla nätverket. Dom kontaktade Jonas så fort dom kom hit. Han meddelade Calle Asplund som fixade telefonavlyssning och satte bevakning på Jonas hus i Gamla stan.

– Lyssnade dom på dig också?

– Indirekt. Jonas ringde ju min mobil på kvällen, men hann bara säga ”El Comandante”. Han hoppades att jag skulle förstå vad som gällde.

– Varför ringer han inte Calle? Det hade väl varit naturligare?

– Självklart, men han kunde inte. Dom hade haft honom under uppsikt i våningen och han fick smyga in på toaletten men blev avbruten innan han hunnit tala färdigt. Calles avlyssningsapparater hade fångat upp samtalet och Calle fattade galoppen när han hörde Jonas säga ”El Comandante”. Sen ringde han ju mig, i grevens tid faktiskt, visste var min mobil fanns, och bara fem minuter senare så stormade dom in. Biffiga killar med dragna pistoler. Värsta skarpa läget.

Francine satt tyst, såg begrundande på mig.

– Man vet aldrig med dig, sa hon sedan. Och man vet aldrig vad som händer när du ramlar in i nånting.

– Det var faktiskt du som bad mig hålla ögonen öppna på SwedeFashion.

– Ja, men inte när det gällde colombianska mafiosos. Vad hände med den där finanschefen, förresten?

– Dom hade sagt åt honom att komma, ville ha ett sammanträde om framtiden. Han trodde han var bland vänner, eller åtminstone nån sorts kolleger, så han berättade villigt och glatt om hur han eliminerat Sture Nilsson och Tony Larnell eftersom dom hotat avslöja honom och hans kokainsmuggling. Både Jonas och jag kommer att vittna mot honom.

– Du får det att låta så enkelt. Han smugglar in tjugo kilo kokain till Arlanda, mördar två personer och det är allt?

– Naturligtvis inte. Jag har talat med Margareta Wrannberg och hon var ännu mer chockad än jag. Peter Hagman var ju en av dom verkliga trotjänarna, som varit med nästan från början. En klippa, som hon sa, men när hon fick bilden klar för sig började hon förstå.

– Förstå vad?

– Den psykologiska sitsen. Peter hade kanske varit den som arbetat hårdast inom företaget vid sidan av Edvard. Tyst, tålmodigt, lojalt, men han hade aldrig egentligen fått något erkännande. Alltid fått stå i skuggan av Edvard och sen av henne. För att inte tala om Kenneth, som ju aldrig missar en chans till publicitet. Det födde nån sorts revanschbegär hos honom, trodde Margareta, särskilt som det var hon som fick ta över chefskapet efter Edvards död. Peter hade tydligen räknat med att han var den naturliga efterträdaren efter sina år på posten som finanschef. Han skulle ge igen och som en flitig bäver samlade han på sig aktier i bolaget genom åren. Satt bitter och ensam och smidde planer.

– Det var ingen som reagerade på det?

– Varför skulle dom det? Peter jobbade ju på SwedeFashion, var ansvarig för finanserna och att han köpte på sig var ju bara ett tecken på att han trodde på företaget. Men hans tanke nu på senare år var tydligen att skaffa en kontrollpost för att kunna ta över.

– Hur skulle han kunna finansiera det?

– Jag tror att smugglingen bidrog till att bygga upp hans förmögenhet. Som finanschef hade han ju också gamla och goda kontakter i bankvärlden. Han skulle tveklöst ses som ett säkert kort i dom kretsarna. Kenneth och Bertil, Edvards svärsöner alltså, var ju också ute och fiskade, men dom hade säkert inte lika stor trovärdighet i bankkretsar.

Då pinglade det från spisen, viltgrytan var färdig. Det var en djupfryst portionsförpackning som hon fått av sin mamma, byte från förra årets älgjakt på Björkesta, familjegodset i Sörmland. En flaska Beaujolais stod beredd att följa älgen i den kulinariska graven.

Vi hade dukat i köket. Ibland äter vi framför tv:n, ett oskick egentligen, men Francine ville inte släppa in den starka, mustiga doften från grytan i vardagsrummet så köksdörren var ordentligt stängd, fönstret öppet och fläkten över spisen bidrog till luftväxlingen.

– Annars blir det som på SJ, sa hon.

– Det här är ett kök, inte nån järnvägsvagn.

– Jag åkte tåg till Göteborg häromdan. Och då kunde man köpa portionsförpackningar i serveringsbåset. Då hade dom nån kryddstark historia som en tant slafsade i sig ur en plastho. Och det stank matos i hela vagnen. Kan dom inte hålla sig till det dom är bäst på. Plastinpackade mackor och kanelbullar?

– Snobb.

– Nej, men estet. Åtminstone när det gäller påtvingade lukter.

– Fast när det gäller Hagman så trodde jag länge att det var Kenneth som låg bakom hela den här historien, också när det gällde planerna på uppköpet av SwedeFashion. Jag var fullt övertygad, tills jag växlade spår. Men det fanns faktiskt mer som talade mot Bertil Gren. Han var ansvarig för arbetsmiljöfrågor, Tony Larnell arbetade under honom och såg honom som nån sorts fadersgestalt. Sture Nilsson fick informationer som avslöjade honom, så han måste bort liksom en besviken Tony som fått veta att Bertil tagit mutor för att inte avslöja brister ute på fabrikerna. Och han skulle ställa honom mot väggen.

– Där ser du vart din berömda "intuition" leder dig. Tänk på det nästa gång du känner dig tvärsäker. Vi får i alla falla tacka Gud att terroristhotet bara fanns i den där stollen Alexanders hjärna. Hade din vän Peter Hagman mördat honom också?

– Nej, det hade han inte nån anledning till. Calle Asplund tror att det var några figurer som hänger på ett gym på Söder som kände till Alexanders och Tonys relation och trodde att knarket från Arlanda hade gömts ute i villan på Lidingö. Eller också ur kretsar som stod dom där killarna nära. Dom utreder det nu och har visst hittat en del fingeravtryck.

– All is well that ends well, som Calle Asplunds idol Shakespeare skrev nånstans.

– Inte alldeles kanske. Jag vet inte vad som kan bevisas, men Bertil har väl en del att svara på om man tar upp anklagelserna om mutor och korruption. Margareta lägger säkert inte fingrarna emellan. Kenneth har väl inte heller alldeles rent mjöl i sina påsar. Men annars verkar det som alla bitar har fallit på plats. Hoppas bara för Jonas skull att dom slår till mot hans colombianska kontakter.

– Verkligen.

– I alla fall vet jag mera nu om Yves Saint Laurent, och det är ju alltid något. Jag kanske skulle köpa dig en av hans kreationer på nästa vintageauktion på Buckan eller Auktionsverket?

– Det ser jag fram emot. Fast på ett villkor.

– Som vad då?

– Att den är blå, majorelleblå. Jag älskar den färgen.

Marockansk kyckling à la Moro

Koriander, kummin och saffran är viktiga kryddor i det marockanska köket. Den här kycklingen, som tillagas hel, blir en annorlunda smakupplevelse genom att kryddblandningen läggs in under skinnet och inte ovanpå.

(För fyra personer)

En hel färsk kyckling, 1,3–1,5 kg
Olivolja för pensling av kycklingen
Saften av en halv citron (frivilligt)
Salt och peppar

Kryddblandning:
4 stora vitlöksklyftor
Tillräckligt mycket mjölk för att ordentligt täcka vitlöksklyftorna i en liten kastrull
1,5 g saffran
1 dl finhackad färsk koriander
1 tsk krossad kummin
3 tsk olivolja

Tillagning:
Sätt ugnen på 180 grader.

Förbered kryddblandningen: skala vitlöksklyftorna och skär bort alla hårda delar nedtill. Dela stora klyftor på längden. Lägg dem i mjölken och låt sjuda sakta i 25 minuter. När vitlöken är mjuk läggs saffranspulvret i en skål tillsammans med 2–3 msk av den heta vitlöksmjölken. Sila bort resten av mjölken från vitlöken och pressa de mjuka klyftorna ner i saffransmjölken. Blanda sedan ner den finhackade koriandern, krossad kummin och olivolja. Rör om ordentligt och tillsätt salt och peppar efter smak. Blandningen skall vara mjuk men inte alltför rinnig.

Förbered den rumstempererade kycklingen för kryddblandningen genom att, från bröstet och nedåt, försiktigt lyfta skinnet från kycklingkroppen så att det bildas en ficka. Gör samma sak på låren genom att göra en skåra högst upp på dem.

Placera nu försiktigt så mycket av kryddblandningen som möjligt under skinnet, ungefär en tesked åt gången. Försök att nå ända ner till sidorna av kycklingen, över hela bröstet och låren. Den återstående kryddblandningen placeras inne i kycklingen.

Fäst övre delen av skinnet i kycklingköttet med tandpetare för att det inte skall dra sig tillbaka under stekningen. Pensla skinnet ovanpå med olivolja. Salta och peppra. Lägg kycklingen i en lagom stor ugnsfast form och sätt in i ugnen. Ta ut och ös kycklingen ungefär var tjugonde minut. Efter 50–60 minuter, testa om den är klar genom att sticka i den tjockaste delen av bröstet. Om endast ofärgad saft kommer ut är kycklingen färdig.

Serveras med säsongsaktuella grönsaker som kan få en extra smaksensation av en sås gjord på rester av kryddblandningen: vispa ur den eldfasta formen, häll i en skål och avlägsna fettytan med en sked. Blanda resten med saften av en halv citron, salt, peppar samt 1 dl vatten. Häll i en kastrull och låt koka upp.

Servera som tillbehör till kyckling och grönsaker.

Av Jan Mårtenson har tidigare utgivits:

32 om kärlek (lyrik), 1970
Telegrammet från San José, 1971
Tre skilling banco, 1971
Nobelpristagaren och döden, 1972
Helgeandsmordet, 1973
Drakguldet, 1974
Demonerna, 1975
Häxhammaren, 1976
Döden går på museum, 1977
Döden går på cirkus, 1978
Släkten är bäst, 1978
Vinprovarna, 1979
Djävulens hand, 1980
Döden gör en tavla, 1981
Middag med döden, 1982
Utsikt från min trappa, 1982
Vampyren, 1983
Guldmakaren, 1984
Drottningholm – slottet vid vattnet, 1985
Häxmästaren, 1985
Sverige (tills. m. andra), 1986
Rosor från döden, 1986
Den röda näckrosen, 1987
Neros bägare, 1988
Mord i Venedig, 1989
Slottet i staden, 1989
Akilles häl, 1990
Ramses hämnd, 1991
Arvfurstens palats (tills. m. Alf Åberg), 1991
Midas hand, 1992
Gamens öga, 1993
Kungliga svenska konstnärer (tills. m. andra), 1994
Mord och mat, 1994
Tsarens guld, 1994
Karons färja, 1995
Caesars örn, 1996
Högt spel, 1997
Sofia Albertinas palats (foto: Ralf Turander), 1997
Residens – Svenska EU-ambassader (foto: Ralf Turander), 1997
Det svarta guldet, 1998
Häxan, 1999
Mord på Mauritius, 2000
Att kyssa ett träd, 2000
Ikaros flykt, 2001
Mord i Gamla stan, 2002 (guidebok)
Mord ombord, 2002
Dödligt svek, 2003
Mord på menyn, 2003 (receptsamling)
Ostindiefararen, 2004
Den beridna högvakten (foto: Ralf Turander), 2005
Döden går på auktion, 2005
Den kinesiska trädgården, 2006
Kungliga Djurgården (foto: Ralf Turander), 2007
Spionen, 2007
Dödssynden, 2008
Tessin, en lysande epok (foto: Ralf Turander), 2009
Palatsmordet, 2009
Mord i Havanna, 2010
Safari med döden, 2011
Jubileumsmord (noveller), 2012